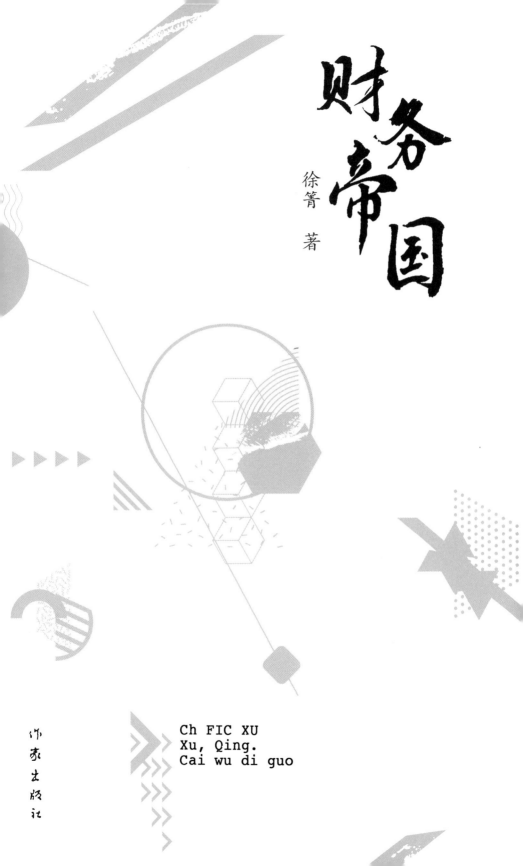

财务帝国

徐箐 著

作家出版社

目　录

楔 子

　　毛毛细雨悄悄无声地飘落着，像是五龄幼虫开始吐丝结茧。细长闪着荧光的身躯，随风荡漾在半空飞旋后，又轻轻地洒向大地。油黑的路面经过细小雨点的洗刷变得透明，地面上雨水浇打出的无数个气泡，如同一个个含苞待放的花朵。五十多岁的方茗开车行驶在路上。超负荷的工作，使这个A集团女总裁刚毅的眼睛周边留下了细小的鱼尾纹印记。昨天会议上司马家族猖狂示威的场景还历历在目。他们轮番用最难听的语言打过来的重拳，让她的心脏如同脸色一样苍白。她的灵魂也似乎游离了身体，失去了自由呼吸和行动的空间。

　　突然，一辆大货车迎面而来，雪亮的远光灯打在方茗的脸上，如针一样刺进了她的双眼。方茗手中的方向盘和刹车不听指挥地带着她冲向路旁的丛林，并把身心疲惫、忘了系安全带的她重重地摔了出去。倒在血泊中的方茗试图移动一下自己的身躯，但是无论怎么努力，身体都似乎支离破碎得无法凝聚在一起让她站起来。蒙眬中，一个穿着黑皮靴的人走到她的跟前停留片刻，便向不远处的大货车走去。方茗想大声呼救，但是嘴唇黏在一起，无法发出任何声音。伴随着身体中流出的滚烫的热血，她慢慢地闭上了眼睛……她看到蓝色的天幕上，白云不知道上哪儿去了，大气层中散落的空气清新宜人。她身体轻盈地随着空气和雨珠飘浮起来。她看到一片盛开的蔷薇花中，司马尧穿着云朵般的衬衫和军绿色长裤，身材挺拔刚毅，肩上布满飘落的玫瑰花瓣。他光洁白皙的脸庞上依然透着棱角分明的冷峻，但是乌黑深邃的眼眸深处却充满了无比的柔情。他满脸微笑地伸出双手，轻轻地接住了她在下滑的身体，紧紧地拥抱在自己宽厚、炙热的怀中。她也用足了力气，十指交叉紧紧地扣住了他长而挺拔的脖子，似乎不用这样的力气将他锁在怀中，他就会再一次离开自己。相拥中，他们的双唇贴在了一起久久不再分开，期盼的爱和离别的相思在这一刹那间变成了眼泪。幸福的、痛苦的、孤独的、相思的、悔恨的泪珠打湿了他们的衣裳，她在他冷傲的亲吻中得到了满足，灵魂终于有了依靠。

第一章　感悟时代

　　20世纪80年代末，中国经济改革取得了历史性的突破，以跳跃式的速度催醒了贫瘠和沉睡太久的大地。这年的春天，火一样的太阳，如同那些年轻的心一样躁动，万物在日新月异的成长中发生着巨大的变化。起重机游动在一座座玻璃外墙和簇新的高楼大厦中，如同鸽子笼般的居民楼和火柴盒般的旧厂房，在一眨眼之间将历史尘埃中的黄色锈迹和昔日的沧桑掩埋在了人们的脚下，一座座宏伟壮观、造型各异的高楼平地而起，改革把曾经的希望留给了现在和未来。

　　大街的墙面被鲜红的"时间就是金钱，效率就是生命"大幅标语所覆盖，喇叭中传出的台湾校园歌曲被清新的空气吹向了天空，仿佛万物都在其中歌唱。人与现实的变化，就如同新生的双胞胎，不断地呐喊和唤醒着人们凝固太久的思维和意识，从视觉到听觉再到内心世界，古老的传统观念在这一刻被统统颠覆和革新了。春天来了。

　　人们开始变得相当的敏感和异常的兴奋，用一种小心审慎的目光，伸长脖子和视线，观望着这个古老的国度在奇异的变化中，彰显着它只争朝夕的神韵。

　　渴望与追求之火在大地上开始迅速燎原，用颤抖的声音和摇曳的身躯，挖掘出人们内心隐藏的世界，并使其蠢蠢欲动。《纽约时报》以节制的惊叹写道："铁幕拉开了，中国改革的指针，正轰然鸣响。"这一刻，1988年4月，为世界讲述了一个中国人春天的故事。

　　这年的春天，注定是一个不平凡的季节。理想与现实的合一，让四十七岁的市经委副主任司马尧突然感受到自己也在重生，生命发生着从稚嫩到苗壮的极大变化。内心的渴望和热血如同初生的婴儿在摇篮里不停地扭动，思想的裂变和太多的理由使他无法继续自己颓废的人生。

发自灵魂深处的不甘随着热血在思想中不断涌动的时候，司马尧不顾家人的极力反对，毅然抛掉了令人羡慕的"铁饭碗"，筹集资金创办了属于自己的鸿达建材贸易公司，成为了一个独闯"江湖"的侠客。那一年他已有两个儿子和一个女儿。

春天的气息，如同海水在辽阔的大地上浩荡。清晨打在窗上的夜雨，变成一层水雾沿着玻璃的裂痕快速地向下滑落，这个时代，一切都加快了步伐。很快办完了企业注册的所有手续，"总经理"这个自封的头衔让司马尧兴奋和彻夜难眠。他试图想让妻子鲍静与自己一起分享一下这种重生的欢乐。但是妻子紧锁的眉头和红肿的眼睛告诉他，绝不会和这种叛逆行为"同流合污"。

"鲍静"的名字跟妻子本人的性格反差很大，她是司马尧接触过的第一个女孩，生活中既不包容也不安静。偶然的邂逅让鲍静对他紧追不舍。没人想到他会让出身高干的鲍静为之神魂颠倒。这个来自大山深处、沉默内敛、身高一米八六的年轻军官，除了有着一副非常标致的五官和军人显赫威严的气质以外，基本可以说是一个地道的无产者。刚开始，司马尧对这个突然而来的追随者有着一种不可思议的恐惧感——不是同一个世界的人怎么可能会因爱结缘？所以他从思想上就根本没有把自己和这鲍静联系在一起。

鲍静长得虽然谈不上多么漂亮，但还算说得过去。白净的脸上一双大大的眼睛，乌黑的长发均匀地扎成两个辫子，柔顺地垂在滚圆的肩上。可能是优越的出身和一米六身高的缘故，说话总是喜欢仰着头、眼睛向上瞧，给人一种孤傲的感觉。一开始司马尧并不喜欢这种表情，特别是她张扬的性格和能说会道的嘴，总是让他无法跟上她说话的节拍。尤其是她嘴里不时发出的毫无节制和顾忌的笑声，在手舞足蹈中被无限地放大后，让他完全喘不上气来。

从逻辑上来说，他们之间性格的差异注定他们从逻辑上来说是不会走到一起的，可是人世间就是会有些奇缘出现。上天安排了偶遇，就必然会在纠缠不清的过程中给予形式上的结果。遭到拒绝的鲍静毫无顾忌和理直气壮地找到了部队领导。在组织耐心的教育下，司马尧也感觉到自己的思想确实缺乏博大的情怀。尤其是在一个干部子女高尚的爱情观和纯洁的情操面前，他显得是那么平庸和微不足道。最终经过思想斗争，在情感和身体都还没有完全发育好，对婚姻的认识也仅仅停留在混沌初开的情况下，他选择了结婚。

婚后的生活里，鲍静毫无遮掩地显露出高干子女的性格，不时会让司马尧感到痛心疾首，这种感觉让他以各种理由躲在部队不愿回家。迫于无奈必须回家的时候，迎来的也不是渴望得到的温柔和思念的叙述。他们的谈话多半在妻子"忆苦思甜"的场景中开始：催人泪下的语言和腔调，给他脑子挤压灌输着这段姻缘是时代的错误，是上天在冥冥之中的安排，并非是她自己的本意……本可以在众多出身显赫的追求者中做选择，完全用不着嫁给一个门第相差巨大的无产者来蹉跎自己的人生。

时间长了，这种教诲和忆苦让司马尧的意识形态发生了质的改变，不仅内心的抨击声不断地提示自己真的是"高攀"了，而且还从灵魂深处感觉到妻子确实给自己身上注入了"贵气"。从此，他就在这种意识下极力地压缩着个性，当妻子不高兴的时候，就静静地抽着烟聆听内容重叠的絮叨，直到她安静下来不再发出任何声音，才起身离开。这种妥协让妻子自我膨胀这一恶性病灶在生活中更加肆意蔓延。他曾经想过反抗，但是一想到妻子为自己确实失去了许多，也就没了争斗的意念和怨言。对于这次脱岗下海的行为，全家极力反对，鲍家众多有威望的人轮番施加压力。这种压力对一个从大山出来，而且经历过战场出生入死的军人来说，是完全没有意义的。而一意孤行换来的就是妻子每天沉着脸的语言暴力。

公司开业的这天，司马尧没得到任何人的祝贺，只有自己提前买的一个花篮，安静地摆在最醒目的地方。朋友与家人都不会因为他的盲目而施舍自己的情感，只有五颜六色的花为这个没人祝贺的公司带来了一点点生机。但这一切并没有让司马尧身上激荡的热血和无限的力量停止下来。他根本不在乎形式上的东西，自然也就毫不介意旁人的抨击和行为举止。此时，他只是感觉到了自己和空气一样都是自由的。

柔情的小雨从天空中拥挤着向地面聚合。临窗眺望，树枝在雨水的洗礼下，含着羞涩来回扭动着身躯。司马尧擦拭着那块印有"鸿达建材贸易公司"的牌子，嘴里哼唱着："雄赳赳，气昂昂，跨过鸭绿江，保和平，为祖国，就是保家乡，中国好儿女，齐心团结紧，抗美援朝打败美帝野心狼……"牌子上的每个字，对他来讲都蕴含着深刻的意义。牌子不大，但字里行间中反射出一双坚毅的眼睛，眸子中流露出永不放弃的坚毅神色。这是一个自己搭建的城堡，他要借助改革的浪潮和自己的力量把这里打造成一个"帝国"。

昏黄的天色渐渐地黑了下来。回到家中，妻子用审视的眼睛瞪着他，讥讽的眼神让司马尧放松了一天的神经一下子紧绷起来。

"怎么，企业家挣的钱直接存银行了？"

他知道妻子内心储存的怨气还在发酵中，唯一的办法就是在爆发之前，想方设法把它遏制在萌芽状态中。

"别着急，我一定会让我出身高贵的妻子成为这座城市中最富有、最幸福的女人。"

"我的智商不会降低到依赖一个扔掉金饭碗来生活的人。"鲍静没有被丈夫嬉皮笑脸的态度所打动，依然面沉如水。

"怎么对自己的丈夫那么没信心呀，对于一个参加过战斗的英雄来讲没有攻不破的堡垒！"说话的时候，司马尧整个脸都挂着军人的气魄。

"信心？在你放弃升职脱掉军装的那一刻起，这种信心就被无情地撕碎了。老爷子好不容易托人把你安排在机关工作，你也当上了经委的领导，虽然是副职吧，但是按照年龄和阅历，谁都看好将来是当主任的苗子。大家怎么劝，就是不听，非要当什么改革先驱者，难道智商出问题了吗？"

司马尧拿起桌子上的水杯，走进厨房倒了一杯水后，又按照妻子的习惯放了一勺白糖，搅拌了一下递给满脸怒气的妻子，企图用这种方法来缓解两个人之间的紧张。

"嗨！才发现我老婆是一个头脑狭窄的批评家。当初退伍不就是舍不得你一个人带着三个孩子受累吗？"

"少假惺惺把自己装扮成一个救世主。你在不断贬值自己的同时，还要撕碎我的梦想和鲍家的荣耀吗？"

"事实是我继承了这种荣耀和在改变你的人生。当个有钱人的太太比当个官太太自由多了。"司马尧收起了笑容，神情开始变得不悦，慢慢地站起来关上了孩子的房门。

"当初选择这段婚姻，就是觉得你是个有理想的人，就算你执意退伍，也认为你会和在部队一样有前途，没想到你竟然在大家毫无防备的情况下，让我们的希望拐了个大弯。"鲍静说到这里，腔调里发出了一些哽咽声。

鲍静情绪的变化让司马尧一时语塞，他静默了一会儿走到了妻子的身旁，用手轻轻地拍了拍她的肩膀。

"别伤心，我一定会让你笑得比谁都灿烂。"

鲍静转过身，狠狠地将丈夫搭在自己肩膀上的手甩掉。

"奇迹每天都在发生，但那不属于你！"

"只要努力，就一定会属于我的！"

"想成为有钱人？那你还真是投错胎了！"

"这不仅仅是钱的问题，而是一个人的梦想。"

"多大年龄了，还好意思谈什么梦想。你竟然还在地球上？早应该奔到月球上了。真想不通，干吗不听劝？非要摔了跟头才肯回头！"

"当过兵的人怎么会害怕摔跟头！"

"但我怕，摔死了还要为你陪葬！"

"说话一定要这么刻薄吗？"司马尧的脸开始变得晦暗起来。

两个人情绪的变化在屋内弥漫起一股浓浓的火药味。司马尧紧锁眉头倒背着手，在屋内不大的空间里疾行了几步后，拿起桌子上的报纸坐在一旁看了起来。沉默让屋里的空气变得有些凝固。丈夫的态度让鲍静有了更大的不满，她认为这种低头不语是在实施软暴力，是对自己人性和地位的攻击和蔑视，这沉重的僵持让自己满肚子经纶无的放矢。她想与丈夫大干一场，但是又感觉自己的怒火如同干柴掺水，在对方的沉默中无法燃起火星。停顿了片刻，她故意干咳了两声，想着应该用以柔克刚的策略来说服丈夫回头。

"我说话刻薄是想让你回到现实。听过'庄子梦蝶'吗？庄子有一次梦见自己变成蝴蝶，当他在梦中的时候，他觉得能够展起翅膀飞翔，一切东西都是真实的，可是当醒来的时候，又觉得他是庄子，而庄子是真实的。后来他陷入了沉思中，不知道什么才是真实的东西，不知道到底他是庄子在梦中做蝴蝶，还是一只蝴蝶在梦中做庄子。所以，人的梦大多都是脱离现实的！生意场上的事不是你想的那么容易，异想天开的盲目举措会随时毁了自己的前途。"

看到妻子语气恢复了和善，不再是咄咄逼人，司马尧也不好再继续僵持下去。

"那不就是一个梦里的故事吗。再说，现实与梦，一个是真实的，一个是虚幻的。我为什么要生活在一个虚幻的世界里？"

"你理解问题的逻辑思维永远都是佐证！"

司马尧的坚持再一次撬起了鲍静内心的愤慨。

"晦涩费解的理论也不一定不符合逻辑，关键是你始终没有看到我的潜力。"

"我也很奇怪，我的嗅觉一贯很好，可为什么就没闻到你的潜力？再说，一个既没有经济实力又没有文化的人，怎么可能会变成凤凰？"

"我干吗要变成凤凰？即便要变也会成为一只雄鹰，而且是战无不胜的！"

"没错，你的眼神是让我看到了几分令人望而生畏的士气和威风气派，但是仅靠这些就想成功，那是天方夜谭！"

鲍静不再理会丈夫的又一次沉默，自顾自喋喋不休地说着。司马尧似乎没再听她说话，调整了一下姿势，正襟危坐，面无表情，继续看着报纸。不知道什么时候，女儿司马智敏从里屋走了出来。

"妈，又在说我爸了？没听人说过吗，穷不过三代，富也不过三代，爸，您是穷几代？"

司马尧一看女儿在替自己解围，就冲着女儿挤了下眼睛，嘻哈地伸出来四个指头。

"哎哟！妈呀，我爸都是第四代穷的传人了，那怎么着也该富了。"对女儿的顽皮，司马尧赞许地竖了下大拇指。

"去，臭丫头。嫁给你爸让我沦落到这种境地，而且还被动地处于无尽的懊悔和煎熬之中，你还在这里帮腔说风凉话。你二哥马上大学毕业了，工作怎么办？"

"妈，鲍家整个家族都是高干和吃皇粮的，还用害怕我们没有好工作？大哥还没毕业，外公就没费吹灰之力，给安排到了财政局。大哥还马上要成为市长的乘龙快婿了，到那时，这座城市的天和地不都是鲍家说了算吗？"

"小丫头片子懂什么！那是柴晓睿先看上你大哥的。"

"行了，您就不要再给这种政治婚姻进行彩色包装了！谁不知道外公与他们家的政治渊源。要说外公可真是了不起，竟然统治了几代人。你们把我大哥毁了，就给我爸松松绑吧！"

"你没原则地瞎说什么！谁毁谁了？是你爸毁了我的一生和这个家！"

"让我爸当官不就是图个办事方便吗？现在靠外公的政绩不都已经让鲍家的人有了足够的力量了吗？权力那个东西呀，就像花丛中的香气，很容易随着空气挥发掉的，成为过眼烟云，家里有个做生意的我看就不错。"

"多一个人就多一分力量。再说自家的事情干吗要麻烦其他人！"鲍静对女儿说话的语气显然比对丈夫温柔了许多。

"都是鲍家的嫡系部队，外公一声令下谁不出手相助？再说鲍家的势力如果太强大，一旦出问题，不就一网打尽了吗？"

"死丫头，这是在咒谁？撕碎你的嘴看你还敢瞎说！"原本平静下来的鲍静一下又被女儿的话激怒了，顺手拿起苍蝇拍追打女儿。

"妈，你这个行为可是不够理智，完全是冲动下的暴力！"司马智敏躲闪着跑到里屋把门锁上。

母女俩的调侃让司马尧内心的不愉快得到了缓解。他放下手中的报纸站了起来，嘴角带着一丝微笑搂住妻子的肩膀，半推半拉地将她按坐在了椅子上，随后也拉了一把椅子坐在对面。

"相信我选择的路没有那么黑暗，一定会实现你的梦想和恢复红色世家的高贵！"

"我没有奢望那么多，只是想找回我家的尊严和辉煌。家里几代人都是从政，自古就没一个小商贩，现在让我怎么见人怎么和大家交代？

谁看着我都像一个大白痴！"

"什么小商贩，我这是下海经商！"

"有区别吗？干得好好的，为什么非要出去表现自己的志大才疏？自知点有多好！而且你没感觉到自己跨越的职业也太多了吗？农民、军人、干部、商人……瞧瞧这些经历，足以彰显出你铤而走险的英雄气概！下一步应该上火星了吧？"

"所以啊，我这样的阅历应该让你感到骄傲和自豪，怎么会脸面全无？"

"你宁可坐视自己的思想崩溃而不肯改变盲目中选择的轨道吗？我爸说了，你如果回来他可以跟领导说说。"

"我不可能回去。经济方面得不到你的支持，你就不能给我施舍一点鼓励和信心吗！"司马尧看着妻子盛气凌人的面孔，内心由衷地感到无助。

"很想赞美，但是找不到合适的词汇。老爷子的力量已经给你的出身镀了金，还不满足？"鲍静说话的语气瞬间又变得强悍和刻薄起来。

虽然已经习惯妻子俯视看人的状态和用词的冷酷刻薄，但每当她拿出身来说事的时候，即便是一句普通的牢骚，还是会让司马尧深深感受到其中鄙视的意味。似乎妻子太多的积怨和心绪，也只有拿出身来树立优越感，这种优越感让她自始至终有着残忍的足够的攻击理由。他一再隐忍的态度也培植了妻子高傲的性情和霸道的品行。这种品行所带来的气场，总是让自己窘态百出和无话可说。他只能无可奈何摇着头，长叹一口气，一言不发地走到阳台上，点着一根烟，用纤细苍白的手指夹着，缓缓放到嘴边，浅浅吸一下，在口腔中闷上许久再轻轻地吐出来。

霓虹灯环绕的楼群，按照节奏闪烁着光明，星空被染上了斑斓的彩虹。空气柔和而温暖。司马尧仿佛回到了小的时候：走在迂回的乡村小路上，越过大山到达另一座山的顶峰。天空是五彩缤纷的颜色，云彩随着空气前后移动。那个时候的梦想很多……柔婉的音乐和笑声从楼下人家窗户里飘了出来，伴随着雨后潮润的清风向四周慢慢地散去。司马尧沉浸在邻居家的幸福中，被妻子絮叨得不快的情绪缓解了许多。

第二章　艰难创业

公司的发展并没有司马尧想象的那么容易和顺利。虽然有在经委多年主管企业的经历，但是真正做经营，才发现有许多应接不暇的事情。遇到的困难更是让他感受到了现实的残酷和真切。琐碎事情没完没了，时时盘踞在胸口沉沉地压住了心脏，似乎要把肉体瓦解和侵蚀完了才会离开。

日历在一天一天地翻过，时间不断地按照人类划分的顺序送着昨天。设定好的规律总是难以打破，公司在毫无起色的光阴中过去了三百六十五天。司马尧不断地在过往朋友中寻求帮助，诚恳的态度和先拿货后给钱的大度，调动了朋友们的积极性。朋友们带着各自的朋友纷纷从他这里毫不吝惜地无偿提货。这种先拿货不交钱的行为让司马尧既惊喜又感动，并且从中体会到了朋友们两肋插刀的豪壮气概。从此，公司在他与日俱增的感恩中成了朋友的仓库。

本以为这样经营下去公司很快就会走到梦想的彼岸，但是财务报表数据让他内心的希望发生了巨大的裂变。货物不断地被朋友拿走，公司的资金却越来越窘迫，经营的现状与结果让他百思不得其解和彻夜难眠，无法在自己的人生阅历中找到答案。每当夜半蛐蛐叫时，他都会从迷惘中惊醒，这种力不从心的隐痛，对谁也不说，当然，也无处去说。烦恼让他辗转反侧无法入眠的时候，身边的妻子总会继续发泄着头天没有说完的话。

"睡不着是在等着上帝来拯救你吗？别做梦了！真不知道我犯了什么天条，选择你这样一个除了完整的身躯，一无所有的人，你还不安分守己！"

"真倒霉，为什么在思想不成熟的状态下和你这种人结婚。"

"大家都耻笑我一个文化站站长嫁给一个商贩子。"

……

这种不间断的絮叨，对司马尧来说只是生活中的不如意和微不足道的小插曲。虽然心里多少有些凛然的感觉，但他一般都会保持极大的耐性，直到妻子断续的埋怨变成轻微的呼噜声后，再悄悄地独自走到家中唯一可以解脱郁闷的阳台，将身体卧趴在被雨水洗刷得锈迹斑斑的栏杆上，茫然地看着远处。

城市被黑漆漆的夜色和月光笼罩得严严实实，无人行走的街面在路边深暗灯光的陪伴下恢复了寂静。浩瀚的天空中一颗明亮的星星在繁星中快速地飞过，飞到了很远很远无法眺望的地方。如果说最初缺乏思考和深刻的斟酌，那么现在所承受着的艰难前行，又让他在磨炼中获得了更坚固的耐力和韧性，不但没有被妻子的戒尺驯服，反而在精神上坚定了在问题的极限中寻找希望的种子的信心。

清晨，鲍静看了一眼一边吃饭、一边用左手二指揉着眉心、眼睛微微发红的丈夫，本想继续发泄永远释放不完的怨气，但看到丈夫的表情，敏感地意识到现在不是随便说话的时候，便拿起一个刚出锅冒着热气的鸡蛋，细心地将皮剥好了，递到了丈夫的手里。她犹豫片刻，最终还是没有忍住要说的话，只是语气中少了以往的强悍。

"让我爸和原来的部下说说，还是回机关工作吧！"

"为什么？"司马尧一时没有理解妻子的意思。

"儿孙自有儿孙福，咱们就不要为了他们今后的生活，去蹚这个浑水了，这个年龄还是安稳点好吗？"

"你以为我仅仅是为孩子考虑吗？"

"要不，就按照我爸的意思，把公司盘给别人干去，做公司不是力气活儿，那是文化人玩的游戏。做企业成功的多数都是文化人。光靠勇猛不行。"

妻子最后的一句话，让正端着碗喝粥的司马尧的手停在了嘴边，眼睛亮亮地瞪着妻子，只沉默了片刻，就快速地放下手中的碗。

"等等……你把刚才最后说的一句话再重复一下。"

"我说做企业成功的多数都是文化人。光靠力气是不行的。"

鲍静瞪着眼睛说完，看了看一脸沉思的丈夫，内心有了许多喜悦，看来自己的话终于撬动了他固执的思想。想到这里，鲍静的脸上也有了喜悦感。突然司马尧一把推开坐着的椅子走到她面前，毫不犹豫地在脸上狂吻了几下，快步走出了家门。

背后传来吼叫："哎呀！你属狗的……恶心死了，脸上全是饭渣！这是上哪儿去啊？"

一句埋怨的话，让司马尧茅塞顿开。妻子的话没错，做公司确实靠的是知识，而不是力气。他似乎找到了打开宝藏的钥匙。多日未眠的司马尧坐了几站车，来到市中心最大的书店。雨后的阳光打在楼群的间隙中，仿佛人们补充精神的驿站，让被磨损脆弱的心脏变得更加坚硬和牢固。

书店里人来人往，大家脸上凝聚着渴望的神情，在书中贪婪地寻找着属于自己的"颜如玉"和"黄金屋"。以前，司马尧总认为书里的事都是杜撰的，是空虚无根的。但当他拿起卡耐基的《人性的光辉 伟大的人物》和《中国企业管理百科全书》翻看的时候，才真实地感觉到每个字都像神灵，呼唤和引导着他的思想一点一点地从迷宫中走了出来。他如同在朽蚀黑灰的深穴中看到了指引方向的宝图，顷刻间看到了光明。他如饥似渴地阅读，似乎与日光之下的外界隔绝，整个人沉浸在书中，忘了时间，忘了疲倦，忘了一切。书里的话触动了原本枯竭的思维，让他从心灵深处迸发出喜悦和轻松——他终于解开了"芝麻开门"的咒语。当司马尧毫不犹豫地把妻子严格管理下给的零花钱几乎全部买了书后，才发现剩下的钱只够买两站车票。但精神上的满足让他沿着马路上辉煌的灯火，脚步有力地向下一站走去。不远处海水的浩荡声在静寂中越发宏大，有如野兽的怒号。在亢奋精神的影响下，他的心再次有了激烈的跳动声……

已是深夜，坐车的人还是很多。司马尧奋力地挤在公交末班车的人潮中。旧式公交车里，人们互相拥挤着不敢随便移动手脚，生怕被误认为是流氓和小偷。他被挤在狭小的公交车的后部车厢，高大的身体无法完全直立，随着汽车的晃动，头不停地碰撞着车顶，车厢苍白的灯光照在他微低着、布满了疲倦但依旧坚毅的脸上，那脸上多了许多喜悦的神情。

　　随风飘进车窗的空气柔和而温暖，似乎将司马尧的烦恼和痛苦吹得无影无踪。明天，要在茫茫的人海中找到一个与自己互补的文化人结伴而行。司马尧这样想着。他相信，用自己的力量和她或他的知识为公司架起一个支点，他们会有能力撬起地球。

　　招聘会上人头攒动。上百家企业搭台用不同的方式吸引着应聘者的注意，带着梦想的新一代人，手拿简历在拥挤的人群中寻找着理想的单位。二十八岁的方茗拿着简历快速地逐个看着招聘单位的介绍。当走到门庭冷落的"鸿达建材贸易公司"的招聘台前，她停下了脚步，反复地看着墙上公司的概况，不时地在本子上写着什么。可能是她停留得太久的缘故，司马尧的视线被吸引到了这个身着翠绿色连衣长裙的女孩身上。她的披肩长发用一根银色丝带轻轻挽着，标准的瓜子脸上有着一双睫毛极长的丹凤眼，安静、朴素、优雅，又不失青春活力，而这活力中又渗透出成熟和刚毅。

　　方茗丝毫没有觉察到有人在关注自己，无意间一转头，与司马尧的目光相对，她的脸上泛起了羞涩的红晕。通过交谈，司马尧了解到，方茗四年前从财经大学经济管理系毕业，之后进入一家国内顶级事务所从事了三年多的财务工作。但汹涌澎湃的改革大潮让她感觉到外面的世界充满了机遇和挑战，深深地吸引着她。于是，她毫不犹豫地辞掉了令人羡慕的工作，来到这个招聘会，想寻找一块具有挑战性的"处女地"，实现自己的人生价值。

　　也许是前世有缘，也许是被司马尧细长却蕴藏着锐利的黑眸、棱角分明的面部轮廓、修长高大却不粗犷的身材所征服，也许是被他冷傲孤清、孑然独立间散发出的傲视天地的神态所打动，也许是被他沉着的态度中散发出的气势所感染……方茗没有过多地思考，就在潜意识中做了选择。

这样不假思索选择的理由在后来的交往中有了答案，方茗想自己当时应该是被司马尧身上的一种魔力吸引住了：他们交谈时，司马尧的带有男人磁性的声音让她感到激动，血液随之跑得很快，有了与之挑战的念头；而在这个骨骼分明的男人身上，她还看到了渴望征服世界的愿望和力量。

共同的理想，让两个人没有过多的寒暄和推介，就互相选择了对方。这让方茗感觉找到了奋斗的目标。这也成为司马尧创办公司以来最兴奋的一天。连这个季节对司马尧来说，也成为了多彩和理想爆发的季节。从此，他期盼多雨的季节不再有雨，走过的身影也将不再孤单。

回到家中，妻子已经入睡，没有人跟他分享这份快乐。司马尧在地上转悠了一会儿，待心情慢慢地平静下来后，倒在一组自己做的沙发上，静静地想着：明天开始，自己就不再是孤军作战，身边会有一个充满朝气有学问的掌舵人来指引方向。多日来不敢懈怠的神经慢慢地放松下来。恍惚中，他感到自己骑着自行车直接冲到山顶，山顶上一个长发飘逸的女孩拉着他的手，指着远处无限广阔的大地坚毅地说："我们要在那里建立一个独一无二的帝国。"

屋内妻子的打鼾声让他从梦境惊醒过来，定了定神看看腕上的手表，已是凌晨3点。屋内的空气显得有点闷，他站起身来向窗口走去。刚打开扇窗，就有一股清风迫不及待地飘进屋内，吹散了睡意，让他感觉到有了一股可以扭转乾坤的力量。

清晨，太阳还在云层深处慢慢地行走，交错的楼群依然笼罩在夜雨残留的浓雾中，方茗早早地起床，穿着精心挑选的粉色连衣裙走入了来往行人中。今天是上班的第一天，她没有听从昨天好友们的劝阻，还是坚持了自己的选择。当赶到公司时，比上班时间提前了整整一个小时。

公司设在一栋褪了色的旧楼里。旧楼坐落在城区的尽头，再往前去，就是大片的田野。她为自己的提前到来感到好笑，看了看腕上手表，犹豫着是直接上楼，还是在这个挂了十几个牌子的门口，呼吸一下雨后空气中弥漫的雾气和淡淡的花香。这时，不断地有人从她身边走过，进入电梯。她犹豫之后还是决定先上楼，在公司其他人没有上班之前，仔细地看看这个将决定自己未来命运的地方。

电梯很小，容纳不了几个人就会报警超载。方茗用一块粉色的手帕把散落在两肩的长发随意地扎起来，从楼梯一级一级地向九楼走去。九楼不算高，但也足以让人气喘吁吁。当方茗喘着粗气，正准备整理下因上楼而有点散乱的头发和调整下呼吸时，看到正对楼梯口的一间敞开的办公室里，司马尧坐在一个陈旧的办公桌后面的靠椅上。看到她后，司马尧站了起来，冷峻严肃的脸上带着微笑，放下手里还冒着热气的茶，缓慢地走过来，握了一下她还在出汗的手，轻轻地说道："来得这么早。"

"咳，第一天上班，没有准确地计算路程。"方茗用轻松的语气掩饰着自己上楼后姿态上的不雅。

看着方茗不停地用手擦着还在滴汗的脑门，司马尧转过身回到屋里拿了一条洁白的新毛巾递给她。方茗不好意思地看了一眼面前已经见过的老板：还是像在招聘会上见过的装扮，依然穿着深蓝色细条纹图案的裤子和白衬衣，只是经过精心修理过的脸上没有了胡须，显得更加年轻了。嘴唇和下巴的线条仍然蕴藏着刚毅，但是眼神中多了几分柔情。

平淡的见面方式，并没有让方茗感到不快，她依然带着激情和憧憬，在司马尧的介绍中观察和浏览着公司的全貌。公司比想象的还要小，有点凌乱的办公桌上，薄薄的灰尘夹杂着一丝衰败的味道，残留着人员来去匆匆的痕迹。司马尧看了一眼一直在仔细看着墙上《公司制度》的方茗。

"公司不大，但设施还是比较全的。你选择来我们公司，我不知道你会干多长时间，但是，我还是非常高兴和期待你能够喜欢上我们这个小小的王国。"

司马尧严峻中的幽默，让方茗领略到了这男人对自己无限的希望和期待。她不知所措地看了眼带着一脸慈祥，却目光晦涩莫测，似乎在洞察自己的内心的老总，不知道自己应该说什么，犹豫了一会儿索性也就不再说话，跟随着司马尧往财务室走去。

第三章　财务室

　　财务室不大，三张桌子摆在狭窄拥挤的空间里，拐角的桌子上留着刚擦过的痕迹。也许是灰尘太厚，虽然擦过了，但还是留下了许多细细的印迹。由于建筑时间太久，墙面已斑驳不平。脚下木质的地板，随着人的走动，发出咯咯的响声，似乎提醒着过往的行人，这里曾经也辉煌过。

　　司马尧简短地介绍完情况，就把方茗留在了财务室，自己转身走了出去。方茗向财务室里一直在悄悄观察自己的两个女士微笑着点了点头。两个人中操着重浊河南口音的一个人大方地走过来，伸过手来主动地拉着她的手握了一下。

　　"俺叫李玉华，是会计，她叫王玉洁，是出纳。俺俩名字中间都有个'玉'字，别看她年龄比我小，人太老实，来公司就没有换过地方，俺是换了好几家公司后才来的。"

　　方茗端详着不停说话的李玉华，见对方三十多岁，乌黑头发中间零散夹杂的几根白发，展示着她生活的操劳。五官还算端正，有点粗糙的脸上分布着一些细小的皱纹，还有些雀斑。涂了艳红的薄嘴唇似乎不会轻易地合拢，发出毫无顾忌的笑声。眼睛黑而有点迷惘，眼珠只有极小的一点。可以看得出，这是一个不会遮掩举止行为、随性做事的人。

　　李玉华没有观察到方茗在看自己的眼神，依然不停地絮叨着。

　　"俺是河南人，二十岁就嫁给一个当兵的，转业后就留在了这里。刚开始找工作不知道干什么，看到大街上到处都贴着'学会计，挣大钱'的速成班广告，俺生完第二个孩子也没办法按点上班，就想，既然会计可以挣大钱，就学学吧。没想到一干就是这么多年，但是并没有挣到大钱。"说完开怀大笑起来。一直坐在拐角没有说话的王玉洁有些着急，她怯生生看了一眼方茗，向李玉华摆了摆手，示意她不要再笑了。但是李玉华已经习惯了在这个人不多的小公司放纵自己的笑声，她并没有因为王玉洁的手势而停止大笑。王玉洁似乎害怕笑声快速穿过狭窄的空间冲向走廊，弥漫整个公司，就赶忙站了起来准备去关上有缝隙的门，但又似乎害怕伤害了李玉华的自尊，就又回身拿起已装满水的暖壶走了出去，回过身将门紧紧地关上，似乎这样可以隔断笑的音波。

看着出去的王玉洁，李玉华突然停住了笑声，压低了声音将椅子向方茗跟前靠了靠，露出了神秘的目光。

"这丫头是个不错的人，干活儿踏实，就是爱做梦。她出生在江苏一个穷县城里，但是从小就喜欢画画。走廊里的板报就是她画的。不怎么样吧，但还是受到了老板的夸赞。她整天异想天开，想通过画笔给自己创造出一些奇迹来。俺是高中生，虽然没有毕业就辍学了，但是语文在全年级都是第一的。我没什么理想，过去学的东西足够用了。现在就一门心思想挣钱……哈哈……"又是一阵大笑，声音比前次更加响亮。

从谈吐中，不难看出这个人确实文字功底不错。也许是屋子狭小闷热，也许是李玉华絮叨的时间过长，方茗感觉到咽喉里似乎有个东西被卡住，完全透不过来气来。看了下手腕上的表，时间已经过去一个多小时了。她拘谨地站了起来，微笑着向李玉华点了点头，然后转过身向门口走去。地板发出咯咯的响声混杂着李玉华的笑声被关在屋内。

站在楼道尽头的窗前，耳边恢复了清静。窗户外远处的树丛中传来了小鸟的叫声。方茗看到办公楼后面有一片修剪得很美的绿地，决定下楼透透气，舒展和平复一下被现状打乱的思维和心绪。

郊外的一切都是寂静的，空气中醉人的清香气味，让方茗的心绪一下子平静了。新铺的石子路面反着光，像五颜六色的衣服，随着地上的蒸汽在不停地跳动。不远处是无数个用土堆成的小山丘，在阳光下闪着亮光。一片环绕大路的树丛在微风中舒展着自己的身躯。白云差不多到了天的尽头，空中一片蔚蓝，小鸟不停地飞来飞去。脚下的小草叶在闪着亮光，远处田野中有不知名的虫子发出了尖厉刺耳的叫声，这种叫声让方茗放松了的心绪再度紧绷起来，耳边想起了李玉华毫无节制的笑声。

楼里，司马尧侧立在办公室的窗前。当方茗下楼时，他就站到了窗前静观默察着楼下。这一刻，他无法确定新来的女孩的内心是否和外表一样脆弱，会不会被公司状况吓回去，毕竟她是一个有工作经验的高才生。随着心里的担忧，头脑开始不断思索着：如果这个女孩再次上楼，是否会是为了辞职？自己是否应该潇洒地放她走？是否应该用内心真诚的情感去感化她留下？不断的自问让司马尧有了更多担忧。

从来没有一个人让他的神情如此落魄过。他突然开始害怕这个女孩会和之前来的人一样，还没有坐下就提出离开。如果轻易地让她走，真是不甘心。不知道为什么，公司来去匆匆的人许多，却没有一个人像这个冰雪般凛冽的女孩子一样，让他迫切地希望留住她。司马尧生平第一次有了征服绝望的幻想。

由于站得太久和思想的离神，司马尧突然觉得腿脚麻木身体支撑不住。恍惚间楼下草坪中没有了方茗的身影。他赶紧转过身，紧盯着自己办公室的门，直到下班铃声响起的时候，门仍是关着的。他紧绷的神经中突然想起了一句话："幻想由于是虚无的，所以它注定是要破灭的。"今天内心的幻想并没有破灭。他看了下表轻轻地吐了口气。每个人都有一些无法破解的谜底，司马尧隐约感觉到这个女孩会让自己的人生不平凡，又感觉到冥冥之中他们之间有着一种莫名其妙的因果。

回到财务室，只有王玉洁一个人以与寂寞表情相同的坐姿在看报纸，李玉华不知道干什么去了，屋里恢复了寂静。看到方茗进来，王玉洁放下报纸，嘴角边绽出两个小酒窝，微笑着说道："南方四季的天气都是一样的热。"看得出她是没话找话。

方茗看着面前年龄不大的女孩，上身穿着一件碎花短袖的棉T恤，手指细长，说话声音很小，但是清脆诱人。脑门上一块黑痣被遮盖在头发下，脸上的表情永远是淡淡的，似乎和这个世界保持着一段只有自己才知道的距离。

"来公司很久了吧。"

"公司刚开业就来了。我的文化不高，在哪里都是工作。老板的话虽然很少，很严肃，但是对员工很好。到底是当过干部，很有教养。"

王玉洁的话比先前似乎多了起来，但是说话的语气还是唯唯诺诺的。

"公司的经营怎么样？"

"我是一个出纳，到底怎么样，具体的也说不上来，只是感觉老板人缘非常好，做的生意大多都是朋友。"

"听说你喜欢画画？"方茗看着这个有点拘束的女孩，转移了话题。

"啊，那只是乱画。"王玉洁说这句话的时候，害羞地低下了头。

方茗一看自己的话让王玉洁变得更加的不自在了，也由衷地感到了不好意思。

"没关系，只要喜欢就一定会画出好的画。我有个朋友是学美术的，有空让他教教你？"

"啊呀……咳，不用了，我还是先跟你把会计学好吧。"

"李会计干吗去了？"

王玉洁踌躇了一会儿，很不好意思地放低了声音，似乎是她做错了什么事情。

"回家了。李会计一般早上来打个照面就回去了。"

"为什么？"

"公司也没有什么事。"

王玉洁的话让方茗若有所思地看了一眼墙上的制度，没再说什么。

接下来的日子里，方茗的全部精力都放在账务和报表数据中。她的安静和对工作的投入，让司马尧长期揪着的心慢慢地放了下来。他们的关系因工作的频繁交往，很快便没有了陌生人之间的隔阂。从财务账上，方茗不仅仅了解到了公司的大概情况，也看到了经营与管理的无序。最不能容忍的是账务处理基本的逻辑关系被颠倒得一塌糊涂，人为对数据的修改甚至违反了财经法规。而这一点上，李玉华自有自己的一套解释哲理。

"账越乱，税务机关就越查不出问题来！"

"这是什么逻辑？"

"我的这种逻辑都是其他企业干会计的朋友教的，你刚来不清楚。"

"老总能够看得懂吗？"

"老总从来就不看报表，都是我每个月给他汇报经营情况。当然老总也看不懂。"

"我可以这样理解吗？公司的账务只有你一个人看得懂，对吗？"

"我是会计，我看得懂就可以了。"

"那好，你把账务重新做一遍吧，否则我也看不懂，更无法掌握公司状况。"

"公司状况问老总不就得了吗？干吗要看账。"

李玉华的回答让方茗变得无话可说了，她的脑子里一片空白，两个眼睛暗淡无光，一动不动地看着李玉华。直到李玉华惊奇地瞪着她的时候，才顿悟地转过身子。看到方茗转过身不再盯着自己，李玉华就又继续说着自认为还没有说完的话。

"公司原来是没有账的，是我来以后才建起来的，实际上……也没有什么生意，如果不是税务机关要求申报，做不做账都可以。我兼的其他几家企业，账都是这么做的，错不了的。"

"你兼职做了几家会计？"方茗侧过身问道。

"六家，都是不大的企业！像你这样的高才生又没成家，可以多兼几家，而且费用还很高。过后我帮助你介绍一些兼职企业，仅靠这个企业那点收入可就死定了，如果做兼职会计，收入还是蛮不错的。"

李玉华说话的语速越来越快，脸上流露着一股志得意满的神情。充满激情的语气里时不时夹杂一种高亢的音符，让方茗的情绪也随之起伏不定，意识也由此变得迷糊，整个人仿佛置身在一座沉闷的旧屋子里，身体被悬在半空中。她想像鸟一样飞出去，但是结实沉重的墙壁让她无路可逃。她慢慢地站了起来，在房间里来回走动着。于是李玉华的眼睛很被动地不知落在何处。突然，方茗如同做出一项重要决定似的，停止脚步转过身来。

"今天先回家吧，明天来了我们还是一起把账全部重新整理一遍。"

"为什么呀？"

李玉华不明白地瞪着方茗，目光中流露着一丝丝的反感。方茗看了一眼李玉华的眼睛，似乎要从眼神中找出奇思异想的发源地。李玉华无法理直气壮地将眼神与方茗的目光对视，眼神再次开始游离，转向了其他的地方，但是嘴里继续嘀咕着没有说完的话，似乎不把话说完是无法离开的。

"好好的账干吗要重新做，即便有问题也决不能说是我的错，而且跟我完全不相干，公司本来就很乱。"

"谁的错并不重要，重要的是要有最起码的职业道德！"

"这跟道德有什么关系？我可没有多余的时间和兴趣陪你高尚。"说完，李玉华用充满愤怒的眼神瞪了方茗一眼，然后扭头走出办公室。

第二天下午临近下班的时候，李玉华才来，一进门就突如其来地向方茗提出了辞职。她的决定让方茗毫无提防地处于被动之中。看着李玉华自命不凡的眼神和得意忘形的神气，方茗感觉到后背一股凉气升起。

"把账整理好交接完了再走吧。"方茗用平和的语气挽留着李玉华。

"我为什么要束手就擒，屈从于你的摆布？"李玉华语气中流露着切齿之恨。

"我只是按照工作需求，提出了最基本的要求。"

"我已经履行完了自己的职责，想怎么干，那是你的事，我的自由是任何人都锁不住的。"

"我是不会限制你的自由和行动的。但是我希望你今后在兼职做会计的时候，首先不要亵渎会计这个名称。要知道会计是一项极为神圣的职业，它不仅可以成就自己的梦想，还可以创造一个投资者和企业的新生，就如同襁褓中的婴儿，当他在吸收着养分和大家精心的呵护下，身体随着年龄一天天长大，生命变得强悍起来的时候，就会感觉到那是一件非常令人幸福的事情，而这种感觉就是来自于财务人所奉献的力量。"方茗话语坚定，不容置疑，说话的时候两个眼睛闪烁着耀眼的光，整个人仿佛沉浸在话语的激情之中。屋里的两个人一脸茫然地看着她，情绪和思想都无法被这种激情燃烧起来，因为她们对会计工作的理解还只停留在一个记账员的思维上，完全无法理解方茗的所作所为。

"我没你那么高尚，但是也绝对不会在低俗中灭亡的！"李玉华不一会儿就从方茗激昂的场景中脱离出来。她绝对不能让自己在这种情况下被方茗同化和击败，那样会被眼前的两个人看笑话。

"我从工作态度和效率中看到，你实际在自毁和不断贬值着自己的职业道德。好的道德是通过职业看到整个世界，坏的道德是用职业毁了世界。"

李玉华目瞪口呆地望着方茗，拿着辞职信的手瑟瑟发抖，看得出她在尽量地压抑着自己的情绪。她沉吟片刻，似乎想说什么，但是又没有说出来，只是嘴唇动了一下，便拿起挎包摔门走了出去。随着门的关闭声，屋顶的灯在空中使劲地摇摆着，紧接着灯光暗了下来。

楼太旧了，一切设施都如同即将生命终结的老人。地板被踩踏后的余声就像鸽子翅膀扑打空气发出的干涩的声音，让人顿时感到了飞翔的艰难。

"又停电了。"屋内唯一的极小的窗户射进一丝丝暴雨来临前阴沉沉的光，正好照在王玉洁小声嘀咕的嘴上。看到自己的话并没有引起方茗的注意，她又接着说了一句，"我去找个蜡烛吧。"一阵桌碰椅子的声音中，王玉洁站起来向门外走去。

"王玉洁等等，这是我在夜大会计工作的朋友的电话，你交给李玉华，如果喜欢会计专业就过去，我的朋友会帮助到她的。"

办公室的窗子被风吹开了，一阵风把田野中植物的气息吹了进来。天空中布满了厚厚的云，不知道为什么，窗外的风与屋里的静寂让方茗感到有点凄凉。尽管李玉华往外走的步伐是那么的从容不迫，逍遥自在，可方茗还是从她的背影中，看到并没有被激昂情绪掩饰住的骚乱不安。

连续几天，方茗都是忙到很晚才下班。多雨的季节，大多都是密云飘浮的天气。这天，天空堆积着大片的灰色云层，伴随着一阵阵的雷声，空气中飘浮着雨水的湿气。她收拾了一下桌子上凌乱的资料，走出办公室。

电梯口，司马尧办公室里传出高低谈笑声和浓重的烟草味。从老总劝烟的声音中，方茗知道他又来了许多朋友。耳边响起了王玉洁的话："老板的朋友大多都在下班前来拜访，每次老总都会挽留他们吃饭。"她苦笑着摇了摇头走进电梯。

公司的财务现状比想象的要严重得多。一切的一切都让方茗陷入了困境之中。这个表面上很强悍而骨子里却藏着温和及柔情的老总，对于法律、责任、社会的礼法、个人的尤其是朋友的情感看得很重，做人不但诚实不欺，而且在经营上还有些幼稚和迂腐。仅从账上就可以看得出，他是极容易受教育程度比他高的人愚弄的。公司经营模式在朋友的情谊中被绑架成赊销方式，造成公司资金链断裂已达到了极为严重的局面。尤其是在购货方根本没有提供任何信用担保和资信评估的前提下，公司的大部分货物就以友情作为发货抵押物。这些人几乎不用出钱就可以拿走货物，造成大量应收账款的无法及时追回，导致了大量流动资金被不合理占用，应收账款已经超过最低预警限度，达到了风险高度的20%。经营的几家商店由于管理制度跟不上，销售额一直在下滑，而人员成本和租赁费用都在增加。

第四章　陷入困境

连续几天的思考，让方茗无法入眠，脑海中全部是错综混乱和纠缠不清的数据。她在焦虑不安中常常会突然之间神经抽搐，像电击似的。公司杂乱无章的问题不时浮现在眼前，脑子被阿拉伯数字割裂成碎片，发出嘁嘁的尖叫声，精神也随之开始恍惚。巨大的烦恼深深地透入到了内心深处，她真切地听到自己的心在胸中忐忑跳动声，沉重而无力。鞭挞着她的意识和扫荡着身体的困意，还时不时地揉挤着微弱的心脏和蚕食着整个身体。她站起来打开屋内所有的灯，侧躺着把头放在蜷曲的膝盖上，似乎这样才能阻止肢体和灵魂的膨胀，不停地吐着粗气和开合着双眼，试图在炙热的灯光下让数据在身体内分解、融化，然后随着口中的气息散发出来。从墙面反射出的痴缠无力的倒影，她看得见自己的精神在远处迷茫而疏离……

拥挤着许多人的会议室里，她看到有个高大的男人，穿白色格子的棉布衬衣，在桌子的另一头，用冷峻的眼睛一直看着自己。

狭窄的会议室内发出一片的嘈杂声，陈旧的电风扇不停地转着。她被挤在人群的中间，汗水不停从身体里向外涌，然后变成一个个水珠被地球的引力吸引着向下滑去。脑门上的水珠滑到眼睛里，让眼睛不能完全睁开。对面高大的男子微微倾斜着身体站了起来，伸手递给她一个有着男人气息的手帕后，又一言不发地继续看着她。突然这个男人眼睛里晶莹剔透的水珠变成了鲜红的血，她惊慌失措地站起来想逃出会场，但是那个男人让人们堵住了出口，任凭她怎么挣扎也无法逃脱……楼里响起来令人惊诧的警铃声，她奋力地挣脱了被抓住的胳膊向外逃去。但是，浑身发软，两条腿无法向前移动，空气停留在喉咙中无法吐出来，一种灵魂出窍的感觉让她发出撕心裂肺的惊叫声。警铃声还在继续。当她终于用足力气挣扎着冲出了大门，没想到，门外是一个万丈深渊，她还没来得及躲开，身子就倾斜着以极快的速度掉了下去……嗵的一声，她掉在了地下。

这场梦，让方茗浑身湿透，惊吓之余慢慢地恢复了平静，坐起身来，看着床边衣柜镜子里的自己，心想着梦中那个高大的男人是谁，为什么眼中的泪珠会是红色的？为什么他要抓住自己不放？

一线苍白的微光透过洁白的轻纱照在窗上，借着微弱的光线，她看了下墙面上的时钟在4的数字上慢慢地向前滑行，思想还停留在刚才的梦里。不知道这梦蕴含着什么事情的先兆。她不停地用自来水使劲地冲洗着脸上的疲惫，然后静静地注视着映在镜中的自己，许久之后，一丝坚毅的神态从眼睛的深处冒了出来，此时不能退缩，坚信自己一定会征服眼前的困难。心中的郁闷化开了，精神也好像暴雨之后冉冉升起的太阳。

方茗身上的能力和智慧，让司马尧坚信自己的选择是对的。他不断地把公司的权力下放给这个让自己充满了希望的女孩子。当然，司马尧很清楚，将公司放手给方茗，并不是心血来潮，而是因为她身上的气息似乎有种麻醉的力量，好似温暖的南方季风包含着迷人的催化剂一样，会潜入自己的血管，挖掘大脑没有被开发的原子能量，让自己屡次在这种智慧的魅力下失去抗拒的力量。如果拒绝这种力量的渗透，就会如同患上大脑意识障碍疟疾，受到病菌的危害和腐蚀。所以，他没有选择地必须依靠方茗的智慧来拯救公司，而且他也觉得与她同行是一件快乐的事情。

老总毫无节制的信任和放权，让方茗在动力催生的激情下也有了不小的压力。她不知道是否有足够的力量扭转公司的局面，更不知道让老总彻底颠覆现在的经营模式会是什么样的结果。她不断地假想着，如果提出的方案被老总拒绝，是应该离开公司还是与老总深层次地沟通交流。未知的结果让她心中沉甸甸的，宛如心脏被一股强大的气体笼罩，在不停地膨胀……虽然她知道聪明的女人总是比男人更能够在一刹那间凭着敏感和直觉把握住解决问题的实质，但要继续下去锲而不舍地坚持就不容易了，不知道自己是否可以坚持下去。

事实上与老总的交谈并没有想象中的那么不易。司马尧出乎意料的态度和眼神中流露出的统治者的悟性，让方茗悬着的心落了下来。回到办公室，走至窗前，方茗望着远处的天边，脸色平静。但她的思绪中充满了力量和智慧，这种力量和智慧融入了强大的自信，如同加足马力的汽车，向前驶去。无数的想法在脑海中蜂拥浮动，宛若一片清风吹掠、云影掩映无际的田野。走向公交车站的路上，方茗的脚步如同踩在厚厚如毡的草地上，轻松、舒展、开阔，内心充满了快乐。她感觉身边到处都是阳光，呼吸到了在城里很少有的清新的空气。

天上开始飘洒着细小温柔的毛毛雨。公交车站内昏暗的灯光照着空落的站台。灰暗的天空中，厚重的云彩给田野穿上了灰色的衣服。方茗将脸附在汽车的玻璃窗上，窗外偶尔有一些大汽车快速地驶过。郊外本来人就少，此时几乎没有行人，只有路边籇杜鹃的树叶不停地随风摇曳。这恬静岑寂的环境让人的心也冷静了下来。

时间按照人们制定的顺序以二十四小时为段落地向前移动。几周过去了，几个星期过去了，周而复始。司马尧从财务报告中不断地了解到经营中的缺陷。

"公司现在面临的许多困境，背后都隐藏着更深的财务危机，而这种危机都是来自于缺乏必要的果断性和经营思维的智慧，财务状况已经危害和控制了公司发展，甚至完全侵害了公司的基本利益。"方茗一针见血、穿越传统思想提出的改制方案，让司马尧的精神和观念在大胆变革的节奏下不断地发酵，感觉到一股力量在推着自己往前冲，整个人也都随着这股力量一起激进、奋发，振翼翱翔。公司在按照制度前行的过程中悄然地发生着变化，每个细小的改变都深深触动着司马尧的内心，让他的思想在刹那间超越了自我而变得亢奋起来。他感到自己在追寻狂喜和走出迷雾的瞬间，探寻到了一条看得见的路。

司马智杰和父亲一样，在没有征得母亲同意的情况下就辞掉财政局的工作，坚持要到父亲的公司上班。这样的举措让一家人都摸不清楚他的意图。为此，鲍静将儿子不守规矩的缘故全部归罪于丈夫，认为"子不教，父之过"，是丈夫的行为蛊惑并污染了儿子的思想，颓废了他的前程。这种罪过是不可赦免的。虽然事情已经无法挽回，她还是让内心的怒火在一次全家人吃饭的时候爆发出来。

"智杰，不能选择做点有雄心大志的事情和给大家一个平静安逸、有光彩的生活吗？非要逼着让我成为整天埋怨，没有悔过机会的罪人？"鲍静决定先从大儿子司马智杰开刀。

"妈，您就不要再絮叨了。我连选择活着方式的权利都没有了吗？您的梦想可以让智聪或者智敏来完成。又不是就我一个儿子，为什么非要在我的身上复制您的梦想！"司马智杰话中带着几分不耐烦。

"谁让你是第一个出生的。老大就有责任完成上代未完成的使命！"

"看来成为您的大儿子，是我人生中最大的悲哀！伟大的使命我承担不起，还是让您的二儿子司马智聪替您来完成吧！"

"大哥你真不懂事，继承这个词自古以来就是针对长子而言的，而且我根本就没有政治上的雄才大略，如果按照责任和性别来衡量责任的成功率，应该是大哥和小妹比较合适，如果家里出个女总统，那鲍家光宗耀祖传承的基业，可是大功告成。"司马智聪赶紧推脱地说道，似乎不表态就真的没机会了一样。

"政治家不是什么人都可以当的。智聪沉稳豁达，但是做事情畏首畏尾，大事面前总会在情感的驱使下瞻前顾后、优柔寡断，这种性格怎么可能成为叱咤风云的人物？智杰你就不一样了，性格暴烈，有做大事成大器的胆量，而且豪气冲天。嗨……好端端的一个人完全被你爸给毁了，他毁了自己还要毁了一个具有极大前途的政治人物。"鲍静也不顾忌二儿子司马智聪的面子，就继续按照自己的性子赘述着。

"妈，您不愧是文化站的站长，就是慧眼识真金，有眼光，一眼就识别出我不行。所以大哥啊，妈用这么大的雄心和希望赏识你的才干，赶快降顺再回到原来的单位，别跟着爸毁了前途，毁前途的事情就交给我，我毕业就去爸爸公司报到。"司马智聪没有因为母亲对自己的评价而感到沮丧，反而是轻出了一口气。

"你敢！毕业乖乖地到审计局去上班。一个都不允许往你爸那个污水沟里跳!"鲍静显然被二儿子的决定激得不耐烦了。

"唉!我说两个哥哥,你们也真的好意思把妈妈的阴谋放在弱小无知的妹妹身上!妈……您统治天下的希望还真的要寄托在两个儿子身上,他们个个都是早上八九点钟的太阳,怎么看也是成材的料。别拿审查的眼光看着我,一个女流之辈是绝对成不了什么大气候的,而且还容易毁了鲍家的名誉。再说,妈,选太子干吗要征求他们的意见,不要过早地把自己预谋的真谛暴露出来。您就应该像武则天一样,直接按照自己的预谋设计好后,下个圣旨不就完了,不执行的一律斩!"女儿带有调侃和嘲弄的话让司马尧忍不住地大笑起来。

"哈哈,这丫头,小小的年纪嘴就这么不饶人,哈哈哈……"

"司马尧你还能笑得出来,这些都是你不作为的结果。别一口一个鲍家,我们鲍家怎么了?是鲍家救活你们司马家族的。都别废话了,智杰明天就回去上班!"

"瞧瞧,鲍家的势力该有多大,辞了工作的人都可以随时回去再上班!"

"是的,智聪说得对,如果我回去继续上班,会让外公受到谴责的。"

"受不受谴责那不是你们该管的事情。"

"如果青春期不能在生命中找到活着的意义和价值,那很容易陷入绝望和堕落,到那时妈您后悔可来不及了。"

"智杰,你怎么总是和你爸一样和我作对?"

"大哥这么做看来是要打算逃离鲍家的空中楼阁,寻找一个独立的私人空间了。"司马智聪慢条斯理地插了一句。

"和你爸一样不听劝从高空中往下跳,会是什么样的下场你们又不是不知道。"

"我可不像妈妈您经常跳舞那么灵活,我的四肢从小就极不协调,所以才不会傻到爬到很高后再往下跳。我在还没有上高空之前就会逃出来。"

孩子的辩解和调侃,更加加重了鲍静极力压制的怨气。

"司马尧,看看这就是一颗老鼠屎坏了一锅汤的结果。你还吃得下饭?"鲍静毫不吝啬地把怨气撒向丈夫。

鲍静喋喋不休地埋怨着,司马尧却沉默不语,似乎说的话题与自己毫不相干。丈夫的冷暴力，让鲍静感受到了冷漠中的讥讽，不满情绪越发强烈。她愤怒地盯着丈夫沉默的神情，继续吼道：

"司马尧你吃饭是否可以不要吧唧嘴？什么素质！"

司马尧知道如果自己还不说话，妻子是不会休止的。

"还是让孩子退出纷乱的政坛，进入宁和安逸的生活吧，我是尊重孩子们选择的。"

"懂什么？我爸精心培养的全部心血，难道就是让你带着儿子当小商贩吗？别废话，赶快想办法说服你儿子回去上班。"

鲍静带有命令的口吻中流露出不依不饶的意味。

"爸可真可怜，一个战斗英雄总是在我妈阴影的驱动下，失去抵抗能力，始终觉得好像负于鲍家多少债务。"女儿司马智敏撒娇地摇了摇爸爸的胳膊。

"妈，我就非常仰慕我爸和大哥的做法。因为生活是平实和具体的，一个人不论有多么高贵的开始，面临的问题都是同样的，它不会依据出身来抑制一个人思想的发展，而且我从他们的行为中看到了燎原中的星星之火。"司马智聪语速慢悠悠，但是脸上笃定的神态非常明显。

"智聪说得好。如果没人愿意替妈去完成她的梦想，那妈您让理想在脑子里自然枯萎吧。再说，外公的使命是你和我爸继承的事情，凭什么把野心寄托在我们身上。我是绝对不会回去上班的……"

"智杰你说说，为什么突然要辞职？给你妈解释下自己设计的宏图。"司马尧打断了大儿子司马智杰的话。

"哎……也是，大哥从来都是为了达到目的，不择手段的人，这次为什么没有理由就辞职！而且又是在马上要成为本市市长的乘龙快婿、让鲍家多了一个强大的合作者的时候！唉……未来的大嫂你知道我哥为什么要辞职吗？"司马智敏侧过头向身边一个五官极为端正、脸上始终流露出和蔼可亲神色的女孩问道。

柴晓睿抬头看了眼对面的司马智杰，向司马智敏堆了个明媚的笑脸，依然没有说话，低下头继续吃着饭。

"这还没结婚，大嫂就被大哥训练得这么有素！"司马智敏不依不饶继续煽动着柴晓睿。

"智敏别问了，你爸都还没搞清楚，就轻易同意自己的儿子去公司。这样纵容，给他插上了自由主义的翅膀！"鲍静脸上依然闪烁有着一股无法遏止的怨气。

前几天大儿子突然到他的办公室提出辞职进公司上班，这不但让妻子大发雷霆，也让司马尧措手不及。大儿子放荡不羁的性格和身世显赫的优越感，一直都让他担心。他尤其忧虑的是，红色世家权力的膨胀会让儿子成为交易中的牺牲品，无人驾驭的船迟早会撞向暗礁。所以当儿子提出辞职来公司工作，他没有过多考虑就欣然同意了。初衷就是认为脱离了鲍家的控制，对孩子是有好处的，本分做人才好。但他一直没搞清楚儿子来自己公司的真正目的。

此时司马尧问话的意思只是想让儿子给妻子一个交代，而并不在意他去公司的理由，所以问完以后，又继续低头吃着饭，但是嘴角却露出一丝丝的微笑。母子之间的对话，让他不战即胜。

"你们都不用猜了，我就是想测测，离了鲍家的关照之后自己到底有多大的价值。再说我爸的公司现在做得也不错啊。"

司马智杰出乎意料的话，让司马尧扑哧一声笑出来。他转过头看着大儿子的脸，摇了摇头。

"大哥，你这个话只可以蒙大嫂，谁信呀！"司马智敏一脸的不屑。

"你这个浑小子，鲍家的今天都是外公用生命换来的，有些特权是应该的。要不是外公，你爸早就回乡种田了！司马尧我说得对吗？"鲍静又把矛头对准了自己的丈夫。

"你说的确实是事实。当时我就感觉到了门第的问题。一个很有教养的女子，既是一个优秀的思想家，还是一个少见的理论家，完全可以结一门体面的亲事，用不着追求像我这样一无所有的人。我们不门当户对，我也没有红色家庭的背景，而且满脚沾满了牛粪。"司马尧一脸讥讽的表情。

"也是，爸的胆子也就够大的了，敢娶一个浑身都流淌着永远消耗不完的带符号的红色液体的人。这样的人永远都认为太阳、天空、大地都是属于他们的，甚至空气也只拥抱他们。"

"智敏你挖苦谁呢？有孩子跟自己妈这样说话的吗？"鲍静脸在往下沉。

"您还是我妈呀？整个一个披着外公圣衣的救世主！您对我爸的教诲和鲍家的红色历史，我从小听到大，现在该是销毁掉的时候了吧！"司马智敏丝毫没有觉察到母亲情绪的变化。

"司马尧，看看！这就是你教育的女儿，将来不知道会嫁给一个什么样的男人。"女儿的话让鲍静一下子不知道如何回答，只有将抨击的目标再次转向丈夫。

"我就嫁给一个像我爸一样知书达理、胸怀大志的人，而且帅气豁达……嗨，很可惜，全世界像我爸长得这么帅气的男人就只一个，被妈给独占了。"司马智敏继续与妈妈嬉笑着。

"死丫头，不知道性格随谁了，说话永远是不饶人！"

"妈——这还看不出来，小妹完全就是您的化身，除了长得不像以外，那完全就是一个年轻时期的您，而且进攻力很强。"司马智杰笑着说道。

"大哥，你少挤对我了，我幸亏长得不像妈。咱爸去开家长会，我们班主任的眼神那叫一个崇拜啊。其实咱妈如果去掉外公的光环，外貌还真的是配不上咱爸。妈，您看我爸现在都这么帅气，年轻的时候一定不缺追求者，小心我爸把您甩了。"

"这些兔崽子，我辛辛苦苦把你们养大了，司马尧，你们家的老小就是这样对待我的吗？"鲍静眼睛开始有点湿润。

"别听孩子们瞎说……我们司马家一百多年来就没有过一个像你这样的好媳妇！娶到你是司马家的荣耀，我从来都没有后悔过。一把年纪也就不要再翻什么旧账了。这些熊孩子，不要再惹你妈生气，老老实实地尽自己的本分就好了。"

"你都不本分，让孩子怎么守规矩？"

"自己的人生是不需要别人设计的！智杰这小子一旦对什么事情积极了，那就一定说明他发现了新目标——只是咱们不知道——就让他自己去闯吧！"说完，司马尧起身走了出去。

第五章　辞职动机

司马智杰坚持辞职的用意，还真是让爸爸说对了。抱负对他来说一文不值，有外公的光环罩着，自己完全可以在这座城市中来去自由，其实他只是为了一个人……

第一次与方茗碰面是在一次艺术品展览会上。那天陪朋友来到展览会，刚进门，一个女孩从自己面前走过，蓬松的长发披落在双肩，瓜子脸上嵌着一对弯弯的眉毛，一双大眼睛在长长的睫毛下闪着智慧的光芒，眉目之间隐然有一股书卷气和清冷的气质，洁白细腻的皮肤，淡黄碎花的连衣裙下露出了两条修长的小腿。笑起来时，两个不深的酒窝里充满了柔情。那浑身散发出的高贵典雅，让他的眼神再也没有离开过这个女孩。后来，他动用了所有的朋友关系寻找她的信息，但是一直毫无结果。

直到有一次，在爸爸的办公室，他看到了和父亲谈论工作的女孩，竟然是展览会中让自己失魂落魄的她。那股一直苦苦寻觅的力量在逐渐减退的时候，又在命运驱使之下突然地出现在眼前。他认为这是上天对自己的眷顾，又恨自己为什么会在外公和母亲的胁迫下早早地与柴晓睿订婚。

实际上，司马智杰也为自己的行为感到奇怪，像他这样对万事都毫不在意，连梦里都被人罩着，内心有着"我若成佛，天下无魔；我若成魔，佛奈我何"的强大自负的人，怎么会因为一个凡尘女子而改变自己的生活轨迹。他痴痴地看着方茗，不明白眼前这样一个如玉，甚至每寸肌肤都散发着一股香气的女孩，为什么会在父亲这样一个简陋的办公室里。

"来，智杰，我给你介绍下，这是公司财务总监方茗。小方，这是我犬儿子司马智杰。"

"方……茗，这个名字不错，和人一样漂亮！今后在这座城市里有什么事情需要我帮忙的，尽管开口！"司马智杰表情中满满的得意忘形。

"智杰你有什么事情吗？没事先回去，我们正在谈工作。"看着儿子一副吊儿郎当的样子，司马尧紧皱了一下眉头。

"我的事不急，你们先谈，我坐在这里等一会儿。"说完，司马智杰一弯腰坐在了方茗的身旁，两只眼睛毫不掩饰直勾勾地看着方茗，脸上流露出令人琢磨不透的神情。

"这件事我已经安排人去办理了，过后再给您汇报吧。"方茗说完侧过脸看了一眼旁边的司马智杰，本来想礼节性地打声招呼，但是，当看到司马智杰毫不掩饰的放荡的眼神和嘴角流露出的一丝淫邪笑容时，将想说的话又咽了回去，只是带着淡淡的冷漠的笑容点了一下头，转身走了出去。

方茗的态度让司马智杰仿佛当胸挨了一拳，气得满面通红地站了起来，面对着父亲，一只手指着方茗背影。

"这是什么人？一点礼节都不懂！"

司马智杰说完，等着赞同意见，但是看到的却是爸爸毫无表情地静静地打量着自己，似乎想要看到他的心里去。深色的瞳孔如同黑夜般宁静与神秘，里面透出的光让他琢磨不透。

爸爸的黯然让司马智杰不敢再多言了，静静地坐回椅子上，两只眼睛漫无目的地看着窗外。司马尧看着一脸凝滞的大儿子，压抑住怒火，沉默了片刻，严厉的眼神也慢慢地显露出慈祥。

"你来公司干什么？"

"没，没什么事。"司马智杰支吾地回答道。

"没事跑公司干什么？"

"我……我只是想……只是想来您公司上班。"

"什么……为什么？你昨天不是还说要参加局里科级干部的考试吗？

怎么又突然想来公司上班?"司马尧疑惑地瞪了儿子一眼。

"我……我来您公司一看,还不错,所以刚才一下就萌发了辞职的想法。"

儿子的话让司马尧哭笑不得,他站起来用手轻轻地拍了下儿子的肩膀,目光又严肃起来。

"不要把公司当成你的游戏场,等对工作的态度调整好了再来!"

"不用调整,我的身体里流淌着您的基因,说干就干!"

"这样胡闹,会受到外公和你妈惩罚的!"

"您这把年纪都下海了,我可不想让有限的生命被他们的梦想摧残了,最后连斗志都没有了!"司马智杰的态度很坚决。

"先回去和你妈妈说通了再说吧!"

看着儿子走出去的背影,司马尧嘴角挂着微笑摇了摇头。大儿子完全是继承了妻子做事毫不拘束和不知收敛自己意识及行为的秉性。本以为是一句玩笑话,没想到是动了真性情,让他措手不及。虽然内心中根本不相信这些慷慨陈词,但他还是认为儿子来公司从头做起也不错。

方茗的态度让司马智杰受到了不小的羞辱。他的人生中遇到的所有女孩都热情有余,轻浮过剩,还没有遇到过一个女孩如此冷漠。他帅气的外表和显赫的家世,吸引着许多女孩主动献殷勤,只要他愿意,就可以信手拈来一大把。可方茗却无视他的存在,甚至连露出酒窝的笑容都没有给他。这种态度让司马智杰好多天缓不过神来,无数次在内心里低声咒骂着这个不识好歹的女孩。他的性格决定了他完全不知隐藏自己的想法,方茗的冷傲更加激发了他内心的征服欲和占有欲。所以,不顾母亲和外公的反对,辞职来到父亲单位上班的那一刻起,他就下决心要让这个不知天高地厚的女孩,为她在自己面前的无礼付出惨重的代价。

9月的天气,太阳依然是明媚和炙热的,屋外阳光充足,明媚的光线把司马尧的办公室照得透彻、明亮。公司在时间和季节的交替中发生着改变。

"根据财务分析，公司现在主要就是营销模式出了问题。公司购货时用的全部是自有资金和外借资金，而供货时采取赊销方式，大部分赊销的货物没有要求对方提供任何信用担保，也没有对其做过资信评估，造成公司大量的资金被占用。有些销售甚至从开业到现在都没有付过款和签合同。"司马尧的办公室里，方茗手里拿着一个本子在汇报着工作。一缕阳光照在她白皙沉静的脸上，脸颊上的酒窝随着说话的速度深浅变化着。自从与老总沟通以后，方茗的脸上就充满了勃勃生气和神采，老总的态度让她相信自己最初的选择是正确的。

"可是以前财务报表中显示公司的销售率是增长的啊？"

"没错，公司初期财务报表反映销售额都以高于10%的速度增长。但现在利润急剧下降。其原因就是出在应收账款的管理上。"

"当时考虑这些都是朋友和一些战友，大家都非常熟悉，所以就没有和他们签合同，同意他们先拿货后付款。"

"这恰恰就是问题的根源。现代商业社会是一个契约社会，交易是建立在共同遵守契约的基础之上，而这种契约必须要有法律文书作为相互遵守的保证。北美地区经济连续几十年持续发展，其原因除了健全和规范的市场化管理机制以外，就是信用，而这种信用不是建立在朋友之间的关系上而是法律之下的市场规则。著名的经济学家吴敬琏先生说过一句话：中国的信用状况之恶劣表现主要有：'履行率极低，债务人大量逃废债务。'"方茗说话的神态显示出她无比的担忧。

"可是这些人之前都是在帮助我推销，现在企业的状况与他们有关系吗？"司马尧情绪中带些质疑。

"实际上这些人并没有帮助您，他们是在用公司的资金为自己获利，这是一种典型的'借鸡下蛋'获利法。他们无偿地从公司拿货，而公司却要有偿地在支付借款人利息的前提下为他们进货，这一进一出给公司造成巨大损失。世界上所有的活动都只有在微妙的平衡中才可以生存，而您这种做法已经失去了平衡。"

"你把问题再说详细点。"

"公司大量采取赊销方式向客户供货，但是在供货前并没有对购货企业的信用状况进行深入的了解，而且基本没有采取有效的控制手段，许多客户信息分散在销售人员手中，财务部门无法掌握。结果造成大量应收账款不能及时收回。其中不能及时收回的应收账款占全部应收账款的45%以上，占全年的逾期账款（有些已成死账）25%。"

"那现在公司的风险程度有多大？"

"应收账款已达到了风险高度50%。坏账也达到了5%，是发达国家的10倍—20倍。"

"根据财务分析，是否可以这样理解，就是这种状况严重地影响了公司的资产流动，导致公司的偿债风险和资金短缺风险，从而制约正常的经营了？"

"没错，公司出货回收的货款不到35%，按照惯例，应收账款管理信用期应该在三个月以内，这种情况给公司造成了巨大的破坏力，这样不仅会让公司的总资产平均损失二分之一，而且还会造成公司资金断流，如果不尽快改变经营模式和全力以赴追缴欠款，负债率大于100%的时候，公司就会在资不抵债的情况下宣告破产了。"

"我听说有些账是收不回来的。"司马尧开始担忧起来。

"债务账龄很多都从开业到现在，还有些债务咱们公司追了一两次就主动放弃了。"方茗边说边用手比画着，似乎只有用手来回摆动，才可以表示出问题的严重程度。

"也就是说公司开业以来大部分做的不是自己的市场，而是朋友的市场？"

"是的，公司开业以来并没有真正意义上的开拓市场，基本就是依赖朋友关系作为市场主流。"

"看来，要想拯救公司就必须放弃友情对吗？"司马尧追问了一句。

"是的，这是债务人名单，您先看看。"方茗边说边把早已准备好的名单递给了司马尧。

"按照名单人员来看，47%都是我周围的人。"司马尧面色有些茫然。

"现在的应收账款里，债务人消失的有5%，其他一些因素占6%，信用拖欠的有60%。要不尽快采取行动，最终都会成为坏账！"方茗说着将一个写满数字的表格递给司马尧。

"这些债务形成坏账后，对公司销售影响程度有多大?"司马尧看了一下方茗递给自己的报表，接着问道。

"按照利润率10%为例，坏账损失掉的销售额相当于坏账的10倍。以借款利息率10%、利润率10%为例，利润被货款拖延的利息成本完全吞噬掉只需一年，它仅次于投资风险。"

"好吧，名单里有些人已经打招呼了，只是还有几个是和老爷子关系密切的人，我要直接去打招呼。"

"司马尧，我听老爷子说你要大义灭亲了!简直是个忘恩负义的家伙!"司马尧刚回到家中，鲍静就勃然大怒地大声吼叫着，歇斯底里的模样宛如一个疯子。

"你懂什么!公司的事情一开始你就不关心，所以今后也希望你继续采取漠然的态度吧!"

望着突然盛怒的丈夫，毫无防备的鲍静喉咙似乎被哽住，心里仿佛有硬硬的东西顶住了胸口，一时竟没法再开口。她脸色涨红地从椅子上起身，嘴里喘着粗气来回走着，神态呈现着从来没有过的犹豫不决和愤慨。屋里恢复了片刻的寂静后，她感觉到自己的尊严被丈夫撕碎了，无法按捺住内心的怒气，顺手拿起桌子上的水杯狠狠地摔在了司马尧的脚下。她觉得只有这样才能体现出自己坚不可摧的地位，并将自己从尴尬境地中解救出来。

"自古以来，就没有听说过土包子变成凤凰!老爷子把你当儿子对待，你就是这样给他老人家回报吗?真是一条披着羊皮见不得阳光的白眼狼!"

"土包子怎么就不能变成凤凰了?你不要侮辱我的智商。非要把两码事放在一起来闹吗?从今往后别在我面前表现出所谓的知书达理，而且请你在攻击别人的时候，别忘掉自己的不足。"司马尧改变了以往的沉默和忍让。

"司马尧你知道《阿飞正传》中有一句台词就是对你这种人说的:世界上有一种鸟是没有脚的，它只能一直飞呀飞呀，飞累了就在风里面睡觉，这种鸟一辈子只能下地一次，脚一落地就是它死亡的时候。你以为找了一个女大学生比翼双飞就可以脱胎换骨了吗？"

"扯淡！"司马尧使劲地拍了一下桌子，站起来转身走了出去。他实在是不愿意与妻子做一些无聊的语言交锋，二十多年的婚姻生活中他从灵魂深处感受到，即便用最崇高的思想来感化这个女人，也是没有效果的。

楼下院子里，乘凉的大人们在孩子的嬉笑声中，互相讲述着所见所闻。院落的不远处，一根系在两棵树之间的绳子上，挂着五颜六色的衣服和被单，在晚风的吹动下，轻盈地摇摆着身躯。司马尧坐在院中人工喷水池旁边有点发锈的铁椅子上，散落的烟头如同被风吹散的落叶一个一个地被他弃在脚下，院子里的人也随着空中星星的增加，变得越来越少，随之是路旁的灯一盏一盏地亮了起来。司马尧抬起头静静地看着星星在浩瀚的天空中，毫无约束地散发着自己的光芒，脸上洋溢出了笑容，但是嘴角却不时流露着一丝苦涩。昨天老爷子的话不停地在耳边萦绕着，让他的耳膜发出阵阵的嘶叫声。

"我的时间不多了，你唯一能够告慰我的就是不要动我周围的人好吗？"

"可他们决定着公司存亡。"

"那就回来，外面的世界不属于你，不要奢求得太多。"

"可我已经在走向成功。"

"你的成功是在自己人身上踏出的一条血路。"

"事实上我是满足了他们的欲望。"

"当初不是你千方百计地要得到他们的帮助吗？"

"那时候不懂该如何做企业。"

"现在懂了吗？"

"在学。"

"所以，盲目中的不成功是必然的。你的眼光看得很远，但是根基太弱，起点太低！"

"我现在聘请了一个大学生，她的起点很高。"

"看来你不是来征求我的意见，而是来通知我的。既然你把自己放在风口浪尖上，就先去想好怎么收场吧！"

老爷子忧伤的脸，确实让司马尧于心不忍，但是他决不能让步，也不能由于感恩让自己的思想和行动回归原点。

院中嬉笑的人群不知道什么时候已经无影无踪了，四周一片寂静，只有林中不时传出几声蝉的叫声。司马尧叹了一口气，用缓慢的脚步向家的方向走去，他的脚步显得很无力，充满了沧桑感。妻子每天无休止的埋怨和无厘头的说教，让他回家的兴致再次大大减少，家的含义已经慢慢地从脑海中淡化了。他为自己无法驾驭的人生感到可笑与残酷，更无法改变现实中丈夫、父亲的身份。责任让他必须做到把悲伤变为欢乐，把惨痛变为陶醉……

望着眼前散落着叶片的湖水，从湖面叶片的间隙中恍惚可以看到来往行人的倒影在那里摇晃。此时他的心情也跟湖面一样，无数的叶片将一切变得漂泊不定。夜晚寂静无人，既看不清湖水也没有行人。

第六章　奋力追债

　　长时间的加班，让方茗完全依靠药物催眠。桌上时钟的指针很沉重地摆动着向前缓慢地移动，万物都湮没在这个慢悠悠的节拍中。方茗在半醒半睡中经常被梦的碎片所困扰。每个碎片之间没有关联，纷乱的碎片如同万花筒，不断地变换着形态：被人追赶着，无法控制的发狂的跳跃；不高的山攀登起来却没有顶峰；被人追打厮杀；痛苦，恐怖，欢笑，梦，梦……一切都只是梦。在这混沌没有规律的梦境中，始终有一双深邃、坚毅、带有红色泪珠的眼睛对她微笑，为她擦泪和疗伤。幸福的暖流随同血液流遍全身，恢复了元气。在精神的支撑下身体里的力量积聚在一起，巨大无比，生命也在向更远的地方延伸。

　　早上起来，方茗在盥洗台镜前看到了一张憔悴的脸，眼睛里细小的血丝似乎在揭露着身体上的伤口，她突然觉得很苦闷，怔怔地望着镜子中的自己一言不发。三天过去了，老总一直没有明确态度，这让她感到忐忑不安。她决定再等一天，如果老总仍然优柔寡断，自己也就没有必要继续留在公司了。

　　刚上班，司马尧就把方茗叫到办公室。方茗看着神色凝重的司马尧，感觉到事情并没有自己想象的那么顺利。

　　"你觉得债务应该怎么清理为好！"

　　"以规范的市场商业模式为主，保留关系客户为辅，通过提高销售量和利润率的办法将债务风险降下来。要尽快成立清理债务小组，对所有债务人进行全面的信用状况调查和追收债务。我已经安排财务部门制定出结算方式，形成制度，由清欠小组下到每一户进行实地追收，需要依靠法律手段的就走法律路径。"

"由财务来清理债务怎么样?"

"仅靠财务部门是有问题的,财务不是业务交易的当事人,不能控制风险的初发期,还需要其他部门配合。"

"好,你去安排开会,明天就开始行动!"

司马尧的态度虽然是方茗所希望的,但还是让她感到意外。面前的司马尧,虽然眼神依然果断和坚定,可面容却布满了由衷的因割断友情而良心受到谴责的愧疚感。方茗想说点什么,却顿了一下,一言不发地走了出去。

参加会议的人员不多,拢共也就十五个人,但这已是公司全部职工了。大家拥挤着坐在司马尧不大的办公室里。拐角处,一台被污垢包住的电风扇发出微弱的风,屋内的空气并没有因为这股风而改变浑浊的气味,只有方茗身上散发出来的清淡香水味,随着旋转的电风扇,给屋内空气带来些清透和干净。司马尧看了看虽然化了妆,但是依然没有遮盖住疲惫的神色和憔悴神态的方茗,清了清嗓子,发出了义正词严的声音。

"从今天开始,由财务部门牵头成立清欠小组,其他部门必须全力以赴配合,如有不配合和延误清欠工作的,一律追究部门经理责任。财务部尽快制定出相关制度,在制度没有制定出来之前,所有的合同和对外业务全部由财务部做最后的审核。"

方茗看了看司马尧,他古铜色的脸上一双明亮的大眼睛,额角上的皱纹折射着刚毅和坚忍不拔的气度,神情依然是深邃并充满军人的霸气。她不知道老总的信念是否会在谴责声中被摧毁。司马尧说完回头看了一眼方茗,担心这样杂乱无章的氛围会让这个年轻人受到伤害。当他看到方茗望着自己的眼神时,就知道担忧是多余的了。此时,他们彼此之间根本不需要互相问询,甚至也用不着互相担忧,因为他们都知道,妥协代表着失败和灭亡。

窗外,鸟儿在叫,空气中依然残留着花香的味道。追债并没有方茗想象的那么轻松，一些客户利用方茗的羞怯，用下流猥琐的话羞辱和嘲笑着她，有的甚至彼此拿她赌东道。三十天过去了，追债没有取得丝毫进展，身心疲惫的她，回到家中已无力开灯就倒在床上，白天发生的一幕幕又呈现在她的眼前。

"有这么要账的吗？货还没卖完就来催账了。"

"我和你们老总十几年的关系了，这点钱还催得这么紧。"

"司马尧从哪儿找来这么漂亮的妞。给你们老总打个电话，到我这来，不用上班，我养着你，哈哈……"

"什么？到法庭起诉我？你回去问问司马尧在中越战场上我是怎么救了他。"

"当初他刚办公司，要不是鲍老爷子给我家老爷子打电话，求着拿他的货，我还真不稀罕。怎么，现在不给钱就不供货了？忘恩负义的家伙！"

……

黑夜如同往常一样，用平静覆盖着整个城市。方茗感觉到自己走在一个潮湿阴森的洞穴里，赤裸着的双脚下面是冰凉的水。水缓缓地渗透进体内，在不断地麻痹着神经，当她奋力走出洞口的时候，看到一面清澈透明的紫蓝的湖水，水中自己的倒影清晰可见。该死！又是一个稀奇古怪的梦。已经醒来的方茗无法再入眠，从床上坐了起来，梦醒后的状态，让她感觉头皮发紧。大脑无法控制地还在想着梦中的那片湖水，水中倒映出自己修长的身子，笔直笔直的，如同一条垂直的大路，路没有尽头，到处都长满了鲜花和葱绿的树林……

室内有些闷热，她起身走到窗前，呼吸着窗外清新的气息。原来夜晚的空气也一样迷人，她在冥冥之中感觉到明天会有个好的结果。

几天阴雾的天气，终于出太阳了。方茗原本打算如果"抗债"企业继续顽抗，就带人到这些单位安营扎寨进行死磕，谁知突然接到财务室鲁建的电话，说许多欠款已经陆续回到账上。这突如其来的变化，让方茗感觉有点突然，但是兴奋掩盖了疑惑，她没有过多地猜想，只以为这是上天在帮她。她的热血再一次沸腾起来，心中的激情不断地向外焕发。

10月将尽，还是一个闷热的早上，笼罩了一夜的迷雾，如同开了锅的水，热腾腾地飘洒在空气中。方茗把连夜写出来的汇报材料连同准备好的面包一起装到包里，快步走出家门。

办公楼电梯排队的人群已到了门口，方茗顾不得多想，快步踏着黑魆魆的阶梯向楼上走去。由于上得太急，到了九楼司马尧办公室门口时，已经气喘吁吁不能开口说话了。她的这种状态对司马尧来说已是常见的事，他不知道是什么力量，让这个女孩有如此的爆发力，从不会因为挫折而意志消沉，还深深感染着其他人。这种感染力，每时每刻都让司马尧感到震撼，思想随之被燃烧起来，蓬蓬勃勃有了生机。他过去那种狭隘古板的思想被颠覆得很彻底。不知不觉地，司马尧一边学着方茗放眼观察和思考，一边学着通过会计报表分析企业经营。尽管一向讨厌那些密密麻麻数据排列成的报表，但他还是默默尝试着让自己深入进去，有时他也会为自己的这种变化感到不解。

司马尧不想让门外的方茗因为状态而难堪，所以，并没有站起来走出去，而是依然保持着原有的坐姿和状态，嘴里时不时喝一口浓而苦涩的茶水。当方茗从门外走进来的时候，司马尧才慢慢地站了起来走到桌子前面，用手示意坐在陈旧的沙发上。然后拿起一个水杯用开水反复地冲洗着，直到认为洗干净了，才倒满了水放在茶几上。

"先喝口水吧。"

"不渴，我先给您汇报我们追收债款的情况吧。"

"听说效果还不错。"

"是的，开始有难度，后来不知道什么原因，那些赖账的客户都突然主动地把款汇来了。可能是上天帮忙了吧。"

司马尧微微地笑了笑没有说话。

"现在公司应收账款比例迅速下降。40%的债务资金已经全部进入了公司账户，但是还有一部分企业债务追起来比较困难。"方茗说完脸上露出了无奈的表情。

"为什么？"司马尧不解地问道。

"各种原因都有，从调查资料来看，很大一部分基本处于无生意状态。"

"如果金额不大，实在追不回来就算了吧。"

"那不行，虽然金额不大，但是，对咱们这样的公司来说，也非同小可呀。"方茗的韧劲又上来了。

"那就不要再催他们了，等有生意了再要吧。"

"那更不行，如果他们突然倒闭或者关门了，那可真成死账了，我再想想吧，想好了向您汇报。"

"最近辛苦了，明天休息一天吧？"司马尧用商量的语气问方茗。

"不行，还有几个待签的合同要审核。"

司马尧对于方茗与自己交流的方式已经完全适应了，甚至有的时候会感到是一种享受，所以他从不在意方茗说话的语气。

"你下一步有什么计划？"

"把所有的资金集中起来，把这笔钱用到刀刃上！"

"不要经常熬夜，现在财务人员也多了，尽量让他们去做。"

"财务室的每个人工作都是超负荷的，他们挺让我感动的。尤其是前段时间下去追债，受了很多苦。"

"那么，这周休息日还加班吗？"

"不加了，我想让大家休息。"

"那好吧，通知清欠小组全体人员，这个休息日公司占用了。"

"啊，还加班呀？"

"等命令！"司马尧严肃地说了一句。

方茗想继续追问，但是看着眼前不苟言笑的老总一脸神秘而严肃的表情，也就不再说话了。

周五刚一下班，公司楼下就已停了一辆小客车。车上全部是清债小组成员，但是谁也不知道要去哪儿，只知道车刚一启动就向郊外的深处驶去。汽车的奔驰声中依稀可以听到海的波涛声，而且越来越近，一夜的雨水打在窗上，变成水雾后沿着玻璃蜿蜒流下。车上的嬉笑声、汽车播放器中的轻音乐声，与淡淡的清风纠缠在一起，让方茗一直绷紧的心放松下来。她透过被雨水洗刷得干干净净的玻璃窗，静静地看着窗外来往的车辆和不远处的深山绿荫，眼前的自然景色让她轻松的心有了一半醉意和怀想。心里想着那些繁忙中忘记了快乐的人，是否在美丽的意境中重现欢颜，那些弄丢和蹉跎了青春的人，是否在老去的那一天还能重寻记忆和懊悔失去的光阴……

　　汽车行驶了一个多小时，停在了一个被山和花包围的建筑群前，随同的秘书只留下一句话："后天下午来接你们。"就连车带人走了。大家愣了片刻，马上明白了老总是让他们来这里度假。在大家的雀跃声中，方茗从内心深处感受到了有着强悍外表的老总内心的柔情。她深情地眺望着远处，一轮太阳正在慢慢被晚霞裹住。

　　院内深处，有一条用五彩的碎石铺成的林间小路。小路一侧是一大片人工竹林，翠绿有形，林间透着竹子的甘甜和清香。另一侧则是一大片在绿草中绽放的五颜六色的花朵，翩跹的蝴蝶自由地飞在其中。方茗和大家一样，沉迷在这个远离嘈杂迷幻都市的美景里，尽情地享受着天空飘落的细而凉爽的雨丝。郊外夜晚不像城里灯火辉煌，没有城里白天喧嚣不止的街道和缭绕于耳的叫卖声。雨过天晴，天空中，闪烁的星星不知疲倦地装点着漆黑而平静的夜晚，如水的月光毫无遮拦地倾泻而下，朦胧的月色仿佛一条若隐若现的面纱，为这个寂静的夜，增添了一份独特的美感。彻底放松了精神，疲劳太久的泡在浴缸里的方茗感觉自己复活了。

　　第二天，太阳刚刚升起，他们爬到山顶上。方茗看着同伴们在不远处嬉闹，选了一个可以眺望山下远处密集高楼的地方坐了下来，想看看是否能从中找出公司那所旧楼，内心猜测着老总现在在干什么。也许很孤单地坐在办公室，在想着如何给朋友解释自己的过错？或许为失去朋友而痛苦，沉浸在懊丧和愧疚当中？或许埋怨她把培植了多年的朋友变为仇人？也许一个人孤单地看着窗外……想到这里，方茗的心里有了酸楚和内疚的感觉。但是这种感觉刚在脑海中有了闪念，她就即刻鼓励自己决不能妥协在人情世故中。如果放弃基本底线，那么在这个充满诱惑和竞争的资本市场中，就无法跨越疯狂为所有怀揣欲望者设下的一个又一个的魔咒。这些咒语在不断加大游戏参与者华丽梦想的筹码的时候，又不断地毁灭着他们的人生轨迹甚至剥夺他们的生命。优胜劣汰的法则不断地被操纵成部分人手中的游戏规则，它在竞争者的较量中不断遭到摧毁，又不断地获得新生。大浪淘沙的残酷，在资本市场中被演绎得淋漓尽致。稍有一点点的妥协就会在这个残酷的战场中被击垮和遭受到巨大的伤害。方茗从内心深处认为，自己的使命注定就是辅助老总在这样一个硝烟弥漫的战场中，凭借自己的知识和对市场的感悟扭转走偏了的公司。

第七章　理想破灭

连续几天的雨，屋里屋外到处都弥漫着浓浓湿气。当多日不见的太阳刚刚从地平线上升起来，鲍静便把被子晾在了阳台上，毫无表情的脸在阳光的照射下，露出了许多细小的皱纹。几个月来，丈夫越来越冷漠的态度，让她的内心一直堵着块石头无法释怀，情绪和精神也一直无法振作起来。自己本应该可以把丈夫空穴来风的意念，扼杀在继续扩大和毁掉儿子前途之前，可是最终结果还是在丈夫背叛之后，又带走了在政界最有发展的大儿子。尤其无法明白的是，一直与自己结成同盟的大儿子，竟然在选择弃政从商的态度上和父亲如此的相同和坚定。她不明白自己的思维究竟在什么地方和父子俩出现了如此大的差异。自己只不过就是觉得女人的婚后社会地位应该用丈夫的光彩来照亮，即使丈夫不能帮助她实现，至少也得理解和感激自己的用心良苦。可是突如其来的变化，完全砸碎了她心中隐藏的美妙梦想和前景设计，让她第一次感觉到自己的权力和家中的地位岌岌可危，希望也已到了尽头。

起初，为了阻止大儿子的背叛行为，她试图用号啕大哭的方式来表达自己被蔑视了的权威和不满，当透过被泪珠包裹住的眼睛看到了父子俩冷漠的表情时，她有了被人羞辱般的感觉。内心的不满和不甘心让她想方设法要将不满爆发在丈夫身上，可是他们之间已经冷战了几个星期了，她不想放弃原则主动与丈夫说话，只是内心的怒火已经开始在身体中蠢蠢欲动。

她隔着阳台的玻璃向屋内环顾了一圈，屋里除了正在看书的丈夫，就是打游戏的女儿司马智敏，想了想将已经张开又闭上的嘴咧开，发出了巨大的喊声："智敏！你多大了还打游戏？来干活儿，我也不是你们的奴隶！"

"老妈呀，有火最好发在自己的丈夫身上吧！我是您唯一的女儿，而且弹指一挥间也该到了独立的年龄了。再说也不应该掩饰发火的目标吧，爸，赶快接招吧，接受自己妻子历史的洗礼，别让我当攻击的靶子！"司马智敏一边调侃一边继续玩着手中的游戏。

母女俩的对话并没有引起司马尧的注意，他依然全神贯注地阅读着手中前几天买的本杰明·格雷厄姆的书《聪明的投资者》。

本想以对女儿发火来引起丈夫的注意，没想到他无动于衷，似乎根本就没有看到自己的存在。这样的态度让她又一次感到自己处在了一个从未有过的难堪境地。为了不至于更加的难堪，就继续提高了嗓音。

"我的好意被你们这些没有知觉的人忽略了的感觉真的是让人窝火！"

"妈——能不能不要把自个儿的不幸再继续扩大，毁掉我们没关系，别毁掉您自己的幸福。"

"臭丫头，我毁谁了？是你们一个个地在轮番毁着我的理想和破灭着我的未来！"

"我爸不是为了您未来更加辉煌而在奋斗终生吗？就知足吧！我将来要是也有这样一个好丈夫，那我的人生可就值了！"司马智敏放下手中的游戏机，站起来走到一直在低头看书、一言不发的父亲身边，俯下身来，将嘴贴在爸爸的耳旁。

"爸，沉默可不是男人的本色！"

司马尧抬起头，用慈祥的眼神瞪了女儿一眼，放下书走到桌前，倒了一杯水，一口接一口地喝着。

"让你不悦的人不是家人，而是自己的不豁达！"

冷战之后丈夫的第一句话就让鲍静火不打一处来。

"把自己装扮成一个读书人的模样不觉得搞笑吗？刚看到生命的亮

色，就被推到了万劫不复的黑暗谷底，周围的朋友都完全得罪光了，你还有什么资格给我讲豁达！"

"读书人不是靠伪装，而是行为中体现出的修养和包容！"

看着妻子并没有休战的意思，司马尧说完拿着书向门外走去。

"骨子里残留的劣根性通过读书是洗刷不干净的。"看着丈夫走出去的背影，鲍静提高嗓门追喊了一句。

"妈，今后说话能不能不要这么刻薄。您可知道，刻薄的女人可是不讨男人喜欢的哟。"

"你爸从来都没有爱过我，他是个冷血动物，不知道爱是什么！他现在学会了消极对抗，要么就是几天不说话，要么就是躲在外面不回来，你瞧，又出去了。"

"你们那个年代的婚姻根本就不是以爱为基础的，而是青春激素萌发下的冲动。"

"小小年纪怎么懂这么多？不会是言情小说看得太多，早恋了吧？"女儿的话让鲍静有了警觉。

"放心吧，我才不会牺牲自己成全他人。"

"你爸和你哥这种无政府主义的泛滥，就是我平日里迁就得太多了。"

"说起迁就，那还真是我爸一直用两颗心在迁就着您。他一颗心在流血，一颗心在宽容。做到这一点是多不容易啊！您的独裁性格会让我爸厌恶这个家庭的！每个男人都需要女人给他一片挥洒自己热血的空间。如果确实感觉生活中不需要我爸了，就彼此放手，各自找回自己的自由。"

"别说那么难听，谁独裁了？我早就想离婚了，只是割舍不下你们几个！"

"那就在您的舞伴中找一个比我爸强的人，带回家刺激我爸冷却了的心，让他永世不得翻身。"

"去，胡扯什么。"

"那就不要再闹了，您一天到晚地忙活文化站的事情，天天男女在一起莺歌燕舞，回到家也经常是深更半夜。我爸是传统观念非常浓厚的人，可是人家从来就没有要求您什么。现在我爸的公司做得又不错。而且您自己也知道，仅靠您的力量根本改变不了已经发生的一切。"

"我只是觉得委屈，觉得窝囊，嫁给他这样的人，又为他生了三个孩子，他就不能消停点给我点面子吗？我就是为自己当初选择感到不值……我当初为什么那么傻？早知道他是这样的人，我就应该……"

说到这里，鲍静哽咽了，大滴的眼泪顺着脸颊流了下来。情绪的突然变化，让司马智敏第一次看到了母亲从未有过的软弱和无助，她为自己毫无顾忌的话感到内疚和懊悔，心痛地抱住了母亲微微发抖的肩膀，自己的眼睛里也开始湿润了。

"妈——您其实挺伟大和勇敢的，嫁给我爸就足以看出您的非凡勇气和脱俗的修养。但是一开始追求的根基就出问题了。那个年代追求的美就是军人的霸气，所以这一种潜意识崇拜的力量，使您毅然决然地冲破出身造成的世俗的藩篱，追求一种不属于爱的情感。可以说是您的虚荣心成就了这段婚姻，一旦得手后，虚荣心就会不断地膨胀，想索取的东西就随之无限加大，潜意识中就会和上帝似的成为一个禁欲主义者。这种潜意识不允许别人干自己不喜欢的事，而且这种自私感和以自己为中心，会使您的内心充满矛盾和痛楚。这种痛苦其实来源于您忽略了每个人都会有自己的理想和自由。您不可能把所有人的思想和行为都编织到自己设定好的经纬中。"司马智敏说完，转身从桌子上端起了一杯水递给母亲。

"你爸以前对我一直是言听计从的，现在连外公的话他都全当耳旁风。"

"我爸是个人，是人就不能被人强行驾驭，有自己的独立性。如果不能说服叛逆您的人，就和他成为同盟吧。"

"我的脸面让他全丢尽了，一夜之间就变成小商贩的家属。还让我与他同流合污？然后全身散发着小商人的俗气吗？那我可做不到。瞧瞧你爸做事有多损吧，前一段时间，为了要债，竟然搬动了政府相关部门，说如果不还钱就要把他们送到法庭，吓得这些朋友都赶快把钱还了。虽然把钱还了，但是他们都跑到我和你外公面前，骂他不念旧情。最后还不是我低三下四地给人家赔不是、求原谅。我图什么？还不是为他好。"

"您的做法我爸不也表示了感激吗？"

"闷着不说话，那是感谢的态度吗？就像西方传说的，鳄鱼捕到猎物时，一边贪婪地吞噬，一边假惺惺地流泪。再说了，他的态度对我来说怎么可以抵得上外面人的恶语中伤？"

"别在乎别人怎么说。他们才是无赖，欠债还钱是天经地义的事情。您也知道他们不还钱我爸就要背上沉重的债务——谁哭谁笑您应该算得过来吧。"

"可是，我就觉得对不起你外公，临到老了还要背上一个只认钱不认人的名声。"

"我听说，爸爸招的财务总监非常厉害，实施的第一个追债行动，就让公司起死回生。等我爸挣钱了再替外公去还面子债不就可以了。"

"他农民出身，又没有什么文化——怎么可能成功！本以为你大哥可以完成我和你外公的愿望，没想到唯一的希望也被你爸身上的邪气带到沟里去了。"

"外公一向严以律己，宽以待人。但是您和外公一样，总想把自己的理想和希望寄托在自己后代身上，并且希望他们拥有和你们一样的权力及社会地位。这就要靠运气，外公的运气就不好，他的抱负理想寄托在我舅舅身上，可是舅舅却没有争强好胜的品性，而您具备了外公演讲家的口才和霸气，可惜又是女流之辈。所以，你们现在都把希望寄托在我爸和大哥身上，这不公平，凭什么我爸和大哥就要牺牲自己的人生去替您和外公实现没有完成的夙愿？再说，您的另一个错误就是永远以出身来衡量一个人的价值。农民出身怎么了？难道农民出身就可以任人宰割和讥讽吗？外公的父亲不也是农民出身吗？可我外公就可以成为将军！而您不也是靠外公的光环有了瞧不起我爸的资本吗？再说，我爸身上就是既有农民的憨厚又有大丈夫的气概，我就喜欢我爸身上这股子气势。"

"又胡说八道，今后敢给我找一个像你爸这样的人试试！"

"别担心，就一个无价之宝，已经被关在笼子里了，我哪有您老人家这么好的命！"

"臭丫头，尽扯些没用的!"

"妈，生命的意义就在于生活的多彩性。您完全可以尝试着寻找自己的生活乐趣，不要光盯着我们。退一步海阔天空，而且仰望着同一片天空的时候，您也可以看到不同的地方。男人是需要有耐心和包容的。"

鲍静在女儿的劝说下，情绪开始有了好转。

女儿的年龄虽然与两个哥哥相差十几岁，但是性格中却继承了她和丈夫的许多优点。从小就头脑敏捷，文字和语言表达能力极强。如果不是一个女孩子，她一定会把所有的希望放在她身上。家庭的现状让她无法释放内心的委屈，只能无奈地深深吸了一口气，又慢慢地吐了出来。女儿的话很直接也具体。她虽然感觉有些茫然，但是郁结的心情似乎化解了许多，冰冷的心脏也有了跳跃的感觉。此时，她多么希望说这些话的人不是女儿而是自己的丈夫。以前，丈夫不善言辞的性格在她的眼里是美的象征，尤其他两眉之间蕴藏着的军人的霸气，让她为之神魂颠倒。自己自始至终都把这种军人的魂当作灵魂栖息的地方，那里储藏着她的梦想、希望和幸福。结婚以来，对于丈夫宽和仁义的心境，她一直也是知足和享受的。但是这些对她来讲似乎并不重要，因为她真正的志向是希望丈夫替代自己背负起鲍家几代人的光荣，传承娘家的风采和尊贵而骄傲的身份，用德行来展现出鲍家的品格，成为孩子们的典范，巩固自己在社会上高贵的地位。生活中的不如所愿，以及寄托全部希望的丈夫与自己思想的背离和叛逆行为，让她慢慢地失去了希望，爱似乎也在丈夫冷冷的感情打磨下，磨损得只剩下一些美好的记忆。

两天的假期很快就过去了。财务部所有人又投入到紧张忙碌的工作中，为实施下一步计划的冲刺做着准备工作，方茗把这次冲刺称之为公司的新开端。她要充分发挥公司资金在市场交易体系中的最高价值。

自从周一上班的第一小时被定为财务汇报例会，每周司马尧都会早早地来到会议室。虽然他不喜欢数据甚至还有点厌恶，也曾经诅咒过数据，但还是非常好奇财务人员在脸上满是疲惫的情况下，可以精神饱满地以最快的速度把眼花缭乱的数据整合在一起，就如同魔术师，仅用一支笔和小小的计算器，就会梦幻般地把人们想要不想要的结果呈现出来。特别是当他发现，每遇阻挠障碍，都能通过数据找到枯木逢春的灵丹妙药后，好奇心改变了他对财务"记账员"的看法。

"资金回笼后，公司面临的另一个障碍就是如何自主经营的问题。过去注册时是挂靠在国有企业名下的，所以，公司手脚是被捆绑住的，无法施展，更无法开拓其他领域的业务。现在，要尽快解决'红帽子'的问题。"（"红帽子"是指私营业主进行企业注册时，找一个国有或集体单位，挂靠在它下面，然后注册为全民所有制企业或集体企业。这也是改革开放之初所特有的现象。"红帽子"企业虽然要受到主管部门的许多束缚，但同时可以顺利获得贷款、项目划拨等诸多好处。）司马尧知道每次汇报会上方茗都会提出新的问题，但是这次的问题还是让他很是意外。

"那资产和银行贷款怎么办？"

"鲁建把具体情况给老总汇报一下。"方茗侧过脸将目光转向了一个三十岁左右，额头上布着与年龄不对接的淡淡皱纹，略微发黑的脸颊上戴着一副厚厚的黑框眼镜，留着整齐的短发，眉宇之间透着孜孜不倦苦学之气的男子。

"我们把资产清算了一下，公司现在除了五间办公室、办公家具和一辆桑塔纳汽车以外，几乎没有其他资产。应收的债务基本都追回来了，剩下还没有归还的欠款，大部分来自私人借款和一些生产建筑材料的小企业，这些借款与账面应付账款基本持平。也就是说，如果把所有欠款追回来，公司的债务只限于和银行之间的债务。"

"剩下的债务不是无法追回来了吗？"

"债务的压力要从改变经营模式中解决，只要尽快解决经营脱钩的问题，就可以缓解资金带来的压力。公司注册时虽然是挂靠国企，但是他们并没有实际货币资金进入，充其量也就是投入的无形资产。我们可以先找评估机构把资产价值进行评估，然后向政府打报告，要求将资产按照'谁投资，谁拥有'的产权界定原则，将部分产权量化到公司，然后将公司转换成股份制后，向政府提出申请，要求把公司资产及债权、债务全部转到股份制，由新体制的企业负责。"方茗纯专业的财务思维并没有让司马尧马上明白其中的意思。毕竟资本市场他还是一个门外汉。

"那不就成为合资企业了吗？"

"即便是合资，根据您投资的资金来计算，也会成为大股东并且掌握公司的经营权。最主要的是被捆绑的手脚放开了，今后多样化的经营模式就不会受到母公司的约束了。"一个戴着度数很深的眼镜，个子不高，白净的脸上带有一点点雀斑，名叫马莎莎的女孩抢着做了回答。

"怎么保证可以获得经营权？"

"根据财务部的初步资产价值评价，这栋楼已经属于即将报废的建筑物，公司的办公场地也不值什么钱了。现在关键就是老总如何敲开政府的大门，最好是让政府彻底放手，公司获得独立经营权。"方茗说完抿嘴向司马尧微笑着，眼神中流露着顽皮的神态。

"好吧，交给我来办。"

司马尧话音刚一落地，方茗马上转过头看了一眼坐在自己身边一直在做记录的，身材高挑，在白净光滑的脸上长着一双大眼睛和长睫毛的女孩。

"邹萧烟——你赶快给政府写报告，明天报给老总。"

方茗的雷厉风行让司马尧心里苦笑，心里喃喃地念叨着："又被这个小家伙绑架了。"但是他的脸上依然保留着严肃而庄重的神态。

星期五下班后，方茗与司马尧一起来到了坐落在市中心的大华大酒店，这里豪华的雅间和精致菜单上的价格，都显示出了今天招待的客人非同一般。来的政府领导与司马尧很熟悉。方茗知道今天晚宴的重要性，所以在用餐期间基本没有说话，只是用心地听着他们的交谈。而司马尧则是在说话的时候不时地转过头看看她，似乎在征求意见，而方茗就不失时机地用眼神做着提示。晚宴结束时，方茗已是满头大汗，送走客人后长长地出了口气。

"终于结束了——哎呀——好紧张！"

"为什么紧张？领导已经答应我们的请求，而且也同意独立经营，这不是得到圆满的结果了吗？"司马尧不解地问道。

"那也紧张，从来没见过这么多大领导，而且还和他们一个桌子上吃饭。问题解决了，好开心。"方茗说完张开双臂，仰首望着布满星星的天空，在原地转了半个圈，然后突然停了下来，若有所思地问道，"刚才张局长说传统的产权制度下，土地的国有和集体性质严重阻碍了经济的发展，要发展就必须突破土地产权的制约……嗯……这说明……国家土地将会作为最大宗的投资品投放市场，以此成为地方财政的根基是吗？"

"是的，怎么了？又有什么想法？"每当方茗提问的时候，经常会有一连串的想法从她脑中蹦出来。

"我在想，如果政府土地按照这样的模式改革，那么就会有大量政策来激励企业资本流入土地市场，土地市场的变革也就会有大量的增值空间。如果我们现在趁着政策还没有完全公开，在土地价格最低的时候，抓住这个时机，进入这个市场，可想而知它会是什么样的结果。"

司马尧看了一眼由于兴奋脸色泛起红色的方茗，神情逐渐变得持重，静静地思考了片刻。

"你的意思是我们甩掉建材贸易业务，而做地产生意？"

"不能甩掉建材贸易业务。今天领导已经同意我们脱钩的提议，那么就没有必要循规蹈矩地只做建材贸易，什么赚钱就做什么。再说，资本市场没有打不破的模式，只有打不破的规律，这个规律就是人们对金钱的欲望。"

"小小年纪对金钱意识还挺强！"

"金钱代表一个人的智慧转变成有价值的成果。金钱可以决定你有什么样的朋友圈，决定你有什么样的社会地位，决定着可以进入哪些场合吃饭。所以，做财务的人喜欢的不是金钱本身，而是可以决定你是否有社会上层领域的价值。金钱甚至可以决定我们公司未来是继续待在简陋的办公室，还是搬到一个可以照射阳光的高楼大厦里！"

"你有这样的野心，平时还真的没看出来。"司马尧嘴角带着微笑向上翘起。

"野心是成就梦想的基础，我要用我的财务野心把公司创造成一个帝国！"方茗信心满满地说道。

受到方茗思想的感染，司马尧的意识也兴奋起来，扫走了内心的烦恼、孤独、寂寞、痛苦。他感觉现实中一切都变得如此美好，生命也有了依傍。他决定大胆地继续放权给方茗，与她携手为实现帝国梦而努力奋斗。

"今后不要考虑我的想法，大胆地去做，我完全支持！"司马尧的话让方茗眼睛湿润起来，她感觉到自己的生命充满了无限的动力，信任将开启她智慧的大门。

刚上班，司马智杰就来到爸爸的办公室，一进门就急切地嚷嚷着。

"爸，我听说公司要用资金购买土地，这种乱七八糟的做法又是方茗蛊惑的吧！趁着还没有开始，赶快制止住这种鲁莽的做法吧！"

站立在窗边浇花的司马尧，放下手中的喷壶，侧过身看了一眼满脸通红的儿子。

"好的投资项目我为什么要砍掉？"

"爸，投资可不是玄学，这里玩的可全是真金白银，咱们输不起的！您不要把一只手建造起来的东西，用另一只手给毁掉了！"

"还没做，你怎么就知道会输？"司马尧语气中带有不满的意味。

"我们是做贸易的，干吗要去做风马牛不相干的事情？一个小丫头凭什么就得到您的信任？甚至把一个公司交给她治理？"

"就因为她具备了让我信任的资本！就凭她在做每件事情之前都经过深思熟虑，以及她看问题、思考问题和处理问题的智慧！这些智慧发挥的结果就是让公司有了真真切切的效益！"

"行者无意，观者有心。爸，您才是公司真正的老板呀！一切总要有个度吧！"

"你把握好自己行事做人的度就好了！最近怎么晓睿没来家里了？"

"人家是市长的千金，怎么可能总往我们一个商人家里跑？爸，我就不明白了，为什么我们非要高攀一个市长的女儿，再说柴晓睿根本不是我喜欢的类型。"

"那是外公介绍的，人家女孩就喜欢你。何况晓睿也是个难得的好女孩，你就知足吧。马上就要结婚了，下班给我好好地在家待着!"

"您不觉得强行给我的这个婚姻是个失去自由的牢笼吗？而且充满了要杀死我的阴气!"

"胡扯什么!"

"爸，您就不可以帮我抗争吗?"

"那是因为晓睿是一个难得的好孩子，人家孩子能够看上咱们家，是你小子的福气，是咱们在高攀人家!"

"我不想高攀，我就想像我妈一样低就。"

"混账小子，滚蛋!"

司马尧被儿子的话激怒了，神情异常庄重，用手狠狠地拍了一下桌子，随后站起身来，一言不发地走了出去。司马智杰看着父亲走出门的背影，嘴里嘟囔着：

"没有阳光，幽灵式的思想。"

说完，满脸不悦和无奈地尾随着父亲也走了出去。

第八章　抓住机遇

进入12月，北方已是北国风光、万里雪飘的季节，可是在这座位于南边的城市里，却阳光明媚，依然会感觉到一丝丝热风的暖意。路旁的树木、小草丝毫没有要变黄的意思，反而还绽放出更加翠绿的色彩。太阳朦胧地照在树叶上，让树叶反射出银色的光芒。没有被季节摧毁凋谢的花朵，依然如同这座城市中的人，充满了强悍的生命力和与大自然抗衡的力量。

"此次土地改革，主要是在不改变土地国有性质的条件下，把土地的使用权——而非产权，在土地市场进行拍卖，既改变了土地的原有制度，又不改变土地所有权的性质，还能使土地资源有效地按照供求原则配置，实现土地所有权与使用权的两权分离。

"根据我在政府部门工作的同学提供信息，第一批投放土地应该在A区，有三块土地要放到市场，这些土地使用权可以有偿出让、转让、抵押。

"前天，政府已经先行试水，以每平方米200元的出让金，把一块编号为B211-1的土地有偿出让给航空进出口公司U工贸中心，总价106万元。根据这个价格推算，A区土地每平方米大概价格150元左右。"

会议室里，司马尧静静地听着财务工作汇报，不时地转过头端详着满脸喜悦的方茗，坚毅的脸上不时被她的情绪所感染而露出丝丝的笑容。

"根据财务测算，公司现有的资金完全可以拿到A区一块土地，这是我们的调查和测算报告，请老总审阅。"

方茗的话让司马尧回过神来，神情也随之由喜悦转为庄重。他翻看了一下手中的报告，但是并没有仔细阅读。他知道方茗思考的问题永远不会是在盲目中突发起来的，都是沉淀后理性明智的结晶，所以自己不需要把时间浪费在阅读上。

"这个计划有创意，但是买地计划干什么？"

"先以土地做抵押向银行贷款，盘活我们的资金流。"

"你的意思是有计划地购买政府出让的土地，增值后再出让？那是否考虑过一旦有风险怎么办？我在一本书上看到一个这样的故事：不要把房子建在夏天的沙堆上，当享受沙滩和阳光的乐趣时，需要考虑暴风雨。"

"那是因为人类无法控制大自然。而我们会随时按照掌握政府的土地计划出量信息，来及时调整资金结构。"

"不简单呀，财务人员都成政府机构的卧底了。我不知道的事情，财务部门都掌握了可靠的消息了！哈哈！"

向来严肃的司马尧开怀的笑声，让会场里的人也沉浸在轻松愉悦中。大家对老总说话时也多少流露出了一点点的放肆。

"你们这帮小家伙，只许成功可不许失败哟。"

"老总，成功后您要请我们吃饭哟。"

"老总，失败对我们来说只是个概率学上的错误。"

财务人员七嘴八舌地与司马尧调侃起来。

"不能总依靠老总的关系呀，朋友是个宝，越用越薄。我招的财务人员大部分都是金融、法律学院的。他们的同学基本分布在各大机关、律师事务所和一些大型企业里。所以，一些小的消息就靠他们了，老总您就在关键的时候磨一剑吧，比如买地的贷款就要靠您了哟。"

"贷款资料准备好后就即刻交给我！"

司马尧说话的语气里透出了揭竿而起的勇气。

世界上有些人永远做着出人意料，甚至违背常规的事。方茗浑身的正能量让司马尧的身体完全脱离了原来的躯壳——灵魂、生命、器官、意识，就连呼吸都被这种力量改变和完善着。自命是睿智坚强的，下海的时候本以为靠着胆魄只要握着舵，创业之舟就会向着自己设定的目标驶去。没想到，设计了许多的可能性，唯一把自己的不足忘了，当下海遇到凶狠的浪潮时，他的脑筋里常常变得一片空虚。自认为涉世很深足智多谋，却连一个不大的暗礁都无法跃过，还差点丢了舵。而这个女孩每次的变革思想都如同一根细细的银针，瞬间刺到身上的每条神经，点燃他已不再年轻身躯的热血和强大的爆发力。

窗外乌云还没有散，可是阳光已经从云的缝隙中透了出来。公司在短时间内获得了银行的贷款。

司马尧一大早来到方茗的办公室。

"贷款办下来了吧？"

"钱已经到账了，申请的政府无偿划拨的C区土地手续也都已经办完了。有偿购买的A区的土地手续也办完了，而且政府为了支持我们，又返还了部分土地款。"

"我看了你的报告，这块土地不打算出手，准备盖房子？"

"霍英东说过一句话：'有土地，怎么会没有钱？'钱可以从土地中来。根据财务计算结果显示，买土地回报率虽然不低，但是一旦政府加大土地的放量，后期就会有一定的影响。而如果我们开发房子出售，结果就不一样了。"

"你的意思是我们把卖土地改为卖房子？"

虽然司马尧在方茗给他的报告中，已经知道了全部计划，但是还是面露疑惑与惊奇之色，他想更进一步地了解报告中没有提及的更细的想法。

"由于属于经济改革城市，宽松的入户门槛让成千上万怀揣梦想的人来到这里。根据财务部调查，现在城市人口已将近2500万，这个数字还以每年10%的速度在递增。所以，房子的销售市场未来是非常可观的，回报率也是不错的。"

"可咱们对开发房地产并没有经验呀。"

"您忘了，我们是做建材贸易的，也属于半个行当里的人。"

"我们的建筑材料量很少，需要大量外援，那成本也不低啊！"

"没关系，目前公司的应收账款大都来自于小型轧钢厂、水泥厂、保温材料厂，如果我们收购他们，建立起生产基地，形成链条经营，就既能保证建筑材料的质量，又能减少开发成本。"

"收购这些企业会占用多少资金？"

"收购这些企业不需要多少资金。根据财务最新统计的应收账款情况来看，如果强行让这些小企业支付货款比较难，并且极有可能使他们濒临倒闭。如果我们采取'债转股'的形式进行重组，公司就大大减少了人力和技术成本。"

"昨天鲁建报来的资料我看了，对这些企业即便采取'债转股'，我们持有的股权也不会太大吧？"

"没错，他们债务的大头是银行。这一点我考虑可以和银行商量，从银行以低价购买这些濒临倒闭企业的债权包，然后按照他们原实际贷款金额进行债转股。财务部测算了，如果得到银行的同意，我们就可以顺利稀释他们的股权，成为这些企业最大的持股人。"

"这些企业大都是亏损企业。我们接手，岂不是包袱很重啊？而且把应收账款变成股权是不是风险太大？"

"经过调整经营结构和清理债务，公司逾期应收账款发生率已控制在10%左右，呆账、坏账率控制在2%以下。所以，资金对我们来说已经不是大问题了。计划收购的这些工厂虽然规模小而且亏损，但也恰恰是我看中他们的地方。既然收回债务的可能性不太大，按照国家企业所得税法优惠政策规定，可以通过收购亏损企业，用公司实现的利润弥补亏损，以此减少咱们上缴的企业所得税，我想这也是国家的意图。"

"那专业技术力量怎么解决？"

"通过债转股收购这些企业的目的，就是要利用他们的生产线和熟练的操作工。然后再收购一些有资质、技术也有一定规模的建筑公司，对我们来说将如虎添翼。"

"有合适的公司吗？看来你已经有了目标了吧？"

"有一个公司比较符合收购的要求。"

"是国有的还是民营的？"

"是一个叫华明建筑公司的民营企业。我们对这个公司财务以及经营结构做了调查，这家企业做了很多年，无论是从技术上还是规模上都符合我们要求。"

"华明建筑公司我知道，是一家比较有实力的企业，这样的企业怎么会同意被我们收购？"

"您说的那是前几年的事情了，近几年他们由于扩张太快管理跟不上，已经被应付账款拖得筋疲力尽。他们从银行贷的款都已经到期，公司的偿贷能力越来越差。而一些分销商和零售商无法按时付款也造成了严重的财务危机。最主要的是，原来与他们有合作关系的人都不愿意再拆借资金给他们。如果我们此时以低价收购，他们也应该是可以接受的。这样就全部解决了我们技术结构、材料基地和建筑施工力量的问题。"

"一下收购这些企业，在管理上会不会有问题？"

"我们先收购，然后进行重组，管理上不会有问题的！"

"我听说过华明建筑公司老总钱绪是一头倔驴，收购他可不是一件容易的事情。"

"我来试试，一定会有办法的。"

"这个计划很缜密，我也同意。银行的事情就由我来解决。只是流动资金怎么解决？"

"我已安排财务人员通过净现值（NPV）、内部报酬率（IRR）和盈利指数（PI）投资决策指标进行预测，然后根据测算的结果来确定业务的调整。"

"需要什么支持吗？"

方茗说的专业术语司马尧很难听懂，他没有继续追问下去。在他的头脑中，只要是方茗提出的计划完全配合和支持就好了。

"需要市场部门给我们提供一个市场调查报告，我们根据报告进行项目投资风险评估。"

"好的，我安排市场部门进行调查。时间限定？"

"越快越好。"

方茗刚一离开，司马尧就让徐秘书把司马智杰叫到他的办公室。

"你尽快组织人员去调查一下本市房子销售市场的具体情况，越细越好。"

父亲突如其来的安排让司马智杰感觉到非常的不满。

"为什么您总是让大家陪着方茗玩游戏？"

看着儿子放荡不羁的态度，司马尧的脸上渐渐有了不悦之色。他不知道儿子在外读了几年书，为什么身上会有一种痞子味道和玩世不恭的处世态度。他对自己的孩子没有多高的要求，只要粗略明了些事理就是对自己心灵的宽慰，儿子不思进取的状态让他多了几分惆怅。司马智杰看着爸爸半天没说话，只是用冷冷的眼神看着自己，不知所措地舔着干燥的嘴唇，嘴角勉强露出一丝丝假笑。看着儿子的表情，司马尧最终还是强忍住已经到了嗓子的怒火，态度也平静了许多，但是语气依然保持着冷而坚硬的气势。

"如果说得对为什么不采纳？所以，这次听好了，收起你吊儿郎当的作风，好好做一次让我看看。"

"有选择吗？"

"有，在你自动辞职之后。否则，从现在开始计时，只有四十八个小时。"

司马智杰看了下手腕上的表，一边往外走，一边嘟囔着："暴君！"

从小到大，父亲几乎没有对自己动手或者责骂。当他调皮和在外面闯祸的时候，母亲的暴力对他来说都无济于事，只有父亲冷冷的态度和晦疑莫测似有弦外之音的眼神，让他从内心深处产生畏惧感。每当父亲用这种眼神看自己的时候，司马智杰的身体上就会有一种神经质的恐惧，让他无法也根本不敢和父亲的眼神对视。这种状况虽然随着时间的推移略有改变，但是内心存留的余悸还是让他不敢完全的放肆。

遭受了父亲的态度鞭挞之后，满脸不情愿的司马智杰从办公室走出来，楼道里碰到方茗与王玉洁，在擦肩走过去的时候，他停住脚步折过身子走到方茗面前，将脸向前靠了靠，眼睛紧紧地盯着方茗的双目，然后直立起身体，摆出一副盛气凌人的架势，语气略带讥讽：

"外表气势非凡，可从眼睛里我看到了一股别有用心的神态！"

对于司马智杰的无理取闹，方茗已经是司空见惯了。自从他进入公司的第一天，就没有停止过对她的攻击和骚扰。对于面前这个低俗、没有志向、没有思想、没有灵魂的人，方茗实在是没有多余的兴趣和时间来迎合。她想绕道离开，但是本来就不宽裕的过道，被司马智杰堵住了。

本想以这种方法激怒方茗，自己可以借此机会好好地惩治一下这个让他沉迷和毅然辞职而对方眼神中永远流露着孤傲神态的不知好歹的女孩。刚开始他装出瞧不起她的神气，然后又想方设法找机会搭讪，可是她的表情永远都是不屑一顾。遭受到无数次鄙视后，反而更激起他内心对残酷美感占有的欲望，只要遇到方茗，放荡不羁的性格就会让他无法控制内心猥琐的外露。

面对司马智杰痞子状态下的挑衅，方茗从来都不会被激怒，反而总是一脸淡淡的嘲笑和轻蔑的眼神，继而从嘴里发出几声冷笑。这种冷反击的力量不但没有让司马智杰的战斗力降低，反而更加让他的语言攻击变本加厉。

"俗话说'不叫的狗咬人最痛'。不管你辅佐老爷子的动机伪装得多么逼真，我都会揭露得淋漓尽致。"

"那好呀，先让我看看你的目的是否可以实现……嗯……你双目灰暗，说明阳气过盛，似乎伤了元气。印堂过红代表血脂异常、血压高、脾气大、易中风，看来你怕是有心无力呀！"

"哈哈……哈哈……有点意思，我一直不明白你这个举止异样的女孩，在用什么法力颠覆公司固有的模式，扰乱老爷子的举措和意识。啊，原来是用了巫术？"

方茗微微地扬起眉头，平视着司马智杰，嘴角依然是冷冷的微笑。

"你的这种苟且行为，不但不会把我击垮，反而会更加催生我的斗志像花儿一样地绽放……哈哈……哈哈……"

一阵嘲笑声伴随着一股冷气，方茗从容地转过身向来路走去。

此时司马智杰的愤怒由于没有得到反抗和哀求而显得无的放矢，僵直地站在那儿，喘着粗气没有再说话，只是用两只带血丝的眼睛看着远去的方茗。

"方经理，你一定要提防这个人，他呀……咳，对待有姿色的女人，时刻都存在着占有欲望。你千万不要惹急他了，否则他会像狗一样跳墙。"

王玉洁最后的一句话让方茗忍不住再次大笑起来。不太多说话，始终胆怯的王玉洁，自从嫁给一个初中语文老师后，无论是说话的频率，还是词汇量都与从前不一样了，她的话总能让大家有笑的欲望。

第九章　险遭强暴

　　方茗已经习惯下班最后一个离开办公室。楼外面绿地被暮色笼罩，雨后的黄昏有了彩虹。通往公交车站的路边，一片树林中间有一块很大的平地，周围是榕树与瘦小的橡树，郁郁葱葱的山坡上的松树顶上盖着紫色的云雾。晚霞像一条带子，躺在蓝色的山谷中间。春季恬静岑寂的傍晚，没有鸟语，没有人声，没有一丝风影。山坳里驶过的火车，不时远远地传来一声短促的呼啸，街上的行人已屈指可数。方茗一边看着天上稀疏的星星，一边听着耳机里优雅的歌曲。突然，司马智杰不知道从什么地方窜了出来，毫不顾忌地一把抱住了前行的方茗。他要得到和占有她。在他眼里方茗对自己的态度只不过是一种故作羞涩，如果自己主动她就会毫不犹豫地倒在自己的怀里。

　　突如其来的猥亵让方茗因气愤和恐惧颤抖起来，脸如同被炙热的阳光照在上面，发出了灼烧的声音，她感觉到这个禽兽身上黏稠的血腥味。她转过身狠狠地将手甩到他的脸上。方茗突如其来的耳光让从没有遭到过拒绝的司马智杰非常恼火。运动员般的体格、帅气的外貌以及容易动怒的脾气，都显出了他的优势和傲慢。只要喜欢就从来不克制自己，也从来没有羞愧感。受着血气支配和起伏的浪性，有时会突然之间随心所欲和霸道起来。在他的脑海中只要他喜欢，任何人都应该感到受宠若惊和奉承迎合。没有被拒绝过，更没有被人蔑视过，所以，当方茗的手毫无防备地打在他脸上的时候，他发疯般地乱跳，狂叫怒吼。愤怒与傲慢迫使他浑身抽搐，实在不明白眼前这个灰姑娘为什么会拒绝接受他的"水晶鞋"。

方茗努力逃脱了司马智杰的纠缠，回到家中已是筋疲力尽。不大的屋子，但她从门口走了很长时间才倒在床上。在黑暗狭小的房间里，被侮辱后的愤怒让她失控地哭泣和尖叫着，两只手不停地用力地拍打着床沿。当哭得没有力气、嗓子已经发不出声音的时候，她依偎在床边，抬起被凌乱长发遮盖住的脸，毫无表情地看着散在身上的星光，感受到了自己的心在巨大的疼痛中，很快地缩成一块有棱角的石头，怦怦地打磨着身体的每一处，发出一阵一阵如同磨刀的声音。许久后，她竭力地移动了一下发麻没有知觉的双腿站了起来，缓慢地走到窗边静静地看着外面。花园里榕树的气生根随风轻轻地摆动着，与风声发出和谐的鸣声。

　　天空很黑。院子里已是一片寂静，连绵的小雨还在下个不停，毛毛的水珠随风四散飘零。远处不时有几声野猫的叫声，非常刺耳，黑夜越来越深地压在地面上，阴惨惨地让人喘不过气来。桌子上的闹钟随着时针不间断地提示着今天与明天的间隔距离，不停地在沉闷静寂的空气中发出嘀嗒嘀嗒的声音。沉重的音调和窗外的雨声交错并起。天上的星斗不知道什么时候悄悄地被乌云遮住，她伸头看了下很远的地面，心想不知道自己从这里跳下去，会变成什么……会变成飞碟？会变成天空中的云？还是会与空气一起融化？随着脑子里的一阵假想，身子打了个寒噤，她赶忙收回身体关上了窗子，将身体紧紧地缩在了窗下，似乎这样就可以把心中的屈辱和悲哀连同窗扇一同关在屋外。

　　雨停了。当晨光透过玻璃打在窗台一盆娇艳的水仙花瓣上的时候，方茗的情绪也如同初醒的婴儿，不再哭泣，而是寻找着新的生机。一夜的思考、挣扎和调整，方茗已经不再为昨天司马智杰对自己的伤害而深陷在忧伤痛恨之中，受了屈辱的伤口只能在内心中隐藏和慢慢消散在光阴中。当她走进司马尧的办公室汇报工作时，虽然精神还有些萎靡，但是工作状态已经振作了起来。

　　像往常一样，不用司马尧让座，方茗自己就直接坐在对面的沙发上，然后缓慢地打开放在膝上的本子，一字一句地汇报一周的工作进展。方茗的神态让司马尧似乎感觉到了点什么。她看上去很疲惫，脸上凝固着一丝颓丧的表情，一夜之间憔悴了许多，似乎要垮掉了一样。

　　司马尧第一次看到眼前这个女孩有这种不堪的精神状态，心中突然有了微微的不安。他不明白这个开朗豁达的女孩，为什么会突然间如此的疲累。浅粉色的套裙、高跟鞋和常用的香水味道似乎都失去了往日的朝气，白净的脸上布满了一夜无眠的残骸和破碎的伤感。他很想如同父亲一样过去抚摸一下她那忧伤的脸，但是却无法靠近她。司马尧把刚沏好透着淡淡的茉莉香味的清茶放在了方茗面前，用很低的声音轻轻地问道："怎么了？是否身体不舒服，回去休息一天吧！"

司马尧的话让方茗的脸颊微微地颤抖了一下，突然有了想哭的感觉，眼眶好像被身体中的水分浸泡了起来。她不知道，如果哭出来，是否身体和支离破碎的心，会得到释放和解脱，但是很快，她就控制住了自己的情绪。

"嗯……没事的。"

方茗低沉的声音让司马尧更加担忧了，他害怕这个女孩子外弱内强如同植物般的身体被什么外来物所击垮，想问清楚到底是发生了什么事情，让一个精神永远坚强的人，变得如此虚弱。但是他知道，在这种心境下自己是无法继续追问的。他将微微张开的双唇又紧紧地闭上，不再说话，只是静静地看着方茗有点木讷的表情，内心突然充满了内疚。他最直接想到的就是公司崩颓的压力在吞噬着她的健康，让这个女孩子在许多优秀品质下，缺少了同龄人业余生活的趣味。是自己剥夺了她享受其他乐趣的权利，他不知道怎么弥补这个过失。

室外的阳光明媚刺眼，一缕光线打在方茗苍白而消瘦的脸上。可能是这道光太强烈，她无意地用手挡了下眼睛。一直在关注方茗的司马尧赶忙站起来将对面窗子上的窗帘拉上了一角，阳光被遮在了窗外。没有阳光的屋子显得有点灰暗。一直在看着手中材料的方茗没有感觉到这一点的变化。

也许是屋里寂静得太久和司马尧一直的沉默，方茗抬起头看到满脸疑惑看着自己的司马尧，马上振作精神，微微调整了一下坐姿。

"公司收购案，已经……"

"把资料留下来，一会儿再看，我让张师傅送你回去休息，一切明天再说！"司马尧不等方茗继续说下去，就果断地打断了她的话，语气强悍而坚定。

"我真的没事。"

"还说没事，脸色跟黄鼠狼一样。这是命令！起立！向后转！"

"什么……哈……啊呀……老总也会拐着弯骂人了。"方茗被司马尧的冷幽默惹得扑哧一声笑了出来。

长时间的交往，他们之间的交流变得随意和轻松，每次敞开心扉的谈话，司马尧总是会把心里的愿望向她倾诉，而她则不用费心血就可以完全了解他的思想，恰到好处地给出建议与思考。这些建议总是能够让他从中吸收到不少智慧并让自己的思想得到升华。必要时还要有耐心地听她一些有道理的埋怨，似乎这一切都成为一种精神上的依傍。她让他的生活有了跨越式的改变。

看着方茗恢复了笑容，司马尧绷紧的心松弛了下来。

"笑了就好，我喜欢看着你笑。"

这句话是从司马尧咽喉里发出来的，声音低得只有他自己才可以听得到，但是方茗却听到了，她突然觉得心神摇曳，屋子微弱的阳光也随之闪烁着淡淡温情。司马尧也被自己最后一句话震得愣住了，不知道自己为什么会这么说。也许是这个女孩像阳光一样照亮了他，在自己内心世界已经占据了重要地位。他为自己失态感到不安，为了掩饰这种失态，又赶忙说了一句：

"因为你一笑，就说明又有了新的计划，所以要天天笑呀。"

"我这个黄鼠狼给鸡拜年可安的全是好心。"

方茗也赶忙用一句笑言遮掩住自己尴尬的表情。

"方经理现在出发吗?"

司马尧的专车司机张师傅推门进来。

"啊！张师傅不好意思，我的行程有点变动，不出去了。"

张师傅看看司马尧，司马尧知道如果今天不说完，她是不会走的。他只好向张师傅摆了摆手，张师傅扭身走出了办公室。

"根据确定的企业和收购计划，已经与几家企业达成共识。"

"资金的问题是否也落实了？"

"土地、规划、建设等相应的开发手续已经全部办完了，房子已经进入建筑环节。我最近考虑，我们可以现在就将在建的楼盘进行销售，这样就会有很大的一部分资金回来。"

"房子刚打地基就卖？我听说最近房价每天都在上涨，我们为什么不等完工，房价涨到一定的时候再出售？"

"开发房产热必然会导致市场利率这一融资成本随着通货膨胀步步走高，从而加大开发成本的提高，会直接影响新项目的开发和导致资金链断裂。如果我们现在抓住时机出售部分楼花，不但投资价值在短期内实现，还可以将膨胀升高的利息转嫁给购房投资者。"

"那销售的价格怎么确定？"

"财务对此测算了一下，影响现金流入量的主要是价格、销量、市场需求、原材料供应价格、设备的开工率和通用性、企业类型、生产资料供给以及利息支出、税收支出和经营、管理费用支出等企业经营成本等，构成销售价格的外在因素是可预测到的，不会有什么影响。"

看着方茗非常自信的神态，司马尧微笑着没再说什么。方茗周密大胆的计划，又一次让司马尧无比的震惊。她就像一束探照灯光，不时照亮远离公司领域的许多灰暗地方，在这种光芒的投射下，从前看不见或者显得无足轻重的问题和商机现在变得引人注目和尤其重要，只要跟随着她灵性智慧的步伐逐一进行挖掘和探索，就能在许多不可能中寻找出希望。国家改革政策的变化，竟然让这个女孩从中看到了商机，想到将资金投入到房地产开发，而且又恰到好处地在那些小水泥厂、建材厂债务人难于经营的情况下，以最低价格收购这些企业，为创建地产帝国打基础。这个办法使公司大大地减少了成本、人力，缩短了发展期。方茗的这种"轴心概念"真切地给公司提供了独一无二、有效的辐射重组系统，不仅是营销模式创新，更加把以前忽略的时间和资源重新组合起来，把本来低俗的时间段和濒临倒闭的潜力变成生意的高峰期，而且加以最大化地利用。

方茗汇报完后，静静地观察着司马尧脸上凝滞的表情，内心有点担忧老总排斥自己颠覆性的提议，但是她很快就从老总的眼中看到了蕴藏在他内心的强大的爆发力。司马尧静默了半晌后，站了起来干脆地挥了挥手。

"就这么办！"说这句话的时候，司马尧高高举起了自己的右手，似乎只有用手势才能表示出他说话的力量和腔调中钝重的声音。

有了老总的支持和认可，方茗感觉到了被信任的轻松，几天里颇不愉悦的心情得到了舒展。周日，她强迫着给自己放了个假，早早地来到了位于市中心的湖畔公园。公园深处荷花池边的碎石小路两旁，茂密的竹林透着清香的味道。空气中散发着竹子和花交融在一起的香味，引人沉迷。幽僻的小路上人很少。她坐在一个被竹林环绕的石凳上。路边被伪装成树根一样的水泥音箱，传出轻柔得如梦如幻的古琴声音。已经好长时间没有像今天一样放下一切，独处享受着这无边的竹林秋色了。虽然是短暂的，但也足以让她如醉如痴，脑海中想起了有人说过："一个女人的圆满是要依赖男人的力量来成就的。而男人的力量是上天赐给他们的责任，他们要用自己的力量来让女人活在希望中。而女人也是上天派给男人的，她们的责任就是要通过生育将男人的力量传承下去。所以男人和女人不是为了权力，不是为了荣耀，不是为了利益，不是为了金钱，不是为了欢愉而生存于这个世间。"

这个世界那么的博大，而她却在人来人往的大千世界里与司马尧相识结缘，她始终坚信着他们之间会是一种善缘。

周一早上刚上班，鲁建告知方茗有一家公司也在计划收购华明建筑公司。

"收购华明建筑公司的这家企业叫什么你知道吗？他们收购的价位是多少？"

"是外地的一家叫'思达通'的地产公司。由于是外地企业，很难打听到他们出的价格。"

"那就从华明建筑公司内部入手。李冬冬问问你的同学里，有没有在华明建筑公司担任法律顾问的。嗯……还有……华明建筑公司在南区，王玉洁你爱人不是在南区学校吗？让他打听一下有没有华明建筑公司职工的孩子在那儿上学。其他人也都各自找找能够与华明建筑公司有联系的关系！"

方茗快速地将工作部署下去后，又转过身对着一个一直在电脑前忙着工作、长相秀气的女孩说道："李丽你再详细地测算一下华明建筑公司财务状况！"

李丽的嘴里含着一个棒棒糖，右手的拇指和食指向着方茗做了一个圆圈状，嘴里发出细声细气的声音："OK。"

外地企业收购华明建筑公司的消息，打乱了方茗的计划。夜已经很深，她依然在电脑里搜索和研究着华明建筑公司每一个细节，仔细看着总经理钱绪的照片，嘴里喃喃地说着："此人眉间狭窄，说明是个以自我为中心的人，眼睛大而圆，说明此人具有极大的占有欲。不过他的鼻子倒是很长，这又可以说明个性顽固，缺乏柔软性和通融性，看来这个人就像老总说的是一头典型的倔驴。嘴巴很大，说明这个人有梦想而且本能欲望强。耳朵小之人，个性强，度量狭小，易怒，性格轻薄，见异思迁，意志薄弱，不采纳他人之言……"

突然桌边的电话铃响了，王玉洁在电话里告诉方茗，华明建筑公司总经理钱绪的女儿钱烯雯是他爱人班里的学生。紧接着李冬冬在电话里也报告了好消息，收购价格已经发到邮箱里。这些消息让方茗绷紧的大脑一下松弛了下来，嘴里兴奋地大喊了一句："你已将生命的道路指示我，必叫我因见你的面，得着满足的快乐。"《圣经》里的这句话似乎快成了口头禅。她经常会用这句话来调整自己的情绪。

伸了下疲惫的腰身，站起来冲了一杯咖啡走到了窗前。外面不知道什么时候又下起了小雨，看着玻璃上滑落的雨滴，想起小的时候在安徽老家，经常光着小脚丫，站在田埂上看着炊烟在风中摇摆，暮色弥漫的田野美极了。那时的梦想就是能像天空中的小鸟，有一双可以飞翔的翅膀，带她飞到一个闻着空气都可以陶醉的大都市。当考上财经大学远离家乡，来到了这个每天都在发生变化的城市时，才真真切切地体验到了，自己在这所城市强大的身躯和魅力感染下，生命随着跳跃的脉搏无时无刻地放射着无穷的活力。城市的每一条路，每一个弯曲的小道，都如同家乡广阔的田野不断地延伸到蓝天深处，充满了神秘和传奇。她完全融入到了这个梦萦已久、充满了浓浓的血腥博弈和物质浮华的城市里。博弈的人生给了她坚强的翅膀、敏锐的思维和独立的人格及生活价值。她喜欢这个城市每个角落的味道。人世间的残酷让她知道命运要握在自己的手心，而且不断为到达下一站而努力，心情不安在振奋中消失，她内心清楚地知道，离开家乡那一刻起将无法回头。她注视着空荡荡的大街，相信明天太阳升起的时候，这座城市将依然会充满朝气。

二月天酒店一间带有古典气息的雅座，方茗通过王玉洁的爱人邀请钱绪见面。面前这个四十多岁的中年人与照片相比，显得老成了许多。他中等身材，四方脸庞上长着非常突出的浓眉，可能是长年忙于工作，脸上的皮肤显得很粗糙，好像很长时间没睡过安稳觉，两只眼睛深深地陷了进去。他摆出一副高不可攀的神情，仿佛此次的见面让他的身价低了许多。方茗一边观察着钱绪的表情，一边在脑海中回想起来之前老总叮嘱的一句话：

"这个人眉毛比较浓，显示他个性刚强傲慢、顽固、武断，喜欢一意孤行、感情用事，喜欢独处。"老总的分析反倒激起了方茗好斗的心理，她感觉自己此刻是骑着一匹骏马，即将跳过危崖绝壁。

"您好，我是A集团财务总监方茗。"方茗看钱绪没有主动说话的迹象，就先做了自我介绍。钱绪只是嘴角勉强地向上动了一下，默不作声地用大而圆、充满了防备和不屑一顾目光的眼睛看着方茗。

"不好意思打搅了，我们公司想跟贵公司进行合作，不知道您的意向如何。这是《合作意向书》。"看着一直不说话的钱绪，方茗继续主动地说明了意图，并把事先准备好的资料递给了钱绪。

听说要和自己公司合作，钱绪的脸上虽然还是没有笑容，但是警备的眼神变得柔和了许多。他用急速的目光浏览完《合作意向书》，抬起头，眼睛里又恢复了防备和不屑一顾的神态。

"为什么要与你们合作，给我个理由。"

"据我们所知，贵公司由于应收账款无法追回，公司主要靠借款经营，截至去年，债务已经远远超过了债权，每年支付的利息致使贵公司已经连续三年亏损，而且欠缴税金的额度和连带的滞纳金都在增加，在这样的局面下贵公司最多支撑到年底就会达到破产条件。"方茗毫不客气地用犀利的语言直戳钱绪的薄弱点。

　　听到方茗对自己企业财务状况了解得如此清楚，而且毫不掩饰地揭露公司的底牌，钱绪顿时感到自己像是在大庭广众下被别人扒光了衣服，恼羞成怒。他脸部的肌肉随着口中吐出的粗气一上一下地颤抖着，吼道："你……你怎么可以这么无耻地窥探别人的隐私?!"

　　"这不是隐私，这一切都是从大众环节查到的信息。我们之所以掌握和了解这些，就是考虑与贵公司合作的可能性，我希望您不要错过机会，考虑我们的提议，这样既可以保住您辛苦多年建立的企业，又可以继续经营，这是一个双赢的计划。"方茗犀利的语言中略带轻蔑。

　　"你们的合作意向简直是强盗行为!"钱绪如同一头被激怒的狮子发出令人心惊胆战的吼叫声。

　　看到自己的激将法起了作用，方茗内心暗暗发笑。她就是要通过激怒的方法磨碎钱绪的防守，这样才可以顺利进攻。

　　"对于一个面临歇业的企业，我们开的价格已经是非常合适了。"

　　方茗咄咄逼人的话语让钱绪气得站了起来，身体随着内心的愤怒摇摆了几下，什么话也没有说离席而去。

　　"哼，鼻子插根葱，就以为自己是大象了。"方茗冲着钱绪走远了的背影说了一句，然后拿起电话说道，"按第二项计划执行。"

　　第二天，司马尧注视着走进自己办公室的方茗，见她略微抿着的嘴唇没有上翘的笑容，就知道与钱绪的谈话并不顺利。他站起来走到窗前，缓慢地拿起喷壶给窗台上的每盆花细心地浇着水，自言自语地说着："有些花看来是要死了，死了就把它丢掉，花市可挑的花太多了。"

　　方茗知道老总是在暗示自己重选一家公司，她果断地摇了摇头："不行，财务做了许多的调查和计算，只有这家公司才有收购的价值。"

　　"据我所知，与钱绪打交道的人都会不欢而散。"司马尧放下手中的喷壶，转过身摆了摆手，示意方茗坐下。

"这个固执愚蠢的家伙，外表看好像是个有钱人，从五官上来看就是一个孤傲薄命的人。"方茗讥讽地说道。

"哈哈……会看相了。"司马尧被方茗的话逗笑了。

"那家伙确实固执，都到这个时候了，还是一副傲慢的神态。"方茗语气中带有愤慨的意味。

"你打算怎么办？"

"我打算要把价格再往低了降，一定要让他为傲慢付出代价！"

"什么？价格再低，那不就逼着他跑得更远了吗？"司马尧有点不明白。

"他跑得再远我也会把他抓回来！"方茗说着又伸出了紧握的拳头在面前上下顿挫了一下。

此时，方茗的手机响了起来，她看了下手机，然后诡秘地微笑着看了一眼司马尧，嘴里轻声念叨："看我怎么收网！"

电话是鲁建打来的，收购华明建筑公司的外地老总带着人已经来到本市，住在御和园酒店。

"好，你们就按照计划行事。"

方茗放下电话，对着司马尧一脸笑容："老总，需要您出场了，提示下政府领导本土企业被外地企业收购了，会让人们耻笑的。"

"哈哈……钱绪遇上你算是不幸呀！"司马尧一下就明白方茗要干什么，随之开怀大笑。

"这个时代，连苍蝇都是忙碌的。这道菜是我们的了。"看着满怀信心走了出去的方茗，司马尧嘴角挂满了微笑，拿起电话，"张秘书……"

第十章 选择智斗

明珠海鲜餐厅是外地人常来的地方，王玉洁、李冬冬、鲁建几个人围在一张桌子上边吃边聊，紧挨着他们的桌子旁坐着三个东北口音的男子。鲁建一边吃一边大声地说："听说了吗？有一家公司要收购咱们市华明建筑公司。"

"不会吧，哪家公司这么傻，会收购一个马上倒闭的公司？"王玉洁改变了平时细声细气的语气，语气中明显是用足了气力。

"好像是一家外地公司吧。"鲁建说完向大家挤了一下左眼。

"那就不奇怪了，本市企业是不会有人愿意收购华明建筑公司这烂摊子的。"李冬冬站起来装作倒水，围着旁边人的桌子转了一圈。

"哎……听说这家公司还涉及一些法律纠纷。"李丽边说边看了一眼旁边桌子上的人。

"怪不得他们着急往外转，那谁接谁倒霉！"

旁边桌子上的人停止了吃饭，其中一个人结账后，三个人匆匆离开了餐厅。看着离席走出门的三个人，他们高兴地举起酒杯碰了一下，齐声说了一句："结束战斗！"

御和园酒店1132房间里，吃饭的三个人在讨论："老总，怎么办，华明建筑公司看来是有问题。"长相彪悍的男士说完看了一眼对面身材微胖的男人。

"大街上都有人在议论，看来问题不小，我们从外地过来，以前所了解的情况都是华明建筑公司提供的，看来是被骗了。"另一个戴着眼镜、身材细高的男士说完也看了一眼对面身材微胖的男人。

一直没有说话的身材微胖的男人低着头，若有所思地在地上来回走了几圈，然后停下静思了片刻，一脸深思地对着戴着眼镜、身材细高的男士说："黄秘书，赶快订票，我们明天一早就回去。"

"那我们不见钱总了吗？"黄秘书语气中带着提示的意味。

老总将手用力地挥舞了一下。

"不见了！"

钱绪办公室，财务经理急匆匆进来："钱总，税务机关又来催缴税款，现在滞纳金累积越来越多。还有公司几年前给紫瑞公司做的担保贷款，紫瑞公司倒闭后，银行冻结了账户还派人来催还贷款。当时贷款是以办公楼和你家房屋做的抵押，许多财务数据是假的，如果这样下去，向银行提供假报表的违法行为就会被发现。"

"联系一下，收购公司的那个企业什么时候到。"钱绪语气露出焦躁不安的意味。

"我联系了，他们来过又走了。"财务经理一脸愁云。

"为什么？"钱绪惊讶地盯着财务经理茫然的脸。

"嗯……说是取消意向了。"

桌上的电话响了，钱绪看了一下显示的号码，犹豫了一下拿起话筒，脸上挤堆出了一点笑容，用恭敬的语调道："张秘书您好，好长时间没见了，我一直在念叨您，我们公司多亏了政府多年的帮助……啊……有事呀，您说，我一定全力以赴。"

"听说你们公司计划转让呀，有选择的企业了吗？政府领导的意见，从保护当地企业发展的角度来看，还是要选择本市的企业合作，别忘了在企业发展初期政府可是给了你们不少支持哟……当然，选择什么样的合作机构，那是你的权利，我只是建议……哈哈……只是建议……"

钱绪将电话狠狠地摔在地下，愤慨地说道："他妈的，一群混蛋！"

早上，方茗刚一走进办公室，助理就告诉她，华明建筑公司来电话约她今天见面。

"告诉他，没时间。王玉洁，如果钱绪找你爱人，知道该怎么回答吧。"

"没问题，这道菜看来我们吃定了。"说完，王玉洁拿起电话，"老公，钱绪要找你约见方总，就说现在要求被收购的企业太多了，方总没时间与他见面。"

司马尧办公室，司马尧问方茗收购计划进展情况。

"放心吧，这几天钱绪托了不少的人要见我，今天就准备收网了。"

"我听说你们把外地来收购华明建筑公司的企业吓跑了，是吗？"

"不够准确，只能说明收华明建筑公司的企业没有诚意，怎么能够因为道听途说就放弃这块肥肉溜了？"

"你们这些年轻人使的招也真够损的了！"

"老总，您知道为什么美国军队要把一大群基层指挥官送到华尔街做实习股票经纪人吗？就是要锻炼基层指挥官的紧急应变能力。华尔街的经纪人除了在办公大楼运筹帷幄之外，经常要打扮成清洁工深入虎穴窃取情报。他们每个人都具有身手敏捷、头脑灵活的特殊技能。战场上，胜者为赢家。"方茗一边右手比画着，一边激情高昂地说着，似乎任何灾难都不能使她失掉精神上的斗志。

司马尧笑了笑没有再说话，怜惜地看着方茗，内心莫名其妙地有了歉意感。公司在不断地吸收着这个女孩最优秀力量的同时，也在一点一点耗损着她的青春和生活。而她身上洋溢的生命力中，永远都有一股令人敬佩的潜质和理想，有时会像一阵旋风让公司疯魔，但每次都会巧妙地把握好度，丝毫不浪费地消耗在每一次行动之上。跟着往前走的感觉似乎让人觉得自己融入世界万物中，用智慧在革新着整个世界、抚摸着无极的宇宙，整个人的感官也跟着宇宙间所有的气息而抖动，无所畏惧。

看着半天没有说话的老总一直在用深邃的眼神看着自己，方茗突然感到有一股烈焰飞腾的热度和无数的电浪，流遍了整个身体，赶忙站起来，一声不响、直僵僵地向门口走去。这让一直沉溺在思想里的司马尧马上感到了自己的失态。为了掩饰自己的走神，司马尧连忙对着方茗的背影说了一句：

"千万不要把钱绪逼得做心脏移植手术啊！"

方茗不明白老总说话的意思，停住脚步转回过头，诧异地问道："我为什么会逼得他要做心脏移植手术？"

"因为，你让他没得选择，眼睁睁地被我们公司吞掉，他的心会被气碎的！"司马尧幽默的调侃把她逗乐了，不再感到拘束和不安，脸上恢复了以往的自信。

"没关系，我会给他换一个平和的心。"

茶吧，钱绪依然保持着以前的傲慢冰冷的态度，看着对面的方茗，期待着方茗会像上次一样主动与自己交流。但是方茗的神态提醒着他，现在卑躬屈膝的人已经换了角色。钱绪竭力掩饰着唾弃的神态，企图用骄傲的精神状态让对方认为自己的选择并不是仅此一个。屋内寂静无声，其他人都面无表情地观察着两个人的表情，就如围看"斗鸡"。最终钱绪还是在方茗冷漠的态度中选择了让步。他动了一下许久没有挪动的身体，主动地说道："如果我愿意，你们还会与我谈合作吗？"

"那要取决于你的诚意和我们重新提出的建议贵公司是否会采纳。"方茗用冷冷的神情向钱绪暗示，现在的谈判是一件微不足道的事情。

"我一直想搞清楚你们真的是想收购我们企业吗？"钱绪脸上露出了一点点不信任的神态。

"这个要看你是怎么想的。"方茗并没有直接回答钱绪的问题。

"上次见面后，我回去细细地考虑了一下，财务也给了我一些建议。"说这句话的时候，钱绪为了显示自己的诚恳，侧过脸看了一下坐在身边的四十多岁的财务经理，财务经理马上配合地点了点头。

"我认真地考虑了，一个企业发展到一定规模的时候，自身的力量是有限的，只有跟别人联合起来才能够强大，所以我一直也在寻找着合作伙伴。很多想和我们联合的企业都被我拒之门外，不是因为他们出的价格不合我意，而是因为这些人做事目光短浅，缺乏道德理念。贪婪打破了基本底线，是我绝不能容忍的。我不想成为一个被压迫的人。"钱绪说话间，眼神流露出冷傲和倔强的神色，话语也开始咄咄逼人。

"虽然我们不认识，也没有打过什么交道，但是两次的接触，在我眼里你还算是一个直率的人。"钱绪说话间停顿了一下，在财务经理眼神的提示下调整了下自己说话的态度，继续说着认为还没有说完的话。

"您今天找我来是谈合作呢？还是谈人格魅力？"方茗的话中明显带有嘲讽。

方茗的话让钱绪尴尬了片刻，接着又马上恢复了固有的居高临下的神态。

"你的人格魅力跟我没有一点关系，但你们公司的品德是我要考察的！公司有什么样的文化就会有什么样的员工。"说到员工的时候，钱绪加重了语气，似乎在提示方茗的身份。

"是吗？我公司的品德我想钱总您大可不必担心，倒是贵公司的品德确实令人担忧。最近有风声说贵公司的在建工程没有地基承载力检测报告，违反强制性标准，而且工程部分构造柱位移严重。据说相关部门在抽查时还发现，有些工程出现楼梯现浇板钢筋保护层厚度不符合设计要求，对吗？"

方茗说完看了一眼身边的鲁建，鲁建马上接了一句："听说你们公司还有报表造假非法骗贷的问题。"

"不知道钱总对外面这些传言有什么感想？"方茗此时对钱绪完全没有了怜悯之心。

方茗毫不留情的一席话，让钱绪变得铁青的脸上凝固出一种含义不明的表情，语言似乎被禁锢了，精神也显得焦躁不安。他直了直坐在沙发上弯曲的腰杆，猛地站了起来，嘴角颤抖了几下本想大发雷霆，但是今非昔比，时势弄人的现状已经没有了选择的余地。再次坐下时，他脸上的愤慨和傲慢明显减少了许多，但是说话的语气依然是硬邦邦的，眼角的青筋凸现出来，随着脉搏跳动着。

"别人想怎么说，我是无法阻止的，主要是听到的人是否有正确的判断能力！"

"那就请钱总您给我在判断此消息真假上，给个明确的提示。"

"你不觉得别人的意识也属于专利吗？"钱绪强装出一副不屑一顾的态度。

"有些人每天都在做很多看起来毫无意义的决定，但是谁会想到，某天的决定很可能会改变自己的一生。"固执的家伙——方茗内心骂着，但是说话间嘴角依然挂着冷冷的微笑。

"我在做决定的时候，方经理可能还在读书吧！"

"虽然现在是一个知识的垄断时代，但是您也不必为自己当年放弃高中学业感到后悔。有些人曾经攀登过世界最高的山峰，但也许哪一天，却会被淹死在区区的水沟里。过去就是过去，世上没有复原按钮！"方茗本以为自己的话会让钱绪恼羞成怒，但是，钱绪并没有接她的话题，而是盯着方茗的眼睛，面貌有些伤感和忧郁，嘴里则喃喃自语。

"你知道这个企业对我来说，存在的意义有多么重要吗？"

"改变人的轨迹不是靠壮志，而是状况。"方茗也调整了一下说话的语调。

钱绪喝了口水又看了看方茗，然后眼神游离到别处，似乎在回想着一段令人难忘的往事。"你知道吗？我的生命是在创办企业说出誓言的那一刻开始的。"

"看来，我们在拯救企业也在拯救您的生命。"

"它就和我的孩子一样，注入了我的全部，我真的希望它能够成就我的梦想。"钱绪没有理会方茗的态度，继续说着自己想说的话。

"您一直是仰望宇宙，选择在太空中的位置，但是现在摔倒了，应该找一个如何站立的方法。"方茗说话的语气冷酷但是有了一丝丝的劝导之意。通过调查了解和与钱绪的两次接触，钱绪容易动怒的脾气对她来说早已是心知肚明。自己冷酷刻薄的态度就是要打破钱绪意识中顽钝固执的秉性，修炼和改变他极端易怒的脾气和孤傲的态度。因为，今后大家有可能会成为一个屋檐下的同事。

不知道是方茗的话刺痛了他，还是方茗一直不友好的态度，让钱绪的情绪突然又变得急躁起来。

"一个小丫头跟我在这里说摔倒一次算什么？你摔倒过吗？如果你们的条件不那么苛刻，乘虚而入，落井下石，我怎么会和一个什么都不懂、涉世未深的人在这里扯淡？"钱绪态度瞬间的转变，令方茗非常的失望和不满。

"你应该为自己的过失感到可耻，摔倒的频率多了，以为自己还有存在的价值吗？"

"我不知道这样的谈话是否还有必要进行下去。"钱绪做出起身要离开的姿势，测试着方茗的态度。

"你可以结束我们的谈话，但是，这一定是最后的一次见面！"方茗的态度让钱绪感到失望。他很想改变由于现状给自己带来的尴尬，但是在现实的无奈和方茗强硬的态度下，只好叹了口气慢慢地站了起来，面露窘态地对着身边的财务经理说了一句"你看着处理吧"就向外走去。

司马尧办公室里传出来爽朗的笑声："哈哈……钱绪这一辈子都无法想明白，他为什么会栽在你的手里！"司马尧手拿电话开怀大笑。

"钱总应该高兴地在欢庆吧，因为他的企业死而复生了。"电话的另一边传出来方茗清脆的声音。

"但愿上帝可以看到……哈哈。"

"啊呀！我们无神论的老总，什么时候也开始相信上帝了？"电话另一端的方茗故作吃惊地问了一句。

"原来不信，自从你来公司以后，就信了……哈……"

第十一章 情感萌动

　　好似奔腾大海中的潮汐，时间一晃，在黑白交替中旋转了十个轮回。日子不停地向前推移着，当人们在追求与坚守之间体味了创业的百味，公司也在经历了艰难与发展后，"破茧成蝶"，成为了巨头企业。现在的A集团办公基地，坐落在市中心最醒目的中央广场正前方，成为许多有志者展翅高飞的梦想起源地。

　　方茗在为司马尧创造传奇的同时，深深地爱上了这个比自己大了许多、浑身骨骼分明的男人。在方茗眼里，司马尧每一个细胞都渗透着儒商的优秀品质，并深深地吸引着她。她开始沉迷在这种必然是悲剧的爱的旋涡中。

　　不知道从什么时候开始，司马尧感觉到自己在方茗面前失去了自我。她那纯洁和善良中时常爆发出的青春活力，以及突如其来的想象力中蕴含的智慧，好比百年的茶，经常让他沉醉在茶香里。除了工作中的依赖让他几乎把她的所有安排都奉为金科玉律，而且自愿把自己的意志、信仰，甚至生存的意义，都心甘情愿地交给她主宰，连他身上的品位和修养，也在时间的打磨中被潜移默化地同化了。他一边顺从方茗对工作事宜的细腻安排，一边享受着自己身体被洗礼后的轻松。他一直认为是方茗重新塑造了自己，而她身上与生俱来的激励的力量，则让他的生命不断焕发生机。他发现自己爱上了这个女孩，不知道从何时开始，却已根深蒂固。

　　医院里，几年前的一次车祸让鲍静成为植物人，一直在用仪器维持着生命。司马尧坐在妻子的床边，轻轻地握着她没有知觉的手，用毛巾细心地擦着。

在一起的日子里，他想方设法让她幸福，直到有一天在酒店和客户谈生意时，他看到鲍静和一个男子亲吻着进了客房，才清楚地认识到自己被替代了。他没有质问和揭露这种不忠。本以为妻子会为自己放荡的行为感到羞愧和做一些收敛，但是收到的仍然是藐视的神态和刻薄的语言，只是她以往冰冷的脸上多了许多灿烂的笑容和幸福的神态。他仅有的一点理性和希望被妻子的出轨磨灭了。刚商议好要办理离婚手续，车祸又把妻子变成了植物人。当看到妻子毫无血色僵直地躺在病床上，整个人的身体变得越来越瘦小的时候，他慨然原谅了她。然而过了一会儿，又为自己轻易做出的原谅懊悔起来。时间久了，他开始怀疑自己的心智没有原来坚强了。自从心有所属方茗以后，每次面对的妻子，他都会有一种感觉，似乎面前闭着眼睛的妻子已经知道他心中有了女人，他和她成了一样的人，于是，内心有了深深的负罪感，开始憎恨起自己。

从医院出来，他让司机回去，独自一人走在洒满霓虹灯光的大街上。妻子的现状、道德和责任，使他无法做出彻底离开的决心，无边无岸的担忧带给精神上的伤害是无底的，尤其是当面对方茗这个深爱自己的女孩时，愧疚更如同一股气体盘踞在胸口，沉沉地压住了心口窝，这种愧疚还有腐蚀性，似乎要把肉体侵蚀完了才会离开。他无法让自己的心灵在明月下伴随着清风舒展。在婚姻和爱情中他都输得一败涂地，无处逃遁。

好想躺在街旁的翠绿草坪里，如同儿时放学在田野里抓了蟋蟀回家的情形。那时，他会和同学翻过山头，跑到很远的铁路边，幻想着爬上奔驰的列车，到远远的地方去看世界。同学都说他是一个有主意、处事果断，有超强控制力的人。确实如此，他不喜欢优柔寡断。就是因为中越战场上的果断，他在回国时胸前挂满了军功章。但是，此时此刻，婚姻与爱情让他这个驰骋战场的英雄左右为难。在爱上方茗那一刻起，他就极力控制自己不要去想她，提示自己已没了资格，痛骂自己无耻下流。但是没有办法，血液、灵魂、生命中都有了方茗的痕迹和烙印。当知道方茗也在眷顾着自己时，就更加憎恨自己的肮脏和过失。他把对方茗的感情用强悍的外表包得严严实实，每当方茗的温情燃烧他内心的时候，他都会用自己强悍和冷漠来掩饰滚烫的内心，冷酷地暗示对方不要等待，她不可能成为自己的女人。但是，爱的深刻和真实巨大的力量，时常冲破坚硬的盔甲，用锋利的矛剥离着心脏，让他感到缺氧无力。白天他让自己的感情表现得如此淡定，近似冷漠，晚上他用无眠咀嚼着内心的痛苦。

路边卖光碟的播放器中传出苏芮婉转的歌曲《牵手》：

> 因为爱着你的爱
> 因为梦着你的梦
> 所以悲伤着你的悲伤
> 幸福着你的幸福
> 因为路过你的路
> 因为苦过你的苦
> 所以快乐着你的快乐
> ……

略带凄婉的音调在雨后潮润的空气中飘舞，歌词中每一句话都如银针刺向心脏，针针见血。他就这样入神地坐在路边的石椅上听着一曲又一曲令人忘了痛楚的歌曲。奇妙的音乐如同一道暖流从他胸中缓缓流过，融入了血液。眼前浮现出方茗带有酒窝的笑脸，如同霓虹灯的光明在柔和清新的空气中一闪一闪，轻柔地拥抱了他的身体。这时，痛苦、困惑和不堪的感觉消散了许多，心也觉得轻松了。他轻松地叹了口气，步子缓慢地向家的方向走去。

因为有了爱，方茗的生活虽然平淡但是从来不感觉到孤单，她无微不至地默默照顾、体贴、帮着这个大男人。虽然知道这段感情会毫无结果，却依然无怨地滋润和精心修护着这份爱。她悄悄地把这份爱，深埋在内心深处。她知道，这份痛彻心扉的爱是真的，只是期盼是虚无的。原以为，爱一个人是感情中最简单的事情，就像喝一杯清凉的水，整个身体的所有器官，甚至是灵魂，都有着被润透了的愉悦。但是谁能想到，爱情不能不顾道德，她只能在期盼和等待中，将思绪留在他们偶遇的春天里，让爱在血管里流淌，内心告诉自己，只要这个人的心与自己相通，那就足够了。她从不对自己的未来生活做任何的打算，所以也就根本不会在乎与他在一起时间的长短。

多年来，他们在这种既不伤害对方，而又深爱对方的友谊中，体会着深邃而虔诚无声的欢乐。没有甜言蜜语的表达，更没有肉体上的泛滥。虽然性情有所不同，甚至相差很远，但本质却那么的统一和纯粹，友谊和爱情合二为一让他们一如既往携手共进。

刚一上班，鲁建就告诉方茗煤矿的收购出了一些问题，由于被收购的U企业性质是国有民营合资，所以在经过市政府审核的时候被卡住了。沉思了片刻，方茗拿起电话，电话对面传出司马智聪的声音："方总有事吗？"

"'水蓝苑'的电视广告开拍了吗？"

"还没有，怎么了？"

"那好，我推荐一个人过去。"

"我们已经请了一个明星，而且合同也签了。"司马智聪委婉地解释着。

"没关系，你把我介绍的这个人作为主角的陪衬，只要有和主角一样的出镜率就可以了。"

放下电话，方茗来到司马尧办公室。正在看文件的司马尧放下手中的文件，站了起来用手示意方茗坐下。

"听说U煤矿收购不太顺利。"

"我来就是请您跟王局长说说，我们想请他女儿出演'水蓝苑'电视广告拍摄。"

"那个广告，我听智聪说已经签合同了。"

"那不影响，我们只让她作为主角身旁的陪衬角色，出镜和支付劳务费就可以了。"

"这种方法行得通吗？"

"他女儿是学表演的，但是一直没机会进入摄制组，我们只是给她制造一个机会，而且她也是按劳取酬，没什么问题。您去邀请他女儿参加我们的'水蓝苑'电视广告拍摄，他自然就会明白我们的意思。"

"那你计划支付多少劳务费？"

"这次做的是系列产品的广告，几个广告连续下来时间也不短，按劳取酬支付50万。"

"高是高了点，但是煤矿这个项目也至关重要。你看着处理吧。"

"只是这件事的详细情况不要让智聪知道。"

司马尧明白方茗是为他考虑，不想让自己的儿子也卷入这种低俗交易的尘埃中，便深情地说了一句："有我呢！不要什么事情都自己扛着好吗？"司马尧的话虽然不多，但还是让方茗感到有一种热流，随着血液在全身循环流淌后，归集到心脏发出阵阵的呼唤声。这种声音每次都会让她有一种倦卧在他的怀中相互亲吻的冲动，但是，她最终还是控制住了自己的情感，她要堂堂正正、清清白白地成为他的人。在苟且的行为面前她会极力限制自己的举止，从不轻易动容，只是让这种期盼与光阴一起沉醉在内心并且根深蒂固。

周末晚上，是司马尧最渴望和最享受的时光。因为，这个时间孩子们下班后都会回来共进晚餐，这已是多年的习惯。豪华餐桌旁的人数随着年轮的转动发生着增减变化。昔日身边妻子的座位已被大儿子司马智杰代替，二儿子智聪也已经成家。两个全托在幼儿园的孙子偶尔回来一次，餐桌上就更是可以听到司马尧不间断的笑声。一般这个时候，他除了关心孩子们的生活工作以外，还会时不时地发布一些工作安排。这种混合的就餐方式和内容形成习惯后，大家再忙也都不会缺席，特别是司马智杰，每次都会早早地来到餐桌的左边坐下，似乎这个紧靠父亲旁边的座位象征着一种未来权力的继承。

看着围绕在自己身边的孩子们，司马尧脸上露出幸福的意味。

"爸，新成立的画院手续都办完了，您准备交给谁来管理?"司马智杰关心公司安排的热情总是比其他人要来得快。

"斯思，就交给你来管理吧!"司马尧抬头望了一眼二儿媳妇华斯思，脸上是慈祥的微笑。

公公突然将画院交给自己管理，这让华斯思有点措手不及。她实在没想到自己梦寐以求管理画院的愿望，会在不经意的情况下实现。她曾经多次让丈夫司马智聪为自己争取画院的管理权，但都被丈夫认为是用心不良而拒绝。少许的惊诧之后，华斯思脸上马上露出了灿烂的微笑，微笑中流露一种出身显赫家族的沾沾自喜。

"谢谢爸的信任，我一定不会辜负您老人家对我的期望!"

父亲突然的决定，也让司马智杰大吃一惊，他本以为父亲会把画院交给自己美院毕业的妻子柴晓睿管理，没想到却交给了学心理学的弟媳，他实在是无法接受这个决定。

"爸，您这是什么逻辑法则?斯思又不懂美术怎么能管理好画院?"司马智杰一脸的不满。

"是啊，斯思根本不懂美术，您还是让大嫂来管理比较合适，大嫂无论是从专业角度还是修养，都非常适合管理画院。"司马智聪的话刚说完，脚就被华斯思狠狠地踹了一下。

"爸，您是否糊……涂了!"当司马智杰还要继续表达自己怨言的时候，看到了爸爸用坚硬如炬的目光瞪着自己，马上又胆怯地低下头，用筷子划拉着碗里的米粒。

"智杰你就听爸爸的安排，我虽然是学美术的，但是根本没有管理企业的经验和能力。"柴晓睿一边说一边往丈夫碗里夹着菜。

"你就知道吃!"司马智杰一把打掉柴晓睿正在往自己碗里放的菜，一股脑地把怨气撒在了妻子身上。突然的吼叫声让柴晓睿惊颤地抬起头，满脸茫然地看着丈夫。

"大哥，你每次都把火莫名其妙地发在大嫂身上。大嫂简直成了司马家台风的受害者，我都替你害羞了。"司马智敏替大嫂柴晓睿打抱不平。

"你是在向我示威吗?"司马尧收起了笑容，神情异常严肃，慢慢地放下手中的筷子。

"不敢，已经习惯了您老人家的怒责，而且相当地享受这种不公平的待遇。我只是想弄明白您老人家打破章法的用意何在。"

"狐狸都是在得意忘形的时候露出尾巴。"华斯思虽然是在自言自语，但是声音已经传到了每个人的耳朵中。

"晓睿是个没有野心的人，你就让她安逸地生活在自己的世界里不好吗？"

"爸，您真会用名词呀，您就直接说晓睿没有事业心不就行了吗？干吗拐弯抹角把她说得那么高尚！"

"你……你……"司马尧气得用颤抖的手要去打司马智杰，被女儿司马智敏拉住。

"爸，您不要生气，佛说：放过那些曾经为贪婪走失迷途的人，在饶恕他们的同时也是宽容自己……大哥，人生有许多陷阱都是自己亲手挖的，以为可以捕获别人，掉进去的往往是自己。"司马智敏在这种情况下，不但继承了妈妈的口才，还继承了妈妈强硬的个性和霸气。

"你早应该出家当尼姑了！"司马智杰把怒气转向了小妹司马智敏。

"大哥你是怎么说话的？我们大家都用火眼金睛，透过表象看清你发火的真正目的和本质了，你还在这里装道士啊？"司马智敏毫不退让地用道士回敬了大哥说她尼姑的用词不当。

"爸，您千万别和智杰生气，他就是一个混球。"柴晓睿边说边把一杯水放在公公面前。然后转过身指责丈夫，"你少说两句吧！"明知道自己的话在丈夫面前没有什么作用，但是柴晓睿还是温和地劝着丈夫。

"你的野心非要在弟弟妹妹面前表现得这么淋漓尽致吗？"司马尧将心中的惋惜、愤慨揉捏在了说话的语气中。

"那有什么不好，交给一个流淌着你身上血液的儿子和有责任心的人总比交给一个外姓人好吧。"

"你这是怎么说话？谁是外人？"华斯思一脸的不满意。

"爸，别为这些人生气了，这些人即使得到全世界也不会满足，所以，千万不要把画院这样一个纯净的地方让心胸狭窄的人来管。我就认为应该交给大嫂来管理。"司马智聪的话里带有对妻子华斯思的讥讽。

从司马智聪的表情和紧握的拳头中可以看出，怒火已经在胸口燃烧。是的，此时他确实想将已经充血的拳头打向哥哥的脸上。但是，身上传承了父亲的克制力和少言寡语的性格，身体中的怒火永远会在恰到好处的时候被控制在体内。他不明白哥哥为什么永远无中生有地吵闹。那种哄闹，那种毫无风趣的态度，丝毫没有趣味、没有品质、没有静默的安逸，特别是那种低俗的傲慢和愚蠢，令家里所有的人感到疲乏厌倦。责任两个字从哥哥嘴里说出来，让他感到这个词汇被亵渎了，成了邪恶的代名词。

华斯思一听丈夫坚持要将到手的画院交给柴晓睿，赶忙用右手拍了一下丈夫的胳膊。

"爸爸决定了的事情是不会轻易变动的，而且我一定会管理好画院的！"这不合时宜的表白，让司马智聪反感地甩掉了华斯思拽扯着的胳膊。

"爸，别生气了，都怪我没有跟智杰说清楚我的想法，您来喝点水，消消气。"柴晓睿体贴地再次将水杯从桌子上拿起来送到公公嘴边。

司马尧看了一眼懂事的大儿媳妇，不想让她为他们父子之间的争吵感到为难，就接过杯子没再说话走出了餐厅。

第十二章　心灵差异

柴晓睿祖籍是江苏苏州。她出生在一个书香门第家庭里，母亲是一个虔诚的天主教徒。她自幼聪慧，是个美丽灵秀的女人。在母亲潜心的教诲下，她脑海里扎根的意识就是："行善的复活得生，作恶的复活定罪。在指望中要喜乐，在患难中要忍耐。"在母亲的传教和耶稣传扬福音的洗礼下，她纤细柔美的身材和美丽外表，处处显出贤惠女子的婉约和知书达理的品德。结婚之后，公公让她辞掉学校的工作照顾没有意识的婆婆和管理家务时，她觉得这是上帝在让自己为福音作证，所以毫不犹豫言听计从辞掉了工作，精心地照料着病榻上的婆婆和家里人的生活。这样的变化，对于没有娴熟卓绝的精神和纯粹品质的人，是决计受不了这种生活中的繁杂义务的。这种美德不是每个现代女子都会有的品质，但它在柴晓睿身上体现得至真至美。

光阴如流矢，日月如穿梭，一眨眼结婚已经九年了，青春也逐渐在消失。自从儿子送到国际寄宿学校以后，柴晓睿开始喜欢在沉默的时候，坐在小院中看着淅淅沥沥下个不停的小雨，让自己的心扉飘然远去。她喜欢在霞光掩映的晨晓，暮色低垂的黄昏，明月皎洁的夜晚，手捧一本精装的书册，读着书卷里的词句，净化自己的灵魂，享受着惬意中度过的每一天。虽然是家中独女，但是父母的教育是严谨的，培养出的她始终是谈吐举止皆有修养。所以，她永远是那么的安静和知书达理，如同母亲一样照顾着家中老小。她知道自己既不争强也不好胜的人生观，会被个性十足的丈夫瞧不起，但是，她并不在乎丈夫是否了解自己。对于丈夫时常发的无名之火，从来都是漠然不去计较，就如同外面下再大的雨，也会把窗子玻璃擦得干干净净的。

回到家里，华斯思的眼睛里闪着点得意的光彩，毫不掩饰地提示丈夫娶了金融家的女儿做太太是多么划算的事情。自己一直以来都渴望着管理画院，今天终于如愿以偿了。爸爸顺利地给公司放贷，公公用画院做补偿是再应该不过和非常明智的。

"看你得意的表情，仿佛贪婪的欲望是企图的终极！"看着炫耀和进入忘我意境的妻子，司马智聪语气中少不了带有冷嘲的意味。

华斯思知道丈夫在挖苦自己，对此是完全不以为意。

"只要我心里要上帝存在，上帝便存在了！只要我喜欢否定死，死就不存在了！"

"上帝对贪婪和欲望并存的人是无法救赎的！"司马智聪一脸轻视的表情。

"你知道我们两个不相识的人达成了联姻，意味着什么吗？它象征着权力、金钱、地位！大哥和大嫂不也是欲望与贪婪的牺牲品吗？挂在公司墙面上的'携手同进'不就是以权力为基础的交易整合吗？在这个物质欲望极强的社会中，权与钱的结果就是婚姻的商务合作，谁也不要说自己是纯粹的清白和脱离了低级趣味的高尚。"华斯思不屑一顾地说着自己的想法。

"人和人之间不完全是金钱和权力的关系吧！"

"追源人类的本性，你就不会有这种疑问了。从古到今，金钱和权力就是为人类本性堕落和埋藏的坟墓。谁都知道它是一条不归之路，但还是有许多人不顾一切地要挤上这条船。因为它不断地刺激着人的本性中的贪婪和丑陋。"

"不是所有的人都像你一样把金钱看得比什么都重要！"司马智聪挖苦着妻子。

"是的，你说得没错，本来金钱和权力在人们眼里就具有双重作用，人类可以通过自己的智慧获得财富，所以金钱是神话的象征。但是如果把金钱直接置换成权力，那智慧对金钱来说，就完全丧失了作用。

所以，金钱与权力之间是无耻、欺诈、买卖、阴险和贪婪的代名词。由于它不断地刺激着人性的弱点，所以最终导致了人们行为的扭曲。"丈夫的态度并没有影响到华斯思挖掘内心兴奋的情绪。

"太可怕啦……你的思想怎么这么阴暗？"司马智聪眼睛里流露出了惊诧的目光。

"不是我可怕，而是这个充满欲望的时代太可怕。别忘了，我是心理学毕业的，学的就是研究人类的心理现象、精神功能和行为。"华斯思对丈夫的劝说表现得不屑一顾。

"我听说公司要将几个物业公司进行整合，成立信托投资基金(RE-ITs)，你知道这次又有什么变化吗？"华斯思转移了话题。

"这跟你有关系吗？"司马智聪没好气地反问了一句。

"我主要是想了解老爷子对自己儿女的未来有什么样的安排。"华斯思话中流露出一种贪婪的气味，让司马智聪非常的不舒服。

他站了起来，没好气地瞪了妻子一眼。

"公司从一个小企业发展成集团，从来都不会针对哪个人设计，也不是只靠一点聪明就能变成现在引人注目的实力集团。它在发挥自身力量的同时也承担着社会的责任。所以，没有社会责任的人最好不要把手伸得太长，劝你尽快打消坐享其成掠夺未来的幻想，还是思考下如何在属于自己的地盘上怎么站得稳吧。"

"未来确实是不确定的，但是我的老师告诉我，为了生存永远不要放弃对未来的幻想和追求。"

"那你应该追求自己付出后的未来，而不是用贪婪的欲望去掠夺别人的未来。"

"老爷子创造的未来不就是我们的未来吗？这有什么区别？像你这样超凡脱俗的人在世界上是不应该存在的，你就是一个例外。"

"奉劝你一句，索取的欲望如果不及时遏制住，那么其结果就会是致命的。"

司马智聪说完后，拿着衣服走出了家门。丈夫的态度让华斯思有点招架不住，对着丈夫的背影狠狠地喊了一句："坏家伙，离了你，我一样可以刺探到军情！"

寂静的黑夜，波涛声划破长空，带来了一丝海的凉气。司马智聪抬头看了眼天上布满的星光，在华斯思面前他的话永远很少。不知道为什么，自己怎么也无法喜欢上这个被外公和妈妈包办的银行行长的女儿。她所有的举措都让他感到惊奇与惶惑，喘不过来气。尤其她的装束和虚假笑容以及装着不胜慵懒地看着自己的眼神，使他又厌恶又气恼。其实，华斯思既是妩媚的也是漂亮的。但是结婚以来，自己似乎对她的呼吸、肌肤、神情全然是陌生的。他害怕这种婚姻，但是却无法逃脱。他喜欢买一些便宜又好听的打孔原版CD。但是，那些残破的CD常常放着放着就被卡住了，突然发出嘶叫。华斯思对他来说就如同CD卡住的嘶叫声，有着让人无法预期的恐惧。

　　走进路边的咖啡厅，司马智聪环视了一下室内，大家在古琴声里悠闲地喝着茶。服务员走到他身边，用和音乐一样好听的腔调，礼貌地向他打着招呼。司马智聪环视着周围，突然看到坐在拐角的方茗，一身优雅别致的连衣裙，将她衬托得更加典雅。

　　司马智聪向服务员指了指方茗，告诉服务员将自己点的东西放在那个桌子上。服务员问他是否认识那位女士，司马智聪点了点头向方茗走去。这时他听到服务员尾随在身后说道："她经常一个人来这里。有的时候会笑，有的时候会哭，哭的时间比笑的时间多。"司马智聪马上停止了脚步。

　　"那就不打扰她了！"他说着，转过身选择了一个可以看到方茗的地方坐下。

　　方茗的桌子上放着一瓶葡萄酒，纤细的身材和洁白的脸颊，在昏暗的灯光下显得孤独又凄凉。室内咖啡的浓香与香水交织在一起，唱片里放着邓丽君那首婉转又带有一点点伤感的歌：

　　　如果没有遇见你，

　　　我将会是在哪里？

　　　日子过得怎么样，

人生是否要珍惜？
也许认识某一人，
过着平凡的日子。
不知道会不会，
也有爱情甜如蜜？
……

　　轻柔的歌声弥漫着相恋不可得的悲伤，让人深陷其中。司马智聪不解地看着不远处的方茗，那浑身都充满了动人色彩，气质中蕴含着永远压不垮的意志的女人，此时显得那么忧伤，点播的歌也是如此柔缓惆怅。她的身体在歌声的起伏中颤动，修长的手指伴着美丽的音波在湿润的空气中轻轻地飞舞。她时笑时静，眼角时不时会闪烁晶莹的泪水，就如同一只孤独的小猫受到了伤害以后，独自在黑暗中舔舐自己的伤口。不知道为什么，方茗的精神状态让司马智聪的内心燃起了一阵阵的酸楚感。窗外无挂无碍的星星在空中自由闪耀，一轮明月在窗口微笑……

第十三章　权力欲望

人逢喜事精神爽，自从公公将画院交给她管理后，华斯思每天都会早早地来到这个属于自己的帝国里，享受着围在自己身边一群毕恭毕敬、诚惶诚恐的下属的笑脸，这时她的脸上就会露出高贵的神情，而回到办公室一人独处的时候，美丽的脸上就会露出灿烂和得意的笑容。

刚走进画院办公室，就从省委书记太太袁一依的电话中，得知哥哥申请的项目政府已经批了。她马上让哥哥华国豪来自己的办公室。项目这么快就被批下来，让华国豪感到不可思议。

"这么快就批了？听说没有一年拿下一个项目那简直是天方夜谭啊。"

"知道为什么这么快吗？我前段时间将购买的吴冠中老先生的一幅画安排人送给袁一依了，领导夫人收了礼，这个项目能不快吗？"

"小妹这样做妥当吗？如果让你公公知道了那可了不得。"

"假如我不能在生命中找到意义和价值，那就很容易陷入绝望的。再说有这本账保护我，我在司马帝国里的位置就是坚固的。"

华斯思说着转过身从隐藏在墙壁中的保险柜里拿出一本账交给华国豪。

"小妹，怎么把画院与领导的往来都记下来了，你想干吗呀？抖搂出去不就会得罪许多领导吗？"华国豪看完后，大惊失色，表情充满了紧张。

"干吗？护身符，打开宝藏的金钥匙。你放心，我才不会乱枪打鸟。"华斯思得意中有点忘形。

"这样太危险了吧，你在智聪家过得不好吗？"华国豪一脸的疑问。

"这要看对好家庭的定义了，我只对他们家的宝藏感兴趣。"华斯思嘴角上翘露出轻视的意味。

"当初不是你追的智聪吗？看来这不是你进入他们家的原因？"华国豪还是不明白妹妹的意图。

"从走进他们家那一刻起，智聪的冷漠和懦弱就把我的纯真给毒害了。他们家的破规矩一直让人无法呼吸。大儿媳柴晓睿就是他们家定制规矩的牺牲品，让一个当大学教授的儿媳一进门就辞掉工作，去伺候一个老爷子基本不管的植物人，就如关在笼子里的小鸟一样，只能在被禁锢的视界范围内以透视的方式观察事物，真是太欺负人了。我可不想和她一样被宰割，失去自由成为被奴役的家仆。我要凭借着敏锐的观察力，尽量在顺从中给自己找一条金色的路。"华斯思说话间，脸上露出了可怕的欲望和贪婪的神态。

"让你说的，他们家似乎是地狱。"华国豪半信半疑。

"在我眼里，司马家一切都是交易，能成为他们家的儿媳，就是爸爸银行行长的身份。就连交给我一个跟专业毫不相干的画院来管理，也应该是由于爸爸掌管着银行大权所产生的效应吧。如果有一天爸爸从银行行长的职务上退下来，司马家的人就会像对待大儿媳妇——前市长女儿柴晓睿一样地轻视我。你想想，我绝不允许这一天的到来，我要靠着这本账为自己保证稳固的地位。"华斯思说话的语气中充满了怨恨。

"智聪是个很规矩的人，可不要伤着他了。"华国豪劝阻着妹妹。

"懦弱的性格，决定他就是一个弱者，靠他我是一点希望也没有。所以在司马帝国高墙之内，我必须让自己变得强大。"华斯思说话时脸上充满了不可一世的神态。

"需要我帮什么忙吗？"

"哎……对了，哥你去让那些咱们培植的种子和爸爸打听一下最近公司整合物业、成立信托投资基金(REITs）的打算是什么？"

柴晓睿对丈夫下班回家很晚已经习以为常了，就在她生儿子那一天，他都是半夜才到医院看了一眼就走了，没有安慰和愧疚。当时她内心也产生过恨意，很想为自己痛哭一场，但是，只一会儿就没有了怨言。似乎任何灾难都不会让她失掉精神上的平衡，她的温柔和豁达已融入到了血液里。她认为男人是打天下的，女人不应该将丈夫禁锢在家庭琐事当中。所以，丈夫即便再晚回来她都会为他留一盏亮着的灯。

司马智杰身上散发出浓浓的酒味走了进来，柴晓睿按照固定的模式榨了一杯芒果汁递给他。这个模式从结婚开始就一直在坚守，从没有间断过。司马智杰没有理会妻子的温顺，气愤地推开她的手大声发着牢骚。

"本以为娶了市长的千金是一场美梦，没想到是一场噩梦。我的人生第一次投资购买你这只股票，忖度着会让我大赚一把，没想到，刚结婚你爸就下台了，我怎么就这么倒霉呀！"

"说话怎么这么刻薄呀？怎么就不能让自己的语言和思想焕发出正气来？"

"我想正能量，你倒是能够给我点养分呀！让我也像智聪两口子管理好几个企业。"

"干吗非得要去争画院呀？你知道我对管理企业根本就不感兴趣，我喜欢在家。"

"我说，你是不是提前更年期了，你的人生连过程都没有就终止了吗？而且还想让我和你一样在一个狭窄的空间里憋死吗？"

"空间大小是无常的，就看有没有用宽阔的眼界看它。我实在不明白，别人都是给自己找乐子，而你是不断地给自己找烦恼。再说，即使赚了全世界，却失去了自己本性，这有什么意义呢？"

"像你这种无所事事的人怎么可以理解什么叫掠夺中的快乐！"

"你变得越来越让人不可理喻，真希望上帝可以在拯救你生命的同时，也拯救你的灵魂。"

"少给我讲什么上帝，上帝只会把我变得和你一样愚昧。"

"你真是一个笨蛋。"

"高抬我了，许多人评价我是个混蛋。你信奉的耶稣不是说过'我留下平安给你们，我将我的平安赐给你们。我所赐的，不像世人所赐的。你们心里不要忧愁，也不要胆怯'。这些全他妈的是废话，没有钱要平安有什么用？没有钱怎么可以不忧愁，怎么可能不胆怯，所以让你的上帝见鬼去吧!"

"你怎么可以这样鄙视上帝,人类本是上帝用土造成的,死后仍旧会变成泥土……一个人生在世上只有信从上帝灵魂才会升天,否则便会魂归地狱的!"柴晓睿满脸认真和肯定的神态。

柴晓睿对于司马智杰的无理,从来都会把握得恰到好处,争论的结果永远都是在她不再说话中结束。对于丈夫的指责从来都不会恼火,因为她相信上帝的存在,并在胸中种下了许多美丽善良和元气充沛的种子,人生的价值就是源于这个深刻动人的信仰。所以,他们之间的结合,她自始至终中都认为是前生缘分注定的结果。就如大自然不可逆转,光阴年轮不可回流,她始终心满意足地用自己的耐心,精心修饰和存续着他们之间的善缘。这种执着信仰的表现让司马智杰感到夸张和可笑。其实她活得比谁都明白。丈夫说她的性格只发展了一半,不成熟,属于海绵动物。

华斯思刚一上班,哥哥华国豪就打来电话。

"你们公司是先将物业变成信托投资基金(REITs)后,计划在海外资本市场公开发售筹集资金,主要是要将集团经营的商业地产进行证券化。"

华国豪的消息让华斯思终于明白,老爷子是要通过融资的方式,先让集团的资本变得强大起来,然后通过并购迅速向其他领域发展。华斯思的情绪变得激动起来。

"哥,知道他们要收购哪些企业吗?"

"知道,我现在就传给你。"

"看来我们在老爷子的帝国里培植的资源开始成林了。"

"哈哈,要不是小妹去年让我选人进去,就不会有今天了,不过安插进去的人确实都很忠心,小妹适当的机会还是要再给他们加点油。"

"知道了。你尽快筹措一部分资金,在这些企业还不知道要被收购之前,找几个代持股人,分散购买这些企业的股份。"

"万一这些企业并不愿意被收股,咱们不就白砸钱了吗?"

"不用担心，我看了名单，这些企业没有一个不渴望着与老爷子一同上太空！"

哥哥带来的消息，确实让华斯思非常兴奋。从嘴角灿烂的笑容看得出，她对取得这场战斗的胜利有着非常大的把握。透过落地窗明净的玻璃，她看到几只大雁在高耸密集的楼群中穿过。可能是出身于三代金融世家的缘故，她对金钱的敏感度远远大于自己的想象。小的时候，爷爷在傍晚散步时常常会带上她和哥哥、妹妹，穿过平坦的柏油马路，走到对面松软的田野，闻着野草又香又浓的味道，田野中燕子飞在高空唱着动人的歌曲。这时候，爷爷就会坐在田埂旁的泥土上，干咳几声，开始给他们兄妹三个人讲曾祖父在银行当襄理的事情。重复的事情听多了，哥哥和妹妹就没有兴趣再听下去，会在爷爷讲得最高兴的时候，跑到田野中抓蟋蟀。大多的时间里，爷爷实际上是在给她讲曾祖父从前的事，爷爷的眼神中常会流露出对曾祖父的崇拜和敬仰。这时她会追问许多听不明白的事情，而她的追问会让爷爷变得慷慨激昂，甚至会激动得用长满粗硬胡须的嘴去亲吻她的额头，嘴里颠来倒去说着一句话："你大了会比你哥哥和妹妹强，一定也是一个好的银行家。"然后在颤抖的拇指和中指猛烈的搓捏声中，开始重复他又一轮的讲述。

爷爷去世后，爸爸就开始给她讲爷爷做银行家的事情。爸爸与爷爷一样，在说到自己父亲的时候也是神情慷慨激昂，所不同的就是在神情稳定下来之后，总会插一段念念不忘的说教，她很清楚爸爸要表达的思想，那是希望自己也成为他和爷爷那样的银行家。

但是，尽管历史记载着太多的故事，承载着许多的往事和蕴藏着太大的能量，人们往往还是会在太多的思考和追求中，不同程度地接受着世界呈现的斑斓色诱。她这个三代银行家的后人，之所以没有选择继承父业，而是选择了心理学，是由于她在思想中始终认为，金钱与人心里蕴藏的世界是密不可分的。她要通过攻克人的心理来为自己创造一个不一样的金融帝国。就如同窗外的嘈杂声会在夜晚逐渐消失，但是时代前行的步伐是无法停止的，人们用自己的价值观来衡量和创造着未来，无论白天和黑夜。

头一天晚上的酒喝得太多，冗长的睡眠使司马智杰头痛欲裂，他懒散地伸出手去拿床前妻子已准备好的芒果汁，关着的门从外面轻轻地推开，柴晓睿像平常一样，穿着松松垮垮的休闲裤和黑色的蕾丝内衣走了进来，一头海藻般的浓密长发散乱地铺在背上。她手里拿着散发着湿气的毛巾，轻轻地走到床前放在丈夫额头上，又用柔软纤细的手指在丈夫的太阳穴上轻轻地按摩着。妻子的温情似乎让司马智杰昨天的不悦心情有了一点好转。他想起了昨天的难堪……

下午的会议上，方茗毫不留情地在会上通报了他主管的新通科技公司，未经申报和批准将部分资金用于采购机芯和零配件，投资生产数字电器。根据财务部调查，新通科技公司生产的VCD几个月内销售数量只占生产量的15%，达不到季度指标的三分之一，形成大量的产品积压，库存量超过了正常的比例。而他在会上提出的为了加大销售量，需要再投入3000万元资金做广告的计划，被方茗抨击得一文不值。

"根据财务数据显示，如果继续追加投入，会加剧企业亏损的风险，应该尽快减少生产量，快速将资金撤回。"自己酝酿了许久的计划轻而易举地就被否定，而且否定得是那么彻底，司马智杰内心不爽的感觉变成了愤怒，感觉受了莫大的侮辱。他认为这是方茗对自己的报复。

散会后，司马智杰追到方茗办公室，毫不顾忌地用最不堪的语言讥讽着她，试图找回被方茗羞辱后的平衡。

"我知道你想要什么，你也知道我想要什么，所以，我们都拿下面纱，各退一步，这才是解决冲突的办法。"

"现在的社会需要的不是勇者，而是智者。这样下去，给你自己造成麻烦是小事，但是给公司造成麻烦是大事，到那时麻烦是不会自己走掉的。"

"没错，麻烦不会走，但是没准你会走掉。我不会和老爷子一样听你摆布！"

"你真无耻！"

"我们是同类，难道不是吗？我和我爸是血缘关系，你和老爷子是什么关系？在血缘关系下，我可以得到任何我想要的，而你不能。"司马智杰毫不吝啬地使用着极为恶毒的语言。

"你也就会拿'八分饱'的境界来衡量其他人，不觉得拿血缘来赌博自己人生的几率是微乎其微的吗？而且这种毫无节制的思想并不能消除你的病痛。"

"那可不一定，如果我赢了就可以。"司马智杰继续用语言刺激方茗，他就是要让她感到自己并不是一个无意识的随从者。

"凭你的智商怎么可能赢呢？你一直在用无耻行为证明自己不但是个混蛋，而且还是一个蠢材！"方茗加重了说话的语气。

"事实上，你一直认为我不仅无耻而且还下流，所以最好不要把一个流氓逼急了！"

"我才不在乎你是什么人，也更不会关注你的人生是多么的不堪，但是我绝不允许由于你的过错导致公司受到任何损失！"

"你是不是特别希望我爬不起来？作为集团的继承人，我就是摔倒了也会从地上看到一个站立者无法看到的辉煌世界。"

"用你龌龊的眼睛看什么都不会是阳光的！"方茗犀利的语言总是让司马智杰永远都无法占上风。又一次败在方茗面前，让他无法宣泄自己的怒火，只有在酒吧里用烈酒把自己灌麻木。

随着妻子按摩单调的晃动，司马智杰大脑剧烈的疼痛被控制住，胃里积攒的浓浓的烈酒在柔和的节奏中也被阻挡住了。他闭上眼睛一边享受着妻子的柔情，一边把自己的过去，从遥远的幼童时代起，细致地浏览了一遍……梦想，希望，幻灭，体验，婚姻，以及努力要抓住享受短暂人生际遇的豪兴，这是他精神和灵魂组成的架构，如今一切都与自己最开始设想的完全不一样。欲望与激情，梦想与憧憬都如同幻觉，被冲向永远不知道的方向。

他实在不理解为什么所有的人都看不明白自己，就连妻子也或多或少认为自己是个另类，是一个沦落到需要上帝来救赎的人。他实在无法容忍妻子与自己的志不同道不合，所以，不管妻子如何体贴入微，他都不会有一点点的愧疚，感情对他来说就是一种金钱和肉欲的饥渴。在要求柴晓睿满足他生理的饥渴后，就会毫不顾忌地像对待妓女一样做出轻视的举措。这种感觉和意识形态，他认为完全是外公和父母强行包办婚姻的产物，还会为自己当时没有抗争的行为感到委屈。这一点上，他在善良的柴晓睿面前不会隐瞒，所以对她存在的无足轻重也表现得淋漓尽致。

　　而她却是爱他的，而且爱得非常深，所以，司马智杰的无理总是能够得到慷慨的原谅。司马智杰也就是在这种宽容中，更加放纵在花天酒地和女人之间。每晚回到家中柴晓睿都能够从他衣服上闻到香水与酒混杂在一起的味道，这个味道让她窒息的同时也让她看到了丈夫眼中那股怨气。这种眼神让柴晓睿从内心觉得比平时的不屑让她更加难受。这时，她就会莫名其妙地认为自己对丈夫这种放荡的行为多少要负些责任。

第十四章　谋略设计

清早，华斯思来到华国豪办公室。

"斯思这么早来有事吗？"

"项目进展得怎么样了？"

"正要找你，最近资金太紧张了，看来要暂停一段时间。"

"这个工程可不能说停就停，这里可有市领导的股权代持人，一旦出问题我们可就麻烦大啦！"

"斯思，我是真的很佩服你公公，在资金那样短缺的情况下，还是在短短的时间里把一个小公司发展成为巨头企业。"

"老爷子懂什么投资？还不是有个玩命奉献的财务总监！"

"就是那个叫方茗的吗？"

"是的，所以我一直说，你的企业一定要聘请一个像方茗这样的财务人员，就是花高价也值得，这样才可以把企业铸造成一个'帝国'。"

"真是一个传奇人物。听说她十几年里设置了1+1>2的战略思维，使合并后企业所增加的效率超过了其各个组成部分增加效率的总和。然后在新建项目内进行多角化经营，通过并购具有优秀管理人员的企业，进入其他行业和市场。真是太了不起了！"

"是的，她不但在资本运作方面是个传奇人物，在爱情观上也缔造了传奇，一直到现在也没有结婚。原来大公子司马智杰想吃这个天鹅肉，没吃上。你说现在的男人，对于比自己大好几岁的女人也能垂涎三尺。"

"听说长得特漂亮。"

"也就一般，怎么，你也感兴趣？"华斯思话里带有一丝丝的不满和醋意。

"瞧你说的，司马家大公子都得不到，我算老几？哎……她与你公公是什么关系？"

"搞不清楚，似乎他们之间很纯洁。"华斯思摇着头说了一句。

"听说你们集团马上要收购M酒店和U煤矿？"华国豪转移了话题。

"是的，完成定向增发后要扩大建材加工行业投资。通过公司层面一系列资本运作，这样集团就在战略上完成了开发—建材—装修—物业—广告—家具—艺术品—生活完整的链条，有可能还会成立实业集团，向其他领域投资。"华斯思情绪中充满了自豪感，似乎这一切都与她有着不小的联系。

"这个计划非常缜密，听说你们前几年收购了钱绪公司，然后又通过稀释股权把人家钱绪逼出了企业？"

"只怪钱绪愚昧。"

"这招也够损的。"

"生意场上是没有人性而言的，今后你也要改改你那优柔寡断的性格，华家可就全靠你了。"

"小妹我不行，从小爷爷和爸爸就说我不如你。"

"这一点你还真的不能怨他们，谁让你不爱听爷爷和爸爸讲金融世家的故事。"

"那叫什么故事呀，整个一个念经。所以爸爸总说我和你之间就是因智愚的关系所产生虚实的差别，所以哥今后还要靠你有所发展啊。不过集团这些项目我们是否也有机会参与进去？"

"是啊！所以你那个工程项目一定不能出问题。"

"现在难就难在资金上，你的画院是否可以拆借部分资金？"

"画院的资金管理权在集团，这种可能根本没有。你去找爸爸从银行申请贷款怎么样？"

"嗨，想过，但是公司其他股东不同意贷款，无法出具借款决议。"

"你是大股东为什么借款还要通过其他股东？"

"当初公司章程约定必须全体股东一致同意才能出具借款决议。"

华国豪是一名中学老师，虽然年龄不大，但是已经有些秃顶，戴着金丝眼镜，身材瘦小。由于是家里三代的独子，从爷爷那辈开始就受到家人的宠爱和娇惯，偶尔有一次极轻微的伤风感冒，就马上会让家里所有人感到惊慌并看作是一件很大很严重的事情。成长的环境让他的精神始终处于蒙昧昏沉的状态，在性格上与妹妹有着巨大的反差，做人做事既不像他父亲那样谨小慎微，也不像妹妹那样口齿伶俐和争强好胜。他处事勤谨柔滑，也有一定的聪明，但这种聪明在妹妹和世人眼里都是缺乏智慧的。他金丝眼镜后面的眼睛永远流露着看破一切的怅惘神态。也许是一直以来都有人为他安排一切，所以对自己，对别人，他也就从来不需要争斗，几乎过着与世隔绝的生活，永远不用思考问题，于是处世的哲理在这种环境中演变得简单和空洞了。参加工作以后，社会生活与自身幼稚的冲突，才使他不得不集中精神学会思考和独立。慢慢地，他有了识别事物的态度，性情也随之健全了许多。

两年前在妹妹的纵容下，他辞掉学校的工作，注册成立了一个工程公司和汽车4S店。他不懂经营，所以业务基本都是妹妹在操作。他并没有对妹妹这样的做法感觉到不舒服，反而感觉自己正在按照妹妹的路标走向一个阶段的高峰，而且所有的努力都还是有收获的。

华斯思知道哥哥的品行，虽然很厌恶这种性格，但是毕竟是唯一的哥哥，所以也就不多计较他的所作所为。

10月的南方，空气里依然蒸发着热热的水汽。下班铃声响了，司马尧习惯性地站在窗前看了一眼楼层拐弯处方茗的办公室。方茗桌子前的身影和亮着的灯光告诉他，下班的铃声并没有让她停下手头的工作。司马尧拿起电话："怎么又在加班？"电话另一头传来方茗清脆的声音："我在整理并购方案。你怎么还没回去呀？"方茗语言中透着无限的温情。

"方案明天再整理吧，现在出去吃饭，我在楼下等你！"司马尧不等方茗再说话就把电话挂了。

听着听筒里传来的嘟嘟声，方茗对着手中的电话微笑着轻声说了一句"暴君"，就放下电话向电梯口走去。

餐厅优雅别致，淡粉色桌布正中间摆放着一盆散发着香气的兰花。方茗看了一眼一直盯着自己看的司马尧，笑着说："为什么这么专注？"司马尧依然盯着方茗说："并购案是不是让你太累了，怎么整个人都瘦了一大圈？"司马尧的柔情让方茗心里突然温暖起来，她冲动地想让他拥抱自己，让这份带有磁性的温暖渗透在心脏和血液里，但是最终还是控制住了自己的情感。为了遮掩住内心的冲动，赶忙诙谐地说了一句："那好呀，不用再为减肥伤脑筋了。"

"谁允许你减肥了？再这样瘦下去，刮起台风你就要抱电线杆了。"司马尧的话让方茗忍不住笑了起来，说了句："不和你说了，净损人。"

"那就赶快吃饭吧。"司马尧给方茗夹着菜，嘴里不停地说着，"这个是补血的，这个是养胃的，这个是安神的……我给你买了一盒蜂王精，一会儿记得带回去按时服用。"

司马尧说着，侧过头指了指桌旁椅子上的一个极为精致的提包，当他转过头时，看到方茗已是满脸的泪珠。方茗的情绪让司马尧惊慌失措地赶忙从桌子上拿起纸巾，伸着手试图擦去她脸上的眼泪，但是看到周边桌子上人们的眼光，犹豫了一下把纸巾递给了方茗，只是嘴里语无伦次不停地念叨着。

"嗨，怎么好好地又流起泪来了？来先喝点汤好吗？"司马尧的语无伦次和手脚忙乱倒是让方茗不好意思起来了。她赶忙接过司马尧递给她的纸巾擦掉了眼泪，嘴里轻轻细语。

"谁让您这么温情？"说完微笑地看了一眼不知所措和充满愧疚的司马尧。

那一刻，司马尧的体贴让方茗储存在内心深处的伤感一下化作泪珠夺眶而出。而司马尧心里完全读得懂她每一滴眼泪中包含的意义。他也很想不顾一切用自己强悍的双臂把方茗搂在自己的怀里，用沸腾的体温和激情把她融化在自己的血液里，但是不能，他不想由于自己的放纵和不羁玷污了方茗的纯洁。

司马尧超出常人的冷静总是让方茗又爱又恨，她想获得全部的阳光，可他只给了一半。爱让她失去了方向的同时也丢掉了自我，她的人生已经离不开这个人的存在，她要守护着这个人走到生命的尽头。

"这次重组的事情你考虑得怎么样了？"不想让方茗继续悲伤，司马尧赶忙转移了话题。

"根据财务预测，如果以EBITDA（税前和支付利息、折旧、摊销前收入）方法对公司进行估值，今年预计实现税前和支付利息、折旧、摊销前收入与同类公司相比较，按照7倍EBITDA计算（该倍数是类比同行业上市公司中位数），企业价值可以达到上亿美元，减去银行贷款后，公司股东的股权价值会有很大的增值。"

"这次重组对公司的意义有多大？"

"以前我们收购的企业现在大多进入了发展阶段。按照您现在拥有的集团12.5%的股权计算，以年利润增长15%计算，两年后就达到上千万美元。但如果公司不是上市公司，那么您手中的股权是非流通的，按照资本市场运作的惯例，其价值无法与上市公司的股权相比。"

"我比较关心，上市后会给公司带来什么样的发展？"

"主要是可以加大公司发展的速度，通过出让一部分股权，上市后可以募集到公司发展所需要的资金。当然也可以利用上市扩大知名度，提升公司形象，以此来推动迅速发展，而且公司上市后，可以利用股权进行收购，节约公司资金。如果后期我们为公司的员工提供期权等激励措施，就可以留住重要的员工，保证核心团队的稳定性。最主要的是为公司提供持续融资的渠道。"

"上市的确是个好主意，但是公司未来的盈利增长是否有点不足？是否应该进行一些准备工作？"

"这一点我也考虑过，公司要制定详细的战略计划。"

"我看了财年报告，近年公司扩张速度过快，有的产业销售和利润都有下降的趋势。这一点你是怎么想的？"

"我们可以通过收购同类型的公司，获得新的利润增长点。"

"资金来源？"

"根据财务测算，资金不是大问题，我们除了内部资金外，还可以向银行进行贷款。主要是我一直在考虑，如果只为解决融资的渠道和扩大知名度这两点而上市，意义就不是太大了，而且也有可能会出现被恶意控股以及经营受到一定的约束。"

"你不是说上市可以为公司的员工提供期权等激励措施，而且可以留住重要的员工，保证核心团队的稳定性？"

"这一点，通过收购同类型的公司，获得新的利润增长点以后，采用股改方式也一样可以解决的。"

"贷款过大会造成一定风险的，这点你想过了吗？"

"财务做了测算，根据我们自己筹集的资金和向银行贷款，再选定一些目标好的企业，作为我们再次收购对象。"说起工作方茗变得滔滔不绝了，说话的声音是激昂和快乐的，长长睫毛下的眼神露出明显的精神。司马尧就这么目不转睛地看着她，从中享受着被感染的快乐。

"上市的事我的想法和你一样，先放放，待业务、文化、人力资源整合基础牢固后再进行。"

说话间，窗外的天空已被埋在黑色的阴雾里，空中星星一个一个开始闪烁着耀眼的亮光，对面广场的喷水池随着音乐的节拍，将水变成一条长龙飞向了天空，草坪中不时传来蟋蟀有节奏的叫声，屋内屋外在只争朝夕的光阴中充满了生气。

清晨刚上班，司马智杰来到父亲的办公室，司马尧正认真地修剪着桌上方茗送给他的兰花。幼小的花枝在多年的培植下，已经发育得格外茂盛。他不允许任何人触摸它，特别是夏秋间开花的季节。有一次秘书不小心碰掉一只花瓣，他为此大发雷霆，这盆花的意义只有他自己知道。司马尧看了一眼进来的大儿子，仍然低头精心地擦拭着每一个翠绿的花叶。

"看来昨天没喝酒。"

"爸，听说在你的支持下，方茗近年来一直在兼并一些公司准备上市，那企业不就成了大众企业了吗？"

司马尧弯下腰用鼻子吸着花瓣中的香气。

"你进来闻到了香气吗？这种淡淡的香气，优雅、安静、温馨，它会让你忘了烦恼。"

看着爸爸对花入神的表情，司马智杰有点不悦。

"企业都已经这么强大了，又不缺资金，干吗要上市？方茗是不是脑子进水了？"

"你不觉得她每次的举措都会向我们提供一个成功的实例吗？"司马尧缓慢地放下手中的花，回到办公桌前坐下，慢慢地说了一句，但是眼睛依然看着那盆兰花。

"那只是运气，这次不同。"司马智杰想说服爸爸。

"你说说看，有什么不同？"

"我只知道上市后我们自己的公司就会被别人操纵，而且还要受那么多的机构监控和管理。再说正常的资本法则，是不应该这样运作的。"

"那你回去先搞清楚了，再发表意见。"司马尧紧锁着眉头挥了下手让儿子离开。

"爸，您就这么信任她？您今后会后悔的！"

"没错，我是信任她，而且是毫无保留地信任。是她带领的财务部让公司打了一个又一个胜仗，你除了算计着把别人打下的天下如何归自己所有以外，就没有提过一个好的建议！我就不明白年龄相差不大，为什么你们在同一个时代却思考着不一样的问题？"

"我之所以在您老人家眼里是一个不思进取的人，是因为您的眼睛根本就没有往我的身上看，如果看了就会觉察到不一样的光芒。"司马智杰说完就摔门走了出去。

华斯思约了人在酒店见面，突然看到司马智杰乘电梯上到客房，正在思忖着大白天他跑到酒店客房干什么的时候，又看到司马智杰公司的财务总监章梦也走进了电梯，她似乎明白了些什么。脸上露出了一丝丝诡秘的笑容，一个帮助哥哥工程筹集资金的想法在她的脑海中形成。

办公室，华斯思看着她安排人追踪司马智杰和章梦的行踪照片，脸上露出了得意的笑容。

"智杰大哥，和你一起去酒店的女士，她的名字叫什么？换了新的女朋友怎么也不给我介绍认识呀。"

"别胡说，什么女朋友，就是个同事，我们在一起商量工作的。"电话的另一头传来了司马智杰不耐烦的声音。

"到底是企业老总，谈工作地点都这么浪漫。据心理专家说，人躺着说话比坐着说话更容易让对方记住，哈哈……"

"你到底想干什么？"

"你多虑了，我只是提醒大哥的尾巴不要暴露得太长了，哈哈……"华斯思放下电话得意地笑着。

方茗刚上班就来到了司马尧办公室，气呼呼地质问司马尧为什么以谈业务的名义让她去相亲，她年轻的时候都没想着嫁人，现在更不可能。司马尧心痛地问道：

"为什么这样摧残自己？这是对我的惩罚吗？如果是，那么多年来我一直在惩罚中度日如年，不要为一个丧失资格的人而颓废自己的幸福和人生好吗？我是多么希望为你找到一个有担当的人来替我好好地爱你、照顾你。每当看到下班后你一个人走出办公室的孤单身影，知道我是多么恨自己吗？可是我又害怕你离开我，那样我不知道是否还有精神活下去，我是不是很自私……"

看着满脸充满了愧疚和伤感的司马尧，方茗的怨气被内心的痛瓦解了。

"我从来都没有为这种只有付出没有回报的爱情而后悔，我之所以活得安静和执着，坚定和清脆，是你的纯粹的品德让我的生命不惊心不动摇。"

"小茗，你知道吗？我无数次想拉住你的手不顾一切地逃离，是你让我坚守了家庭的责任。我害怕被你耻笑，所以我极力让自己变得高尚和纯粹。我在虚伪的衣钵下煎熬地修饰着自己残缺的灵魂。无数次尝试着给自己的选择找一条出路，也许路太窄，我根本就无路可走。我想到了只有把你托付给可以给予你幸福的人，即便我的生命会被抽空也是值得的。这也算是一种对你的补偿。"司马尧痛心地释放着自己的内心。

司马尧的话，让方茗第一次体会到，他们之间的爱不仅仅是她一个人的磨难，没想到自己的固执也会让一个从来都不会屈服的男人受到如此大的伤害。霎时间，内心的自我谴责化作了一股力量，她第一次紧紧地抱住了司马尧，敞开心扉诉说着自己的情怀。

"本以为我自愿做你生命中的红颜知己，不需要浓烈相依，只求这种淡淡的相守就足矣了，没想到这份自私还是给你造成这么粗粝的伤害，对不起……真的对不起！"

"我不希望你为一个实现不了的梦和我的过错而毁掉终生幸福。我们之间的爱充满了危险与颓废。我更不希望由于我卑鄙的欲望，让你的青春和生命在徒劳的等待中燃烧成灰烬。我希望你有一个好的归宿呀！"司马尧眼中充满了泪花，用手轻轻地抚摸着方茗光滑有弹性的长发。

"我寻找的是灵魂中的归宿，生活中的归宿只是一个寄身的地方，我们之间的相遇早在前世注定，上天让我们相遇的同时也为我们设计好了归处，相遇是善缘，一定会有好的因果。"

"可是这种没有结果的等待，会磨损你的人生的。"司马尧在痛楚和纠结中紧紧地将方茗抱在了自己的怀里。

"纵然我找了一个被称作丈夫和家的地方，但不是我心中所爱，也无法改变心在你身上的真实结果，那会让更多人不幸！我们是可以选择迁徙和逃离，但我知道这不是你要的结果，因为你生命中的道德观一半已经凝固在了妻子身上，这一切是命中早已有的定数。既然是命中注定，就不要违背宿命，去制造终生遗憾和残缺不全的事了，好好地维系我们前世修来的缘分吧。我的人生由我自己安排好吗？"

"可是，万一有一天，连一份深切的依偎都给不了你，那会让我死不瞑目的。"

"不会的，上天让悲伤和期盼结束的时候，就会赐给我们一片天空的。到那时相拥一起幸福地慢慢变老，坐在充满鲜花的院落，一起静静地看着日落烟霞和翱翔的大雁。"

他们就这样紧紧地在相拥中不断地谴责着自己又不停地安慰着对方。热血在他们的身体里放出轻快和幸福的火花。太阳透出云的身体在沸腾。天空清亮如水，像江水一般流淌在大地的怀抱里。大地在万物中咕噜作响，吐出沉醉迷人的气息。生命的火花随着空气在天空中旋转飞腾。草木、昆虫、大雁和小鸟以及无数的生灵，都在用各自的语言欢呼呐喊。

屋里发生的一切，被准备进屋的司马智杰看得真真切切。他发疯似的想冲进屋里，然后用暴烈的行为，把令他窒息的方茗痛打一顿，以此发泄身体中的怒火。但是，他害怕爸爸那双如炬的眼睛，更害怕那股经历过战场生死的暴烈的气势。在这种气势中自己从来都是软骨头。他用拳头猛烈捶打着墙壁上的石头，憎恨与怒火使他浑身发抖。

过道里，他堵住方茗，强忍着心中的怒火，用极为仇视的表情以及带有血丝的眼睛瞪着她。

"怎么？又把老头哄住了。我就不明白，这么清高孤傲的女孩竟然会爱上一个比自己大了许多的老头，这个老头完全可以给你做父亲了！"

方茗用鄙视的眼光看了一眼这个外表帅气内心龌龊的花花公子，嘴角仍然挂着一丝冷冷的笑容。

"读不懂是由于你被世俗烟火熏染得太久，被浑浊的世态浸泡得太深。你正在用自己的双手割断与家族遗留下来的善良传统之间的联系，也丧失了家族血液里所流传下来的优秀品质。"

"不要把自己说得那么高尚。你不觉得自己很卑鄙吗？你一直在用美貌和身体诱惑抑制着老头的思维和情感。一方面表现出一副纯洁的样子，可眼睛里时刻都充满着阴谋。这种隐蔽的罪恶让我想起了'接飞刀'的格言！"

"狗尾巴幻觉！"

"你的人生是不是就是用概念的魔力来腐蚀其他人的思想，从而达到自己的目的？"

"混蛋的思维永远是褊狭的！"

"别太得意了。我一定会用旁观者的智慧撕下你所谓高尚品德的伪装！"司马智杰说话时两只手用力地挥舞着，似乎只有这样才可以释放出自己的怒火。

"想知道什么是品德？那就回去问问自己的妻子，一个已经看透了你内心的龌龊和最黑暗角落的人，为什么还会继续迁就一个荷尔蒙过剩的伪君子！"

"不用拿我太太说事，你的伪装只有我可以看得到！"司马智杰一副毫无羞耻的神态。

"是吗？那就用阳光洗礼一下自己的躯体，它会让你肮脏见不得阳光的灵魂即刻出窍！"

"不觉得我们两个身上有一个共同点吗？那就是我们思想的目的性都是见不得阳光的。你和老爷子一样，自认为是救助世人的救世圣徒！其实没什么令人敬佩的地方。自私也是你们一直在追求的态度。"

"没有感觉吗？贪婪的欲望已经扭曲了你人之初善的品德，我们所做的一切都是在替你制造一个健全完整的思维，恢复你的本性，让阳光照到你的心里去，以此撬动马上就要死亡的心灵。"

"要散布阳光到别人心里，先得自己心里有阳光，你有吗？不要在这里道貌岸然地装什么圣女了！我一定会站起来替天行道，撕破你伪善的包装！"

"一位哲人说过：道德常常能弥补智慧的缺陷，而智慧却永远弥补不了道德的缺陷。所以一个人只有智慧，但是没有道德，那就如同没有脊椎的爬行动物，想站起来那就是天方夜谭。"

"少用这些弯弯绕的词语来贬低别人的同时伪装自己的品德。"

"一个人的品德是不需要包装的，如果你要一意孤行，那就走着瞧吧！"

第十五章　寻找同盟

　　这一夜对方茗来说，是漫长而寂静的，白天与司马尧敞开心扉的对话，还让她沉醉其中……

　　他们相互望着对方，眼神清明而深情，似乎望进彼此清澈见底的灵魂，爱深埋在内心深处伴随着心脏不停地跳动。她知道这份痛彻心扉的爱是真的，只是期盼是虚无的。她不会在乎时间的长短，何况有爱的时间就在弹指一挥间。今天，从司马尧刚毅的目光里寻觅到了让她断肠的柔情，这让她忘记了时光，忘记了自己，就连从楼内传出的邻居的吵闹声，也不再像往日那么刺耳和让人厌恶。心系着浓浓的情思，她很快就入睡了。

　　这天早上，司马尧要去市里参加行业会议。平时，方茗都会根据活动的场合，为他选择好要穿的衣服。多年来他已经适应和依赖方茗这样的安排，今天方茗去机场了，他看着办公室的衣柜里，挂着整齐的衣服，一时不知如何挑选。突然，电话铃响了起来，他刚拿起电话，另一端就传来了方茗清脆的声音："早上走得太匆忙，忘了告诉你，今天是全国地产行业会议，三天会，衬衣和领带要每天更换。我已经给你准备好了，穿标有1号的外套和4号、6号、8号衬衣……"随着方茗的叮嘱，司马尧这才惊奇地看到密密麻麻的服饰，都被方茗编好了号码，每件衬衣上还配好了领带。他不由得在内心低回赞叹，这个女孩总是会在他不知所措的时候，给他解围，让他惊喜。他为了掩饰自己对方茗的依赖，对着电话大声地说自己就准备穿这套衣服。电话另一头传来了方茗咯咯的笑声。

郊外开会的地方离市区需要一个多小时的路途，汽车在宽阔的马路上行驶着，翠绿的田野在辉煌太阳的照射下，泛起一层一层的波浪，司马尧透过窗子向远处眺望，儿时的时光在他脑海中浮动，宛似一片微风吹掠。路上一辆马车慢慢悠悠地向前行进着，赶车人随着马蹄的节奏，躺在车板上安然入睡。马似乎读懂了主人的疲劳和艰辛，一步一步踏着路边的碎石，笔直地向着一个方面走去。司马尧突然羡慕起了这个赶车的人，生活本该就是这样，如云的岁月，如梦的光阴在张弛有度中得以平衡和柔软，而他的人生却都是在不停地修复无数个碎片。仅存的让生命有活力的爱情，还被紧紧地装上了家庭和道德的枷锁，埋在内心深处不能释放。

路边田野里，零零散散的农人正在劳作。司马尧让司机把车停在路边，向田里走去，想在这里享受一下片刻的宁静和安逸，拾捡那份渴慕已久的安宁。他静静地坐在树荫下。蝉在树上发出清脆的声音，青蛙沿着水边用低音唱着只有自己才能听得懂的歌，与蝉叫遥相呼应。

不远处有一块在车上看不到的湖，湖水中间一个戴着斗笠的男子划着一条小船向湖中撒下一张网，平静的湖水掀起一片涟漪。脚下稻田里，不时有一些小鱼在游动的波纹中用嘴吮着水稻的枝叶。田野的深处不时传来蟋蟀的叫声。司马尧的脑海中浮现出了一首歌词："天地悠悠过客匆匆潮起又潮落，恩恩怨怨生死白头几人能看透，红尘呀滚滚痴痴呀情深，聚散终有时，留一半清醒留一半醉，至少梦里有你追随，我拿青春赌明天，你用真情换此生，岁月不知人间多少的忧伤。何不潇洒走一回。"他想到自己的人生是方茗用青春换来的，内心充满了惆怅……

茶楼里，华斯思约见章梦。章梦很早以前就认识华斯思，那时的华斯思还是一个扎着马尾辫的大学生，而她早已是一个掌握着财务大权的经理，只不过华斯思的命比她好，大学刚毕业就成为许多女孩梦寐以求的司马家二儿媳妇。过去喊她章姐姐的人，由于身份的改变处处流露出不可一世的神态。

章梦刚坐在椅子上，华斯思就将她与司马智杰的照片摔在桌子上。

"你们这种苟且关系是从什么时候开始的！"

章梦伸手拿起照片看了一下，面无表情。

"这要问您家的大公子呀。"

看到章梦不屑的态度，华斯思非常不悦。

"据说搞财务工作的人都是相当有定力的，难不成司马家大公子是被你拉下水的？"

章梦瞪着华斯思，神态依然是冷冷的。

"你以为拿着用这种下三滥方法得到的东西，就能让我惊慌吗？那真是让您失望了。说吧，今天找我干什么？印象中我们好像没有什么来往吧。"

看着章梦不以为意的态度，华斯思更加不悦，内心的愤怒让她脸色变得通红。

"恶俗不堪的心理分析。我只是想告诉你，这种关系如果让老爷子知道了，你和司马智杰将会身无分文被赶出公司。到那时迎接你的就是一场噩梦。"

"像我这样的人，离了司马家企业，还不至于没饭吃吧。"说完，章梦傲气十足地瞪着华斯思，眼神中流露出一股挑战的神色。

"哼……语气里处处弥漫着精神卖淫的气味，以司马家的影响力，只要招呼打到了，你以为还会有企业愿意要你吗？"华斯思毫不示弱。

华斯思的话让章梦沉默下来，没有再说话，只是用被气得通红的眼睛继续瞪着华斯思。看着不再说话的章梦，华斯思明白自己的话戳在了章梦的软肋上。

"有这样一句话用在你的身上似乎比较恰当：'爱上一个人的感觉和喝海水一样：第一口喝海水的时候很爽口，可是喝完之后马上口渴，喝越多海水越口渴，最后竟然有占有整个大海的欲望。'"

也许是华斯思嚣张的话超越了章梦忍耐的底线，她毫不顾忌一下子站了起来，大声怒吼道："你不也是靠嫁进豪门，才土鸡变成凤凰的吗？"

"No，No，此话差矣。我与司马家门第是一样的，嫁到他家是门当户对。而你这种出身卑微的人怎么可能挤走柴晓睿自己上位成为司马家族成员？简直是飞蛾扑火，自不量力。"华斯思看着被自己激怒的章梦，脸上充满了得意的笑容。

"智杰和柴晓睿之间是没有爱情的，这样的婚姻一定不会长久。"章梦语气中少了些许底气。

"哈哈哈，连称呼都这么柔情啊！你以为你们之间有爱情？那只不过是司马智杰过剩的生理要求。他对待女人就如同对待金钱一样的贪得无厌，他的欲望根本不会放在一个女人身上，而且老少皆宜。这种欲望一朝泛滥起来，随便碰到任何一个女人他都会毫无节制地发情。当然，像你这种没有道德的女人，用身体做交易，倒也是一个不赔钱的好买卖。"

华斯思嘲讽刺耳的语言继续在升级，她就是要用最犀利的语言打倒面前这个人，让她成为自己的同盟，然后联手打倒司马智杰。华斯思人很聪明，喜欢讥讽，金融家族给了她对数字的敏感度，心理学知识又让她具备了细腻的心理，所以她能一针见血地看出自己和别人的弱点而加以利用。一直以来，她都认为一切事情都能被控制，但是司马智杰是她成为司马帝国"女王"最大的障碍。要搬掉这个石头，她自己有点势单力薄，寻找合作者的事一直在困扰着她。当知道了司马智杰和章梦苟且的关系后，她就认定章梦是再合适不过的人选了。她知道必须先把章梦嚣张气焰打下去，再让她服帖地忠于自己，成为自己豢养的打手。

"你……你，简直胡说八道，我们之间的感情有多深，你怎么会知道！"华斯思的话让章梦勃然大怒。

"弗洛伊德性心理学大师给出了这样的解释：'性，意即指两性的差别、快感的刺激和满足、生殖的功能、龌龊而必须隐藏的真实意念。'你也不想想，有一个世上难找的贤惠妻子在身边的男人，你会有多少胜算？一个是飞在天上的雄天鹅，一个是地上的雌性癞蛤蟆，癞蛤蟆想吃天鹅肉，距离太远了。"

华斯思的羞辱，让章梦打了个寒战，脸被气得扭曲，如同挨了巴掌一样火辣辣的疼。她的喉咙被怒火塞住了，嗡嗡声填满了耳朵，全身颤抖着。她的心脏要窒息，胸部即将爆裂，想把华斯思撕成碎片扔进泥土里。但是她什么也做不了。静默片刻，也只是嘴唇上下动了一下，一言不发用被怒火激红了的眼睛瞪着华斯思。

看着被自己激怒的没有再说话的章梦，华斯思知道应该见好就收，所以马上将原本狠毒、刻薄、讥讽的语言在此转了一个弯。

"我知道说的话不好听，但那全是由于你的态度不好，让我不择言语。可我不明白，天上群星荟萃，干吗非要摘那颗最大的？当然，像你这样出身的女人想嫁入豪门光宗耀祖，虽然是不知天高地厚，但也没什么错。但是仅凭你一个人，想完成自己的夙愿，是不是力量太单薄了？"华斯思最后的一句话，让本来要端起水泼向华斯思的章梦停顿了下来，她一脸疑惑的表情。

"你这句话是什么意思，难不成要帮助我进入司马家？"

野心和贪婪让章梦忘记了尊严。虽然仍然在哆嗦，但她还是在脸上堆满了笑容，毕恭毕敬地给华斯思的杯中加了点水。

华斯思知道自己的话深深地刺痛了章梦。但是这又有什么关系？出身卑贱的女人天生就是被人羞辱的，自己要的就是现在这个结果。如果不是为了利用她，自己一辈子都不会和这种人面对面坐在一起。看着服帖的章梦，华斯思觉得还应该再加点火候，她没有马上回答她的问话，而是转过头对着不远处的女孩招了一下手。

"服务员，给我重新换一杯热茶，我从来都不喝没有温度的水。"服务员走过来毕恭毕敬地给华斯思换了一杯滚烫的热茶后，又转过身对着章梦礼貌地问道："夫人，您需要换一杯热点的茶吗？"

"谁是夫人！"章梦对着服务员大声吼道。

"哈哈……这个服务员眼睛够毒的了。一下就从你的脸上和身体上看出来你早已从女孩蜕变成女人了……哈哈……有意思。"

"你……你……太过分了吧！"章梦被再次激怒，已经降温的脸又变得通红，但是为了得到华斯思的帮助，她的喉结处动了一下，还是把到嘴边的火气压了下去。

"我只能帮助你在家里结识下老爷子，但是你想霸占柴晓睿的位子，那可就是打错算盘了。司马大公子根本不可能和柴晓睿离婚。老爷子的高明就在于为了不让他包办的婚姻破裂，将部分股权交给了孙子和柴晓睿，而柴晓睿又是自己儿子的股权代持人，如果离婚，司马智杰将会一无所有。这个缰绳司马智杰是不会轻易放开的。"

章梦听到华斯思愿意帮助自己，高兴地拉着华斯思的手，脸色也由于激动变得兴奋起来："我听你的，我不在乎他是否有钱，我是真心地爱他这个人的。"

"少在我面前装纯洁了，像你这种没有脱离低级趣味的人怎么可能不见钱眼开？"华斯思说着从桌上纸巾盒里抽出一张纸，细心地擦着被章梦握过的手，然后从包里拿出一张事先写好的银行账号递给章梦。

"你尽快从你们公司向这个账户上汇入2000万。"华斯思语气中带着命令的意味。

"动用这么大的资金，需要总经理同意盖章才行。"

"一个财务总监把老总都拿下了，小小的2000万资金都办不了？还想进司马家，那真是做梦。"华斯思面带鄙视和嘲笑的神态起身装作要走。

章梦犹豫了片刻，站起来赶忙拉住华斯思。

"把账号留下吧，我会尽快把钱汇入到您指定的账户上。"

"你是聪明人，知道这件事的轻重。我会安排机会让你进司马大院结识老爷子的。"

华斯思走后，章梦压抑的怒火让她觉得要摔倒，她赶紧扶住桌子，然后把桌上的东西一个一个扫到了地上。她大声叫喊，内心的屈辱让她呕吐起来。

华斯思和丈夫司马智聪到机场去接从美国回来的妹妹华斯萌。机场显示屏显示飞机晚点，华斯思去洗手间，司马智聪坐在咖啡厅，一边喝着咖啡一边看着人来人往的行人。突然，他在人群中看到一个人的背影非常像方茗，急忙冲出咖啡厅向那个人追去。但很快，他看到一个喊着妈妈的年轻人与酷似方茗的人拥抱在一起。司马智聪突然停住脚步，为自己刚才的举动感到好笑。

华斯思走过来，顺着丈夫的眼神看到了一个酷似方茗的背影。

"那个人好像是方茗……旁边的那个男孩子是谁啊？"

"不是的，我刚才也看错了！"

避暑山庄一个紧闭的雅间里，坐着鲁建和华斯思，面对华斯思端详自己的眼神，鲁建显得拘束不安。

"听说你结婚后一直住在一个六十平方米的房子里？"鲁建不知道华斯思说话的意思，所以只是点了点头，没有说话。

"都传说你是一个大孝子，听说下个月要把父母从老家接到城里了，那么小的房子怎么挤得下呀。"华斯思异常的关心让鲁建紧张的神情中有了一种感恩的神态。他最近确实正在为这个事情发愁。但是他不知道为什么华斯思如此清楚自己家里的情况，更不知道她今天找自己有什么目的，语言中多了几分犹豫不决和猜疑。

"华院长今天找我有什么事吗？"说完小心翼翼地看了眼浑身都流露着华贵和不可一世的华斯思，低下头喝着透着香气的茶。

华斯思从包里拿出一个文件袋递给鲁建。

"这是C区精装修的房子，款已经全部付清了。抽个时间去把手续办了就马上可以入住了。"华斯思的话让鲁建惊讶地张大了嘴。他不知道眼前这个跟自己毫不相干的人，为什么会送给自己这么大的一个礼包。不知道是由于太兴奋，还是被华斯思慷慨吓着了，他的汗湿的手心和手指蜷缩在一起，不停地颤抖。他内心不断地犹豫着是否应该不顾尊严接受这个贵妇人对自己的施舍。华斯思把鲁建的纠结看在了眼里，笑了笑。

"不用担心，这是我原来给我妹妹买的期房，但是妹妹留在了国外，不回来了。现在房子已经完工开始交付使用了，正好听说你急需房子。"

"那……那……那怎么能收这么大的礼物？再说无功不受禄。"鲁建说这话的时候，眼睛一刻也没有离开桌面上的文件袋，他不知道收下这个沉甸甸的文件袋的代价是什么。

"呵呵……没有必要这么拘谨和不安，你要觉得过意不去，就和我说说集团发展规划好吗？"华斯思尽量拉近与鲁建的关系。

鲁建一听华斯思是想了解集团资金运作计划，刚放松的心又紧张起来，他知道华斯思要的东西属于集团绝密资料，马上摇了摇头。

"华院长实在不好意思，您要的东西超越了我的权限。"

"怎么会超越你的权限？我也是司马家的人哟，没有别的意思。我可以从其他地方了解，但是怕你接受我的礼品精神负担太重，所以和你聊聊工作情况。"华斯思说的话让鲁建觉得确实很在理，保密只是对竞争对手而言，华斯思是总裁的儿媳妇，怎么可能会把信息泄露出去？再说华斯思送给自己的礼包也确实太诱人了。想到这里，鲁建抬起头说："好吧，华院长您想了解哪些事情？"

"据我所知，所有资金预算和调配都是要经过你的，好像集团最近要进行股改？"

"您说的U煤矿项目吗？由于是合资企业，计划先通过收购其他股东股权，然后通过增值扩股形式稀释国有股份，最后再与政府商量进行改制。"鲁建消除了戒备心理。

"你知道集团出资多少收购其他股东的股权？"

"还不清楚，这个计划书在方总那里。"

"如果是这样，那么集团就会成为U矿大股东吧。"华斯思追问了一句。

"是的。这次股权稀释的战略意义远大于融资的意义。股权稀释后U矿持股人就可以扩张进军其他领域。"

"我听说这一切都是为了上市？"

"上市的事情总裁要求暂时放下啦。"

"为什么？"

"好像是为了集团产业结构考虑吧，具体我也不太清楚。"

"你能帮助我打听出这次投资的具体数据吗？"华斯思的要求让鲁建露出了为难的表情。

看着鲁建没再说话，华斯思马上转移了话题。

"听说对古屋餐饮五十二家加盟的连锁店也要股改？"

"这个我也是听说了，具体的不是我在做。"

"那就讲讲你听说的情况。"

"听说对五十二家加盟企业进行股权改造，以股权形式进行兼并联合。"

鲁建提供的消息让华斯思非常兴奋。她刚把鲁建送出门就赶紧打电话让华国豪去她的办公室。华斯思刚回到办公室，华国豪就急匆匆地来了。他一进门就急切地问道："小妹，什么事这么着急？"

"司马家又要采取大的变革，我感觉每次变革都是我们的机会。"华斯思脸上露出了神秘的笑容。

"按照鲁建的说法，此次股权变革最终的目的是什么？"华国豪一脸不解。

"通过这样的方法，取消有独立法人的资格企业，增强股东大会、监事会和董事会的力量。最主要的是实行了所有权和经营权的分离，加强了对分公司的控制力，使集团资本更加强大。"

"那你公公的股权比不就减少了吗？十几年岂不是白干了吗？"

"这个还不清楚。鲁建打听到了就会通知我。哥，你把你们店里的试驾车给鲁建一辆。这个人对咱们用处太大啦。"

"好的，我马上安排人送过去。"

"婉转点，不要让他感到难堪。"

柴晓睿用了一个多月的时间给丈夫织的毛衣终于完工了，她快活极了。这是自己第一次为丈夫织毛衣，她感觉织得很完美。看着走进来的丈夫，她赶忙拿起毛衣，让丈夫穿上试试是否合适。司马智杰不耐烦地推开她的手，用厌恶的口气说："你以为我会穿着你织的毛衣，在外边丢人现眼吗？"

司马智杰对她没有感情，柴晓睿是知道的，可是她不在乎，她觉得男人就像风筝，飞得再高，线的一端始终在自己手里。所以丈夫的态度并没有让她特别放在心上。她仍旧高兴地释放着自己的快乐。

"织的毛衣暖和，再说我的手艺也不错哟。"

柴晓睿温情的表达并没有改变司马智杰对她的不屑，反而更加让他生气。他无法满足"八分饱"的处境，他要成为帝国中强大的王者。而她安于现状的性格，以及对金钱和权力的淡漠，让他无法实现自己的梦想。平心而论，柴晓睿做妻子是无可挑剔的，但是他不需要妻子式的女人，他需要的是像华斯思一样有着奋斗性格和野心的同盟。看着妻子的情绪没有因为自己的态度而受到丝毫影响，反而依然陶醉在手工创作的毛衣上，司马智杰想了想，露出了讨好的笑容。

"拿过来，我试试吧。"一听丈夫主动提出要试穿毛衣，柴晓睿一脸灿烂的笑容，赶紧拿起毛衣就给丈夫穿在身上，似乎怕慢了他会变卦一样。司马智杰看了眼低头给自己整理袖口的妻子。

"明天你去请求爸爸把家具城交给你管理好吗？"

"那谁来照顾妈妈？"

"这不是咱们考虑的问题，你已经照顾十年了。"

"所以啊，也只有我才熟悉妈妈的习惯。"

"植物人有什么习惯？你要出去工作。否则，等到把一个植物人伺候死了，你也老了。"

"你怎么这么无情呀。再说，爸爸辛苦打的天下，别人没有权利去掠夺！就让爸爸自己做主吧。"

"幼稚，那只是一个权力吗？是金钱，它不仅能给你带来更好的生活、更精美的食物，还能让你成为好人，你可以慷慨资助穷困的人和你常去的教会，钱甚至能拯救濒危的各类动物。"司马智杰的态度很强硬。

"你这是什么逻辑！别太贪婪了，即使赚了全世界，却失去了自己的本源，那有什么意义呢？"

"你就是个与世隔绝的幽灵……我们两个若不同心，岂能同行？"说完，司马智杰一把推开还在给自己整理毛衣的妻子，把穿在身上的毛衣脱下来，使劲地摔在地上，气冲冲地坐到沙发上闷闷地看着电视，不再说话了。

"不要逼我了，我就喜欢现在这样的生活。"柴晓睿的无动于衷和冷静的应对，像是在用鞭子抽打着司马智杰。这种痛楚似乎在提醒他的无能，实现志向还要依靠一个女人，这是多么的悲哀和无耻。

"来，把牛奶喝了。"柴晓睿把地上的毛衣捡起来，又端了一杯牛奶放到丈夫的面前。司马智杰不耐烦地走进洗手间，被柴晓睿擦得明亮的镜子里有一副冷酷的面容。他开始憎恨父亲的霸道，是他剥夺了柴晓睿的工作权利，致使妻子在青春的时候，就喜欢上了幽居独处的生活。妻子的不配合让他决定自己向父亲提出让柴晓睿去管理母亲名下的家具城。

　　周末刚下班，鲁建来到与华斯思见面的故园阁酒吧。酒吧装点得豪华奢侈，透明的落地窗外是茂密的竹林，竹林中的小路深处是一片清澈见底的湖水。这里是许多领导、成功人士经常聚集的地方。酒吧远离市区，但每天门口都停放着国内最豪华的汽车。故园阁酒吧是身份的象征，也是华斯思最喜欢来的地方。她喜欢这里没有城市嘈杂的寂静，更喜欢被竹子香气渗透了的空气。她今天约鲁建在这里见面真正的用意，是要让这个大山里出来的人，在高贵、奢侈、典雅中建立一种追求新生活的欲望，这样他才可以成为自己手中占领帝国王位的棋子。人一旦有了欲望就会铤而走险。

　　"怎么样，搬到新家了吧?"

　　"感谢华院长的关照，我妈还说请您去家里吃饭。"鲁建极力表达着感激之情。

　　"试驾车怎么样?"

　　"真是给您添麻烦了，昨天华总又给我换了一辆。真是不知道如何感谢您们。"

　　"不用感谢，不忙的时间里我们经常谈谈工作也不错。"华斯思的眼神中流露出了让鲁建难以揣摩的神态。

　　"华院长这是您那天要的资料，我已经整理好全部放在这里了。"鲁建把从包里取出的文件袋交给华斯思，有点胆怯。华斯思打开文件袋，取出来一沓资料快速地看了起来，脸上不时露出异常的兴奋。看着鲁建一直在观察着自己，华斯思赶忙调整了一下自己的神态，从包里拿出一个信封递给鲁建。

　　"这是一张故园阁全年VIP免费消费卡，以后可以带着你的家人来这里度度假。"鲁建赶忙摆着手。

　　"华院长，这个卡我绝对不能收，这些地方不是我们这些人来的地方。"

"谁说来这里的人还要有标签?你来了就和他们一样,拿着,别客气。今后这里就作为我们谈工作的地方。我还有点事先走了。"华斯思说完,将卡放在桌子上,起身走了出去。

门刚刚关上,鲁建就走到窗前,望着外面的朦胧夜色,平静的面色掩饰着激动的情绪。他想起了电影中的一句经典台词:"只要与有钱的人同流合污,就会随时改变自己的命运的。"他坐回来,一边端起沏好的茶喝着,一边看着屋内古典豪华的家具。早就听说这里是富人消遣的地方,一壶茶就上万元,今后他也将成为这里的常客。挺了下有点弯曲的腰杆,继续品着手中上万元的茶水,茶水缓缓地流进体内,他感觉到一股梦幻般的清凉装点着他人生的幻景……

第十六章 欲望行动

新华书店视频光盘货架旁，司马智聪耐心看着歌单，耳边响起咖啡厅服务员的话："这位女士不知道经历了多少的无奈，就喜欢听邓丽君凄婉的歌曲和古琴演奏曲。"

方茗刚上班，司马智聪手里拿着几张包装考究的DVD推门进来。方茗看着司马智聪递给她的全是自己喜欢的碟片，面露诧异。

"智聪你怎么知道我喜欢这些音乐？"

"一般与数据打交道的人，都喜欢这类音乐。"司马智聪没有说出是从服务员那里知道的。

"看来你和斯思学了不少的心理学哟。"

"潜移默化地受了感染。"司马智聪随着方茗的话说了一句。

"智聪我看了年报，你的业绩不错呀！我听总裁说你有计划进入传媒业？"方茗关心地问道。

"是的，有这个打算，正在做可行性报告。到时还需要你这个财务专家给指导一下。"

"你们是独立的自主管理公司，我可不敢手伸得太长，只能给你一些建议。"

"这是我第一次独立做项目，心里没底，会有许多的担忧。"

"没关系，摔倒了不可怕，爬起来再往前走的时候，你就会发现路是宽的。"方茗的话里一半带有调侃一半充满了鼓励。

"有你的支持我就浑身是胆雄起赳了。"司马智聪用了《红灯记》中李玉和辞别母亲的歌词，让方茗感到不好意思。

方茗轻咳了一下掩饰着自己的羞涩。

"这次可是用你自己的资金，集团的资金可是不会给你做试验的哟。"

"好吝啬哟。"

司马智聪半开玩笑地走出了办公室。方茗看着走出去的司马智聪，又拿起桌子上的碟盘看了看，嘴里念叨了一句"小家伙怎么知道我喜欢这些音乐"。

餐桌上，司马智杰看了眼低头吃饭的爸爸，神态有点犹豫不决，嘴唇张开犹豫了一下，然后挺了挺弯下去的腰杆。

"爸，听说你打算把妈妈名下的家具城交给别人管理，我昨天与晓睿商量了，如果还没有合适的人选，就让晓睿去管理吧。"

司马尧看了眼低头吃饭的柴晓睿。

"晓睿你是怎么想的?"

"爸爸，您别问她啊，她哪有脑子呀。"司马智杰不等柴晓睿回答，就赶忙替她做了回答。

"大哥，大嫂没脑子怎么管理企业呀?"司马智敏不解地看着哥哥。

"浅薄的修养，但运用得很高明。"华斯思低声咕哝着。

"阴阳怪气。"司马智聪瞪了妻子一眼。

"爸爸，我没有管理企业经验。"柴晓睿看了看丈夫，又看了看公公，语气中显得有点唯唯诺诺。

"你不会学吗，真是愚蠢至极。"司马智杰又把不满对准了妻子。

"大哥，你干吗对大嫂那么凶? 管理又不是一天就能学会的。"司马智敏制止司马智杰继续说下去。

"爸爸，你看晓睿来咱家后，就没有工作过，她为这个家已经做了许多，让他们也轮着干干吧。"司马智杰没有理会妹妹的话。

"晓睿，你受累了。想出去工作吗?"司马尧慈祥地看着大儿媳妇。

柴晓睿又看了看自己的丈夫，然后迟疑地摇了摇头说道："爸，您就不要为我操心了，我喜欢现在这样的生活状况。只是……智杰……想……"由于第一次向公公提要求，内心的纠结、羞愧和不好意思让柴晓睿的脸变得通红，最终也没有把话说完整。

"那就拜托你了。"司马尧向大儿媳表示了自己的感谢。

华斯思听到司马尧的话后，马上拿出了一个爱马仕的包递到柴晓睿手中。

"大嫂我给你买了一个包。"司马智聪反感地看了眼华斯思，他知道这个包是前几天她妹妹华斯萌从国外回来送给她的。

"我怎么觉得大嫂要管理企业，哈啊……那就像从地球出发的飞船经过漫长的星际旅行，降落在一个由人猿所主宰的地球上。"司马智敏半开玩笑地说着。

"智敏，你不要没立场地瞎掰，损大嫂对你有什么好处。再说有我帮助她，怎么会做不好？"司马智杰一脸的不满。

"战场上战机坠毁不是出了故障，而是美女诱惑。"华斯思像是在自言自语。

司马智杰侧过脸瞪了华斯思一眼，脸上露出愤怒的神色。

"爸，晓睿不懂我可以帮助她，您就权当给她一次锻炼机会。"

"大哥，你的管理水平也一般呀。"司马智聪说话的脸上似笑非笑。

"谁说的！大哥管理上可有一套独特的方法。"司马智杰极力否认。

"杰克成功登上泰坦尼克号兴奋不已，站在船头振臂高呼'我是世界之王'！最后连海水都没有战胜。"司马智敏摇着脑袋一脸不相信的神情。

"智杰，不要奢求得太多了，把你手里的公司经营好就可以了，晓睿喜欢当下的生活，就不要改变她的生活轨迹。"

"爸，如果没有合适的人，我就毛遂自荐吧。"华斯思迫不及待表态的脸上没有一丝的难为情。

"我的教导员曾经给我讲过一个故事：三个智者投奔到同一个国家，女王说我只能留下一个智者，我出一道题考考你们，猜对的人可以留下来。她就拿出红黑两种颜色的笔在智者头上各点一点，他们可以看到彼此头上点的颜色，却看不到自己的。这时女王问，你们猜自己头上的点是什么颜色的。其实女王在每个人头上点的都是红点，但是没有一个人能猜出来。你们都好自为之吧。"华斯思毫无遮掩的话，让司马尧感到很意外，他愕然地看了眼华斯思，面无表情地起身离开了餐厅。

　　周末一大早，华斯思就告诉丈夫自己有事不能和他一起去医院了。华斯思随意推翻做好的安排，这让司马智聪非常不高兴。

　　"你多长时间没去医院了，好不容易去一次，怎么又有事？多大的事比看自己的婆婆重要？"

　　"实在对不起，下次再去吧。再说植物人看不看都一样。"华斯思毫不掩饰自己内心的想法。

　　"也对，像你这种没有羞愧感的人，钱比道德和责任重要！"

　　"老公，说话别那么难听。每个人都会有羞愧感，而我是因为没有羞愧感才和你说对不起。"

　　"没有阳光的幽灵式的思想，谬论总是在你这里被伪装成真理！"

　　"你是一个修炼好的圣人，但是蚊子也一样会咬你。"华斯思说话的时候，人已经快步走出了家门。她没有时间和丈夫扯什么境界的问题。自打从鲁建那里知道了集团股权要进行大的调整，她的思想就没有一天停止过思考。她今天要和哥哥商量如何行动。

　　华斯思是第一次来到哥哥刚搬迁的新家。贵族化住宅的客厅中间，摆着一个深色八卦图案的地毯，屋子正中间挂着一幅莎士比亚的三维肖像，画面中，莎翁脸上每条皱纹都清晰可见。他的眼神稍显诡异，似乎非如此就不能表现莎翁的心灵。通向三楼的大客厅顶层垂挂着一个极大的灯。屋的一面墙全是玻璃，从屋内可以望见庭院里的花草树木。

　　"哥，你这是什么布局呀，中西结合。"华国豪知道妹妹一定有急事需要商量，也没有多说话，就把妹妹领到了书房。

　　"你看看，这是鲁建拿来的资料。他们的做法和我之前分析的一样，老爷子虽然减持了股份，但是最大的收益在于，通过兼并整合大量的市场资源以后，股值会随着集团的净资产翻倍地增长。"

　　"那你和咱爸的股份不也增长了吗？"华国豪脸上流露着兴奋的喜色。

　　"我手里没有多少股份，爸的股份又是司马家指定的代持股人，纯属虚有的。当初他们的目的就是爸可以享受分红，但却没有出让股权的权利。"

"那他们下一步会做哪些调整？"

"集团会从房屋开发、建筑材料、广告、物业、电器、家具向其他支柱产业发展，形成一个庞大的人类依赖生存的产业链，最终完成老爷子的帝国之梦。"

"这样不是很好吗？最终受益的是他的后代呀！"华国豪一脸的疑问。

"哼！你是不了解老爷子。他是个只享受挣钱的过程的人，从近年来的几次调整看，他是丝毫不会让我们继承家业的。这么多年，他向社会捐了我们几代人都花不完的钱，而且做好事还不让任何人知道。我们要是他的财产，估计也早都捐出去了。"华斯思倾诉着内心的不满。

"几次股权改制，这次看来是最大的一次。但是你公公自己也付出不少。"

"我就是担心老爷子有一天会把我们的股权也给了别人。"

"那不会吧，你们的股权转出去要持股人自己同意才行。"

"拿走太容易了，只需要让别人增资就完全可以把我们手中的股权稀释成极小的部分。所以，我今天就是来和你商量我们要做点什么。"

"鲁建查出来是谁收购了 U 矿吗？"

"查到美国公司注册人。但是公司背后有一个真正的操盘手，一时半会儿还查不出来。我安排小妹在美国找她的朋友去查。现在这些不重要，重要的是我们也要采取一些行动。"

"你有什么计划？"华国豪智慧来得比较慢，所以还是不明白妹妹的意思。

"他们既然要兼并连锁店，我们就想办法找一些代持人，在没有兼并前去收购这些连锁的股权，这样他们兼并的时候我们就自然而然成为股东。"

"这个办法有没有风险？一旦他们的收购计划变了，可就会把咱们套住了。"华国豪话中露出了担忧。

"不会的，我现在已经把鲁建套牢了。一有消息他就会向我通报的。"

"好的，我明天就办。"

"记住，吃完别忘了把嘴角的痕迹擦干净。"

多雨的夏季之后，接着是晴朗的秋天。有些树木悄悄地披上秋天灿烂的装束，而城市在高低不齐的楼群和树木中依然保留着夏天的光彩，好似朵朵燃烧的火焰。

回国已经半个月了。对于从小就在国外长大的李明威来说，这里的一切都非常新鲜。四岁前的记忆已经留存不多了，但是对童年情怀的感知还是有的。这个城市让他感受到自然界和生灵重新相聚，童年离走他乡的哀愁和创痛，此时，仿佛一层薄雾在故乡灿烂的阳光中被融化。

这座城市在模糊的记忆中，只依稀地感觉到童年的痕迹和留在心底的硬伤。他不记得曾经有过爸爸，只记得白天无法见到妈妈，只有深夜的时候妈妈才回来，在他睡熟的脸颊上留下一个深深的吻。

不知为何，他不被允许和外边的人接触，所以，生活基本就是在一个不算大的院子里与保姆阿姨玩耍。他在盼望妈妈回来的时候，时常可以看到保姆阿姨眼睛里的泪水，听到她的叹气声。

他不懂为什么自己没有爸爸，也搞不清楚妈妈为什么不能把自己带在身边。

每天下午，他都会不听劝阻，趴在窗台上看着远处妈妈回来的路口。孤独让他感觉到自己的生命如同墙上挂着的时钟，沉重地移动。他期盼在没有睡着的时候，妈妈给他一个能够真真切切感受到的吻和拥抱。他没有体验过这种拥抱，所以也不知道那是什么感觉。时间流逝，太阳缓慢地落下，星星慢慢悠悠地升起，回来的路上依然空无一人。他趴在窗前睡熟了……混沌的梦境中，耳边不时传来拉锯的声响。古怪的阴影，姿势丑态百出，希望，恐怖，痛苦，他完全被控制了……不远处，爸爸和妈妈伸出双臂将他揽入怀抱，他们的脸是模糊的，但是身上的温度会瞬间变成欢乐流遍他全身。依偎在有着热度的怀里，全身被爸爸和妈妈紧紧抱着，多甜蜜，多舒服，多温暖，血热了，内心也变得强大了。这种感觉在梦里是如此短暂，所以在醒来后，他还是会长时间停留在自己对甜蜜的梦的回味中，这样，就会感觉到一丝丝幸福感。虽然这种感觉是奢侈的，但他还是一点一点地整理好，全部留存在了自己的记忆中。

美好的记忆总是会在残酷的光阴中被一点一点磨损。四岁那一年的春天，还记得院子里到处是含苞待放的花朵和发着嫩芽的小草，因为自闭的缘故，他被送到了美国接受所谓的高级治疗。从那时起，他就再没有做过让他值得留存在记忆中的梦。童年开始，能看到的只是掩埋在阴影中的世界和被扭曲了的空间。只有天空中的星云是美好的，而且真真切切。

在美国的日子里有姥姥的陪伴，母亲也会不间断地来看他，但她一般停留的时间都很短暂，因为她总是很忙，他们很少有彻夜长谈的机会。孤独已经让他没有了说话的欲望，甚至有的时候恐惧说话的声音。志气和激情似乎在缺乏爱的岁月中逐渐消失。他觉得自己就是被风吹落的一粒种子，在泥土中腐烂，没有生命迹象，不会生长。

姥姥一五一十地把这些变化告诉了妈妈，妈妈开始每天在他入睡前打电话。她在电话里经常朗诵贝多芬的一句话："要是我们把自己的生命力在人生中消耗了，还有什么可以奉献给最高尚最完善的东西？"这种鼓励似乎有点太晚了。他清清楚楚地体验到了自己的性格，也体验到了从小到大，受到周围孩子的欺辱和性格上的压迫。他害怕孤独，多次苦求妈妈别丢下自己一个人独行。从妈妈眼中的泪水和紧紧拥抱的力量中，他感受到了妈妈的无奈，也知道自己不可能和其他孩子一样，天天依偎在妈妈的怀抱被爱环绕。他更多的时间是黯然神伤，独自一人坐在院落里，数着高空中可望而不可即的星星……

他性格的转变应该是从妈妈放下工作陪他踏上旅途的那一刻开始的。他们从地球的一端走到了地球的另一端，大海、沙滩、森林、游艇、飞机、火车、轮船，六十天的时间里，生命开始从孤岛转到了陆地，他的躯体有了血液流淌的声音。很久没有的快乐从灵魂深处浮起，洗刷掉内心忧郁的烙印，这种感觉异乎寻常的清晰。那时起，他不再感觉到没有希望和温暖的日子是漫漫无穷尽的。他的记忆开始启动，想起了小的时候深夜发烧，妈妈背着他去医院。南方街道刚下过雨的小路湿漉漉的，妈妈乌黑秀美的头发有点散落，自己将脸贴在妈妈柔软的发丝上，用滚烫的双手紧紧地搂住她的脖子。夜里，半睡半醒的时候，总有妈妈在身旁抚慰着他，用无限温柔的细语为他催眠。那时，感觉妈妈温暖清香的肌肤会让他退烧。他又开始做梦，但是梦里的快乐多于恐怖和忧伤，银铃般的鸟鸣，清朗的钟声在快速的嘀嗒声中流过。一起的欢笑，视频中曼妙的歌舞，回旋缭绕的轻音乐……伴随着他——虽然还是梦，但是这样的梦是甜的。

妈妈的鼓励成为他精神的支柱。生活在诙谐、挣扎、激奋、静寂中度过。孤独的童年在成年后似乎趋于平衡，他拥有的不仅仅只是孤独、失落，也获得了欢乐。上天是公平的，后来妈妈告诉他，实际上他并没有自闭症，只是自我封闭，所以好得很快。他知道妈妈是不想让自己的记忆中留下病痛的疤痕。

这次回到故乡，已是离别十八年之后。那座让他孤独生活太久的城市，在一片汪洋和熹微的晨光中渐渐远去。脚底下的小草发着嫩芽，在阳光中舒展着还不够强壮的身躯。他的人生与岁月不再流逝到异国他乡。年轮的步伐依然缓慢，但光阴因为有了亲人的陪伴，每天的日子在很快地流过。回到妈妈的身边，天空不再灰暗，如同镜子一样干净透明，他的内心世界变得丰富起来。

清晨，故乡的空气在阴影中刚刚消散，太阳从地平线上缓慢地上升，空气在阳光的照射下散发出甜甜的香气在大地中荡漾。无挂无碍的飞鸟自由地在无垠的天空中掠过，和暖的微风吹过，留下万物的再生的时刻，李明威早早赶往地铁乘车上班。这是回国后第一天上班，他要在上班之前好好地看看这个回国后还没有仔细看过的城市。从地铁口出来，他买了一杯热咖啡，一边喝着一边习惯性地微微眯起眼睛望着无垠的天空。秋天的阳光依然燥热得像生活一样让人热血沸腾。空气是纯净的，没有污浊的气息。这个地方对他来说除了童年的记忆，一切都是陌生的，凭着那细微的一点记忆，他似乎要从空气中寻找到童年过往的痕迹。

被丁香树包围着的中心广场对面，一座二十三层高的大楼，挺直地耸立，不时地向过往行人彰显着进入这座楼宇的人的身份不同一般。

楼里云集着国际众多知名品牌和精英，被当地人称为"世界之窗"。李明威坐在中心广场一个被丁香树包围的木椅上，伸开双手，眯起了眼睛，大口地吸着花瓣中散发出的气息，似乎只有用这样的神态，才可以用足了力气将所有的香气一揽在怀。许久，他慢慢地睁开了眼睛，低下头看了一下腕上的表，依依不舍地离开丁香树林向对面大楼走去。

工作对他来讲已经不是陌生的事情。在上初中和高中的时候，由于学习优秀，他在小学、初中连跳了几级，所以比同龄人有了提前几年工作的阅历。回国工作的愉悦和环境让他经常忙得忘了下班。他依恋着面前的显示器，手指不停地在键盘上弹动，屋里响起了阵阵的敲击声，就好像血液在脉管里翻涌。看着屏幕上与他交流的人的语言，每句话的出现，都会让他感到新鲜和放松，而面前的电脑与他的心脏一样，不停地随着键盘的敲击发出有力的声音。抬起头时，窗外楼群中已经亮起了一闪一闪的彩灯，他伸展了一下疲劳的身躯，一丝不苟地把桌面收拾得整整齐齐，然后锁好门快步向电梯走去。

空旷的走廊静悄悄。李明威看着电梯显示屏缓慢地从十八楼下行。电梯门打开了，本以为整栋楼就他一人，没想到打开门的电梯里已站着四个人，其中有一个是前几天刚认识的 A 集团业务部主任于剑。于剑看到电梯外的李明威主动打起了招呼：

"哎，李明威你好！下班这么晚？"

"啊，于主任你好。"

电梯中的一个上了年纪的男子，一听李明威的名字，突然回过头凝视着面前这个身高一米八四、五官帅气的小伙子。他的眼光让李明威注意到了这个人的存在，高大挺拔的身材，散发着一股强大的力量。虽然上了年纪，但是从脸部浅浅的皱纹中依然可以看得出年轻时无比英俊的轮廓。搭配时尚又得体的服饰透着一种高雅的气质和不俗的品位，让人不由得会联想到他背后一定有一个温柔贤淑的女人。当李明威看他的时候，他也向李明威轻微地点了一下头，犀利的眼神让李明威不由得打了个寒战。电梯到一楼的时候，李明威已经浑身是汗，看着远去的被人簇拥男人的背影，不知道为什么，感觉到这个人似乎在哪里见过。

公司高管会议，各公司经理汇报公司经营情况。方茗对各公司财务进行了通报。司马尧问司马智杰投资的数字电器情况。司马智杰提出按照销售计划，还需要投入2500万宣传费。方茗提出数字电器市场不错，但是都在打价格战，根据司马智杰公司报表数据反映，销售数量还没有达到半年销售指标的40%，如果再继续投入资金将会出现亏损。

方茗的财务报告让司马智杰非常不高兴。

"你为什么总拿财务报表说事？那些数据说明不了什么的。春节前销售市场会出现高峰，只要加大宣传力度，四季度完成全年销售计划应该没问题。"

"看来你真的应该学会好好看报表，只有掌握财务报表中的每个数字的含义后，才可以在此基础上预测未来和做出正确的投资决定。你们公司的财务报表已经显示出，这个项目如果继续投资，就会产生巨大的亏损。"

"怎么总咒我呀！你怎么知道就不会是巨额利润？我们财务部门是做过价值分析的。"

"几年前你们要追加生产VCD的事情，就是财务数字分析的失误。所以进行价值重估，首先必须正视市场价值危机，风险是永远不会睡觉的。"

"奇迹每天都在发生。我这么好的运气，怎么会输？"

"什么……你是在拿公司的利益做赌注吗？如果靠运气，那下的赌注也太大了。"看得出，司马尧的话是在压抑着内心怒火中发出的。

"为什么那么多项目你都认为没问题，一到我的项目就横竖过不去。"司马智杰的脸变得通红。

"那是因为其他项目在行动前都系好了安全带，而你没有。方总，如果继续投入，年底财务将会出现什么样的结果？"司马尧凝视着身边的方茗。

"根据市场状况，如果和别的企业一样打价格战，再加上广告的投入，预计亏损4500万元，投入越大亏损越大。"

方茗的话刚说完，司马尧站了起来，用右手有力地拍了一下桌面。

"立即停产，处理积压。散会！"说完转身走出了会议室。

父亲的决定实在是让司马智杰没有想到，一直以来，他都希望做出一定成绩得到爸爸的赏识，这样才有可能成为集团的继承人。没想到，方茗仅仅凭借几个数字就让自己的梦想又一次破灭了，他内心的愤怒逐渐堆积到了脸上。一散会，他就追着方茗来到办公室。

"为什么总是和我过不去？如果是为了原来冒犯你的事还耿耿于怀，那就大可不必了，我现在对你一点兴趣都没有了。"

"无稽之谈，取消项目是总裁的决定，而且总裁的处理是完全对的。公司当然不做赔本的买卖。"方茗表情极为冷漠。

"你调查过了吗？大家都认为不赔钱，为什么就财务部认定会赔钱！再说打价格战谁也比不上我们的实力啊。能不能不要总把自己装扮成一个救世主？"

"你总是拿生意做赌注，而且活在自己的视界范围内，以主观模仿的方式观察市场。前面做的企业是挣钱了，可是你在市场的末期追尾，就如同飞蛾扑火，注定是要失败的！"

"关于我的事情就不能闭住你的嘴吗？"

"那会增加我对公司的罪恶感的，再说这里没有你个人的事情，只有公司的利益。"

"你真是一个令人恶心的女人，内心深处怎么会如此狠毒！"司马智杰用手指着方茗骂道。

"放下你的手，我的品行用不着你来下定义。"方茗怒斥道。

"你的品行我早领教过了。一个奴颜婢膝靠我父亲站立的人还配讲品德。"

司马智杰恶毒的语言彻底激怒了方茗，她拿起桌子上的水杯泼向了司马智杰。司马智杰一躲闪，水正好泼在了推门进来的司马智聪的身上。

"怎么了？"司马智聪看了看浑身在颤抖、脸被怒火烧得通红的方茗，一脸莫名其妙。

"怎么了，我只是告诉她靠老爷子站立的人在这个集团一毛钱都不值。司马家族的成员是不会有绝境的，她这样的人才应该考虑下自己的未来在哪里。"司马智杰说话间两眼露出了猥琐的神态。

司马智杰本以为自己的话会得到弟弟的呼应，没想到，他的话反而让司马智聪感到羞愧和浑身的不自在，脸色也随之变得通红。哥哥的话似乎羞辱的不是方茗，而是整个司马家族。

"大哥，你怎么这么龌龊。真让我恶心！"

看到从来都没有与自己争执过的弟弟，此刻手握拳头满脸通红，为了一个与他毫不相干的女人，似乎要将紧握的拳头打向自己，司马智杰惊恐了片刻。

"你疯了！白痴呀？替谁说话？"

"我真为你的行为感到羞愧。少玷污司马家的品德！"司马智聪依然怒气冲天，用颤抖的食指在司马智杰面前挥舞着。

司马智聪突然卷入事件的当中，让被羞辱中伤的方茗感到措手不及。她不知道自己该如何了结面前这哥儿俩为自己而发生的战争。她紧皱了一下秀美眼睛上的两条细而长的眉毛，犹豫了一下，便拿起衣架上挂的皮包拉开门走了出去。

"好了，圣女已经走了。你也没有必要再装什么救世主了。"司马智杰挖苦和嘲笑着弟弟。

"你真是不可救药！"司马智聪说完也拉开门走了出去。

"他妈的，到底使用了什么魔法，让司马家的男人都为她鞍前马后地效劳。"

139

第十七章　股改计划

办公室里，司马尧像往常一样拨通方茗办公室电话，话筒传出来嘟嘟的声音。他从窗户看了一眼方茗的办公室，空无一人，这才突然想到今天方茗搬家。他通知秘书备车，自己要出去。

多年来，公司发展顺风顺水，相识的人都说他又焕发了青春。他知道力量的源头，是唯一精神、思想上和自己契合的方茗。这种精神的契合一开始就注定他们的爱是苦的。尽管他与方茗之间相爱得那么深和迫切，尽管因为相爱而能够心心相印非常洒脱，但是，他的身体早已被禁锢在了妻子的病床边。他的面前经常会出现两个司马尧，一个司马尧骂他无耻、虚伪、精神出轨和不敢担当，让一个女孩为他牺牲了一生；另一个司马尧内心是空虚的，精神虚无，极度害怕失去她。有时他会在半夜里呻吟着惊醒，好像溺水的人在水里要抓住救生圈，想方设法找一些借口证明自己的无私。

方茗的新家坐落在新建公司办公大楼不远处。楼旁被两面青山环抱，一面海水蔚蓝。站在楼窗口临海眺望，好似悬在动荡的天空。方茗喜欢看海。大海可以让她无限遐想，并带给她希望。

正在忙碌地整理家务的方茗，看到司马尧走进来，笑着倒了杯水。

"你怎么来了？"

"不放心，来看看。"司马尧带有磁性的声音温柔而体贴。

"你把所有都安排好了，还有什么不放心的。是不是装修得太奢侈了？"

司马尧没有回答方茗的问话，眼睛凝视着方茗满是汗水的脸。

"安排好了，怎么还满头大汗呀？"

"嗨，就是整理一些搬过来的零散东西。"

"让你什么也不要往过拿，还是不听。"司马尧的语气中充满了爱怜的意味。

"没拿，就是些衣物。"

突然司马尧看到方茗手上缠了一块布，布上有渗透出的血迹，大惊失色。

"手怎么了，我看看。"

方茗赶忙把手收藏在身后。

"没关系，就是挂画的时候，不小心被锤子砸着了。"

司马尧一把拉过方茗的手仔细地看着伤口，然后不由分说拉着她就往外走。

"赶快去医院。"

方茗笑嘻嘻一脸柔情地甩掉被司马尧拉着的手。

"哎哟，没关系，一会儿我再重新包一下就好了。"

"怎么会没关系？包不好会感染的！"

"不会的。拿酒精擦一下就好了。"

司马尧半信半疑地拿起电话，嘱咐着司机去买碘伏、云南白药、止血止痛药、纱布、吊带……

"老天呀，一个小口哪里用得了那么多的药呀。"方茗一边说一边去捂司马尧的嘴。司马尧无奈地把手机关了。

"说吧，找我有什么事情吗？神态这么凝重。"方茗说着拿起刚沏好的茶壶走到沙发前，将水壶慢慢地倾斜成九十度，将壶中泛着青绿的水注入到非常别致的两个杯子内。扑鼻而来的茶香让人顷刻间沉醉。

司马尧一进门的神态就让方茗看出他是有话要对自己说。司马尧似乎在考虑着什么，当方茗将茶水放在托盘中递到他的面前时，才回过神来。他缓缓地举起手，接过方茗递给他的杯子，慢慢地喝了一口，然后又将水杯放在了茶几上，回过头看着坐在自己侧面沙发上的方茗，轻轻地清了下嗓子，神色有些凝重。

"我听说斯思和她哥哥联手在说服连锁店一些股东把股权转让给他们，等着集团对连锁店的收购？"

"这件事我是知道的。之所以没有告诉你，是考虑都是些小股东，即便都拿到了，公司收购后经过股改也不会有多大的影响。"

"如果我们放弃收购这些连锁店，他们的钱就会被牢牢地套住，而且永远无法翻身。"

"别把事情做得那么绝。我倒觉得，让他们自己进入股权市场玩玩没有什么害处，反而是一种锻炼。"

"你永远都把权力看得如此清淡，这次不行，一定要让他们接受点教训。我还有个想法，你看看可行不可行。现在企业发展得比较快，但是让我担忧的是孩子们贪婪的欲望越来越强，相互之间都不同程度地打着自己的小算盘。现在孩子的舅舅也在暗地里不停地动着手脚。我决不允许孩子们为了争夺财富和权力，打破人性中最低的道德底线，更不允许亲情发生裂变。所以，我想进行股权配送，彻底打破他们的幻想。"

抬起头看着面前司马尧两鬓的白发和额头细细的横纹，方茗心疼地轻轻点了下头。

"你打算怎么改？"

"我想把家族企业按照你上次说的方法逐渐改变为大众企业。现在许多子公司和分公司管理权基本都掌握在司马家族手里，这样一旦出问题，企业与家族将面临致命的打击，而且在管理上你也看到现在是各自为政。"

"你的想法我完全赞同。但是如果力度太大，一下把股份配送出去，会给集团带来一些社会因素的风险。我们是否可以分阶段和分企业逐渐进行股权配送？不过配送的群体一定要是对企业有感情的人。"方茗婉转地谈着自己的想法。

"是的，这要好好研究。不过这次股改我还是希望你听我的话，进入股东会。"

"我在董事会的事情就够忙的了，别再让我有额外的压力了吧。再说，我要股份又没有继承人。"方茗无意中的一句话让司马尧内心又是一阵酸楚。他不再吭气了。

方茗知道自己的失言刺痛了司马尧，她用手轻抚着他的脸颊。

"别难过，我很幸福。孩子是一种责任，金钱是一种负担。这两个我都不需要。再说我不是已经有了一个非常优秀的儿子吗？"

方茗的话再次让司马尧内心压抑的情绪，几乎要撕裂他的肌肤冲出来，他的内心呐喊道：

"孩子！哼！一个见不了阳光的孩子。"他紧紧地用牙齿咬着自己的下嘴唇，好像这样就可以把内心的话和欲望扼杀在体内。也许是司马尧的静默让方茗意识到了什么，她马上巧妙地转移了话题。

"我明白你的意思，也很赞同。今后可以采取要素入股方法吸纳新股东。"

"什么是要素入股？"司马尧侧过身看着方茗。

"就是采取管理入股、技术入股、经营入股，这样就可以吸纳'知本'型股东。"方茗的话永远是干练易懂，她简单的一句话，就让司马尧明白了她的全部意思。

"这样，我们的核心股权就会分散到包括原始投资者的更多的股东身上。"司马尧总结了方茗的意图。

"是的，子公司所有者转换来的股东以及加盟公司的部分科技人员、管理人员和营销人员等二级股东都会从中获得一定的股权。"

"如果能够达到这样的结构，我们就可以把所有权和经营权进行分离，然后进行股份化改造，裁汰重叠机构？"

方茗直立起身体对着司马尧的眼神报之一笑。

"那你个人的股份就会大幅地下降哦。"

"我不但要让我的股份下降，司马家族成员的股份也都必须下降，降到全部股份的35%。"

"是不是降得太多了？孩子们也都不容易。"方茗试图改变司马尧的想法。

"不多，今后，我就是要让司马家族成员在最高决策层中，所占比例不到三分之一。为了避免内讧，股份不能按照平均比例分配，要按照贡献和能力确定股份，让对公司有贡献的人成为企业的主人。"

"你一下做得这么彻底，是否再和家里的人商量商量？"

"这不算彻底，今后如有必要，有可能还要继续稀释家里人的股份。掌控股份的底线，只要保持在18%左右就够了。如果还不觉悟，我就让他们从寄生虫变成穷光蛋！"司马尧态度非常坚决，似乎主意已定。

"这种方法虽然可以大量地吸资，让集团总资产有巨大的增长，但是你还是要考虑家人的感受。"方茗委婉地提示着。

"我只考虑公司的利益，这样做我们股份减少了，但是这样集团就可以拥有十家核心子公司和六十五家分公司，股权价值也会翻好几倍。"

"看来，你还是要准备上市？"

"准备这么久了，也该走这条路了。你说是吗？"司马尧反问了方茗一句。

"企业发展到一定程度，上市是继续经营的必经之路，上市对于集团意义不仅在于融资，更在于借助外部的管理体制来规范集团经营行为，提升管理能力。"对司马尧的意见方茗持有相同的看法。

周末，吃饭期间司马尧用眼睛扫了一下桌上的人，转过脸问柴晓睿：

"晓睿，怎么没看到智敏？"

"小妹来电话说学校有事，不回来了。"柴晓睿倒了一杯茶放在公公面前。司马尧吃饭前喝茶的习惯已经延续了几十年。

"智聪，广告公司进展得怎么样？我看财务报告反映还不错。"司马尧转过头看着二儿子。

"我们的价格比较适中，最近几家制药厂和汽车制造商都要和我们签订合同。"

"公司进展稳定了，你还有什么新的打算？"司马尧一脸慈祥。

"有个新投资设想，根据调查，现在很多外国地产企业看中了国内消费市场，所以几个股东商议，想在海外注册一个投资公司，找几家有实力的文化传媒节目制作公司进行合作，以投资形式换取他们创作的节目，然后再在国内找电视台进行合作，免费为他们提供一定时段的节目。"

"公司的回报是什么？"

"要求的回报是给我们境外投资公司每天几分钟广告时间，通过财务部测算数据来看，扣除投资分红，利润还是非常可观的。"

　　"文化传媒节目制作公司是否需要资金，电视台是否愿意合作。"司马智杰提出疑问。

　　"据我所知与这两个机构合作没有那么容易。"华斯思语气中也流露出了对丈夫的担忧。

　　"你们公司财务部经理我记得原来是电视台的吧。"

　　"是的，有很好的口碑和资源。我们做了调查和接触，现在有几家文化传媒节目制作公司非常积极地表达了合作意愿。至于电视台方面，我们也联系了，文化传媒节目制作公司也有这方面的资源。"司马智聪说完静静地看着爸爸的面部表情。

　　司马尧低着头继续吃饭，不再说了。他面部表情凝重，似乎在思考着什么。许久，他抬起头看了眼司马智聪。

　　"需要多少资金?"

　　"根据财务部门测算，前期需要3000万资金。"司马智聪不知道爸爸问话的本意，所以说话变得小心翼翼。

　　"这么大资金，一旦有问题怎么办? 还是放弃吧!"司马智杰看着爸爸没有表态，打心里就高兴得想笑。他也希望爸爸像对自己一样把弟弟的项目也砍掉。所以他抢先发表着自己的意见，声音也变得激昂起来。

　　华斯思一看司马智杰要阻止自己的丈夫提出的项目，一脸的不满意。

　　"这个项目比你做的任何项目风险都小，可以说根本没什么可担心的。"

　　"怎么能没有风险? 他投资给文化传媒公司的钱，一旦电视台不合作，做出的节目就是废纸一张，那资金不就全砸了吗?"司马智杰对华斯思袒护自己丈夫的行为，感到不满。

　　"你公司可以拿出多少钱?"司马尧没有理会司马智杰与华斯思之间的争论，继续问道。

　　"如果仅靠广告公司和装潢公司，一下拿出这么多资金还是有一定的困难的。"

　　"我的工程公司也没有钱。还有几个工程项目马上都要开工，家电企业的项目也让砍掉了。"司马智杰没等问他，就马上表示自己的公司资金紧张。

"大哥你真不仗义，当初你公司C项目开工没有资金，不都是智聪跑前跑后给你筹集的资金？现在你躲得好快。"

司马尧眉头皱了下，站起身来向司马智聪摆了摆手。

"智聪到我书房来。"

司马智聪站起来随着父亲进了书房，把司马智杰和华斯思两个人留在了外面。他们尴尬地用讥讽的眼神相互望着对方。

"你的缺口资金打算怎么办？"刚一进屋，还没有坐下，司马尧就若有所思地问道。

"我计划先与两家签订合同，然后用境外投资公司手中掌握着的广告时段经营权，再和在澳门上市的KU投资公司谈合作。"

"KU公司为什么要和你合作？"司马尧反问了一句。

"这个项目可以让KU公司每年获得上亿的投资广告收益。当他们确认了这个收益巨大的吸引力后，我们就提出要求KU公司以现金加股票的形式收购我们30%的股权，这样我们公司就成为KU公司的大股东，所获现金拿出部分投资给制作公司，以兑现诺言。"

"从理论上讲似乎是成立的，如果运作有多大胜算？"

"生意场上只有亏损与盈利，没有预知的胜算。爸，这您是知道的。"司马智聪顽皮地回答道。

"臭小子，和我咬文嚼字，我考虑一下吧。"司马尧微笑着点了点头。二儿子沉稳的性格像他，为人温和有礼，表面上很有耐性，实际上却是非常敏感。当年每次度假要回山区老家，没人愿意随同他回到那个路途遥远、交通不便和贫瘠荒凉的地方，只有三岁的二儿子每次都会拉着他的手回到家乡。

他经常看到，土窑洞前，二儿子坐在自己父亲那沾满泥土的大裤裆上，专注地听爷爷给他讲狼牙山五壮士的故事："1941年8月，侵华日军华北方面军调集七万余人的兵力，对晋察冀边区所属的北岳、平西根据地进行毁灭性'大扫荡'。当时日伪军三千五百余人围攻易县城西南的狼牙山地区，企图歼灭该地区的八路军。八路军在转移老百姓的时候，留下五名战士担任后卫阻击，掩护全连转移。他们打仗勇猛，打退了日伪军多次进攻，毙伤九十余人。为了不让日伪军发现连队转移方向，他们边打边撤，将日伪军引向了狼牙山棋盘陀峰顶绝路。日伪军误认为咬住了八路军主力，遂发起猛攻。五位英雄临危不惧，英勇阻击，子弹打光后，用石块还击，一直坚持战斗到日落。面对步步逼近的日伪军，他们宁死不屈，毁掉枪支，义无反顾，纵身跳下数十丈深的悬崖。"

司马尧小的时候也像二儿子一样，坐在自己爷爷的大裤裆上，听着他一遍又一遍地讲这个故事。当爷爷眉飞色舞，讲着那些壮烈的事迹时，声调那么庄严。故事讲得多了，他就总是会在爷爷给他讲之前，跑得远远的。后来司马尧大了一些，为了照顾老人的心情，就不再跑开了，而是毕恭毕敬地坐在爷爷面前装作对故事很专注。有时他会不解，不知道为什么爷爷常年讲一样的故事，在讲到激动的地方，脸上依然充满了红晕，似乎他的血液流得很快，这些英雄全部是认识的……

故事没有变，但是听故事的人却变了。父亲在讲故事，和当初爷爷讲的故事内容是一样的，神态是一样的，甚至激昂的挥手都是一样的。只是膝上坐的人要比他那时聪明多了。二儿子总是在爷爷讲到高潮的时候，用自己的小手搂着爷爷的脖子，用稚嫩的小嘴毫不在乎地亲吻着爷爷满是胡须的脸来讨爷爷的欢喜。每当这个时候，老人就会放开喉咙大声笑起来，嘴里不停地说着："哈哈，这娃娃长各有排场，又展俏，话说得一沟一洼的，大了一定赶你不知道就把婆姨给你引回来了。"

早上刚上班，司马尧打电话让方茗来到他的办公室。方茗一进门司马尧就递给她一摞资料。

"智聪计划进行海外投资，这是他的计划，你抽空看看是否可行。"

"智聪事前和我商量过，整个计划还是缜密的。我再让财务部详细计算一下。"方茗接过资料回答道。

"涉足海外市场，是不是谨慎点为好？"

"实际上，我一直在考虑开发海外市场，智聪的想法我觉得还不错，我和智聪做过详细的沟通。如果可以，我倒认为可以用我们的部分股权，去置换海外资金，打开海外市场。"

"说说你的打算。"

"地产生意经过多年的打拼现在已经非常成熟了，围绕地产发展的其他链条产业也已经可以成为独立的产业了。我一直在想是否应该将咱们成熟的商业地产打包成信托基金在海外上市。也就是建立房地产信托投资基金，简称REITs（Real Estate Investment Trust）。"

"你再说具体点。"司马尧从办公桌转到前面，用手指了下沙发，示意方茗坐下来说。

"通过房地产信托投资基金(REITs)将地产板块证券化。通过这种方式把房地产再投资直接转化为证券资产。"

"这对集团发展的推动力是什么？是否会影响其他产业发展？"

"收益主要来源于租金收入和房地产升值，这一点我们已经是很成熟了。上市前我们可以将有些计划独立发展的产业进行剥离，对其他产业是没有影响的。"

"那么这部分收益怎么处置？"

"取得的收益应该大部分用于发放分红用于激励机制。"

"听你这么说，这么做的风险几乎是很小，国内有这样做的吗？"

"有几家企业做得不错，我已经安排人做了调查。当然投资收益主要取决于宏观经济的冷暖，不过现在市场还不错。"

"也就是说将部分自建商业地产作为长期投资。这样不仅使资产结构得到优化，还可通过收取租金得到比一次性买断更多的收益，即以租金上涨的形式享受房地产的升值，对吗？"司马尧很快明白了方茗的意思。

"是的，通过REITs回笼资金投入新项目的开发，项目成熟后也可以卖给自己的REITs。"

"可是，我们有的写字楼一直是采取只租不售的模式，效益不错，而且又稳妥。"司马尧是想采取以守为攻的战略。

"只租不售的模式使商业地产开发资金的回收周期大大延长，形成巨大资金压力。在这样的情况下，如果我们选择将成熟物业打包为信托投资基金(REITs)，再将基金单位在海外资本市场公开发售筹集资金，商业地产的证券化，将会使我们的商业地产运作产生一个飞跃，而且我们能够拿到充裕的资金，就可以大规模地并购，再把物业放到REITs中去融资，这可能使它在业内遥遥领先。"

"A市中心楼盘你打算怎么办？"司马尧问道。

"现在国内房地产投资过热，我们应该尽快出售在A市市中心已完工的楼盘。"

"你是否过于敏感了，许多企业不是还在投入地产吗？"司马尧有点不解。

"公司地产现在已经形成了产业链，也非常成熟。我们应该尽快建立资金储备池。"

"上次那个航空公司方案你看了吗？"司马尧问道。

"我看了，我们现在所有产业相互之间都是有关联的，而且已经涉及到了开发、公路建设、教育、生活服务、文化、广告、生产、装修、家具、煤炭、家电。如果再盲目涉足其他不熟悉的领域，可能很容易出现资金断链和不良资产。"

"现在明威回国了。美国那家公司还继续保留吗？"

"现在虽然新的企业所得税法对境外投资企业优惠政策不多了，但是我想为了今后国际其他业务衔接，还暂时不动。"

"我听说前一段时间，斯思让她妹妹在打听美国公司的持股人？"

"我已经处理好了。"

第十八章　生活欲望

晚上，卧室里，华斯思看着丈夫写的方案，满脸质疑的表情。

"智聪，如此缜密的方案和数据论据，是怎么做到的？有点不像是你的杰作。"

"看来你的心智不全，但眼力还不错。没错，是方总修改的。"

"方茗为什么总在帮助你，是否有什么目的？"丈夫的回答，让华斯思的语气里明显地流露出一丝猜疑。

"学心理学的人是否习惯把所有的人都看得很肮脏？"司马智聪的脸色变得严肃起来。

"注意你的措辞，不是所有的人，是单指方茗。"华斯思张扬的语气里透露出一股强势。

"你只能在自己的视界范围内以透视的方式观察事物。所以，你把自己造就成一个思维混乱和意志脆弱的人，而且语言尖刻令人厌恶。"司马智聪讥讽地说道。

"意志是原因概念形成的关键。方茗就是在色诱。"华斯思似毫不顾忌地袒露着酸意。

"如果能够像大嫂一样贤惠、豁达、纯真，那你就真是一个智慧型的淑女。"司马智聪用冷冷的语言刺激着自己的妻子。

"女人的强悍是男人无能的杰作，如果你要像老爷子那样，我马上就会回归成淑女。"华斯思毫不示弱。

"你的骨子里不知道是否有淑女的基因。都是女人，在同一个世界却用不同的思维想着不同的世界。"司马智聪语气中充满了感慨。

"那是，像方茗那样会让司马家男人都垂涎的才是珍品。"华斯思带有挑衅的一句话将司马智聪激怒了，他的脸由于愤怒变得通红，把手中正看的杂志狠狠地摔在了地上，一步冲到华斯思面前挥起拳头。

"怎么？开始动武了！是替谁抱不平？还是触动了你体内早已死去的雄性荷尔蒙？"华斯思的话让高举拳头的司马智聪犹豫了一下，他缓缓放下手，从咯咯作响的牙齿缝中拼出了几个字：

"白痴！"说完转身走出了家门。

章梦打电话约司马智杰到他们经常约会的酒店见面，遭到拒绝后，章梦怒火烧身。

"如果不来，我就把你去澳门赌博亏空公司钱的事和我们之间的关系，通过媒体告诉你德高望重的父亲。"

迫于无奈的司马智杰来到了酒店后，满脸厌恶地瞪着章梦。

"说吧，怎么才可以甩掉你！"

"我是公司财务总监。你做的所有苟且的事情我全都知道，我们两个怎么断得了呀？"

"你别忘了，我是你的雇主。"司马智杰盛气凌人，语气充满了轻蔑。

"可我是你心口窝的一个钉子，而且可以随时让你这个雇主沦落为乞丐。"章梦冷冷的，显得胸有成竹。

"我就不明白，一个整天和钱打交道的人，怎么就算不过来账，绑架钱难道不比绑架人好吗？所以，我提醒你，最好的选择就是闭住嘴，拿到你想要的钱，想办法不要让自己再成为一个穷人。"司马智杰用恶狠狠的眼神瞪着章梦。

"咱们两个人之间的游戏规则应该由我说了算！你以为我是为钱吗？从我身体被你玷污的那一刻起，我就没有打算分开，当然我也笃定你不会和我分开！"章梦脸上浮出一丝不露痕迹的得意之色。

"你简直是做梦。柴晓睿的父亲虽然从市长位子上退下来了，但她是老爷子指定的儿媳。这不是你我说了算的事情。所以，趁着年轻还有点姿色的时候，你赶快找一个人嫁了，别做实现不了的梦。再说你也没有吃亏呀，用身体把自己变成了有钱人，这笔投资对你来说还是不亏的!"司马智杰言语中流露出放荡的下流习气。

"西方有个传说，鳄鱼捕到猎物时，一边贪婪地吞噬，一边假惺惺地流泪。钱是可以消耗完的，抓住你这个人，才是一本万利呀。"

"你真够无耻的!"司马智杰吼道。

"怎么急了，让我们来想想看，无耻的人与下流的人结合在一起，会是什么样? 哈哈，等着瞧吧，我一定会成为司马家正式的儿媳。"章梦放出的狠话着实让司马智杰没有想到。他气急败坏地用双手紧紧卡住章梦的脖子，使劲地来回晃着。

"进入我们家的人，就会成为司马家族成员吗? 幼稚的逻辑。我告诉你，如果敢胡来我绝对不会放过你。"说完，司马智杰松开手，转身走了出去。

章梦盯着门口，气愤得整个身体不停地颤抖着。仇恨的火焰让她的脸变得通红，一直红到鼻尖。司马智杰感情的变化和毫不顾忌的抛弃，打乱了她一切的梦想。

她出生在西北一个穷困的家庭，父母不够节制的性生活，让她成为家庭里的第六个孩子。拘谨的生活让她从小就梦想离开这个让她爱恨不清的家庭。初中时她把父母给她起的名字章小翠改成了章梦，她要张开梦想的翅膀飞到外面的世界。她发奋学习考上了国内重点金融学院。毕业后她放弃了留校的机会，和同学一道选择了这所腾飞的城市。进入A公司集团财务部没多长时间就被派到司马智杰的建筑公司，担任财务总监。

面对司马智杰向自己投来的色眯眯的眼神，开始她还想方设法保护自己的贞操，后来在一次酒后被司马智杰强行玷污后，就从这个司马家大公子的家庭背景、学历、外貌，甚至他下流的举止中看到了自己的未来。她看着镜子中的自己: 洁白脸庞上大大的眼睛，高高的鼻梁，饱满的樱桃小口……她希望和幻想自己是一朵高贵华丽的菊花，不断地盛开和怒放。美丽的梦想支撑着她随时随地满足司马智杰贪婪的生理欲望，本以为奉献会很快缩短进入司马豪宅的时间，但是，司马智杰的突然变化和冷漠让她措手不及。

这个人是曾经爱过自己,还是从来就没有爱,这一点连她自己也说不清楚,只知道自己和大多数欲望无所寄托的女孩一样,完全陶醉在追求、希望、梦想以及黑暗里。

她不知道自己为什么会堕落,大脑在爱的面前是浑浊的,在物质和名誉的面前是清晰的。有以前生活的坎坷,她清楚地知道自己要些什么。于是依着自己的方式违背道德走上了探险之路。她努力最大限度地顺从司马智杰的要求,模仿周围妩媚女孩的装扮,让自己因连续流产而蜡黄的脸色充满美艳和吸引力。明知道他已经对自己失去了往日的兴趣,但还是竭力想把逐渐远去的希望给追回来。这种力不从心的隐痛,她说不出来,也无法去说,她竭力不去想,但不由自主地要想,而一想到就觉得心灰意冷。于是,她在酷热的天气还会不停地打寒战,整夜被荒凉的梦侵扰。睡梦中她又回到了贫瘠的故土,家里凄惨的境况,迫使她挣扎在生活的底层,被有钱人控制、污辱、踩在脚下……醒来后的恐惧,让她丧失了平静,她决定不能把道德信仰建筑在自己凄凉的人生上。她本以为依附在男人身边,不需要任何钻营就能扬眉吐气,没想到得到的却是冷淡和菲薄。

窗外天空灰暗,大片堆积的灰色云层压得章梦喘不过来气,她打开窗子,看着司马智杰的车渐渐开远。她大口呼吸着初秋冷厉的空气,大滴的雨水打在她俊俏但充满了仇恨的脸上。被掐过的脖颈还依然隐隐作痛。怨恨让她的意识发生了混乱,既然不能依傍在精神上有过契合的人身边,那就要靠自己。就像一头窒息的鸟拼命拍着翅膀,做着最后的努力,她想要飞得更高……

一个星期之后,司马智杰刚一上班,章梦递给他一个信封,她眉头舒展着,显得内心很轻松。

"这是我写给集团的一份报告,你先过目后我再上报。"司马智杰抬头看了一眼站在桌前的章梦,他不知道一个星期没有出声的她又想干什么。他接过信封说着不咸不淡的话。

"是辞职报告吧?"

"看完后如果需要我辞职,我会满足你的要求的!"说完,章梦头也不回地走了出去。司马智杰对着门嘴里嘟囔着。

"神经病。"

信封里是厚厚的一摞装订整齐的资料,从封页内容上可以看出是章梦以个人名义给集团财务部报送的材料。材料叙述了她担任财务总监期间,在司马智杰的授意下,对会计账目造假,操纵经营利润和资产负债表,通过虚构收入增加利润以此加大税后分配;司马智杰管理的旅游公司和酒店采取"契约调整"的手法虚增收入;司马智杰贿赂相关人员,将造假金额化整为零,确保造假金额不超过外部审计机构确定的"警戒线";司马智杰还以他人名义抽逃公司资金,用于赌博和自己的投资。

司马智杰看到章梦准备鱼死网破,发疯似的将报告撕得粉碎,嘴里不停地骂着。

"女巫,王八蛋,跟我玩真的,看我怎么收拾你!"

雨水不停地打在窗上,章梦的报告让司马智杰感觉到室内充满了闷热之气。他从衣兜里拿出一块飘溢着浓浓古龙香水的手帕,不停地擦着额头上溢出的汗珠,然后拿起电话让章梦到办公室里来。章梦推开门第一句话就是:"怎么,是让我来辞职的吗?"

"他妈的!你怎么这么无耻!这些问题抖搂出去,你以为自己可以脱身吗?"司马智杰顾不上章梦的讥讽,发出了歇斯底里的吼叫声。

"越危险就越合我心意。再说,我们之间的爱既然没有真情,那么你死了我也没有必要哀号。"

"死脑筋,为什么非要一个不属于你的位置?"司马智杰压住内心的怒火,采用了说软话的办法想要说服眼前这个在他看来已经疯了的女人。

章梦看着他耸了耸肩膀,一脸冷冷的笑容。

"因为它让我有脚踩大地的真实感觉。如果你是为了说服我放弃,那就先告辞了,等你想好了方案再通知我。"章梦边说边兴奋起来,眼里冒着胜利的火焰,苍白的脸上有了一丝丝红晕,声音中也有了胜利者的得意。

一阵微风从窗子外面刮了进来，把渗透在城市角落的浊气带到了室内，又迅速顺着司马智杰的鼻孔进入到了他的体内，让他闻到一股霉味，而且愈来愈浓，像是死亡的气息。他挥起右臂挟着疯狂的怒气把桌子上的东西一股脑地全部推到了地上，嘴里大声骂道：

"婊子，荡妇！"走出门外的章梦嘴角挂着一丝冷笑。

天气开始变凉，广场上的丁香树在风中一片一片地飘落着发黄的叶子。喧嚣的人群依然伴随着嘈杂的汽车鸣笛和叫卖声。时间在平淡中过去了半年。李明威穿过广场，匆匆走向地铁站口。像往常一样，买了一杯热咖啡，站在车站柱子旁静静地喝着。

地铁站每天都流动着一大群陌生的上班族，没有交谈，没有问候。在这片国土上除了回到家中，有母亲嘘寒问暖以外，没有什么人会在乎他的存在。李明威看了看手表，时间还早，就习惯性地朝着离家不远的咖啡厅走去。

灰色梦咖啡是司马智敏最喜欢来的地方。她像往常一样从学校直接来到了咖啡厅。她要了一杯柠檬茶一边喝着一边静静等待她熟悉的音乐响起。突然，她看到自己对面不远处坐着一个年轻的男子，一个人独自喝着咖啡。他蓄着一头短发，白衬衫的领口微微敞开，衬衫袖口卷到手臂中间，露出小麦色的皮肤，干净的粉色T恤和洗得发白的牛仔裤将腿衬托得修长和健壮。他有着帅气的五官，眼睛深邃有神，鼻梁高挺，清瘦的脸上布满了坚毅谨慎的神情，耳朵上戴着白色的耳机，不知在听着什么。

司马智敏愣了一愣，仔细地观察着这个似乎在哪里见过的男子。突然，她想起了，在美国……

那天，司马智敏搭上最后一班火车从旧金山去西雅图。在一个停靠站，对面来的火车正停在那儿。正对着她的车厢的窗前，坐着一个白净帅气的亚洲男子，看着她所在的车厢，眼神里充满了忧愁和孤独。她不知道应不应当和他打招呼，迟疑了一会儿，心里盘算着和他说些什么。正当她要招呼的时候，忽然听到开车的讯号，就放弃了说话的念头。他们的脸在各自车窗后面对面望着，伸出胳膊就可以碰到的距离，车窗却将他们隔开，咫尺，天涯。火车开动了。她始终望着他。在这个分离的刹那，她不知不觉有了人生中的第一次遗憾。启动的火车将他们俩的距离越拉越远，那双带有忧伤的眼睛却深深留在了她的脑海中。

今天的相遇，她不知道是机缘巧合还是命中注定，她想主动上前打招呼，但又不确定他是否还记得自己，犹豫片刻司马智敏还是快步走到了男子面前。

"你好!"

李明威正在专注地听着音乐，突然眼前走过来一个女孩，端庄漂亮：高挑儿的个头，苗条的身段，显得楚楚动人。微黑的皮肤丝毫没有遮掩住她的美丽，反而为五官增添了些秀色。黑亮亮的眼珠，像两粒闪闪发光的黑珍珠，灵动娇俏。一副淡紫边框的眼镜。一头柔顺飘逸的秀发松散地垂在肩上。

李明威摘下耳机没有说话，脸上露出了诧异的表情。司马智敏有点不好意思，看来他真的是不记得她了，但是已经走到面前了，她只好帮助这个男子追回记忆中的自己。

"不认识我了吗？美国火车……"司马智敏语句中带有试探和提示的意味。

"啊……噢……哎呀——火车窗口。"李明威想起来异国的短暂偶遇。他赶忙伸出手握了下司马智敏早已伸出的手。当他们的手指碰到一起时，李明威感受到了这个女孩手指的柔软细腻，带给他从没有过的温暖和缠绵。

"你怎么会在这里呀？"司马智敏语气中带着疑惑不解。

"公司在国内投资了一个项目。真没想到会在这里遇见你。"李明威神情有点激动。

"你好! 我们现在正式认识一下，我叫……智敏。"司马智敏犹豫了一下，删去了自己的姓。

"我叫李明威，你在国内工作吗？"李明威说话时眼睛亮亮的。

"还在读博士，上次在美国是去做学术交流。"

彼此之间的简单介绍和问候，他们的距离缩短了许多。

"李先生，您要的咖啡像往常一样加两勺牛奶吗？"服务员脸上挂着热情的微笑。

"是的。"

"怎么，你经常来这里？家在附近吗？"司马智敏看到服务员与李明威很熟就委婉地问道。

"我在旁边的A大厦上班。这附近没有学校，你怎么会到这里来？"李明威问道。

"嗯……我在南大读博，来这里办点事。"司马智敏犹豫了一下，没有说爸爸的公司就在附近。

"你读的是什么专业？"

"大学读的经济管理，现在读的是国际金融。"

"好巧啊，我读的也是国际金融。"

"嘿，那我们可是同专业了，那太好了，今后我这个在校生可要多多请教你这个老师了。"

"好啊，那你今后就叫我李老师吧。"不知道为什么，李明威竟第一次在女孩面前放松和幽默起来。

"好的，就这么说定了，不允许厌烦哟。"

那天，他们聊得很开心，但是不知道为什么，即便李明威在开怀大笑，司马智敏还是感受到这个落拓不羁的男子的内心深处有一个区域，别人很难进入。她突然有种心痛的感觉。从咖啡厅出来的时候，璀璨的灯光下依然是人来人往。他们彼此留下了各自的联系方式。

回家的路上，李明威呼吸着夜晚清凉的空气，精神也为之一振。他喜欢像智敏这样说话简洁、笑容无邪的女孩。多年来，他第一次对一个异性有了与姥姥和母亲不一样的依赖感和迫切见面的渴望，内心无比轻松。

　　无数个晚上，当他被童年时代的记忆所困扰得失眠时，他都会打开桌子上的电脑，从虚拟的世界中寻找自由的空间。与智敏结识后，他感觉到自己抓住了黑暗中遥远的光明——似乎游离身体之外很久的灵魂重新回归，让他有了新生的感觉。他这天晚上睡得很踏实，他全部的思想都被这次结识占据了，他渴望再次见到她。

　　第二天的会议占据了他的全部时间，会议间断的空隙中满脑子都是智敏爽朗的笑声。他渴望尽快见到智敏的心情几乎占了大脑的全部。第三天工作刚刚结束就迫不及待拨打了智敏的电话。

　　与李明威在咖啡厅分手的当晚，司马智敏的睡眠质量达到有史以来的最低点。她的意识中全部是李明威的影子，她没法控制自己不去想他。冥冥之中她感觉到他们今后会有什么瓜葛。当她接到李明威的电话时，司马智敏惊奇地发现自己两天以来心神不定的原因，实际上是在等这个人的电话。只有五站路的车程，也让司马智敏感到漫长和遥远，赶到咖啡厅时，李明威已经在常坐的角落等她。不知道为什么，也许是李明威不善言谈的性格和帅气十足的气场，让司马智敏刚坐稳就突然有了想在他面前展现自己的天赋和优点的冲动。

　　看着智敏被阳光晒得有点发红，但依然秀气的脸和美丽的眼睛，李明威赶忙让服务员端来一杯冰镇柠檬水，然后静静地聆听着智敏讲述自己全然不知道的事情。

第十九章　深刻友情

南方的空气，每天都是深沉和闷热。空中的云慢慢地往一个方向会集，云层深处不时传出一阵阵雷声。树上的叶一动不动。城市被关在大山和高耸的楼群里头，就那么一点大。周日一大早，李明威和智敏就来到了他们经常来的湖光公园。

"智敏你知道吗？你和我的妈妈一样，美丽而带有高雅的气质。"

李明威的话让司马智敏心旌摇曳，泛起从未有过的甜蜜感觉。但是她不知道如何回答异性这样直白的夸赞，于是默不作声。司马智敏的沉默，让李明威感到有点拘束，深怕西方开放式的礼节，会伤着这个新结识的东方女孩，他为自己的鲁莽行为感到有点后悔。

"你相信缘分吗？"司马智敏看出了李明威的纠结，马上用一句话打破了彼此尴尬的气氛。

"相信呀，就如同我们两个从美国的火车站邂逅，到国内的咖啡厅相遇。我时常想我们两个乘坐火车的短暂停靠，我在车窗的这头，你在车窗的那头，人海茫茫中眼光相遇，也许那就是缘分。"

"听说缘分是前世五百次的回眸换来今生的擦肩而过。"司马智敏语气中带有一丝丝的羞涩。

"啊……那说明我们有了五百次的回眸才换来今生的相遇和结识呀。"李明威情绪有点激动。

"是的，很奇怪，两辆火车停下时我们的窗户正好在一条线上，我们也都正好坐在窗口，太奇妙了。"司马智敏依然轻轻地说着，好像谈缘分这件事情就必须用这样的口吻。

司马智敏话音刚一落，李明威就一把将司马智敏的手握在自己的手中。

"我也和你一样相信这是天意！也是传说中的缘分。那我们今后就做朋友吧？"对于李明威西式的举动，智敏脸上泛起了红晕。

"我们已经是朋友了呀。"

"那太好了，你是我回国后交往的第一个朋友，以后你就叫我明威好吗？"智敏被李明威的开朗所感染，即刻没有了拘束感。她也落落大方地说道：

"我比你整整大六岁，你要叫我姐姐呀！"

"不怕把你叫老了？还是叫智敏吧。"李明威满脸都是笑容。

公园四下里寂静无声。愉快的交流让他们彼此之间有了一种激动，脚下步子越来越慢。走出树荫，他们停了下来，欣赏着清明恬静的景色。明亮清透的天空、沁人心脾的空气、温润舒适的花朵，此时，即使不说话，不握手，甚至也用不着互相望一望，就已经心心相印了。公园的路灯不知道什么时候已经全亮了。暗淡的光射在他们脸上时，他们才恍然发现太阳早已落幕。

自从与智敏约定正式成为朋友后，李明威感觉到时光快速地消逝。生命的每一个时刻不再是沉重地向前移动，内心被搁置许久的精力也显得充沛无比。他们相约的次数越来越频繁。在这座城市有了新朋友，而且智敏是那样美丽的女孩子，李明威开始有了光阴似箭的感觉。几天过去了，几个星期过去了，周而复始。

柴晓睿从医院出来，突然听见有人喊她的名字。原来是大学同学石昊。聊天中知道石昊是医院的大夫。多年没见，他们相约来到了医院附近的咖啡厅。咖啡厅是个社交场合，进来的人大多都是小资，衣着考究，温文尔雅。常年操持家务衣着不算讲究的柴晓睿显得有点格格不入，环境的拘束让她脑门渗出了汗珠，柴晓睿看了下周围，低声地问道：

"你常来这种地方呀？"

"什么叫这种地方？你难道没有嗅到像你这种高贵和文化并存的人身上固有的气息吗？看来还在继续保持那份原始的贞洁？"

"多年不见了，还没有忘记挖苦我。"柴晓睿笑着。

"你可是咱们学校公认的圣母玛利亚。让我来分析一下你近年来过得怎么样，从脸色来看，生活得很安逸，从眼神来看，过得并不快乐，从说话声调上来看，在家并不当家，从衣着上看，基本很少出门。"石昊毫不顾忌地谈着自己的看法。

"成大仙了——好了，别说我了，你怎么样，不是说大学毕业又当兵去了吗？怎么成大夫了？"柴晓睿没有因为石昊真实的话而不悦，脸上依然挂着微笑。

"没错，我现在还是军人呀，这是海军医院。从美院毕业选择了医学院读研，然后又参军。"

"啊，经常来还没注意是海军医院。一个学美术的怎么就想起来改学医了？这都是哪跟哪的事呀？"柴晓睿有点不明白。

"在人体写生课的时候，我就想探索人体秘密，所以萌发了学医的想法。"石昊半开玩笑地说道。

"怎么样，听说你生活在一个有钱的人家，怎么进咖啡厅都这么不自在？现在干什么？"石昊没有等柴晓睿再问，就主动地问起了她的生活。

"婆婆车祸变成植物人，所以我结婚后就没再工作。"

"什么，当年的校花、高才生，嫁给富豪后当家庭主妇了？啊……太可惜了。为什么要这样安排自己的人生？都什么年代了！"

"其实，我挺享受这种生活状态的。"

"真可惜，大家都认为你最有希望在美术界有作为，真不知道是什么因素扯动你的神经元成为家庭妇女了。"石昊语气中充满了惋惜。

"真是大夫，三句话离不开专业术语。"柴晓睿被石昊的话逗得笑了起来。

"哎，今天到医院干什么来了？"

"婆婆在这里住院，我经常过来和她说说话。"

"我这个手术大夫想讨好你，无奈专业不对口。"

"太太在哪儿工作？"柴晓睿岔开了话题。

"和我一样学医，毕业后和儿子出国单飞了。"石昊没有掩饰家庭破裂的状况。

"啊，对不起，我不应该这样冒失。"柴晓睿赶忙为自己的粗心表达着歉意。

"嗨，没什么，我已经躲过了自闭期了。刚开始精神萎靡不振，把自己关在家里一言不发，父母很不安，每天陪我说话和开导我，其实我是连痛苦的气力都没有了。那一段时间唯一的愿望是死，感觉到自己的生命已经消耗完了，只因为有儿子每周一个电话的寄托，才让我活了下来。现在没事了，一切都恢复到了原来的状态。"

"那又成家了吗？"

"嗨，像你这样圣洁的女人在当今社会是稀缺的。一个人也挺好，没有牢笼束缚我的自由。"石昊显得很轻松。

"自由固然是好，但是有家的感觉也不一样，当一家人吃着你做的饭时，那种感觉真的很好。"柴晓睿说这句话的时候，脸上露出了幸福的笑容。

看着柴晓睿说到兴奋的时候，脸上满满的幸福，石昊心里默默地想着，这个天分极高很有希望成为画家的人，轻而易举地丢掉了多彩的调色板，完全以家庭为轴心，自己伴随着自己过着枯燥、单调的生活，她的人生理想完全化成了泡沫。她整个人的精神状态也变了，原来朝气蓬勃的气息完全被软化和消灭了，身上唯一还保留的就是，纯洁和视金钱为粪土的本源气质。理想、未来、宇宙、美好，已经被她深深地埋在了心灵深处，原有的天分也被一点点地磨损了。他为她感到无比惋惜。

多年后相遇，石昊和柴晓睿聊得很贴心和投机。当然，大多数时间都是石昊在讲，柴晓睿在听。她从中了解了许多被自己遗忘的断篇趣事。窗外树叶的尖端缓缓地滴着残留的雨水，时隐时现的阳光滑过树枝照到了玻璃上。窗前草坪里，一群孩子绕着榕树跳舞，唱着天真活泼的儿歌。柴晓睿内心开始回想起往事……

　　毫无目标地开着车在街上游荡，大街上人来人往，晚霞如带，舒展地铺在平静的天边。章梦将车停下，沿着路边的石阶漫无边际地走着。慢慢地，星星亮起来了。突然，在路边咖啡厅的落地窗外，她看到了柴晓睿和一个男子在亲热地交谈。她很诧异：柴晓睿自从嫁给司马智杰后，基本就属于家庭主妇，很少有朋友，今天怎么会有时间到咖啡厅来浪漫？而且，还是和一个帅气又有气质的男子？她停下脚步，将身体掩藏在路边树干的后面，看着室内柴晓睿美丽的脸上不时流露出甜蜜的笑容，内心不知道为什么产生了一点点愧疚，但是这种愧疚只停留了片刻，就被嫉妒、复仇的欲望所融解。

　　司马智杰露出抛弃信号的时候，她就决定把司马智杰彻底拉下水，让他也体验一下屈辱的感受，但是自己没有这个力量，也没有更多的聪明才智，只能依靠华斯思实现自己的计划。

　　咖啡屋里的两个人站起来似乎要离开了。章梦赶忙从手提包里拿出手机，用仇恨的眼神看了一眼满是笑容的柴晓睿，拍下了照片。一只乌鸦从树枝中飞过，天空中多了几片移动的乌云。

　　与华斯思见面已经过去几个月了，华斯思并没有为她制造进入"总裁"家的机会。她无法让自己在寂寞和期盼中丧失希望，不信任让她拨通了华斯思的电话。

　　"斯思，去总裁家里做客的时间确定了吗？"章梦的称呼让华斯思感到非常不满，似乎这样的人用这种口吻称呼自己，完全是对她人格、地位的羞辱。

　　"我和你很熟吗？"

　　"对不起，华院长您好。"章梦马上改变了口吻和称呼，满脸笑容掩饰了心中的怒火。

　　"着什么急，你以为司马家大门随便向任何人开放吗？尤其像你这样出身的人应该以什么身份进去是需要做周密安排的！靠拍马屁显然是进不去的。"华斯思的语气依然是咄咄逼人。

"那我来想办法找些理由好吗？"

"别用那点小聪明来作为制造梦想和野心的材料了，你担当不起后果。"

"为什么总是对我这么刻薄，我们不能成为朋友吗？"章梦话语中增添了几分不满。

"若需要朋友，就养条与你合得来的癫皮狗吧。"

"我已经为你两肋插刀了，你难道准备翻盘吗？"章梦开始用胁迫的腔调进行攻击。

"机会可以制造，但是请不要威胁我！否则我会让你活得还不如现在。"说完就掐断了电话。华斯思傲慢的态度激发了章梦内心积攒的怒火，她走到卫生间把脸埋在水盆里，直浸到闭过气去，脸色憋得通红，瞳仁变大，她又拿起手边毛巾缚着脖子，拼命往两头拉，要让自己窒息。

华斯思的态度让章梦清楚知道，出身的低微给了她蔑视自己的理由，出身是她们之间永远无法平等的鸿沟，也是她恐惧和羞愧的根源。过去的苦难和未来的归宿都如同锥子一样不停地刺着她全身的肌体。仇恨使她的全身都像在发烧，连身上的衣服都觉得很重，这种人性被践踏的感觉，如同冬天没有鞋袜，赤着脚走在冰冷的水泥路面上，被所有人耻笑和羞辱。她无法再继续忍受被这样的局面左右的人生，也绝不允许已经被自己深深埋葬了的卑微出身，被重新打开。她要寻求机会完成设计好的计划，将屈辱奉还给让她心灵受挫的仇敌。

夏季的雨水在逐渐减少，一个月之后将是秋天的到来。果园的树枝上挂满了沉甸甸的荔枝。楼群环绕的街道两旁，牵手排成行的树木也慢慢地褪去了翠绿的盛装，五颜六色的小花夹杂在绿色的草坪中间。几年过去了，李明威和司马智敏的友谊在季节的交替中不断升华。除了见面，每天睡觉前还要通过社交软件把没有说完的话传递给对方。由于没有了隔阂和防线，他们之间对话非常随意。

司马智敏："今天说好了吃饭我买单，又被你抢了。"智敏在键盘上快速地飞舞着手指。

李明威："这方面，男士一定是要有风度的。"李明威同样用手指快速地敲打着键盘。

司马智敏："别忘了，博士生是有收入的，经常白吃饭我会产生罪过感。"

李明威："这样才好呀，这样你为了还债就永远不能走开。这样吧，为了还债，毕业后就到我们公司上班吧，只干活儿不领钱。"

司马智敏："剥削是会受到上帝惩罚的。"

李明威："你真是上帝的使者。"

司马智敏："你也相信上帝吗？我大嫂就是一个非常虔诚的天主教徒，继承了她母亲的信仰。"

李明威："那你大嫂一定是一个无比善良和贤惠的人。"

司马智敏："她不但善良，而且还很虔诚，可以说是一个很古典的女人。她和我大哥的婚姻是数学概率上的误差。"

李明威："女人可以改变世界，你大嫂也一定会改变你大哥，这种相互影响的比率也是很高的，而且你大嫂一定非常爱你大哥。"

司马智敏："你怎么知道我大嫂非常爱我大哥的？"

李明威："因为虔诚的教徒会把最亲近的人当成上帝一样地爱，而且这种爱是无私不要回报的。这是一种无法解释的力量，无法用常规的方式来理解。当她找到爱的时候，不管多畸形多悲伤多不堪，都会紧紧抓住不放，用心呵护和坚守。爱给她力量，使她坚强故不轻易被击倒。这样的人一生都是以爱为生。"

司马智敏："没想到你对爱理解得这么透彻。"

李明威："我姥姥就是一个充满了爱的教徒，她把一生的爱全给了我。姥爷去世得早，她和我一样孤独无助，但是她比我活得坚强。她一生中都在不断地用爱填满心灵，精神饱满地面对人生带给她的磨蚀。她的心脏没有随着年龄而枯竭，而是像太阳一样将身体的光芒施舍给所有需要爱的人。她和妈妈一个教会了我如何爱别人，一个教会了我如何坚强。没有爸爸的孩子是被别人瞧不起的，妈妈时常要求我无所惧怕，忘记一切苦楚和悲伤。她经常说一个人活着的日子，要比正午更热，要心中始终如同早晨的曙光一样明亮，来对待黑暗的来临。"

司马智敏："你虽然没有父亲，但是有两个无比伟大又优秀的女性伴随着你成长。"

李明威："歌德的《浮士德》中说：'不朽的女性带着我们向上。'现在我结识了第三个女性，那是不是我就可以牵着她的手一起统治世界了？"

司马智敏："哎，又没大没小。我可是你的姐姐耶。"智敏用调侃的语气掩饰着自己内心的喜悦。

李明威："未来世界都没有国界之分，人与人之间还有年龄障碍吗？"

司马智敏："生活就像一盒巧克力，你永远不知道自己会得到什么。这句话不陌生吧？"

李明威："这是阿甘的经典语录。有人说，相爱的人厮守在一起，连光阴都是美的。你说我是不是爱上你了？我现在就觉得一切都是美好的。"李明威西式的交流方式让司马智敏一时不知道怎么回复了，脸颊开始微微发热。

司马智敏："天已经很晚了，明早你还要上班。拜拜。"司马智敏的快速下线并没有引起单纯的李明威的注意，他看看表确实已经很晚了。

　　每天的交流都会让他们的关系有新的变化，李明威喜欢把自己心里的愿望毫无保留地告诉智敏，智敏也极力去了解这个至今都不知道父亲是谁的李明威。

第二十章　暗地交锋

　　方茗来到画院告诉华斯思，国土局黄局长的女儿，要把公司送给她的《斯图》在画院拍卖会上拍卖，希望她尽快安排。华国豪走进妹妹的办公室指着刚走出门的方茗的背影问：

　　"刚才出去的就是方茗吗？确实气质非凡。"

　　"男人都是什么眼神？你来干什么？"

　　"工程进展非常顺利，拆借司马智杰公司的资金可以归还了。"

　　"先还50%，其他的先暂时不要还。"华斯思口吻中带有命令意味。

　　"为什么要这样处理？这笔资金是章梦瞒着司马智杰借给你的，如果被他发现了怎么办？"华国豪不明白妹妹的用意。

　　"就是要让他发现，人生的钟摆永远在两极中摇晃，目标只是其中的一极。要使钟摆停止在一极上，只能把钟摆折断……"华国豪在妹妹的言语中感到了阵阵的寒气，半天不知道说什么好。

　　多日来，章梦就在司马智杰的冷漠和华斯思安排见到司马尧的期盼中度过，精神恍惚中变得尤为敏感，一件细小的事情都会让她内心燃烧许久的怒火喷发出来，有时深夜楼上人发出的呼噜声，都会让她不顾一切上去猛踢人家门，发疯似的暴烈行为之后，那股使她窒息的怒火并没有连根拔掉，邻居的宽容更加让她歇斯底里。烦闷、情欲、期盼与失望使她浑身发抖。虽然作为财务总监的她掌握着可以置司马智杰于死地的证据，但是那样自己也会受到牵连，唯一的选择就是在愤怒中静静等着由被自己不止一次诅咒过的华斯思提供进司马家大门的机会。

受到华斯思的侮辱后，章梦不敢再带着怒火去催她，要么下班后开着车在大街上徘徊消遣时光，要么就靠在家中的阳台上，透过窗子的玻璃对着繁华大街呆望。她的梦多半是美的，她经常会在梦里看到豪华的宫殿草地上放射出金色的火花。太阳光在蓝天和白云中飞舞。空气散发出令人沉醉的香味，像清澈的小溪一般流淌。自己半躺在草坪藤椅上，闭着眼睛享受着用人为自己按摩身体。温柔的阳光照射在她的脸上，小鸟在清香的草地上自由地飞翔，发出清脆的欢歌声，不远处的大海传来浪淘沙的乐声，大地上的青草如水浪般互相轻拂，有如微风在明净的湖上吹起一层皱纹，又像爱人窸窸窣窣的脚步声走过，已渐渐远去……

这种梦中的妄想虽然很多，但是却很短。醒来后，压抑的空气冲进窒息的心房，胸部几乎要爆裂了，仿佛从辉煌的宫殿直接走进了坟墓。本以为好梦是不会醒的，殊不知状况急转的变化是那样的势不可挡。就如同在旧的躯壳中刚蜕化出来的蛹，还没有自由快乐地舒展，就又成了人们的盘中餐。她真正感到了什么是度日如年。

终于在一个阴晴不定、空气很闷的日子里，章梦接到了华斯思的邀请，参加总裁家中举办的总裁六十六岁生日活动。这个消息让章梦兴奋地在商场狂购了几个小时。她曾经不知多少次偷偷走到司马家豪华别墅的门外，猜想紧闭的大门里是什么样的。特别是每当意志颓废的时候，她都会来到这个戒备森严的高墙外，寻找自己的斗志和梦想。她相信有一天自己将是这里的主人。

晚宴上，司马智聪和华斯思给司马尧介绍着来宾。突然司马智杰看到章梦推门进来，他赶忙走过去拦住她。华斯思走来告诉司马智杰这是她请的客人。司马智杰一把将华斯思拉到一边。

"你到底想干什么？"

"干吗这么紧张，我只不过是满足了你公司财务总监对他老板家的好奇心。"华斯思故作吃惊地反问司马智杰。

"给她提供机会，你会得到什么？"司马智杰的两只眼睛被愤怒燃烧得通红。

"有些鸟儿注定不会被永远关在笼子里，它们的眼神时刻都从笼子里向外放射着贪婪的光芒。是你为她打开了笼门，而不是我。"华斯思百般地嘲弄着司马智杰。

"你这个女人行为真是太叵测了。总是用阴险的方法借别人的手为自己创造机会，我应该在智聪面前扒下你的画皮。"司马智杰威胁道。

"哈哈……我有画皮吗？对章梦这样的女人，你比我熟悉，她可不是那种柔顺的绵羊，顺从地让人给她剪毛，所以这种人的请求我是不敢违抗的。"华斯思讥笑着说道。

"你最好想明白，我们可是一家人。最好是怎么把她叫来的就怎么把她送走。"司马智杰瞪直眼睛说道。

"怎么，现在像驼鸟似的把头藏在一块石头后面，以为这样祸患就找不到你了？有一句话叫作请神容易，送神难。还是自己想办法处理身上沾上的祸水吧。"

"你以为和她勾结在一起就会赢吗？不要高估了自己的力量。你们会输得很惨。"司马智杰说着看了一眼远处的章梦。

"听说大哥您的口味越来越低了，又和一个十八岁的舞女情意缠绵在一起了……咳，现在低贱的女孩都不愿意荒废自己的身体。"华斯思嘲弄的眼神中流露着得意的光。

"你在调查我？少用这些下三滥手段。"司马智杰眼睛里露出惊诧的目光。

"我可没有兴趣关注胡同中的三级片。喏……调查你的人来了。"华斯思指着走过来的章梦。

"司马老总你家真是富丽堂皇，这是每个女人梦寐以求的地方呀。"章梦话里带话。

"你……他妈的真是个无赖。"司马智杰眼睛里充满了血丝。

看着穿着如此妖艳的章梦，华斯思走到她的身旁往下拽了拽她已经很低的领口。

"穿这么华丽是想引起老爷子的注意还是想让大公子回心转意？"

"我是一个遵守规则的垂钓者。"章梦微笑的眼中浮现出一股昂扬之意。

"是吗?!那我等着看一场伪君子和伪淑女的决斗,一定很有看点。"华斯思发出轻笑声,向客厅走去。

华斯思走后,司马智杰一把将章梦拉到书房,一股脑地把怒火撒向了她。

"你简直是个无赖,竟然敢厚着脸皮到家里来。"

"哼!我无赖?别在我面前装什么君子,当初不是你的无赖,我会是今天这样吗?我本可以靠自己的努力摆脱贫贱的出身而获得社会地位,也可以成为一个相夫教子的好妻子和好母亲。就是你们这些有头有脸的人让我成为一个毫无廉耻的荡妇。我今天就是要让大家见识一下我和你的关系。"章梦说着就要倒向司马智杰的怀里。司马智杰一把推开了章梦,身体随着愤慨和紧张有点颤抖。

"希望你注意言行举止!"司马智杰说着看了一眼半关着的门。

"真是太好笑了,用魔杖把我变成癫皮狗后,还让我注意走路的姿势。"章梦转过身走到沙发前坐了下来。

"你以为和华斯思联手搞什么鬼把戏,就可以让我与你继续苟且,那简直是太愚蠢了。认为这种同盟可以成全你,那可就真的是脑子进水了,你只不过是一个受她支配的傀儡而已。"司马智杰试图瓦解她与华斯思的关系。

"我脑子没有水,倒是有了新的想法。如果我把司马家围墙里的事情,拿出一点点给媒体,不知道会砸到多少人?"

"这对你有什么好处?"

"好处太多了,哈哈……只有你倒了,我才有机会扶你啊!只不过,倒下的有可能不仅仅是一个人,可能是一大片。可想而知,一大片倒下了,你说我应该先扶谁对我有利?"

被激怒的司马智杰挥起拳头打向章梦,章梦一把抓住他的手腕,咬牙切齿地说道:

"如果再敢用拳头碰我一下,我就会让今天的宴会变成新闻发布会。"

"你敢!"说话间,司马智杰已经放下了高举的拳头。

"你可以试试,被雨淋透了,谁还会在乎雨有多大。"

"那我们就一同死，看谁的损失大。"

"不错的主意，这样我就可以把恶魔变成天使，把地狱变成天堂。"章梦冷冷地笑着。

"你今天来到底是想干什么？你是个很聪明的人，为什么不能见好就收，尽快找一个好人把自己嫁出去？"司马智杰害怕章梦胡来，稍微改变了点说话的语气。

"见好就收？哼，你让我见到好了吗？嫁人？像我这样浑身溅满了污水的人，你不觉得让我嫁人比让我被人杀死都难？告诉你，我今天来的目的就是认识老爷子，以后你的问题我可以直接禀报给他老人家，这样可以彻底打倒你！"

"智杰，你们两个在说什么？宴会马上开始了。"柴晓睿笑着走进来。

"噢，老总正在和我讲哲理。他说每个成功男人的背后，都有一个女人。每个不成功男人的背后，都有两个。您是照进他世界唯一的光亮。"章梦带有讥讽的话对善良的柴晓睿来说是毫无用处的，因为，在柴晓睿心中，上帝造就的每个人都是真诚的。

"是吗？真是难得他对我有这么高的评价。"幸福的笑容布满了柴晓睿的面庞。

"爸，这是大哥公司的财务总监章梦，今天给您拜寿来了。"华斯思将章梦拉到司马尧身边。

"噢，智杰公司的财务总监，那可要好好招待。今后可要多多帮助智杰把企业管理好啊！"司马尧面露微笑，颇有欣慰之色。

"爸，章总监别看出身低微，但是非常有才华，大哥对她可是非常看重的。"华斯思不失时机地羞辱着章梦。

"这是什么逻辑，人的才华怎么可以用出身来衡量？出身怎么会有贵贱之分？我就是大山出来的。智杰你不许因为章总监的出身而藐视她的存在价值！小章，今后如果有人再因为出身而对你出口不逊，就直接来找我，这样的人不配是我司马集团的员工。"司马尧收起了笑容，神情异常严肃，转过身看了一眼不知所措的华斯思，似乎还想说些什么，嘴唇嚅动了几下，最后还是什么也没有说转身向其他人走去。华斯思的初衷是想在公公面前让司马智杰和章梦难堪，没承想反而让自己落得个无地自容的境地。公公的态度让华斯思惶恐不安。

总裁的态度让章梦没有想到，她想哭，她感觉到自己找到了一颗和自己一样的灵魂，似乎有了一个可以依傍的朋友。多年来，她不仅要承担着自己出身卑微的现实，还要忍受着这些血统高贵的人的最庸俗、最恶毒语言的羞辱，她无法昂首挺胸面对这些有钱人，命运的不公平让她的精神是恐惧和惶惑的。没想到原来司马尧根子上和自己没区别。想到这里，长久受虐的心灵一下子变得开朗起来，不由得心花怒放，脸上也绽放出孤傲的神气。当转过身看到华斯思一脸沮丧、神情悲戚，两只眼睛冒着怒火瞪着自己的时候，她高傲地耸了耸双肩，转身尾随着司马尧向人群中走去。

宴会结束，屋里恢复了往日的平静。司马尧坐在书房看着手腕上的表，宴会上方茗含情脉脉地看着自己，把一块手表戴在他那已不再年轻的手腕上的时候，他们的眼眶是湿润的。他想到，方茗是自己怀想了一生，宠爱了一生，默默关爱了一生，仰慕了一生，祈盼了一生的情感的债权人。感情的债务让他除了愧疚以外什么都不能做，甚至连一句简单的承诺都不能给她。他心痛地感受到了方茗被爱情宰割得伤痕累累的心，依然执着地在为自己跳动着。他打开锁着的抽屉，里面装满了写给她的信。多年来，他就是靠着写信来释放自己内心炙热的情感。这是他一个人的秘密。

章梦依照华斯思的意思，将投资公司拆借剩余1000万资金没还的事情告诉了司马智杰。司马智杰气急败坏地来到画院。

"你真卑鄙，竟然用肮脏的交易利用章梦来绑架我！以为我会参与到你们这种龌龊的游戏中吗？"

"提要求是赢家的游戏，你还有选择的资格吗？"

"以为有一个银行家父亲做底牌，翅膀就不会折断了吗？亏你还是金融世家的后代，头脑意识不但浑浊而且冥顽。"

"这点大哥不用担心，进入司马家的第一天，我就为翅膀打上了钢钎，进行了加固。"

"就凭你知道的那一点事情，就想遥控我，不觉得太滑稽了吗？"

"我正在一点一点扒画皮，我很好奇，你还能撑多久。方茗马上就要组织人，在税务机关稽查之前，对各公司实施内部检查。"

"哈哈，那又能怎么样？"

"章梦可不是省油的灯，她会让你私吞公款的秘密暴露在灯光下，而且她还因卑微的出身获得了老爷子的赏识。"

"现在才感觉到了自己的幼稚吧。你手里那点破证据是无法证明和我有关的，想拉我做垫背的，你认为有这种可能性吗？"

"我是没有这种能力，但是章梦早已准备好了证据。"华斯思说完将一沓资料扔在司马智杰面前。

司马智杰拿起一看，自己竟然是一家完全不知道的公司里的法人。他一下被眼前的事情搞蒙了，顿时语无伦次："啊……这是怎么回事？你们怎么可以这么无耻……真是一群卑鄙的小人……"他满脸通红，一直红到发根，鼻孔由于内心愤怒张得大大的，眼里闪烁着一股无法遏止的怒火，快速地将手中的资料撕得粉碎，狠狠地摔在地上，似乎这样做就可以将眼前的事情掰扯干净。

"拜托了，大哥！你撕的只是一个复印件。"

"卑鄙的家伙，你要挟我，到底想在我这里得到什么？难道不怕我把真相告诉老爷子和智聪吗？"司马智杰气得浑身颤抖着，五官端正的脸在内心怒火的燃烧下扭成一堆。握紧拳头的手背上暴起一条条青筋，瞪着眼睛，张着嘴，喉结快速滚动地看着华斯思。

司马智杰的状态让华斯思内心发出了狂笑，她看到了自己想要的效果。只有激怒了眼前的这个人，把他彻底击垮，自己才有胜算的可能。想到这里她撇了下嘴角，发出冷冷的笑声。

"你想告诉谁都没关系，没人能够证明这件事与我有关，这家公司的法人是你而不是我，我们来假想一下媒体报道：司马家大公子挪用公司资金成立了一家同样业务的公司，通过转移业务的卑劣手段获取巨额利润。如果是这样，股东们会放过你吗？章梦手中其他的把柄也会把你送到牢房里。你应该清楚会有什么样的结果吧?"

"我根本不在乎什么狗屁的结果!我只要像你一样制造些传说或舆论,把内容颠倒过来结果就不一样了?"

"没关系呀,即便你逃脱了法律的制裁,老爷子也不会放过你。所以,现在摆在你面前有红和黑两个药片,选择黑的,你就要净身出户坐牢,选择红的你依然可以过着太子的生活。"华斯思的语气中多了许多咄咄逼人的气势。

"你想达到什么目的?"司马智杰说话的时候,语气里已经少了许多的底气。

"路上风景不错,最好与我合作,处理好身边的幽灵。"

"怎么合作?"

"将华国豪欠你公司的债务置换成对他们公司的投资。这个公司的发展会让你获得双倍收益。"

"无稽之谈。"司马智杰说完转过头走了出去。

华斯思望着司马智杰的背影,妩媚的脸上带着讥讽的意味。

"我知道你还会来找我的。"说着拿起桌上的电话,"喂,舅舅,大哥去找您了,您知道该怎么办。"电话另一头传出来一个成年男人的声音:

"知道了。"

司马智杰来到舅舅的智本斋。

"舅舅,有件事我要和您商量。"

司马智杰刚一进门,还没坐下就大声地说道。屋内一个中等个子、满脸胡须的男子笑着从桌子的另一端站了起来,干咳了一声,慢条斯理地说:

"你的事斯思已经告诉我了,我认为事到如今也只有按照她的办法去做了。"

舅舅的态度让司马智杰脑子一时没有转过来弯,瞪着眼睛一脸的不可思议。

"哎,我怎么听这话,好像您是她的亲舅舅。明知道她设圈套让我往里面钻,您怎么还为她叫好?"

"臭小子，我当然是你的亲舅舅。问题的关键不在这里，而是你想过了吗？斯思这一招损是损了点，但是你可获得了新公司45%的股权。她把资料都给我看了，这些资料一旦泄露出去，对你和整个集团都是致命的打击。你最好尽快把那个叫章梦的人处理好，否则你小子这辈子就完了。"

"那个女人倒没什么可怕的，反而是司马家的这个二儿媳妇让我不得不防。"

"我是你舅舅，你就听我的劝，斯思毕竟是自己家的人，为了利益她也不会做太出格的事，只是那个叫章梦的要特别注意，你所有的事情都是经过她处理的。"

"你让我满足华斯思的要求，这是一件多么滑稽和不可思议的事情！一个出身小银行世家的女子，浑身都带着一股浓浓的腐败气味，不知天高地厚地总是妄想僭越地位。与其说她是为我好，还不如说是想把我往泥沣里拖。"

"那你现在还有比这个更好的选择吗？她既然这么做了，就一定做好了一切准备。只要能够保障你的利益，何必不如她的愿？新公司的资料让我看了，项目不错，有几个政府隐形股东。"

"舅舅您真可怜，鲍家大公子轻易地就被一个女流之辈蛊惑成这样了，还相信所谓的什么承诺！她这种人追求的就是用最小程度的冒险获得最大限度的利益，假模假样地模仿高尚，把自己装扮成生意人和有道德的人，却把别人的名誉和生命随时加以利用甚至践踏！"

"听你说，斯思就是一个女巫，她有那么可怕吗？她平时很有礼貌啊。"

"她平时粉墨登场的时候戴的都是假面具，如果看到她的狰狞面目，你会从内心深处感到发怵。"

"咳，如果你这么抵触她，那就自己看着办吧。我这几年玩石头脑子也变化石了！"

鲍剑是鲍静的弟弟，从小就喜欢玩石头，后来辞掉了在工商局的工作，自己开了一个店铺。在当时，他的辞职行为被鲍家认为全是受了司马尧的蛊惑。妈妈成为植物人以后，司马智杰有事总爱找这个唯一跟他说得来的人讨教。

第二十一章　善良本性

　　李明威刚上班，就被邀请来到了自己公司的大股东A集团总裁司马尧的办公室。巨大的办公桌后面是一把巨大高靠背的椅子，司马尧被两个巨大的木家具夹在中间，锐利的眼神里流露出一丝不同往常的微笑。李明威一看，原来公司的大股东是曾在电梯遇见过的老人，顿时有了一点紧张感。司马尧的微笑并没有让李明威感到轻松，反而让他感到有些虚假而且令人惊颤。司马尧从高大的桌子后面走了过来，用手示意李明威坐下。不知道是屋子太大还是家具太庄重的缘故，李明威感到微微有些气喘，脑海中浮现出一个场景：走在街上，天空飘洒一点点寒冷的细雨，教堂里挤满了虔诚的教徒，在手风琴的伴奏下合声唱着《天父世界歌》，似乎这些虔诚的教徒会得到他们想要的依靠……

　　他不明白自己为什么要听母亲的话和这家公司合作，这个人似乎不会给他带来什么好运。司马尧给李明威倒了一杯水，用与严谨的外表完全不统一的腔调和带有父亲的慈祥目光看着他。

　　"公司业务进展如何？"

　　"还不错，国内资本市场比我想象的好。过后让财务经理把上季度报表给您报过来。"李明威长舒了一口气，似乎想让自己平静下来。畅谈工作是一个不错的开头，李明威紧绷的肌肉有所缓解地松弛下来。

　　"国内生活还适应吧？"

　　"还……好。"李明威说话的状态让司马尧不知道再说什么好了，只能静静地看着眼前这个让他有着许多追忆的男孩。

　　可能是从来没有一个男人会用这种关怀的方式与自己交流，李明威突然有了父爱的感觉。眼睛随着感情的变化湿润了起来，内心的恐惧仿佛瞬间被瓦解了，突然有了想把这个人当作父亲，倾诉一下自己内心封闭世界的欲望。但是已经张开的嘴又慢慢地闭合起来。直觉告诉他，对面这个人并不是自己的父亲，更不是一个需要袒露心扉的知己，他只不过是一个商场上的合作人而已，没有必要把感觉告诉一个与自己生活毫不相干的人。当"不相干"的字眼出现在脑海时，他变得拘束不安，手指微微颤抖，不知道再说什么好。

"你喜欢滑雪吗？"

看得出来司马尧极力想要制造温暖、柔和的气氛。他的问话让李明威内心突然产生了莫名其妙的厌恶。他想大声地说，没父亲的孩子怎么会喜欢滑雪？雪的颜色就如同他的童年、人生、内心一样苍白。这种情绪只持续了一会儿，李明威又很快地调整好了自己的情绪，沉静了片刻不知道如何回答，只是摇了摇头。看着李明威摇了摇头算作对自己的回答，让司马尧再一次不知道应该说点什么。屋内的气氛让两个人都变得尴尬起来。司马尧站了起来走到桌前拿起水杯慢慢地喝了一口，转过身来刚要说话，李明威的手机突然响了起来。司马尧看着李明威有点犹豫和不知所措，就用手示意让他接电话，然后自己慢慢地坐回高大的椅子上。李明威有点不好意思地从上衣口袋拿出电话：

"喂。"

"明威，下班后有安排吗？我们去看电影怎么样？"

"好的，下班后我去接你。"

司马尧静静地凝视着接电话的李明威，眼睛中流露出一丝丝令人捉摸不透的神态。

"有约会吗？"

李明威点了一下头，又赶忙摇了摇头，因为，他还不确定与智敏见面是否算作约会。

"那你就先忙去吧，没事就常来坐坐。"

李明威刚走出司马尧的办公室，方茗推门进来，她看了下走廊远处的背影，问道："刚才从你办公室出去的人，怎么看着像明威？"

"是的。"

"他怎么会来你办公室？你们谈什么了？"

"看把你紧张的，我就是约他见个面，本来想和他拉拉关系，没想到被这个孩子拒绝了。"

"这孩子从小就和我母亲在国外生活，所以轻易不会接受别人对他的邀请。"

"哎，你当初给这个孩子这样的一个公司，做得还不错，只是你这么两头忙会不会太累了？"

"不会，我给他安排了一个非常不错的财务总监过去。再说这个孩子学的是金融，对资本运作有很高的天赋，所以就放心大胆地让他去做吧。"

"这孩子在你眼里，一切都是完美的，当初抽资给他创建科技公司主要就是扮演一个投资者的角色，我怎么会管得太多。"

"就是这部分资金让他信心百倍地迅速完成了初始扩张，而且实力不断地在壮大。关键是他有了一个健全的人格。"

"发展是不是有点太快了？"

"他把美国公司做得就不错，我认为发展得还有点慢了，现在国内已经有几个大的集团有计划与他们合作。"

"与这些大的集团合作会不会有风险？"

"这个我也考虑了，所以我计划采用国际流行的'股权融资+股权回购'的手法操作，先从其他股东手中溢价回购股权，再向新投资者出售股权融资，不仅能保全公司研发产品的完整性和控股权，还能强化外部资金的流动性，以便其获利后安全退出。"

"说好了，不要太累，你还是要操这么多心吗？"

"没关系，主要是明威自己在做，我只是提些建议。"

司马尧深情地看着眼前这个永远不知道疲倦、充满活力让自己生命跳跃的女人，突然情绪有点激动地说道：

"要不要我陪你去国外度假？"

司马尧的话让方茗的眼角一下子溢出了泪花，她腼腆一笑，温情地瞪了司马尧一眼。

"又说傻话了，是受了哪个记者贿赂想给他提供素材了？"

窗外一阵暖暖的风带着一股清新的香草味，从寂静的纱窗吹了进来，用轻柔的身体将两个人拥抱在自己的怀中。

柴晓睿到医院来看婆婆，在走廊里碰到了刚下夜班的石昊。

"哎，柴晓睿我正要找你，过几天大学同学要聚会，你也来参加吧。"

"啊，那可不行。这么多年都没参加过什么活动了，一下子在多年不见的同学中出现，我会不适应的。"

"我小时候，喜欢数天上的星星，有人说如果对着流星许愿，每个愿望都会实现。可是我总觉得自己脑子不好，害怕忘了已经数过的星星，就不停地数着永远都数不清的星星，却忘了对着流星许下自己的愿望。长大了，遇见了自己真正喜欢的人，却还来不及倾诉，对方就嫁人了，就连名义上的妻子都没守住。所以，人呀，一定要珍惜生活中每一刻的幸福。"石昊一脸若有所思。

"石昊，我知道你是想让我回归到同学的友谊中，但是，我真的没有把握自己是否有足够的勇气站在一群成功者的面前。"

"别忘了，你是被老师和同学们公认为最有才气的画家。现在只不过是暂时在休息而已。"

"才气似乎已经离我很远了，现在我已经习惯和适应这种生活状态。"

"这不是习惯，而是在躲避。你不愿意挑动内心被埋葬了的梦想，所以，就采用极为简单的，甚至是麻醉的生活来让自己忘记一切。你不愿参加同学的聚会，实际上是害怕同学们唤醒你内心的梦想。"

"石大夫，你的电话。"

"就这么说定了，到时我开车去接你，别让大家失望了哟。"石昊说完，转身快步离去。

医院候诊大厅的椅子上，章梦穿着一件非常考究的碎花连衣裙，静静地坐在候诊的椅子上，耳朵里塞着粉红色的耳机，耳机的另一端伸进了红色PRADA牛皮手提包中。突然她看到柴晓睿和在咖啡厅里交谈的男子在走廊里聊天，她犹豫了一下，站起来向着柴晓睿走过去。

"哎，章经理您好！您怎么来医院了？身体不舒服吗？"柴晓睿转过身的时候看到了向自己走来的章梦。

"没有，就是来做常规检查。刚和您说话的男士是……"

"我的同学，医院骨科的主任。"

"好帅气。"

"我听智杰说你还没有成家，石昊也离婚了，你要不嫌弃我给你们做个媒怎么样？"

"嫂子，您真逗，我早有男朋友了。"

"那太好了，哪天有时间约着你的男朋友一块来家里吃饭。"

"我可以先一个人去拜访吗？"

"当然可以，你随时都可以来家里。我一个人在家也挺寂寞的，你来了咱们两个还可以说说话。"

"好是好，就是不知道司马老总是否会烦。"

"不会的，别看智杰平时很凶，他对来的客人还是很热情的。"

"好，那就这么说定了，我经常去家里，嫂子您可不许烦呀。"

"像你这么有品位的人上我们家，欢迎还来不及。对了，我过几天要参加同学聚会，你说我穿什么衣服比较合适？"

"嫂子您什么时候有时间，我陪您去商场看看好吗？"

"那不会耽误你的工作吗？"

"不会的，我经常加班，好多的调休还没时间休。"

自从结识了智敏，李明威的心情几乎每天都在阳光的沐浴下放射着神奇的光彩。晚饭期间，方茗静静地观察着一直被喜悦包裹的儿子，自己的神色也被感染得情不自禁地想笑。

"明威有女朋友了？"

"还不确定是否爱上她了，就是感觉和她在一起会让我有重生的感觉。如果一天不见，就会变得脆弱和六神无主。"

"傻小子，这就是恋爱。告诉妈什么样的女孩让你这么钟情？"

"她有一双聪明的眼睛，嘴上永远都流露着笑容。我特别喜欢看她美丽的前额，和分披在一边的光滑细腻的头发，我也喜欢她那双柔软的手和大方的举动，还有她那令我倾倒的灵魂。我能感觉到她手指上的温暖和呼吸的气息，尤其喜欢闻她身上甜蜜的香味。每当和她在一起的时候，我都会感觉到快乐得浑身哆嗦。"

"看来这个女孩确实可以配得上我这么帅气善良的儿子，哪天领到家里来，让妈也认识下这个让我儿子坐立不安的女孩，好吗？"

"妈，您说爱情有年龄界限吗？"

"傻孩子，爱情怎么会被年龄束缚？爱情创造出的神话，就是两颗心碰撞后闪烁出的幸福之花。两情相依，双宿双栖，愿意为对方付出一切甚至是生命。"

妈妈的话，让李明威感觉有一股欢乐的热流流淌在他的血液中。他生命除了有姥姥、妈妈这两个自己深爱的女性，现在又多了一个他深爱的女孩，他觉得自己真的是太幸福了，爱她们将是自己的一切。

随后的日子，李明威每天感受着从灵魂深处浮起的幸福和快乐，这种感受让他不再觉得日子漫长，时间也不仅仅是在闹钟单调的摆动中轮回和蹉跎。岁月让他感到可爱和不舍，由衷体会到了甜蜜和快乐超越了年月……

周五，风和日丽，章梦陪着柴晓睿来到位于市中心的服装名品店里。自从在医院遇见石昊后，柴晓睿知道了许多新闻和趣事。多年来，她除了虔诚地关切上帝存在以外，似乎从来没有急迫地关注过窗户之外的事，空余时间中的大部分用来读《圣经》和做弥撒，耶稣占有她意识的空间。在这种状态下，她从没有想过改变生活方式。物质对她来说远不及自己对上帝追逐的渴望。有时她也想和丈夫一样关注公司的事情，力图提些建议，但总是在丈夫的嘲笑中感到无地自容，这让她对周围的人和事有了恐惧感。当石昊邀请她参加同学聚会时，她心里积藏多年的激情似乎又被点燃了，虽然是星星之火，但是她还是在平淡生活中渴望着这一天的到来。

从服装店里出来，章梦和柴晓睿两人的胳膊上挂满了不同颜色、大小各异的纸袋。

"是不是买得太多了呀？"

"衣服不在多少，能够买到适合自己的衣服不容易，何况这些服装的款式颜色都非常适合您，过后想买都买不上了。"

"实在不好意思，耽误了你一天的时间，真不知道该怎么表示感谢。"

"嫂子不要客气了，如果感到过意不去，那就明天请我到您家吃饭好吗？"

"可以呀，要不是我们周五晚上都去公公家吃饭，今天就应该让你去我家。"

"没关系，今天正好也还有点事，就是不知道司马老总是否会同意我去您家吃饭？"

"没关系，我不告诉他。"

"好的，那我就不客气了。明天去尝尝嫂子的手艺。"

一大早，司马智杰还在睡梦中，就听到柴晓睿在厨房叮叮当当地切着什么。走进厨房，看到柴晓睿满头大汗地忙着，他一脸不高兴的表情。

"大清早你忙着给谁做饭？"

"今天我请了一个贵客，你也赶快起来收拾收拾。"

"什么贵客？我怎么不知道？"

"我请客干吗非要告诉你呀？"

"我可没兴趣陪一个跟我毫不相干的贵客吃什么饭。领她出去吃不就可以了，为什么要在家里搞这么大的动静？"

"你认识的，而且平时请人家来咱家也未必请得到。家里请客怎么会跟外面吃饭一样？再说这个人还没成家，我就是让她有家的感觉。"

"真是虔诚的教徒……到底是谁呀？神神道道的。"

"一会儿来了你就知道了，快出去，别打扰我干活儿。"

柴晓睿将司马智杰推出了厨房。看着柴晓睿神秘和兴奋的表情，司马智杰撇了一下嘴走进了洗手间。他才不会关心妻子请的到底是谁。一个甘愿当留守女人的人能接触什么值得自己注意的人？

结婚前，柴晓睿在他心中是贤惠和知书达理的，典雅高贵的气质和令人羡慕的家庭都是许多人追求的目标。但是婚后他并没有获得后的快感，冷漠的态度连自己的妹妹都看不下去，指责他是"得了神经麻痹症"。有的时候他也在反思自己是否喜欢过柴晓睿，也曾经骂过自己，但是无奈，他需要的是激情燃烧下的容貌和才智，而柴晓睿的贤惠透露出来的只是温情而没有激情。他需要被人燃烧，更需要在高飞的时候妻子可以成为他的坚强支撑，这些柴晓睿都给不了，就连晚上的夫妻生活也不失彬彬有礼。妻子除了美貌和本性善良以外，在事业的帮助上似乎没有一点用处。有时他也会为自己的冷漠感到不好意思，但是这种自我谴责只会在脑海中做瞬间的停留，就会被无数个浅薄的理由掐死在萌芽状态中。

"智杰，门铃响了，帮我开下门。"

司马智杰看了看镜子里修饰好的脸颊，用手整理了一下已经梳理得很有形的头发，慢悠悠不情愿地走出洗手间向门口走去。

与柴晓睿约定好后，章梦就兴奋得一晚上无法入睡，假想着自己的计划已经实现了，今后再也不用整天受着精神上的磨难，她觉得自己游离了很久、伏在一个陌生人身上的灵魂回来了，生命也开始有了再生的迹象。

天空刚刚发亮，太阳还没有把光芒照射在大地上，她就起床开始梳洗，没有睡眠的脸上苍白得没有血色。有的时候她想放弃眼前的这一切回到老家，那里虽然到处飞扬着沙土，很多人食不果腹，可是贫瘠的大地让人们的思想是那么的干净。他们享受着简单，甚至枯燥无味的生活，但是活得充实而有精神，没有物质的诱惑，没有心机的猜疑，更没有情感的杀戮和掠夺的欲望。她也曾经尝试着告诫自己，她的生命属于那一片黄土地。但是，十几年的打拼让她无法自愿放弃现实中的一切。许多事情虽然如过眼烟云，但是无论是脑海中还是情感中遗留的印象是无法抹掉的，新的旧的，都常常浮现。她不愿意去想，可是它们已经在那里生根了。她清清楚楚地感觉到这个根在不断变大，无时无刻地刺痛着她，让她心如刀割。她时常会在静寂的夜里呻吟着："我一定要得到属于我的东西！"随后，她把痛彻心扉的感受放在一边变成了仇恨，开始憎恨起有钱的人。是他们让出身低微的人不能有尊严，不能有属于自己的人生。有钱的人怎么会理解，世界上那群用鲜血在创造人生、过着奴役般生活的人的内心感受？那些有钱人，他们懂得什么叫作人生？他们生活在父辈财富的天堂里，没有尝试过信念与现实的残酷！没有尝过饥寒交迫的滋味！没有闻到过用自己的汗水浇灌出来粮食的味道！没有经历过胖手脘足去垦植大地的气息！甚至根本不懂得众生万物是什么！但是他们嘴里含着的金钥匙告诉了他们富人与穷人的等级之分。所以，残酷的现实告诉她只有改变出身，才有资格还原自己的尊严和平等。她不能让自己的梦想被无情的现实毁灭！而且她也相信自己会成功。这种自信让她开始实施计划，仿佛拉开的弓要把自己的人生向一种目标射去，到时，所有的一切都会变成了欢乐，那才是自己真正的归宿和美妙的境界！这种被扭曲了的想法和念头让她宁可把自己变成一个妖魔——一个侵蚀他人的癌细胞，也绝不愿意把自己一手建造起来的东西，用另一只手毁掉。

　　司马智杰慢悠悠将门打开，他不知道是谁这么没有礼貌，在休息日来做客，内心的不满让他的脸上显得有点冷漠。门被打开后，门外的人让他一下子呆若木鸡，整个身子就像被牢牢地钉在那儿，一动不动地看着来人。门外站着打扮妖艳的章梦，手里提着一个用水果装点成的花篮，原本微笑的脸上大概是由于司马智杰僵硬的表情，很快就变成了一种讥讽嘲弄的冷笑。

　　"司马老总，您好，怎么见了我会如此吃惊啊！"

　　"怎么是你？你来我家干什么？"

　　"是您太太邀请的呀。"

　　"你最好赶快滚！"

　　"小心您的态度，这让我有了揭穿您嘴脸的动机！"

"智杰，是谁呀？"

"嫂子，是我。"章梦一边向屋里大喊着，一边耸耸肩，瞪了一眼司马智杰，侧着身向屋里走去。

"啊，章经理来了，智杰你先陪章经理说会儿话，我马上就准备好了。"

"嫂子，没关系，您先忙，我参观一下您的家可以吗？"

"嗨，那有什么不可以？就跟到了自己家一样，随便看吧。"

"嫂子，那我就不客气了。"章梦说完全然不顾司马智杰的愤怒和冷漠，开始细细地打量着自己深爱但是不属于自己的男人生活的地方。

客厅墙壁上挂着几幅法国18世纪的描写风景的镂版画。一张极美的路易十五式的茶几周围，摆着几张典雅艺术的沙发。一块手工编织的纯毛绘花地毯摆在沙发的中间。书房墙壁的装饰壁炉上面，摆着司马家族的全家福照片。房屋的拐角摆着一个画架，画架上有一张画了一半的山水画。

垂直的落地窗外是宽敞的院落，院落景观由围合在一起的园林空间、花园、廊架和特色小水景等构成。设计风格简约、生态，营造了舒适的感觉。庭院里一棵桂花树散发着阵阵的香气，树影下架着一个精致的木质摇篮。地上的草坪被修剪得整整齐齐，看得出女主人生活的闲雅与富贵。

不知道是触景生情了，还是想起了什么伤心的事情，章梦的眼眶湿润了。她回过头看到站在不远处两手叉着腰、眼睛里冒着怒火、一动不动盯着自己的司马智杰，似乎在监视着自己的一举一动。司马智杰的态度激怒了章梦，她甚至没有思索就迈起脚向楼上走去，还回过头挑战性地看了一眼司马智杰，然后对着厨房大声说："嫂子，不介意我到楼上看看吧？"

"别客气，你越随便越好。"

"给我下来，谁允许你在这里放肆！"司马智杰一把拽住要上楼的章梦。章梦一看司马智杰来拽自己，索性就毫不顾忌地利用自己所站的台阶高于司马智杰的优势，一把抱住司马智杰的脖子，两条腿往上一跳，夹住了他的腰。突然的举措让司马智杰毫无防备，一时手忙脚乱，他一

185

边看着厨房的门，一边使劲地将章梦架在自己腰上的腿拽开，然后用力地推开黏在自己身上的章梦。

"小样，如果再敢惹我，现在就扒了你的画皮。"章梦松开了司马智杰的脖子，向楼上走去。楼梯口一个半圆形的客厅，虽然小，但是装修风格独树一帜：淡粉色的欧式家具小巧玲珑，半躺的布艺沙发旁边放着一个精致的小书架。无论是走廊还是卧室，壁纸和家具基本都是以淡粉色为主色调，奢华而不庸俗，古典中透露着张扬，雅致又不失高贵。客厅的整面墙上，挂着一张柴晓睿穿着粉色轻纱连衣裙的照片。宽大的卧室里，一张富丽堂皇的床边摆着一个同样豪华的衣柜。章梦正要打开衣柜看看，被追赶上楼的司马智杰一把给关上。

"你这个人怎么一点羞耻都没有了？"

章梦没有理睬司马智杰，而是转过身走到床边躺了下来，用手轻轻地摸着枕头，仿佛自言自语：

"你每天晚上是睡在这边吧？啊，我闻到了你的气味。"

"他妈的快给我起来，这不是你躺的地方。"

"不会太远了，这里的一切都会是我的。"

"好舒服啊，可以想象这张床不知道激起了你体内多少的荷尔蒙。怪不得你做起来是那么有激情，但是我来了首先要改变的就是换上我的照片……"章梦丝毫不在乎司马智杰一脸厌恶、憎恨和要撕裂她的表情，梦境般喃喃细语。

"你给我起来。"

当司马智杰的胳膊刚放在章梦的身上，章梦猛地翻过身来，像一道闪电那么快，把毫无防备的司马智杰拉倒在床上，然后翻过身骑在他身上，俯下身子就是一阵狂吻。回过神的司马智杰一下子将压在自己身上的章梦推倒在地，赶忙站了起来惶恐地向门口走去。

"疯子，你自己待着吧！"

"我说过，不要惹我……苟延残喘的家伙。"章梦从地上站了起来，依然回到床边躺了下来。

第二十二章　财务整顿

　　宽大的客厅里，司马尧一个人坐在空荡荡的客厅里看着电视新闻。

　　"在明确企业所有制类型的357例案件（其中1例案件的企业为跨国公司，归入民营企业范畴）中，国有企业家犯罪或涉嫌犯罪的案件为87件，占全部案件的24.4%，民营企业家犯罪或涉嫌犯罪的案件为270件，占全部案件的75.6%。"司马尧若有所思了一会儿，便拨通了方茗的电话。

　　"睡了吗？不会打扰你的休息吧？"

　　"还没有休息，你怎么这么晚了还没有睡呀？忘了我给你定的睡觉时间了？"

　　"马上就睡。有这么个事，如果不和你落实一下，我是睡不着的。公司内部审计情况怎么样？"

　　"我也看了刚才的新闻。内部审计已经结束了，明天早上给你汇报，现在赶快休息，好吗？"

　　清晨，方茗刚走进办公室。司马尧就急切地问道："内部审计情况怎么样？"

　　"从对所属单位内部自查报告来看，每个企业多多少少都有些问题存在。"方茗知道司马尧着急，还没有坐稳就开始了汇报。

　　"这些问题都是出在家里人管的企业里吧？"

　　看着方茗没有回答自己的问话，司马尧脸色变得凝重起来。

　　"我就知道这些兔崽子会把公司整得乌烟瘴气。我打算加大公司股改的力度。"

"你想好了吗？"

"上几次组建调整，虽然把这些家伙股份减少了许多，集团业务和资金在规模上达到了我们的目标，但是整个公司从上到下的家族气息还是很浓，一些企业的核心权力仍然集中在司马家族手中，削弱的力度还不够。我过去只重视了发展的速度，忽略了对家里人的管理，让这些家伙乘虚而入，各自打着自己的小算盘。如果不大动一下，就会流失大量的人才，企业失去了栋梁就会让这些寄生虫吃掉的。"

"你计划怎么动？"

"我想听听你的意见。"

"这几年，我们在集团的核心企业逐渐推行'要素入股'的股权配送制度。通过管理入股、技术入股、经营入股、资金入股吸收了一些'知本'型股东。集团下属企业核心股东也由此扩充了不少，包括原始投资者、子公司所有者转换来的股东以及加盟集团的部分科技人员、管理人员和营销人员等二级股东。如果再调整就是所有权和经营权的分离，进行股份化改造，通过重组合并重叠机制。"

"这样动会有什么结果？"

"会让一些家族人员无岗位，你个人的股份和家族成员所持有的股份都会下降。"

"下降多少？"

"这要看你的想法是什么。"

"我的想法你是知道的，只要能够让企业健康发展，家里的股份不宜过大。"

"按照以上我们动的力度，你的股份会下降到8%，其他司马家的人最多持股3%左右，而集团最高决策层中，司马家族成员所占比例在四分之一左右。"

"这样调整，集团就能体现按对集团贡献大小划分的级差，会让所有员工有动力，而且没有进行平均分配，避免了内讧。"司马尧的脸色变得越来越持重。

"是的，但是这样动是不是力度太大了？毕竟这个企业是你一手创办起来的，对家里人有些照顾也能说得过去，否则太残忍了。"方茗看着司马尧一脸的纠结。

"准确地说是你一手发展起来的，可你的股份却是零。要说我司马尧残忍，那就是对不起你。就按照这个计划进行，今后如有必要，我还要继续引进人才和技术来稀释司马家族的股份。"

"那也得有个底线吧。"

"司马家族掌控股份的底线，就是整体保持在18%左右就够了。一个企业要想持续发展和强大，就必须要割断亲情，瓦解司马家成员控股的局面。"

"这样变动是否先与孩子们商量一下？"

"没这个必要！检查出来的问题你打算怎么处理？"

"涉及到内部的问题我已经安排所有公司财务进行调整。涉及到对外业务和法律问题，尽快与有关部门联系进行纠正。"

"他们自查的问题不会有隐瞒吧？特别是智杰和斯思管的企业。"

"应该不会。斯思管的画院财务不独立，其他公司的财务人员是她自己招的，我尽快安排人落实一下。如果你不放心，我建议把所有公司的财务全部集中起来，实行集团委派制，这样就从整体上控制了风险。"

"计划什么时候开始？"

"需要把股权结构和经营结构调整好后，再调整财务结构。"

"你把智杰、斯思和华国豪给我看好了！智聪那儿没什么问题吧？"

"智聪和明威的公司，都是按照他们的要求，从集团派过去的财务人员，我经常关注他们，没什么问题。"

富丽堂皇的星级餐厅里，聚集着柴晓睿多年没有见的大学同学。久别同学的热情和开朗让柴晓睿感到轻松和愉悦，原有的羞涩被完全感染和化解了。

一个戴着眼镜的女同学亲密地搂着柴晓睿的肩膀。

"哎，石昊你是怎么找到'圣女'的？"

"那还用问？心有灵犀一点通，你们忘了当初石昊是怎么暗恋柴晓睿的？"

"就是的，一天写好几封信，就是不敢给柴晓睿。"

"哈哈哈……"

"石昊你当初如果勇敢点，柴晓睿可就是你的了。"

"太可惜了，郎才女貌终究没有传出千年佳话。"

"嘿！你们是怎么了，怎么拿我开涮，说开我的糗事了？王亮说说你是怎么暗恋音乐老师的？"

石昊看着满脸通红的柴晓睿赶忙解围。他知道大家的这种调侃，会让柴晓睿感到拘束不安，马上见机将话题转移开。

"对呀，王亮说说你给老师的信怎么就被学校公开了？"

"哈哈哈……"

同学们的嬉笑和打闹让柴晓睿又回到了轻松的状态中。

聚会结束已是深夜，同学们一个一个离去，石昊坚持要送不能喝酒但是经不起大家劝说，已是醉意蒙眬的柴晓睿回家。

章梦开车回家的路上，看到餐厅门口，石昊扶着柴晓睿向一辆汽车走去。她突然觉得应该做点什么，想了片刻，就从包里拿出手机，对着不远处的两个人拍了起来。

柴晓睿从来没有喝过酒，在同学的碰杯中，虽然有石昊不断地给她代酒，但还是喝得走起路来跌跌撞撞，只好完全依偎在石昊搀扶着的怀里。

"实在对不起，都是我不好，没有拦住大家给你敬酒，如果难受就先在路边坐坐好吗？"

"这……这不怪你，大家多年没……见了，让我感到好……亲热。"

"就是不喝大家也不会怪你的。怎么还是保留着总是考虑别人感受在先的品德？什么时候能改？不要活得那么纯粹。"

"我哪有……你……说的那么……高尚。你也喝酒了，可不能开车呀！"

"不开，有代驾。"

司机将汽车停在他们两个面前，石昊打开汽车后座车门，小心翼翼地将柴晓睿扶上汽车坐好，然后关上车门，自己从汽车的后面绕到另一边坐在了柴晓睿的身边。

"嫂子，家里带了点土特产，我给您送过去。"

章梦自从得到邀请后，就想方设法找着不同的理由去司马智杰的家里。

"那太谢谢你了，今天是周末，公公不在，我们不回去了，智杰爱吃饺子，你来家里一起吃吧。"

"不用了，我放下东西就走，总去家里别人会说闲话，老总也会不高兴。"

"没那么多的事，就这么说定了。"

放下电话，章梦脸上露出一丝得意的笑容。

司马智杰回到家，看到章梦和柴晓睿一起在摆桌子上的餐具，强压着内心的愤怒，脸部表情冷冷的。

"你怎么来了？"

"智杰，不可以这样说话，是我强行把章经理留下吃饭的。快来坐下吃饺子。"柴晓睿边说边打开了桌子上早已摆好的酒。

"章经理，我喝不了酒，让智杰陪你喝点酒。"

"啊呀，嫂子，我喝不了酒，喝点就容易醉。"

"你真是闲得没事，吃饺子喝什么酒！"

"章经理一个人好孤单，家又不在跟前。章经理，以后感觉孤单了就来家里，嫂子给你做好吃的。"柴晓睿没有理会丈夫的态度。

"嫂子那我就不客气了。为了感谢老总这么多年对我的关照和嫂子的热情款待，我就先干了这一杯。"说完，章梦就将柴晓睿给自己倒好的一杯酒，仰起脖子一口喝进了肚子。

"啊呀，章经理你喝酒怎么这么实在？赶快吃点菜。"

"还是嫂子懂我，孤单的时候我就会把自己灌醉。"

"智杰，你这个领导可不称职，以后在生活上要多多关心一下章经理。"

"嫂子您要不嫌弃，以后就叫我小梦吧。"

"智杰，我有个同学离婚好多年了，本想介绍给章经理，很可惜章经理有男朋友了。"

"嫂子，我的男朋友老总认识，而且也很熟悉。"章梦说完看了一眼面红耳赤的司马智杰，语气中带着嘲弄的意味。

"是吗？智杰你看哪天合适，我们邀请一下章经理和她的男朋友一起来家里吃饭，好吗？"

"我才不管你们女人之间的这些屁事！"看着司马智杰站起来准备离开，章梦在桌子底下使劲地踢了下他，用眼神告诉他，如果走开她就会把秘密公开。

"嫂子，你知道吗？现在的男人太不可靠了，看见一朵花就想把它摘下插在瓶里，看到一只鸟就想把它关在笼里，看见一个自由人就想把他变成奴隶。"看到在自己的胁迫下司马智杰又坐回到了椅子上，章梦脸上露出了得意的笑容。

"你才多大年纪，就对婚姻这么悲观？"

"你还给她倒酒，没看到她已经胡言乱语了？"司马智杰对着还在给章梦斟酒的柴晓睿大声吼道。

"对不起，嫂子我去下洗手间。"

走进洗手间的章梦马上恢复了状态，从裤兜里拿出手机。

"过十五分钟后把电话打进来。"

看着脚下无力、走路有点摇摇晃晃的章梦，柴晓睿赶忙走过去扶着她回到桌前坐下。

"快吃点饺子，空着肚子喝酒就是容易醉。"

"别理她，她是装的！"

"智杰你说话怎么这么没礼貌？醉就是醉了，怎么可以装得出来？"

"没关系，领导说话一直是这么霸气。"章梦拿起桌子上的酒瓶，给自己倒了一杯，然后又倒满了一杯，并用食指在酒杯的边沿上轻轻地点了几下。

"老总您陪我喝了这杯酒好吗？"

"我没什么兴趣陪你喝什么酒，想喝酒自己喝！"

"嫂子……您……您看，老总就是这么……这么的不懂礼貌……我……好没面子呀。"

"智杰，你今天是怎么了？怪怪的。"

"嫂子……我……告诉您……他怎么……了。"

"少废话，仅此一杯。"司马智杰端起杯子一口喝了下去。

"喝了……就什么……也不说了。"章梦用酒杯与司马智杰的酒杯碰了一下，仰起脖子和司马智杰一样喝干了杯中的酒，然后就趴在了桌子上一动不动，但是嘴里还不停地说着。

"嫂子……我好难受……好孤独……好……"

"好妹妹，嫂子知道，今后你就把嫂子当成自己的家人，没事就来，嫂子给你做好吃的。"

"我可告诉你，如果再把她领到家里，我就离家出走了！"

"耶稣造就了人类，就是让我们充满了爱和仁慈。你看她一个人离家来到这个没有亲人的城市，多不容易！而且她是给你的公司打工，你就不能对她好点吗？来帮我把她扶到客房。"

"到什么客房，我把她送回去。"

"她都这样了，回到家一个人难受了怎么办？来帮我一把！"

柴晓睿将章梦的一只胳膊放在了自己的脖子上，另一只手搂住章梦的腰，但是无论怎么使劲都无法扶起趴在桌子上的章梦。

"智杰，快来帮我呀。"

司马智杰没有按照柴晓睿的方法去扶章梦，而是一把拉开柴晓睿的手，拽起章梦的胳膊一边拉，一边呵斥道："快起来，我送你回去。"

"你别对她这么凶巴巴的好吗？喝成这样该多难受呀！快帮我把她扶到床上躺下。"

"你就是一个东郭先生！要扶自己扶，我没那么弱智，被假象所忽悠。"说完，司马智杰扭头就上楼去了。

"冷血动物。"柴晓睿一边说着，一边跌跌撞撞地把章梦扶到了客房的床上。突然床头的电话响了起来。

"喂！你是柴强的家属吗？"

"柴强？你是谁？怎么会认识我爸？"

"哎哟，对不起了，我是海军医院。柴强的病情不够稳定，晚上需要有人陪护。"

"什么……医院？谁在医院？我爸吗？他现在怎么样了？有人陪着吗？"柴晓睿语无伦次地哽咽着，不停地问着，但是电话的另一头传过来的是嘀嘀嘀的声音。当她回过神来才意识到对方已经挂了机了，她急匆匆地就往外跑，刚到门口又折回来，走到床边给沉醉的章梦把被子盖好。

"怎么了？谁住院了？"司马智杰从二楼走了下来。

"我爸住院了，我现在要赶快到医院去看看。"

"你爸住院了？那怎么没有通知我们呀？等等我穿上衣服和你一起去。"

"你就不要去了，在家里照顾一下章经理。"

"都什么时候了，你还在考虑别人，我去你在家！"

"那怎么行，我爸这个时候最需要的就是我。听话，你就在家吧，有什么事我再通知你。"

门外的对话，章梦听得清清楚楚，脸上露出了淡淡冷笑。她仰卧在松软的床上，一动不动地看着屋顶似乎在思索着什么。

自己平时经常喝酒也不会轻易喝醉，今天是怎么了？就喝一杯红酒怎么就浑身无力，而且有昏昏欲睡的感觉？司马智杰心里问着自己，但是眼睛已经不听使唤地闭在了一起。昏睡中他隐隐约约感觉到有人进来打开衣柜。他强迫自己睁开了眼睛，蒙眬中看到柴晓睿穿着一条非常性感的睡裙微笑着站在床边。那是自己在美国给妻子买的一条迷你睡裙，但是妻子认为不是正经人穿的，所以从来都没有穿过。今天怎么穿上了？而且那么妩媚。她一边亲吻着他，一边轻轻地脱掉他身上的衣服，然后……昏昏沉沉中他第一次享受到了妻子给他的爱，是那么的狂热……

早上的阳光强烈地照射在司马智杰的脸上，他朝着柴晓睿睡觉的地方拍了一下，发现是空的，睁开眼睛看了下床头表，时针刚指到7点30

分，他有点不悦，不知道柴晓睿为什么打破常规，在休息日把窗帘早早打开。他习惯性地看了下床头柜，桌上没有往常醒来后就在的芒果汁，他从床上起来走出了卧室。

"晓睿，晓睿。"

空荡荡的屋子里无人回声，他又转过身回到卧室，看到卧室的床头上贴着一张纸条，纸条上写着："亲爱的，这张床上留下了我的气息，希望它每天陪着你入眠！"

纸条让司马智杰突然回想起了昨天晚上的一切。章梦设的局让自己和柴晓睿完全成为被她玩弄的棋子。床头上的手机嘀了一声，便没有了声音。他拿起手机看到一张他和章梦的裸照，一种被羞辱的感觉顿时让他歇斯底里地大声喊叫起来……

柴晓睿急匆匆地来到了医院，看到爸爸躺在病床上输着液，妈妈正在床边用毛巾给爸爸细心地擦着脸。

"妈，我爸怎么了，什么病？为什么要输液？为什么没有告诉我？"柴晓睿担忧地不停问着。

"哎，晓睿你怎么来了？看你急的，你爸没什么病，晚上吃完饭有点闹肚子想着来医院开点药，碰到石昊非要让住院观察。不是什么大病就没有告诉你。"

章梦上班路过报刊亭时买了一个电话卡，将自己手机中柴晓睿与石昊的照片转到新卡中，对着照片中的柴晓睿自言自语地说："对不起了，柴晓睿，虽然我不知道你与那个帅哥是什么关系，但是没办法，谁让咱俩都喜欢上同一个人，都需要拥有同一个位子，竞争就是你死我活的斗争。"说完，她毫不犹豫地将照片发给了司马智杰。嘴里咕哝着："司马智杰，你找不到赶走柴晓睿的理由，我替你找到了。"

司马智杰手机嘟地响了一下，打开手机一看是柴晓睿和一个男子亲昵的照片，气急败坏地开车向家里驶去。公司走廊的尽头，章梦看到司马智杰怒气冲冲地出了公司，嘴角上翘，脸上露出了一丝诡秘的笑容。

柴晓睿刚把爸爸从医院送回家，一进家门就被冲进门的司马智杰一记耳光打蒙了。

　　"智杰你疯了！"

　　司马智杰没说话，把手机扔给柴晓睿。司马智杰之所以拿着他自己都不相信的照片粗暴地对待柴晓睿，只是在遭受章梦的羞辱以后，完全无法发泄被绑架了的感觉，所以就借题发挥。他竭力用粗暴的语言鞭挞柴晓睿，要让她也感到内疚和羞愧，这样才可以为自己龌龊行为找到一个合适的理由。

　　柴晓睿看着手机中的照片更是糊涂了，是谁把根本就没有的事情拍得这样逼真？她一脸诧异和惶惑，目光呆板地看着丈夫，两行眼泪顺着红肿的脸颊流了下来。看着妻子一脸无辜和被委屈的神态，司马智杰连忙转过身去，根本不想看到柴晓睿，他怕会让自己有愧疚感。半晌，柴晓睿才回过神来，浑身不停地颤抖着，嘴里不停地咕哝着："上帝呀！上帝！"

　　司马智杰开始变得狂躁不安，为了极力掩饰自己卑劣的行为，他拿起桌子上的一个杯子狠狠地摔在地上，然后在柴晓睿的哀叫和玻璃砸碎声中夺门而出。

　　柴晓睿从没有见过丈夫发如此大火，她不知道事情是怎么回事，更不知道如何让丈夫相信自己。她痛苦地一边不停地流着眼泪，一边不停地念着《圣经》，希望从《圣经》中找到解决的办法。但是，痛苦并没有随着诵经而消失。她开始不停地指责自己本应该安分守己地做好家务，为什么要去见与自己毫不相关的同学，而且还喝了生平中从没有沾过的酒？她开始厌恶自己没有在心静如水中守住自己的清白，突然感觉到自己真的是丈夫说的"不守规矩的坏女人"，觉得自己确实应该对这种放荡的行为负起责任。想明白了以后，她对丈夫的怨恨顷刻间消散了许多，忧伤的心情也慢慢地被《圣经》中的教诲所融化了。身体有了温度，她起身关上了窗子，让紧闭的屋子里吹不到一丝外界的风。

第二十三章　突发事情

司马尧不断的咳嗽和频繁的感冒让方茗心痛和焦虑不安。

"从今天开始，我要监管你抽烟的频率！一天最多两支烟。"

"没关系，大夫说抽烟可以放松喉结。"司马尧一脸不以为意。

"四年都没有体检了，这两天我安排人带你去医院做检查！"

"别管我了，你最近怎么又瘦了呀？"

"知道吗？你的这句话对女人来说可是最好的赞美。但是，请别转移话题，我说检查的事情听到了吗？"

司马尧深情地看着方茗着急的脸。虽然漫长的岁月留给她许多沧桑，但是，在司马尧心中，方茗永远是优雅、洁净的，任凭世事变迁，她的内心依然如是纯粹的，一清二白的。此时，他真想拥抱这个背负太多、孤独行走红尘的女人。无论岁月如何转变，她永远为他活得那样温情，从不曾有过挥霍和放纵，也从不招摇。她不曾给自己带来一点伤害，永远是那样的委婉和坚忍，诗意又真实，用一生的时间在等着与他的相约。但是他知道他不能拥抱这个近在咫尺、让自己爱在灵魂深处的女人。因为如果自己有一点点的放纵，就会给方茗带来更多的幻想。他亏欠她的实在太多了，这个债不知道今生能否还得清。放纵的爱只是他心中的一个梦，一个常常想起却又不敢触碰的梦。他期盼在有生之年能梦想成真，又怕生命旅途走到尽头还不能得偿所愿。他想停留在梦里不愿意醒来，哪怕这个爱将他丰盈的骨肉消减到无比瘦削，他也愿意。多年来，他们在彼此依赖中生存着。所以，他要为她而活得健康。

"好，好，我现在就去检查，然后拿着结果向你汇报好吗?"

"这就对了，来，把衣服穿上。"

方茗一边给司马尧穿着衣服，一边爱恋地看了一眼司马尧嘴角的胡须。

"几天没刮胡子了?"说着，她从抽屉里拿出电动剃须刀，为司马尧轻轻地刮着并不长的胡须。

"啊呀，又不是参加什么会，怎么要收拾得那么的庄重。"

"现在很多大夫都是看诊，外表邋遢了，不检查就会确定你有病，而且还很重。"

"哈! 你这是什么逻辑? 别太紧张，我身体特棒!"司马尧虽然嘴上这么讲着，但还是乖顺地任由方茗为自己剃着嘴上的胡须。

"你必须给我带回一个健康的报告来!"

"没问题! 放心吧。"

"不行，还是不放心，我要陪你一起去。"

"你就不要去了，最近加了几次班，好好休息。"

"你的健康对我来说是最大的事情。"

司马尧动情地用手轻抚了一下方茗消瘦纤细的手。突然医院打来电话，鲍静病情恶化。放下电话，司马尧看了看方茗:

"对不起，又去不了了，医院那边来电话，我要赶过去。"

"那快去吧，过后一定要抽空检查!"

"噢，张秘书长孩子的事情办妥了吗?"走到门口的司马尧又转过身来问道。

"放心吧，办妥了。"

"那可千万不要出问题，咱们企业发展到今天，张秘书长可是给了非常大的支持。不过张秘书长一直拒绝接受我们的酬谢，这次你是怎么办到的?"

"也是一种机缘巧合，他打电话说一个远房亲戚想买我们壹号空中花园的楼房。销售人员也太粗心了，人家交了40万元定金以后，他们又把房子卖给了其他人，他亲戚来收房时，才发现。人家一气之下到法院起诉我们违约，最后采取庭外和解，用双倍的定金赔偿他的损失，也算是歪打正着吧。"

"你合法支付了几十万，好一个歪打正着，哈哈……"

章梦打电话让司马智杰和自己去一个地方，司马智杰正在气头上就挂断了电话。章梦在给司马智杰短信中提示，她马上到他家门口了，如果不出来她就会敲门进去。

章梦每次都能击中他的软肋，让他束手就擒。司马智杰刚走出家门，就被章梦一把拉进了车里。司马智杰害怕被家人看到，也考虑和章梦做个了断，就坐上了章梦开的车。

汽车向郊外驶去，司马智杰看着车外的路灯，懒得搭理一直在示好的章梦。车行驶了一个多小时停在一个豪华的别墅门口。司马智杰莫名其妙看着章梦打开别墅的门，还没搞清楚状况就被一把拉进屋里。

司马智杰不明白章梦为什么会突然改变态度，和自己谈分手的事情，更不明白为什么要拉自己到这么一个陌生的地方来。看着满脸都是问号的司马智杰，章梦告诉他这是自己准备重新生活刚买的。今天见面就是计划还给他自由，在放飞他之前做一次最后约会。司马智杰一听章梦同意和自己分手了，绷紧的神经马上松弛了下来。没有防线的司马智杰看着章梦提前准备好的满桌子菜，主动拿起酒杯与她喝起酒来。也许是房间太热，也许是喝了酒的缘故，司马智杰在蒙眬中看到，章梦不知道什么时候换了一件无比妖艳的衣服轻轻地坐在自己腿上，将嘴里的酒慢慢地渡到他的口腔里。章梦的装扮和风骚让司马智杰的荷尔蒙瞬间膨胀起来，身体内的燥热让他情不自禁露出了猥琐的眼神，抱起章梦走进早就用玫瑰装点好的卧室。床的正前方一个不易观察到的摄像头任劳任怨地完成着主人交给它的任务，静静地记录着床上两个人的行为。

时钟指向凌晨1点，一辆豪华小轿车在寂静的公路上飞奔着。章梦开车看了眼车上昏睡的司马智杰，为自己的周密计划感到得意。一旦怀孕了，她就要拿着拍摄的录像和孩子的B超去找总裁，如果老爷子用权贵思想来蔑视自己和孩子的存在，她就会毫不犹豫将眼前这个司马大公子扔进监狱。想到这里章梦得意地笑了起来。最近由于与司马智杰的关系，她好长时间没有睡过一个囫囵觉了。高速路上没有车，章梦的眼睛慢慢变得模糊，眼皮不受支配地往一起黏合。突然，车轮被什么绊了一下，车子打滑向路边防护栏冲去，猛撞防护栏杆后，车身反弹，又重重地摔在了地上，油箱冒出火苗。被撞醒的司马智杰头上和衣内有鲜血流出，他惊恐地转头，看到章梦全身是血地趴在了方向盘上。他一边摇着章梦一边用脚使劲将车门踹开，跳下去他想绕到前边把章梦拉出来，但是火越烧越大。他刚跑开，汽车就在身后发出了巨大的爆炸声。

许久，司马智杰摇摇晃晃地从地上坐了起来。他浑身发软，头痛欲裂，两只眼睛除了看到还在燃烧的汽车残骸以外，什么都看不见了。周边没有生气，万籁俱寂。他直勾勾地看着火苗由大变小，从浓烟中他似乎闻到了章梦被烧焦了的气味，禁不住了打了个寒噤，一阵恶心，胆怯得连站起来的勇气都没有了。过了一会儿，他的情绪变得安静了些，眼睛中有了一滴亮晶晶的水珠，但是，突然一个念头让他瞳仁变大，眼前一亮：一直纠缠、威胁他，让他喘不过来气的人，已经随着这堆烈火完全变成灰了。他长长地吐了口气，脸上有了一丝轻松。他紧了紧拳头，挺了挺腿，马上把身体撑住了，向黑暗中走去。郊外被黑色笼罩得没有一丝亮光，远处传来猫头鹰寒瑟瑟的叫声，他像夜游症患者向城里走去。

华斯思参加完朋友聚会回家的时候已是深夜。喧嚣了一天的城市隐没在深沉的黑夜里。楼群中五颜六色闪烁的灯光，使被掩埋在高低起伏的楼群阴影中的城市显得有点凄凉。近日来公公不断的重组调整股权搅得她心神不宁。本以为丢下债转股这个诱饵让司马智杰上钩成为同盟，没想到他竟然愣是逼着自己还钱。连锁店股权的事情也进展得不顺利，股东们就跟商量好了一样，一起拒绝将股权卖给她。一切都没有按照自己计划进行，偏离了轨道，加大了自己和梦想的距离。突然，华斯思透过车窗看到了路边精神萎靡、失魂落魄的司马智杰。她以最慢的车速缓缓驶过，透过车窗细细地观察着衣衫不整的司马智杰。她看了下车上的表已指向3点。"这个家伙今天怎么了？好像是刚从万丈悬崖的低谷中爬了上来。"华斯思嘴里喃喃地絮叨着，加大油门快速从司马智杰身边开过去。除了利用他以外，她不想有任何与他单独相处的机会，她从骨子里瞧不起这个华而不实的人。

回到家里，司马智杰不停地用冷水洗刷着身上的泥土和还在流血的伤口。他抬头看到镜子里那张被恐惧扭曲了的脸，失去了往日玩世不恭的冷漠。他昏得脑子里一片空白，他快速地清理了一下自己的伤口，看看表已是凌晨4点。他悄悄地走到床边看了一眼熟睡的柴晓睿，他不知道睡在自己身边的这个女人为什么永远没有烦心事，白天的事情并没有影响她的睡眠，只有红肿的眼睛留下了白天哭过的痕迹。这一刻，他突然羡慕起柴晓睿的简单。

这一夜，司马智杰一直半睡半醒。一线苍白的微光照在窗上，远处传来的海水澎湃声和火车的鸣笛声，就如同噬人的疯兽。他想用被子捂住耳朵，然而，那声音却越来越大，鸣叫声撕裂着他的大脑。黏糊糊的汗水渗透了全身，他的手脚冰冷并开始抽搐。他仿佛在一片荒废的墓地中沉睡，两扇铁门被一把坚实的大铁锁锁在一起，蔓草湮没了墓地，远处不时传来几声凄凉的鸟叫声。他被墓地出来的人围困在一个极小的盒子里，长着奇怪面孔的一群人不断地用没有肉的手抓挠着他的脸。他不断地挣扎和呐喊，想要挣脱但是身体没有一丝抗争的力气……

柴晓睿被丈夫的嘶喊声惊醒，她坐了起来揉了揉两侧的太阳穴。不知道是被丈夫一个巴掌打的还是感冒了，昨天晚饭后她浑身剧痛，这种痛没有具体的部位，好像是头部，好像是四肢，又好像是心，让她感到从未有过的难受。她吃了一大把药，打破了只有丈夫回来后，自己才会安稳睡下的多年的惯例，第一次没看时间就躺在了床上。不知道是药的作用还是她实在太累了，她第一次睡得那么安稳。摆脱了！摆脱了丈夫，摆脱了自己！多年以来情感的束缚破成了碎片，枯竭的思想也似乎开始奋起勃发。她从来不知道，生命会在奋发之下让人如此轻松和愉悦，仿佛所有锁链都松开了，连沉重的躯壳、令人窒息的灵魂和隐藏的坚毅天性也被撕得粉碎。精神的放松让她觉得灵魂在清新的空中飘浮，既幸福又喜悦，又像躺在小时候妈妈买的摇篮里，沐浴着阳光，空中朵朵白云向她嬉笑，脸被微风轻轻抚摸着，她在大自然中睡着了。

　　清晨，小鸟和阳光一起在窗外放歌。一夜的好眠让柴晓睿感觉到自己的精神安定了下来。她习惯性地将脸转向了身边的丈夫，为自己昨天没有等丈夫回来就睡的行为有了一丝丝愧疚。突然间看到丈夫脸和胳膊上都是伤口，她被吓呆了，想搞清楚事情的状况。但是丈夫的酣睡让她犹豫了一下，就急忙翻起身从洗手间端出一盆温水来，慢慢地给丈夫擦着脸上的血迹。昨晚放飞了的思想和灵魂还来不及植根在土壤里，就又回到了她的躯壳中被禁锢起来。

　　他终于挣脱了无数只骷髅的手，跑了出来。司马智杰睁开眼睛一看，柴晓睿正在给自己擦洗着脸，想起刚才的梦，他突然一下子坐了起来，气喘吁吁地看着房间的各个角落，似乎还在寻找着梦中的那群骷髅。
　　看到醒来后的丈夫眼神异样、精神惊恐的样子，柴晓睿紧张到极点。她急促地问："你怎么了？出什么事了吗？为什么受伤了？"司马智杰在妻子的一连串的追问下，慢慢地回过神来，马上恢复了往日霸道与残忍的脾气，大声责备她为什么拖完地不把拖把放好，让他晚上11点回来进洗手间时，被门口的拖把绊倒撞在门上。这种说话的方式，是要在柴晓睿简单的脑海中植入自己受伤的原因和回来的时间，他知道自己这种做法在妻子身上是肯定有作用的。果不其然，柴晓睿一边给丈夫包扎着伤口，一边不停地嘟嘟囔囔自责着自己的粗心大意。而他只是用假装困倦的眼神看着由于自责而一脸伤感的妻子，感到自己丑陋的本性只有在这个女人面前才会被包得严严实实。

　　在家休息了两天，早上天空刚刚泛白，司马智杰就起来了。这两天，他一直感觉黑夜是那么的漫长而永无穷尽。昨天凌晨的事情还在脑海里游荡，困扰着他的精神。虽然从网上查到自己的行为并不会涉及到法律，但是脑子还是无法安静下来，甚至感觉到浑身无力，精神也有点恍惚。大脑一会儿给他灌输着轻松，一会儿马上又有一种悲哀压在心里无法释怀。他倒在花园落地窗前的一张躺椅上，三个钟点，眼睛一动不动地透过被柴晓睿擦得明净的玻璃窗，看着院内盛开的花朵。恍恍惚惚的静思让他陷入了昏蒙状态，又不断惊醒，感觉身体内有一股燃烧的力量，使他从头到脚都在发烧，口渴得要死。被章梦纠缠着的噩梦将他钉在了一个十字架上，即便醒着也不能免掉，尖锐的恐惧像刀子一般直刺他的心窝。

电视早间新闻：2013年5月26日，今天天气多云有小雨。

本台最新消息，昨天凌晨1点，在高速公路上，一辆宝马小轿车撞在高速护栏上，起火爆炸，司机当场死亡。事故正在调查中，本台还将持续跟踪为大家带来最新的消息。

与章梦的孽缘以这种方式结束，这是他从来都没有想过的。几天前……前天，就不过是前天，她还在和自己……现在却……这些念头在脑海中翻来覆去想个不停。

柴晓睿得知章梦出车祸以后，就开始坐立不安，不知道为什么，她会莫名其妙地将章梦出车祸的时间与丈夫身上的伤联想在一起。好些年来，她一直是把自己的想法压在心里，丈夫独来独往的德行，让她无法与他进行推心置腹的交流，现在想了解章梦的事情，却不知从何下手。她在屋里绕来绕去，像个在地狱中受难的幽灵，想问问这件事情是否与丈夫有关，可是不敢开口，生怕由于自己盲目的猜忌惹恼了他。在交流方面她一向不大伶俐，而他在自己面前也总是霸气十足。她只好用两只眼睛紧紧盯着丈夫，似乎只有这样才能在不发生冲突的情况下得到结果。她失魂落魄的神态马上引起了司马智杰的注意。

"你转来转去是在找自己的灵魂吗？"

"智杰，章梦就这样走了，让人挺惋惜的！"

"那是她自己咎由自取，怨不着别人。"

"你说她会不会得罪什么人了？她开了那么多年的车怎么会出车祸？"柴晓睿突然变得聪明起来，她想从丈夫态度中找出一些与车祸有关的蛛丝马迹。

"你瞎想什么？公安已经下结论是醉酒驾车。"

"那么晚了，你说她怎么会在郊外进城的高速路上？是一个人还是有同伴？如果是两个人，那个人又会是谁？不在现场上哪儿去了？是不是怕承担法律责任逃跑了？听说发生事故的路段最近正在准备施工，正好是摄像盲区……"

柴晓睿一连串的疑问，让司马智杰突然警觉起来。他看了看一脸不信任的妻子，愤怒一下子在体内涌动起来，脸上白一阵红一阵，无名的火在胸中激撞。

"你有病啊！把一件简单的事故推理得这么复杂？不会是怀疑我制造了这次车祸吧？我告诉你，这次事故就是偶然，和我一点关系都没有。我再坏还不至于沦落到杀人！即便有在场的人而且逃跑了，那追究的也不是法律责任而是道德。"

丈夫义正词严说话的神色让柴晓睿一直绷紧的心落了下来，她变得无地自容，似乎丈夫完全窥破了她自以为巧妙而其实很笨拙的猜疑，甚至揭破了她的诡计。这种无端对丈夫的怀疑，让她不敢再继续胡猜乱想了，只能用眼梢偷觑着丈夫，不再转过头来，脖子直僵僵的像只梗着脖子要啼鸣的公鸡，内心被自责压得沉沉的。她不懂为什么脑海中会出现这些奇形怪状的想法，竟然会跟自己的丈夫过不去，而且似乎有把他毁灭而后快的想法。愧疚让她再也无话可说，只有站起来向楼上走去。

自从章梦出了车祸以后，华斯思总是有意无意地把那天晚上见到司马智杰与章梦的车祸联系起来。第一直觉让她有了一个念头。

"智聪，大哥单位出了这么大的事情，心情一定不好，我们明天请大哥和大嫂吃顿饭吧。"

"爸爸不在，你完全可以省略掉好人的伪装。"司马智聪挖苦着华斯思。华斯思对丈夫这种讥讽态度早就有了抗体。

"不管你怎么看我，我这次真的是诚心实意。"

"你的诚心实意，我怎么感觉像是斗牛场中对着牛摇的红布一样？听我的奉劝，不要去惹大哥，你不是他的对手。"

"我干吗要惹他？和一个没有头脑的人玩游戏，会让我的智商退化。"

"当初你考心理学研究生，是不是就是为了与别人暗地里争斗？"

"我读研究生的目的很单纯，就是找一个好丈夫。"

"目的已经达到了，为什么还如此不安分！"

"我不会像大嫂那样，把自己禁锢在家里。我要成为赢家，让每一天都活得有价值。"

"你就那么自信，每次都会赢吗？"

"不试试，怎么知道！"

"我小的时候，爸爸经常给我讲《一只模仿老鹰的乌鸦》的故事：老鹰叼走了一只绵羊，一只乌鸦见到了立刻学样。乌鸦尽管身单力薄，嘴却特别馋。它在羊群上空盘旋，盯上了羊群中最肥美的那只羊。这是一只可以用作祭祀的羊，天生是留给神享用的。乌鸦贪婪地注视着这只羊，内心想着：我虽不知你是吃谁的奶长大的，但你的身体如此的丰腴，我只好选你做我的晚餐了。想着，呼啦啦带着风就扑向这咩咩叫唤的肥羊……"

"故事你好像没有讲完吧。绵羊可不是奶酪，乌鸦不仅没把肥羊带到天空，它的爪子反而被羊鬈曲的长毛紧紧地缠住了，这只倒霉的乌鸦脱身无术，只好等牧人赶过来把它逮住并投进了笼子，成为孩子玩耍的玩意儿，你这种幼稚的故事适合讲给你儿子听吧。"

华斯思没有理睬丈夫的话，按照自己的想法拨通了司马智杰的电话。

"大哥好！智聪让我打电话，约你和嫂子明天一起吃饭。"华斯思带着挑战的神气，眼睛盯着向外走去的丈夫。

司马智杰知道华斯思在撒谎，他不想跟她再有什么纠缠。

"没时间陪你玩，有事去不了！"

"你真是不可救药，你公司出了这么大的事情，我们是怕你难过。"华斯思含沙射影的话让司马智杰更加不快。

"你怎么知道我会难过？我的心情好着呢！"

"也是，鸟死在笼子里，就不用害怕它会挣脱笼子跑出来了。"

"你的同僚不在了，您应该比我难过吧？"

"昨天凌晨3点，司马家的大公子还在街上晃荡，在寻找猎物吗？"

"你别胡扯，我前天12点多就到家了。"

"是吗？那我回去看看我行车记录仪，那个东西是不会说谎的。我很好奇，你认为自己离真相有多远？"

"希望你收起你的好奇心。好奇可能是好东西，但如果你不小心，它也可以致命！"

"谢谢你的提醒，但是我很好奇章梦是跟谁喝酒出了车祸。心理学知识的懵懂让我感觉到这不是一个简单的事故。"

"那你就好好挖掘下其中的秘密吧。"

第二十四章 产生疑问

春天的阳光像一只柔软的手抚摸着司马智敏的脸，下了一夜的雨，让整个城市布满了湿气。丁香花在空气中尽情地飘洒着它淡淡的香气。司马智敏拉开遮掩了一夜的窗帘，打开所有的窗户向外看去，天空中厚厚的云已退去，雾还没有散，可是阳光已经透出来了。她今天的心情就如同阳光一样灿烂。当李明威邀请去他家中做客的那一刻起，笑容就没有离开过她的脸。她知道自己爱上了这个比自己小的男孩子，而且爱得还很深。自从他们在摩肩接踵的人流中邂逅，她给了他快乐，而他则给了她幸福。

司马智敏从衣柜拿了一件又一件衣服，对着镜子比起来。今天自己一定要漂亮，否则在李明威美丽的妈妈面前会无地自容的。

桌面的手机嘟嘟地响了起来，李明威已经按捺不住自己的心情，在电话里告诉智敏为了迎接她，妈妈昨天把家里的卫生彻底地打扫了一遍，甚至把床单、桌布全部都换成新的了，并且做了一大桌好吃的菜，现在又在催促他过去接她。

"千万别来，你这样会让我紧张的。过去的路上正好还可以释放一下紧张感。"由于司马家在这座城市的知名度，司马智敏害怕李明威忌讳自己的出身，所以没有告诉他自己的真名，她同样不希望李明威看到自己显赫的住宅。看到智敏一再坚持要自己去，李明威也就不再坚持了。

"那好，你快点来呀，我要尽快看到你。"

"知道了，一会儿就到了。"

司马智敏按照李明威发的短信地址，来到了一座被高雅园林包围的别墅旁。老远就看到李明威站在门前的林荫小道上向她来的方向张望。看到司马智敏后，李明威一把上前拉住她的手。

"你今天好漂亮。哎呀，手心为什么这么凉啊？感冒了吗？"李明威说着伸手去摸司马智敏的额头。司马智敏不好意思地躲闪开。

"没有感冒，就是太紧张了。"

"别紧张，我妈妈是一个非常善良和贤淑的女性，见到你，她一定比我还无法控制喜悦的心情。"

客厅布置得华丽温馨，浅色的地毯中间摆着一个仿古的茶几，典雅高贵。窗台上几盆兰花不时发出阵阵的香气，令人陶醉。从大客厅的落地窗可以看见，院内葱绿的草坪中盛开着带有露珠的花朵和不远处的大海。一切都让人感受到女主人的大气和文静。司马智敏刚放松的情绪又不由得紧张起来：这样的女主人是否会欢迎她的到来？

"在想什么？"李明威的话让司马智敏回过神来。

"没什么，还是有点紧张！"

"来，我拉着你的手就不会紧张了。我妈在楼上，马上就下来。她一定喜欢你这样美丽善良的女孩。"

"别忘了，我比你大哟。"

"哈，这是什么逻辑？爱是可以穿越时空的，年龄算什么障碍？别担心，我妈非常豁达、善良，只要是我喜欢的，她都会用自己的生命去争取。"李明威拉起司马智敏的手向楼上喊了一声，"妈，智敏来了。"

"知道了，马上下去。"随着一阵下楼的声音，一位身穿素雅别致长裙的中年妇女从楼上下来。

"哇，妈，您今天真漂亮。"

司马智敏顺着李明威的声音看去，刚要打招呼时，突然呆住了：站在自己面前的女人竟然是方茗！方茗也被眼前这个叫作智敏的女孩惊住了。两个人一时静默无语，屋内仿佛听得到尘埃落地的声音。李明威一看她们的表情，高兴地说：

"怎么？你们是被对方的美丽震惊了吧？"

这时，方茗和司马智敏突然同时醒悟过来：不能让李明威知道她们之间的关系。方茗马上掩饰自己的表情，赞美智敏的美丽。此时，司马智敏也赶忙遮掩自己的情绪。

"嗯……您好。"司马智敏一时不知道该如何称呼方茗。方茗见状赶紧将司马智敏拉到身边。

"明威，这就是智敏吧，好漂亮。"

"是的，我是……智敏。"司马智敏也马上调整了自己慌张惊叹的表情。

"明威你不介意，我先借用下智敏，让她到我的房间看看吧?"

"不介意，我知道您一定会喜欢智敏的，但是不能占用太多时间，因为智敏一定饿了。"

"不会的，就一会儿时间。"说着方茗拉着司马智敏向楼上走去。一进二楼房间，司马智敏就用力地甩掉了方茗的手，脸色通红，两只眼睛一动不动地盯着方茗。

"这是怎么回事? 你不是没结婚? 怎么就有个儿子?"

"智敏别着急，以后有机会我会慢慢给你解释的，只是今天，答应我不要伤害到明威，好吗?"方茗语气中带有浓浓的哀求。

"现在是你在伤害我和我的家庭! 你对我爸爸的爱情连神明都为之感动了，我一直以为你是被爸爸道德操纵而放弃了自己的青春，没想到你的爱情这么低贱，既然未婚都有儿子了，干吗还在我爸爸面前装出一副圣女和知己来，显得情操如此高尚?"

"智敏我们先不讨论我的道德问题，答应我，今天我们先配合把这场约会办完好吗? 为了这一天，明威期盼了好长时间了，你能来他是多么的开心。"

"你有自己做人的方式，我有自己做人的底线。我可以做好，但不是为了你，因为我不希望自己变成一个像你那样的女人! 我可以下楼去演戏了吗?"

司马智敏刚一走，李明威就急切地问妈妈是否喜欢她。方茗看着儿子兴奋和期盼的样子，眼眶湿润起来。她用手轻轻地梳理了一下儿子的头发，轻声问道：

"你确定爱上她了吗？"

李明威没有思考，肯定地点了点头。

"那你能够确定她也爱上了你吗？"

李明威肯定地点了一下头然后又摇了摇头。方茗轻轻地叹了口气，拍了拍儿子的手：

"你向她表白了吗？"

"还没有！但是得到你的同意后，我马上就会向她表白。"

"智敏是个好姑娘，你们之间不可以仅保持好朋友的关系吗？"

"妈妈，你今天好奇怪！她不仅仅是我的朋友，也是我深爱的女孩啊！"

方茗看着儿子急切的心情，爱怜地用纤细苍白的手指又梳理了下他乌黑的发梢，轻轻拍了拍他的脸颊。

"妈妈是多么希望你幸福呀！"

"我就知道我妈妈是世界上最伟大的母亲，今后我可以和我人生中深爱的第三个女人交往了。如果姥姥还在该有多好啊。"方茗点了点头，嘴角流露出的笑容中溢满了苦涩和惆怅。

"好孩子，答应妈妈。如果智敏已经有了恋人，你一定不要再纠缠她，把她当成自己的姐姐和知己好吗？"

"智敏怎么可能有恋人，我感觉得到她和我一样是初恋，而且她也会像姥姥、妈妈一样爱我。"

"妈妈说的是假如她有男朋友，你一定要坚强地面对。"

"如果是那样，我就真的不知道是否还有勇气生活在这座城市里了。"

"怎么，你不要妈妈了？"

"我带妈妈一起离开这个城市。"

"傻孩子，妈妈的事业在这里，哪里也去不了。"

"你就不要干了，今后我养你。"

雷声伴着闪电，下起了大雨。方茗缓慢地站起来，临窗而立，喃喃自语：

　　"天气总是变化无常！时间不早了，儿子，睡吧。"

　　方茗控制着即将流出的泪水。转过身走到儿子面前，轻轻拍了一下他的肩膀，向卧室走去。庭院的小草被雨水拍打得弯下了腰，黑沉沉的夜空仿佛压在地面上，阴惨惨的让人透不过气来。墙壁上的表针沉重地一点一点向前滑行着，单调地报着时刻，沉闷静寂的空气中，嘀嗒嘀嗒的声音和屋顶上的雨声交错着。

　　方茗心里在祈祷和期盼着，儿子的人生会和雨后的天气一样，宽阔、晴朗。

　　这一晚，司马智敏彻夜未眠。她满脑子都是疑问，方茗怎么会有儿子？是领养的吗？应该不会的吧？明威曾经给她讲过，他出生时母亲由于身体原因所承受的痛苦……有种莫名其妙的嗡嗡声在大脑中不停地徘徊，她感觉到整个房间，甚至整个世界都跟她的心一样在不停颤动。她似乎失去了知觉，满脑子都是：明威到底是谁的孩子？

　　黑夜被阳光笼罩，她睁眼看了下窗帘外洒进来的光——天亮了。可是今天太阳的光辉没有昨天早晨那样轻快和透亮了，世界似乎刹那间有了变化。司马智敏尝到了人间最大的烦恼、痛苦与悲伤。

　　鲍静的追悼会上，司马智杰看到方茗也来了，非常气愤。

　　"你干什么来了？请你出去，这里不欢迎你。"

　　"我是来追悼亡灵的，请你让开。"

　　"哼，有必要装成慈悲的假象吗？你心里不知道有多高兴，没了绊脚石，你和老头子很快就会比翼双飞了吧？"司马智杰嘲弄地说着。

　　"哥，你这是说什么话？追悼会马上开始了，怎么在这里胡说八道。"司马智聪走过来。

　　"你给我看好这个女人，不要让她进来。"司马智杰气冲冲地向里走去。

"你永远都是被人羞辱，也不反抗吗？"司马智聪的眼神中带着忧伤和淡淡的埋怨。

"智聪我没事，别管我。"说完方茗转过头向外走去，她感觉到自己马上就要闭过气去了，喉咙也像着了凉一样难过，似乎有一双手在掐着脖子，连口水都无法咽下去。转身的刹那她的双眼已满是泪水，大颗大颗的眼泪沿着鼻梁淌下来，一会儿衣服就湿了一片。这种情况让她只能避开。

追悼会结束，一家人聚集在宽大的客厅。除了柴晓睿和司马智敏还在哭泣，其他人都默默无语。司马智杰呼吸急促，显得烦躁至极。他站起身子在地上来回走了几步，然后顿足咬了咬牙看了一眼坐在沙发上一言不发的爸爸。

"爸，家具城妈妈100%的股份是否需要变更？"司马尧没有吱声。

"你就这么着急吗，妈妈刚去世。"哥哥的话让司马智聪似乎受到了刺激，责备声中流露着极大的愤怒。

"妈妈在病床上躺了十几年，走了是解脱，有什么可痛苦的？再说，她在大家的心中早死了，不是吗？"

"那也没有必要那么着急吧。"华斯思用嘲笑的声调说了一句。

"有人比我还着急，听说前几天都在咨询股权变更了。"

"你……哼……就怕有的人想拿也没那个命。"

华斯思的话让司马智杰全身的血仿佛都涌上了脸颊，顿时脸色通红，全身的血涌上了脸颊，眼睛像野猫一样发亮地瞪着她，不再说话了。

司马智杰和华斯思的争斗，似乎并没有引起司马尧的注意，他侧过脸看了一眼坐在身边还在抽泣的女儿。

"你毕业手续都办完了吗？"

"办完了。"

司马尧站起来用手示意女儿随他走入书房。看着和爸爸一起走进书房的妹妹，司马智杰不解而急促地像是问自己，又像是问屋里所有的人：

"爸爸不会把家具城交给小妹管理吧?"

"那有什么不可以的。再说小妹也有这个能力和品德!"司马智聪一脸无所谓的表情。

"刚毕业的学生蛋子,哪有什么管理经验?"

"智敏是博士后,学的就是金融管理,挺合适的。"柴晓睿第一次违背丈夫意愿,发表着自己的观点。

"闭嘴,说话从来就不用大脑吗?我最讨厌的就是你这种颟顸的态度。"看得出司马智杰对妻子背叛自己的行为气愤之极。

董事会上,李明威在向股东们汇报A科技公司财务年报:"经明通会计师事务所审计确认,上年度公司实现净利润1.9亿元。再提取10%的法定盈余公积金和提取5%任意盈余公积金,加以前年度累积未分配利润,本次实际可供分配的利润为2.1亿元。根据目前发展,公司下一步需要加大与其他科技公司进行的股权合作,以此快速占有国内市场……"

"进展的速度比我预想的要快。"

"到底是国外回来的高才生。"

"年轻人到底不一样。"

股东们七嘴八舌的赞赏,让李明威有点不好意思。

"不错,把报告尽快报上来。"司马尧脸上露出不易觉察的笑容。

"我刚才在走廊里听到明威的项目得到了股东们的赞赏。"股东会刚结束,方茗就来到了司马尧办公室,关心儿子的表现是否得到了大家的认可。

"没想到这个孩子让你带得这么优秀。"

"对了,家具城鲍静的股权一直由我代持,我想把它转出去,你看怎么处理比较合适?"司马尧征求方茗的意见。

方茗沉思了一下,在纸上写了几个字。司马尧带着疑惑的神态盯着方茗,没有立即表态。

"给他吧，这孩子受了太多的苦。我总是感觉非常愧疚。再说这也是他应该得到的。"

"你对他根本不需要愧疚，倒是他应该好好感谢你这个母亲，否则他早死了。"司马尧态度冷峻而严肃。

"对他稍微仁义点吧，几十年了，还这么讨厌他?"方茗劝慰着。

"什么，我还不仁义? 我的一生过得如此窝囊不都是由于太'仁义'了吗?"司马尧的脸变得通红。

"那不是都过去了吗?"方茗依然不紧不慢地劝说着。

"能过去吗? 毁了我一生不说，还搭上了个你。"司马尧左右太阳穴上的青筋凸出了皮肤。

"我不在乎。"方茗轻轻地说道。

"但我在乎。我欠你的债就是死了也还不清。"司马尧固执地说道。

"好好的，你干吗要说死呀。"方茗眼泪夺眶而出。

看到方茗在流泪，司马尧强悍的气势马上消失得干干净净。他连忙站起来，拿起纸巾走到方茗身边给她擦着流下的泪滴，声音变得极其温柔:

"哎哟，我欠你那么多，怎么可能说死就死了。"

方茗控制不住感情，一下抱住了司马尧的脖子，痛哭起来。司马尧也将方茗紧紧地搂在自己的怀中。

"都是我不好，又惹你哭了。小茗，答应我，后半生让我来好好照顾你。愿意吗?"

"我在茫茫人海里遇见你的那一刻起，就注定为你痴绝一生。"

"等事情都处理完了，我一定给你一个所有女人都渴望得到的婚礼。今后你的每一寸时光都有我伴随着，我要紧紧地拉住你的手，用我的余生保护你，让你成为世界上最幸福、最快乐的人。"

这份爱不止一次让他发狂、让他窒息、让他幻想着把她揉碎放在自己的身体内，流淌在自己的血液中、生命中、灵魂中。他不断地拼命用疲劳来消耗着自己的精力: 走着长路，做着剧烈运动。可是无论什么方法都只是暂时压下心头的欲火，随着时间的增长，这种欲火反而燃烧得更旺。这份爱让他们彼此等得太久了……他弯下身子，用自己压抑了多年的情感，和久闭了几十年的双唇，紧紧地吻住了自己深爱女人的双唇。两人的嘴唇碰到了，呼吸交融了，灵魂混合了，生命也在这一刻纠缠在一起。现在他终于从道德的枷锁中被释放出来了，他可以磊落地在没有阴影的约束下，激烈、持久地亲吻爱情。他要占有对方的灵魂、思想、生命、身体，也要让她拥有自己的全部。即便是遇到再大的阻碍，他都要好好地守护她，不会让她的手有一刻时间离开自己……这不是梦。他们终于冲破了禁锢太久的闸门，开始从梦境中走了出来，一起编织着未来，就像美丽的白云自由地在天空中弹奏着属于他们爱的音符。这令人热血沸腾的温暖的气息，爱情的沉醉，激烈的拥抱，热烈的亲吻，叹息与欢笑，喜极而泣的眼泪……他们彼此的心融在一起的时候，时间不存在了，空气消失了，万物都消失了，留下的只有他们口中传递着的滚烫的气息……

儿子情绪的低落让方茗焦躁不安，在她的一再要求下，司马智敏勉强来到了她和李明威常来的咖啡厅。

"智敏，谢谢你愿意见我。"

"说吧，为什么要见我。"

"明威最近情绪非常低落。你知道他从小到大经历了太多的无奈和痛苦。自从遇见你，他的生命似乎每天都在渴望中跳动，时刻都在盼着与你见面，他所有的快乐就是与你相聚。我非常担心他一旦失去你，精神和希望是否又会回到原点，没有了朝气，没有了力量，没有了快乐，没有了奋发向上的精神。"

"最好直接告诉我，你今天的目的。"

"我希望你和明威继续来往，但不是以未婚妻的身份与他来往。"

"你真卑鄙，也很残酷，知道我这几天是怎么过的吗？你只考虑自己的感受，怎么不问我是怎么在度日如年的时间中数着太阳和星星活下来的？你告诉我，为什么我们不能结婚？"司马智敏两眼饱含泪水，用仇视的眼神盯着方茗。

"我只是为你们好。"

"我为什么要和他做姐弟，我们有血缘关系吗？一直以来，我都非常地敬仰你，有时甚至会崇拜你的容颜、你的才华、你的为人处世的大将风范，你的一切一切我都羡慕，甚至有时会羡慕爸爸看你的眼神，羡慕你们之间几十年坚贞纯洁的感情。崇拜和羡慕到有时连我自己都瞧不起我自己了。没想到，这一切都得假的，你们伪装的手段真是高超，原来你和我爸表面的纯洁和友情是这么的肮脏。"

"智敏，你说我什么我都会接受，但是我希望你不要伤害你爸爸和明威，你是他们最爱的人。"

"我伤害他们？我怎么会伤害他们？他们是我用生命在爱的人，可以说是我生命的全部。可这一切都在你的不检点不贞洁和爱上有妇之夫中瞬间被摧毁了。作为我妈妈的孩子我憎恨你，憎恨你夺走了爸爸对妈妈的爱，夺走了爸爸对妈妈的关怀。妈妈成为植物人后，爸爸几乎很少去看妈妈。这一切都是因为你的存在。"

方茗看着充满了仇恨的司马智敏，没有为自己做任何的辩解，只希望司马智敏理解自己的苦衷。

司马智敏大声哭诉道：

"理解你，让我怎么理解你？你让我和我的妈妈一样，失去最爱的人，剥夺了我们的幸福。谁来补偿？我不会原谅你，不会、不会、永远不会……"

"智敏，虽然我从来没有想过让你接受和理解我，更没有办法让你不恨我，但是我希望你能把明威当成自己的朋友和弟弟继续相处下去。"

"看来你已经承认了明威与我的血缘关系了，对吗？"

见方茗没有回答，司马智敏的情绪在惊讶中变得更加焦躁不安。

"他是你和爸爸的孩子吗？告诉我这是不可能的好吗？你们在大家面前一直表现的是圣人呀？难道一切都是假的吗？你们太龌龊了吧！"司马智敏由吃惊到愤怒，最后几乎崩溃，俊美的脸在情绪的急速变化中变得通红。

方茗看着情绪非常激动的司马智敏，端起桌子上的水递给司马智敏，想要向她解释。没想到她的平静更加激怒了司马智敏，她接过方茗递过来的水，没有丝毫犹豫，就将水泼到了方茗的身上，然后哭喊着跑出了咖啡厅。

望着司马智敏跑出去的背影，方茗的眼泪一下流了出来，心中不停地劝慰呼唤道：

"智敏，只要你不要伤害到你爸爸和明威，所有的屈辱我都不在乎。"

智敏自从上次到家里做客后，就开始委婉地拒绝和李明威约会，甚至他打过去的电话也大多是忙音。智敏的变化让李明威不知所措。他不顾智敏的疏远，在一个长而充满了柔情的邮件中，释放了自己内心的爱恋。他毫不掩饰地告诉智敏，自己的爱是急切的，炙热的，深刻的，也是刻骨的。

李明威的每一句话都如刀在割着司马智敏的心。她无法回应所有的疑问，更无法让他明白自己的精神在突然的打击中被彻底击垮。她反复地在字里行间中做着最后的挣扎，用足全身的力气，抓住即将远去的最后一点点的喜悦。喜悦过后便是精神被分裂成无数个碎片，一点一点切割着她的身体和灵魂。意识被瓦解得只留下了一个念头，化作心中的呐喊："明威你一定要幸福，但是这个幸福我是给不了你，因为我们身上可能都流着同样一个人的血。如果被证实了，现实中的你我今生都无法再相见。"

"我姥姥在世时最爱说的一句话就是：人是有前世的，能够相遇都是前世的缘。每当听到姥姥说这句话时，我都会嬉笑她的天真，但是自从第一次遇到你，我就相信姥姥的话是对的。世界上有那么多的车站，车站每天过往那么多的列车，而行驶时做暂时停留又是那么的不常见，可我们却在那一刹那看到了彼此。城市这么大，有数不清的咖啡厅，可我们却走进了同一个屋子里。"

"明威，实在对不起，其实我一直是把你当弟弟对待，没想到会给你造成这么大的错觉，错觉让我们无法再相见。"司马智敏强忍着内心的悲伤和凄凉，颤抖的手指敲在键盘上苍白无力。

"不可能，你是一个不会撒谎的人。我们能够在尘世里相逢，这绝不是一段姐弟偶遇，而是你我情难自禁的缘分，而这段缘分是维系我们一生的姻缘。你为什么要把我们共同建造起来的爱情亲手毁掉？给我一个理由好吗？"

李明威的痴情让司马智敏彻底崩溃了，身体里极深邃的地方迸出的痛苦在燃烧着心脏。她实在无法伤害这样一个充满了纯情、让自己深爱的大男孩。但是命中注定他们之间有缘无分。本来还抱着一丝希望，但是，当方茗劝她放弃这份爱的时候，才真正意识到，他们的缘分到此为止了，甚至连做朋友的缘分也被残酷的现实扼杀了。她要把这段情缘清理得干干净净，只有这样才会让自己深爱的人不再优柔寡断，不再在不清不白的关系中受到伤害。

"别自作多情了，我对你从来就没有过爱，从何谈起毁掉！"为了让李明威彻底死心，司马智敏的词语变得刻薄起来。

"那你为什么和我在一起？"

"我在寂寞中需要寻找一个说话的伴侣，我怎么可能会爱上一个比我小了许多，而且会幼稚到错把友情当作爱情的小男孩？"说这句话的时候，司马智敏知道自己的心和李明威一样都在流着鲜血。

李明威帅气的脸被忧伤、不解、悲哀挤得变了形。司马智敏的肢体随着发送出去的字被瓦解了，灵魂脱离了身体，这一切的感受让她无法再继续操作手中的键盘。手在不停地发抖，浑身被黏湿的汗水包裹着，她努力控制住自己的内心，害怕自己的斗志被瓦解，准备以最快的速度下线逃离。这时，她仿佛又看到李明威那张凄凉的脸、那双忧伤的眼睛，就像那次他隔着车窗望着她的情形……

站在立交桥上，司马智敏胸口的悲痛仍然是剧烈的。精神被突然的变化控制了，有如从大海中掀起的浪潮被强烈的回潮阻止住了。她把他们从相遇到相识、相爱的过程浏览了一遍：异国的偶遇，结识的快乐，相爱的迷恋，灵魂的相撞，未来的憧憬，共同的理想……立交桥……她要把留着他们许多爱情的纪念统统抛向大海！

执着与缄默让这份爱从一开始就那么深刻。他们不止一次地手牵着手在这里一起勾勒着他们的幸福，立交桥水泥缝隙中还留存着他们许愿时放进去的玫瑰花瓣。桥下过往的车辆见证了他们的幸福。那时，他们都能听见心中有个声音喁喁地说着："留下的东西是快乐的。我们相互攥紧了彼此的幸福。"如今一切都发生了变化。她的幸福，她的快乐，她的渴望，她的追求都像大海中暗藏的逆流和旋涡，被海水的浪潮，顷刻间改变了轨迹。她第一次感觉到，自己的命运不再会像过去那样充满了快乐。今后的自己将在漫长的痛苦中度过。原来生活中的甜蜜、快乐、幸福在突如其来的变故中消失了，留在脑海中的只有李明威那张痛苦得变了形的脸和他的忧伤。她没有办法将恨从内心中赶走，更没有力量将李明威遗忘，他已在自己心灵深处留下了深深的烙印。

留在内心的阴影很难消散，但是每天的朝阳依旧会升起。司马智敏不知道今后自己是否还可以找到属于自己的路径。

司马智杰闷闷不乐地回到家，最近接二连三的突发事件让他坐立不安。

"智敏，今天怎么没去学校？"司马智杰看到平常很少在家闲待着的妹妹，正闷闷不乐、心不在焉地盯着电视屏幕广告发呆。

司马智敏没有回头，也没有回答大哥的问话，只是用鼻子哼了一声。

"最近怎么了？没休息好，还是遇到什么事了？怎么脸色这么差？"司马智杰走到沙发前，坐在妹妹的身边，转过身子盯着妹妹的脸。

"让狗咬了一下。"

"狗咬了？咬到哪儿了？那要赶快打狂犬疫苗！"司马智杰没有悟出妹妹说话中的嘲弄。

"大哥，今天不是周末，你怎么回来了？"

"听说爸爸要把代持妈妈的股权交给一个叫李明威的人，你知道吗？"

"什么？大哥你刚才说交给谁？"司马智敏从沙发上跳了起来。

看到小妹如此急迫的表情，司马智杰一脸疑惑地又重复了一遍。

"李明威，你认识吗？我听于律师说的，最近就要办理变更手续。"

"为什么交给李明威？他和我们有关系吗？"

"听说这个李明威的A科技公司也是爸爸投资的。"司马智杰话音刚落，华斯思急匆匆推门进来。

"大哥你说爸爸要把代持妈妈家具城的股权交给一个叫什么威的人？怎么回事？他是什么人？司马家的股份为什么会给他？"华斯思说话的脸上充满了诧异。

"智聪呢？"司马智杰没有回答华斯思的问话。

"下面停车，马上上来。怎么了，爸爸怎么会把妈妈的股权转给一个不相关的人？"华斯思见司马智杰没有回答，更加急迫地追问。

"大哥，什么急事，要把大家都叫到家里？爸爸不在吗？"司马智聪走进门环视了下屋内。

"智聪，爸爸要把家具城妈妈的股权全部转给一个与司马家不相干的外人。"华斯思声音中夹杂着焦急和愤怒的情绪。

"我以为什么大事，爸爸一手创下的公司，想给谁就给谁。这是他的权利！"司马智聪冷冷的语言算是对此事情的态度。

"大嫂，你知道李明威到底是什么人吗？"华斯思转过头问着坐在一边的柴晓睿，柴晓睿摇了摇头，没有说话。

"我现在安排人去调查下这个人。"华斯思从包里拿出手机。

"不用调查了，他是方茗的儿子。"司马智敏沉着嗓子，虽然神态依然是愤慨的，但是表情已经安静了下来。

"什么？"司马智杰和华斯思吃惊地同时问道。就连一直坐在沙发上没有说话的司马智聪和柴晓睿也转过头，用惊异的目光望着司马智敏。

司马智聪站起来走到司马智敏面前，伸手摸了摸妹妹的脑门。

"你没发烧呀，怎么胡言乱语的。"

"你怎么知道的？"司马智杰追问了一句。

"不要管我怎么知道的，你们不都是侦探高手吗？自己去调查吧。"

"你能不能不看电视？现在都什么时候了！"司马智杰一把把电视遥控器从妹妹的手里夺过来，砰的一声把电视关了。

"哈哈，这根本是不可能的事情，小妹你不要胡说。"司马智聪咧开嘴角不屑地笑了起来。

"二哥你就 Man show 吧！方茗自己都承认了，还怀疑我是胡说吗？世界上有些人永远做着出人意料，甚至出乎自己意料的事。谁也不会想到方茗是这等人物。"

"说了半天，我突然想到了个问题，这个孩子的爸爸是谁？难道方茗在外面有家吗？如果没有，那这孩子会是谁的？哎呀……我的天呀……会不会是爸爸……不行我要去问问。"华斯思疯癫地站起来就要往外走。

"你给我回来！"司马智聪的大声叫喊被华斯思啪的关门声锁在了屋内。

自从表白被司马智敏无情地拒绝后，李明威一直精神恍惚，感到莫名其妙。好在他已经过了无法理性地处理自己事情的年龄段，经历过的事情让他不再是那么脆弱。他要自己站立起来，学会和妈妈一样坚强。儿子的坚强和心智的成熟，让方茗提着的心终于放了下来。庭院中的空气夹杂着植物又香又浓的味道。蟋蟀叫着。一只乌鸦斜蹲在路旁的大树上远远地望着他们。这让方茗轻松中又增添了一丝沉闷和悲伤的感觉。

办公室里，方茗正在边看李明威报来的新项目计划书，边和身边的李明威讨论着。

"按照新项目的收购泰辉计划，公司是不是发展太快了？资金是否有问题？"

"中 DJ 科技在国内算得上是一匹黑马，自主研发的核心技术也是数一数二的。这是我们主要看中的。资金方面问题，我们是这样想的，DJ先以市盈率获得公司27%股权，待DJ转股后股权可达35%，我们的其他公司可以70万美元获得3%的股权，这样我们持有的股权会上升到70%，然后让DJ以两倍的投资回报率退出。"

"DJ会同意退出吗?"

"这个我们已经与他们达到了共识。"

"另外30%的股权你打算怎么办?"

"通过融资方式，回购DJ的部分股权。"

"资金从哪来?"

"我们计划与思琪达合作，这样DJ持股则由27%减到7%，其他的股东由3%减到1%，公司的股份就会从70%升到77%。"

"用这样的融资办法，公司就可以占有国内的科技市场，这是你的最终目的吗?"

"是的，通过不断的融资扩张，公司就可以占有国内科技市场45%的份额。所以我们的价值主张就是，通过股权回购的方法，在快速扩张的同时保全科技研发的完整性和对公司的控股权，并从单纯的科技研发销售转型为资金管理和管理的平台。"

"不错，非常不错，到底是我方茗的儿子。"

"那当然了，我的身体里有妈妈对于财务数字的敏感和优质的血液呀。"

方茗看到儿子青春的脸庞消瘦了许多，激奋的精神中依然残留着失恋的淡淡悲伤。

"明威，不要记恨智敏。爱是不能勉强的，以后要好好地与她相处，好吗?"

"放心吧，虽然心依然有被撕裂的感觉，但是我会很快振作起来的。只要她过得幸福就好，我会祝福她的。"

"好孩子，你会……"

突然，办公室的门被推开，华斯思怒气冲冲地走了进来。她的神态让方茗马上就明白了她的来意。

"明威你先回去，报告批好后我让张秘书通知你。"

"什么？他就是你儿子李明威？"华斯思有点吃惊地上下打量着准备出门的李明威。

"您好！"李明威看到来人叫出了自己的名字，就礼貌地微微弯了下腰打着招呼。

"方总，真是想不到你还会'后屋藏子'呀！"

"明威，你先回去。"

"那我先回去了。"李明威出门的时候又向华斯思微微地弯了下腰。

"听说你这个视金钱为粪土的人动员老爷子把家具城的股权转给你儿子？真够无耻的了。老爷子有两个儿子，凭什么要把老太太的股权转给你的儿子。"

"这是他应该得到的。"

"你不是一直拒绝接受收股权，表现得很高尚很纯粹吗？这次为什么要利用自己的儿子来抢不属于你的东西？"

"我不要，不等于我的儿子不可以要。"

"可以告诉我你的目的吗？"

"这个你不需要知道。"

"李明威的爸爸是谁？"

"你的好奇心已经超出了我的忍耐了。"

"不愿意说还是无法说？这里到底有什么不可告人的秘密？"

"既然知道不可告人，你就不要再问了。"

"那我就去问问你的儿子。他不会连自己的爸爸是谁也不知道吧！"

"如果不想我把你和华国豪勾结侵吞公司利益的事情，和你让你妹妹在美国所干的苟且之事抖搂出来，就给我安静点！"

"你这样利用权力，不觉得龌龊吗？"

"看来你对权力理解得还不够透彻。我来告诉你什么是权力，当一个人犯了罪，法官依法判他死刑。这不叫权力，这叫正义。而当一个人同样犯了罪，皇帝可以判他死刑，也可以不判他死刑，而是赦免了他，这就叫权力！我是看在智聪的面子上拯救你！"

"别忘了，所有的事情不一定都如你所愿。"

"那就试试。"

门外的李明威并没有走，华斯思怒气冲冲的神态使他担心母亲的处境。屋里的对话让他迷茫到了极点，他不知道为什么会提到自己，股权又是什么意思。一连串的问题让他呆呆地站在门口。

司马智聪看华斯思不听自己的劝阻去找方茗，也急匆匆地赶到了公司。他看到一个帅气的小伙子，满脸通红地站在方茗办公室门口，身体不停地发抖。

"你没事吧？"

司马智聪的话让毫无知觉的李明威醒悟过来，他没有抬头，转身快步地向电梯走去。

所有没有答案的问题，让李明威一天几乎都处于恍惚中。回到家中，他就急迫地追问正在做饭的妈妈：

"董事长为什么会把一个与我毫不相关人的股权给我？"

"别听她瞎说，这是董事长从工作角度考虑做出的决定。"

"我必须接受吗？"

"你没有选择的余地，听妈的，选择接受是对的。"

"那为什么是我？难道妈妈真的是利用我去争夺别人家的财产吗？"

一连串的追问，让方茗几乎窒息，她不能回答儿子的问题，也无法回答儿子的问题。

"以后你就会明白的。"

"我已经成年了，难道我永远只能在自己的视界范围内，用雾里看花的方式来了解发生在我身上的事吗？"

"许多事情我不告诉你，是因为你还没有承担的力量。给妈妈些时间好吗？"

"那就把压在您身上的担子甩掉，选择一种属于我们自己的生活不好吗？"

"孩子你要知道，人啊，死了以后才会有选择的权利，在现实生活中，是没有选择余地的。"

"您就不能不要那么伟大吗？对卑劣的事情总是竭力唾弃，但结果却永远是让步，您这是何苦哪！"

"只要儿子活得开心，妈妈受再大的委屈也没关系。"

"妈妈不快乐，我能开心吗？"

"好了，快看，妈妈做了你最爱吃的红烧排骨。"

回到房间，李明威无法把一切都丢开。他无法再追问妈妈任何问题，他知道妈妈不想说的事情，追问是毫无结果的。更何况他也从来不会违背妈妈的意愿。心中的疑虑没法整理出头绪，他躺在床上翻来覆去，看时针走过了1点，还是没法入睡。从半掩的门缝里看见客厅的灯还没熄，他悄悄地拉开了房门，看到妈妈弯曲着身体，半躺在沙发的靠枕上，一遍一遍地翻看着电视的荧屏。他想过去安慰妈妈，可是不知道该说什么。妈妈的内心世界自己走不进去，但他知道妈妈始终是孤独和悲痛的。此时，他为不能替妈妈排除忧愁而开始烦恼。他多想即刻带着妈妈离开这个无法令人心情愉悦的地方。但是他知道这座城市牵系着妈妈的一切，她哪儿也不会去的。

第二十五章　致命打击

刚一上班，方茗就焦急地来到司马尧办公室，向他讲述着昨天李明威的疑问。

"要不就把真相告诉孩子？"

"不行，那可不行，这孩子已经遍体鳞伤了，我宁愿他误解，甚至憎恨我，也决不能让他再受到任何屈辱。"

也许是由于太痛心，也许是亏欠太多，也许是感情债务太重的缘故，看着方茗一脸的伤感，司马尧突然大声咳嗽起来，痰中夹杂着血迹。司马尧的突发状况，让身心疲劳的方茗刹那间浑身发软，感觉到自己被厚厚的浓雾遮盖住，雾气顺着她的耳朵、鼻孔、眼睛不断地向内脏侵入，她手脚无法动弹，眼睛不知道被什么给遮住了，一阵天旋地转。雾中她看到门被推开，司马智聪一把将快要倒地的她扶住。她睁开眼睛到处寻找司马尧，直到看到司马尧焦急欲哭的脸庞时，不顾一切地搂住他的脖子痛哭起来。片刻后，她又止住了哭泣，嘴里不断地嘀咕着："智聪，快，快，赶快把你爸送到医院！"

她跌跌撞撞地和司马智聪把司马尧送到医院。司马智聪办好父亲的住院手续出来时，看到方茗像一只受了伤的小猫，弯曲着身体坐在医院拐角的椅子上，消瘦的双肩随着身体不停地哆嗦，毫无血色的脸上净是泪珠。

司马智聪一阵难过，从内心突然萌发出对父亲的憎恨。这个男人愧对了这个女人一生。而这个女人为这个毫无责任的男人，爱到无奈、爱到心痛，也还是愿意为他守候一生，寂寞一生，缄默一生。他慢慢地坐在了方茗的身旁，轻声问道：

"不舒服吗？要不也做个检查？"

方茗摇摇头说："没关系，我就是觉得冷。"说完，泪珠依然不断地从眼睛里滑落，顶着下巴的膝盖上已是湿湿的一片。

方茗的情绪让司马智聪感到担忧，他无法将爸爸有可能是肺癌的真相告诉已经没有了力气的方茗。他脱下了自己的外衣轻轻地披在了方茗身上，不再说话。他不知道如何安慰她，所以只是静静地坐在她的身边。

此时的方茗，似乎没有觉察到坐在自己身边的司马智聪，她满脑子都是前几天司马尧对她说过的话："从现在起，不允许你离开我半步，我要用全部的生命来好好保护你，给你一个幸福的家庭。我要选择一个好日子送给你一个世界上最好的婚礼。"想到这里，方茗似乎身体里有了一股力量，突然开始憎恨起自己的多虑。她转过苍白的脸，用呆滞的眼神看着身边的司马智聪。她想知道司马尧的病情结果，但是，实在是没有勇气和力量张开被干涩黏在一起的双唇。

"别担心，大夫说问题不大，再做几项检查，没问题就可以出院了。"

方茗一听说问题不大，一把拉住司马智聪的手，脸上露出了灿烂的笑容。

"真的吗？大夫真的说问题不大吗？"

看着在自己善意的谎言欺骗下，方茗变得那样高兴，苍白的脸上有了血丝，司马智聪不再为自己的谎言感到愧疚。

接下来的日子里，方茗天天往医院跑，期盼着漫长的检查结果是好的。这年南方的秋季似乎放缓了它的步伐，迟迟没到潮湿、多雾、泥泞的冬季。

医院的检查结果终于出来了。司马尧被确诊肺癌，已到晚期。方茗拿着结果，站在医院门口，不知道怎么面对司马尧。突然下起了暴雨，狂风夹杂着豆大的雨点，不停地拍打着半开的门窗，似乎硬要把它们从坚固的水泥墙中拆散、打碎，席卷而去。方茗发疯似的跑到医院的花园里，在大雨中撕扯着自己的头发，大声哭喊着："老天爷，你为什么要惩罚他呀？来惩罚我吧，是我不该爱上他，让他背上这沉重的包袱和愧疚……上天呀，惩罚我吧！我本应该在爱上他的那一刻起，就离他远去，是我的贪婪，是我的不舍，是我的自私毁了他。求上天把我犯下的罪孽惩罚在我的身上吧！"她大声地哭喊，在闪电和雷雨中发出了阵阵的哀鸣。她全身湿透了，已分不出是雨水多还是泪水多。过度的悲伤让她倒在雨水泡过仿佛像沼泽一样的泥巴里，没有力量爬起来，只能用苍白无力的双手不停地捶打着泥土。混合着雨水的泥巴和混合着泥巴的雨水，沾满了她的全身。被打落的玫瑰花，随着雨水和哭喊声，一片一片地落在了她的身上，像是在安慰她，又像是在抚摸她。她在哭喊声中失去了知觉……

醒来时，身边站着的司马智聪告诉她，她已经昏睡了两天了。当知道自己是在医院时，一切的悲痛又让她的身体颤抖起来。她拔掉输液针头爬起来就向外走。她不能离开司马尧，似乎一离开，上天就会把自己的爱人带走。可是没走几步，她又无力地跌倒在冰冷的水泥地上。

她太虚弱了，无力再站起来回到床上。司马智聪看着脸上毫无血色的方茗，不由得一阵酸楚。他将方茗抱起来放在床上，气愤中带着一脸伤感。

"你就不能自私点为自己考虑考虑吗？被一个像空气一样的人决定着你的生命，值得吗？就不能活得不那么高尚、那么纯粹吗？"方茗似乎没有听到司马智聪的话，眼泪如断了线的珠子往下流，几次挣扎着要下床，但是每次都无力将身子支起，只能用微弱的声音问道：

"他知道了吗？"

"我们没告诉他。"

"你扶我去看看他好吗？"

"你这样的状况，他那么敏感会觉察到的。等有了力气，再过去看他吧。"

"我不去看他，他会更担心的。"

"不要再把自己的力量估计得那么高了。你已经隐忍了几十年了！该放下为自己考虑了。"

"你不了解你爸。"

"我不需要了解他，我只知道是他没有担当地牵绊了你几十年！"

司马智聪带有指责的口吻让方茗无奈地闭上眼睛不再吭气了。她觉得没有人理解他们之间的感情，当然，她也不需要别人理解。只要他们的心在一起，就足够了。

看着不再说话的方茗，司马智聪叹了口气说："明天再去吧，我告诉他说你出差明天才回来。"

病房里，司马尧一个人躺在病床上，他早已隐约地从大夫嘴里知道自己的病情。屋内寂静得只有输液的滴答声。看着走进来的方茗，司马尧强装出一副完全没事的样子，说话的声音比平日显得更有力量。方茗什么也没有说，慢慢地坐在床边搂住了这个让她深爱、苦等了一生而从不后悔的男人的脖子，静静地听着他用遒劲的声调吹嘘着自己强壮的身体，感觉到他抚摸自己的手在不断地颤抖，她再也控制不住悲伤的情绪，泪珠大颗大颗落下，打湿了衣领，一滴一滴地落在他宽厚的肩膀上。

司马尧看着痛哭的方茗，泪水也悄悄地从深邃的眼眶中流出，滑过轮廓分明的脸颊，落在肌肉有些松弛的脖颈上。他一生中都期盼着把她拥入自己的怀中，让她听着自己的心跳，感觉自己身上流淌的热血。他想让她知道自己内心长期爱的欲望，早已通过身上每一片肌肤流进了心脏，甚至想说出自己多次想霸占她的卑鄙的情欲。本以为妻子去世后可以毫无愧疚地拉起她的手，没想到上天又再一次让他们分开，还分开得这么彻底。他想改变但是无能为力，他想与她白头到老，但是已没了时间。他只能用颤抖的手抚摸着这个已不再年轻、不听劝阻、为了一份只有付出没有结果的爱情，心甘情愿守候自己一生的女人。自己即将离去，再一次让这个被摧垮了精神被浸透了痛苦的孤独女人，独自承受着自己给她留下的每一道伤口。而清理每一个伤口时，都会再次引发她的伤感和残酷的记忆。他的心在愧疚中被揉得七零八碎，只能用足了力量将方茗紧紧地拥在自己的怀里。他们就这样相拥着，谁也没有放手，似乎只要松开就会永久地别离，气息在相互的热度中交融在一起，彼此的心在痛苦中挣扎，承受着即将分离的悲恸欲绝的折磨……

窗外滴滴答答地下起了小雨。司马智聪提着水壶推门进来，又轻轻地出去拉上了房门，静静地站在门口。他没有体验过这种生离死别的爱，但是此刻他要守护在这里，不让任何人打扰到屋里短暂的宁静。对面医护室墙上的表针，嘀嗒嘀嗒不停地向前移动着，如同人的心脏。屋里的两个人就如同表上的时针和分针，在同一个轴心中，相伴行走，他不知道如果其中的一个针不动了，停止了行走，没了轨迹，另一个还会继续行走吗？还会有前行的动力吗？想到这里，司马智聪感伤的眼泪一滴一滴地向下滑落……

雨水随风尽情地飘洒着，缠绵地落在窗上。人的生命是否也可以如雨，如雪，如风，如雾在流年中轮回……隔壁病房收音机里传出来忧伤的歌曲：

> 你若是要走就把我也带走
> 留下我一个人什么都没有
> 如果有来生我们还手牵手
> 我答应绝不会让你孤独地走
> 你若是要飞我陪你一起飞
> 飞到了天堂还成双成对

司马家中，所有的人都静默不语围坐在客厅的沙发上。屋里的空气也仿佛凝固了，不再流动。司马智杰用眼睛挨着个地在每个人的脸上扫了一遍，干咳了一下说道：

"爸爸病了，大家也看到了，方茗天天地围着爸爸转，如果这样下去，很可能公司就会姓方了。"

"大哥，爸爸快要离开我们了，你怎么一点悲伤感都没有？在大哥眼里，为什么好人永远都是那么的卑贱？"

"智聪，不是大哥说你，你完全被那个女人蒙蔽了。家具城的事情不就可以证明？在关键的时候，她考虑我们了吗？还不是从爸爸手里稳稳当当地拿给自己那个不清不白的儿子？"

"是呀，要不是爸爸的糊涂，他们母子两个怎么可能那么顺利得逞！这次绝不能再让他们得逞了。大哥你有什么打算？"华斯思的态度第一次与司马智杰保持了一致。

"既然斯思问了，那就说说我的打算。大家也一定不想让公司改朝换代姓方吧？所以保住公司不要被夺走，先下手为强，尽快召集董事开会，董事会上希望大家推举我来接替爸爸。"

"你还有人性吗？爸爸还在，你就迫不及待了？"

"智聪，说话别这么难听。不是我迫不及待，而是爸爸完全糊涂了！他会把妈妈的股份交给那个女人的儿子，难道就不会把公司交给她吗？到那时你哭都来不及。"

"即便交给她，爸爸一定也有他的道理。何况，我认为也只有她具备管理公司的资格和能力。"

"你是不是也被那个女人洗了脑子呀？怎么总替她说话呀？"

司马智杰的这句话让司马智聪半天没有吱声，但是看得出他内心的愤怒在身体中逐渐膨胀。他有一种惨痛的绝望，自己的哥哥并没有为即将离去的父亲悲痛，而是只为不能接管父亲创下的基业耿耿于怀。内心的悲愤使他想大声地喊出来，大骂哥哥的无耻，但是他什么也做不了。他继承了父亲话语不多的基因。在大家眼里他是懦弱的。谁知道他胸中藏着多少元气充沛的种子，都无法长成？因为他对于人性善的本源以及人生价值，有着深刻的信仰，在现实生活中关注别人的快乐永远大于自己的痛苦。他向往勇者的精神，也拿得出真正的勇气，而为人却那么谨慎怯懦。爸爸说他的性格需要深掘才可以挖出巨大的潜力。

"智杰，最好还是听凭上帝的安排吧，要是上帝指点谁来接替爸

231

爸，自然会点醒他的。要是没有被上帝指点，那不是谁也没有办法吗？我们不能违背上帝的旨意呀。"柴晓睿第一次提高嗓门发表着自己独特的想法。

一直在哭泣的司马智敏着急地大声说道："大嫂，您真虔诚。都什么时候了，还在依赖上帝给您做主呀！"

"因为上帝是无所不能而公正的。"柴晓睿细声细气地嘀咕着。

"你给我闭嘴吧！"司马智杰朝着柴晓睿怒吼起来。

"我同意大哥的意见，咱们都推选大哥来管理企业。"司马智敏爽快的态度让在座的人都感到吃惊。

"还是小妹能够读懂大哥。"

"不是我理解大哥，而是二哥的态度让我很失望。只有大哥你又狠，又毒，又有野心，可以完成这个使命。"

"小妹，你说的是什么话？不过看在支持大哥的份上，就无所谓了。"

"智聪，只要你和斯思推选我，我会把物流和高尔夫交给斯思来管理。"

"你说的话，据我所知可信度不高，我们凭什么相信你？"华斯思不信任地问了一句。

"大哥我真佩服你，你怎么就从华斯思的眼睛里看到了贪婪和欲望？这次下的诱饵对她确实有用。"

"哎，我说司马智聪，我在你的眼里就那么龌龊吗？我是为公司大局考虑。"华斯思对丈夫讥讽自己的态度极为不满。

"你什么时候学得这么高尚了？还具有了道德？"

"行了，关于道德的问题，你们夫妻回到自己家里去下定义吧。今天就按照中国传统惯例，父不在，长子为父来安排公司的事情！"

"可是父亲还在呀。还是把自己的尾巴藏好吧。"司马智聪语言变得犀利起来。

"智聪，你什么时候也学会毫不留情地数落人了？是不是跟方茗学的？你一直和她走得很近。"

"我看过一本书上写了这么一句话：也许每一个男子全都有过这样的两个女人，至少两个，娶了红玫瑰，久而久之，红的变成了墙上的一抹蚊子血，白的还是'床前明月光'；娶了白玫瑰，白的便是衣服上的饭粒，红的却是心口上的一颗朱砂痣。男人的精神全让妖精给毁了。"华斯思语气中充满了浓浓的酸气。

"怎么又转移话题了？大家快表态，推荐我接替爸爸，就这么定了好吗？"

"定了什么，你有这个能力吗？"

"智聪你怎么就那么信不过我？你和爸爸一样，永远都看不到我身上的闪光点！"

"很遗憾，我看到的只是掠夺的欲望和对金钱的迷恋。"

"我作为长子保护好自家的公司有错吗？智聪呀，如果到现在你还和爸爸一样执迷不悟，不但要自毁还会毁了公司。"

"真是一个好长子，我很惊讶，你说这句话的时候，脚居然还踩在地下。"司马智聪说完后，头也不回地向门外走去。身后传来司马智杰的大喊："你还没有表态，怎么就走了呀？蠢货！"

司马智聪来到小区寂静的花园，天已经黑了。他坐在院中的椅子上，把自己埋在阴影里。天空中的星星依然闪闪发光。一层白雾从天幕上慢慢飘起。蟋蟀在杂草中不停地乱叫。几滴泪水从眼睛中落下，他不知道是在为谁落泪，此刻只想哭。悲欢离合的苍凉和哀伤让他有了凄凉的感觉。他想起来看过的一场话剧中的台词："赶快把我们的人救出来吧！死亡窥伺着我们所爱的一切。赶快把正在消失的脸庞塑成永久的铜像吧。我们得从火焰中救出国家的财宝，趁着大火还没把宫殿烧毁的时候……"

医院里，司马尧让律师将他计划把集团交给方茗来管理的决定告诉方茗，希望方茗能不再拒绝和了解自己的苦心。方茗看着病床上短短的时间里就苍老了许多的司马尧，没有选择地同意了他的要求。她一生都在为这个人没有选择地活着，现在她要让他放下全部担子，在平静之中，走完最后的日子。

柴晓睿躺在藤椅上，屋内欲望和失去理性的争斗使她头涨得厉害，甚至无法正常地呼吸。四下里静悄悄，只有树叶在阳光中轻轻颤抖着，一层淡薄的水汽在空气中飘过。她拿起手机，一张一张地看着储存很久的照片，司马智杰和不一样的女人淫秽图片让她作呕。她不知道是什么人发给她的，也从来没有追查过。知道了是谁又有什么用呢？但是当知道丈夫与章梦的事情以后，她真的被击垮了，破天荒地感觉到自己被丈夫和章梦联手愚弄了，尤其是当章梦用恶劣又卑鄙的手段来痴笑自己的无知时。

她知道丈夫与章梦的事情，还是从那天章梦在家里喝醉开始的……
那天晚上，接到陌生人电话后她就赶到了医院。她本要留在医院守护爸爸，但是在妈妈的一再坚持下和考虑章梦在家里需要人照顾，就没有再固执地留在医院。到家的时候，寂静的院落中只有与树相伴的路灯，用自己的身体任劳任怨地为夜路人抛洒着光芒。她害怕影响到丈夫的休息，所以就将鞋脱在了楼道外面，光着脚丫蹑手蹑脚地走进了屋。她没有直接上楼，而是先悄悄地向客房走去。她觉得章梦喝了那么多的酒一定很难受，要看看她还需要什么。当她推开房门时，看到房间里是空的，以为是丈夫把章梦赶走了，内心有了许多愧疚感，想着明天应该要替丈夫向章梦道歉。

通往二楼的墙壁上，灯开着，柴晓睿突然有了一丝感动，她以为这是丈夫留给自己的灯光，愉悦于丈夫的体贴。
卧室门半掩着，床头灯也是开着的。柴晓睿感到很奇怪：丈夫睡觉是不喜欢有灯光的，怎么今天会亮着灯睡觉？突然她有了一点恐惧，害怕丈夫喝酒身体不舒服了。想到这里，她真的着急了，快速地推门走进去。但是，她看到的却是章梦赤裸着身体搂着同样赤裸着身体的丈夫的脖子。她一下僵在了原地，许久，才回过神来，拖着已经完全麻木得没有知觉的身体向楼下走去。楼道是黑的，屋子是黑的，院子是黑的。周围的一切是那么的没有生气，自己被控制在了充满了阴影的城堡中。她不知道自己应该何去何从，她什么也看不到了，身体、视觉、思维、血液、灵魂，只要与自己生命有关的都完全游离开了自己，存在的只是一个行尸走肉的空壳。

面对丈夫和章梦带给自己的这种残酷的痛苦，她第一次感觉到自己受伤了，而且伤得还很重。天空中的云朵越来越厚，天慢慢地灰沉下来，她的思想有些迷糊了，丢开了手机，让淫秽的图片随着手机的关闭在自己的眼前消失得无影无踪。厚厚的云朵终于把蓝天全部遮盖，针尖大的水滴开始从高高的天际滑了下来。她想起了与章梦生前的一次对话……

那天，刚从医院出来碰到章梦，在她的邀请下她们一起来到了咖啡厅。从丈夫的嘴里她知道了财务经理对一个企业的重要性，所以，她一直都把章梦当作朋友一样对待。虽然丈夫多次阻挠，她还是把家里的大门向她敞开，可没想到被羞辱得那么彻底。

"嫂子你们最近吵架了？"

"你也知道了？"

"那你知道他背后有一个跟他相爱了好多年的女人吗？"

"听说了。"

"知道是谁吗？"

"是谁不重要，重要的是他始终围绕着家在转。这对一个女人来说就足矣了。"

"可是男人需要的不仅仅是一个家，他需要一个帝国，这个帝国里承载着一个男人的阳气和梦想。而他想飞起来的时候，需要有一个人给他一双坚强的翅膀。"

"梦想谁都有，但是如果把梦想变成实现幻想的野心，就非常可怕。小章你可要爱惜光阴，用智慧与外人交往，而不是用野心！"

"我的好嫂子，咱们能不能不要谈你的《圣经》格言。现实的问题不是可以用一个根本就不存在的理论解决的。"

"但是它教会了我们怎么做一个好人。"

"这世上没有什么好人和坏人，只有为梦想而战斗的勇士。"

"小章你变得好可怕。"

"这是因为现实造就了我的同时也洗礼了我的人生价值观。"

"但愿上帝给你一颗纯洁的灵魂。"

"这样吧，嫂子我问你，你爱自己的丈夫吗？"

"我不但深爱我的丈夫，我还爱着周边所有的人。"

"那么你快乐吗？"

"一个人心里充满了爱，怎么会不快乐？"

"那你的丈夫爱你吗？"

"教徒是不能有欲望的，再说，我为什么要了解那些隐藏在现象后面的本质？"

"嫂子，你只看到了宗教可以帮助教徒们培养神圣的态度，但是它也投射出我们这个时代的暴力和绝望。否则弘扬宗教干什么？"

"宗教就是要毁灭杀戮未知的野心，并将由于欲望产生的野心变成爱心。"

"如果你爱自己的丈夫，就应该放手让他打开一片属于他自己的世界，成为一个真正意义上的成功者。一个成功者的背后都离不开一个伟大的女性。信仰让你每天都活在一个非常安静的世界里，什么都看不见，只管做着自己严肃而圣洁的梦，一个居家过日子的小女人，是承载不了这个使命的。"

"我喜欢一个词语：同船共渡。每个人的一生都期待有一个可以和自己同船共渡的人。今生所有的缘分都是前世修炼所得，十年修得同船渡，百年修得共枕眠。你说对吗？"

"如果两个人思想不同，怎么能一起过日子？"

"那你觉得谁和他思想是一致的，你吗？"

柴晓睿说话间，一动不动地盯着章梦的脸，似乎在提示着什么。

"嫂子，如果是我？"

"哈，两个有雄心的人在一起那不是更容易毁灭吗？一个聪明的女子，比男人更能够在刹那间凭直觉体会到永恒的问题，但要她锲而不舍地抓住就不容易了。"

"但是两个人如果相爱着对方，你还认为不容易吗？"

"看来你并不了解自己的上司，他的爱从来都没有离开这个家庭，分散出去的只不过是身体中多余的垃圾，看看这个你就应该明白了。"

柴晓睿从包里拿出手机打开后，递给章梦。

"看完了这些照片，你还认为是爱吗？"

手机里是一张张司马智杰与不同女人亲密的照片，章梦的脸涨得通红。

"小章怎么不说话啦？"

柴晓睿的话让章梦一下子回过神来。

"嫂子为什么让我看这些照片呀？这些人都是干什么的，嫂子为什么不管？"

"那不是我管的事，就让这些可怜虫听凭上帝安排。要是上帝有意思的话，自然会让他们走到一起，要是上帝没有这意思，那不是谁也没有办法吗？小章你就非常有尺度，没有对自己的老板垂涎三尺，所以就不会受到伤害，对吗？"

她记得很清楚，当时自己面对章梦无耻的挑衅，一点也不感到胆怯，表面上的她挂着笑脸，但是骨子里并不发窘。

柴晓睿的态度让章梦万万没有想到，一个只知道打理家务的人，居然会用如此犀利的语言对她不轨的行为存心报复。她平日柔情的眼睛中竟然会流露出一股冷冷似乎要撕裂她的眼神，这让她感到浑身发冷，突然有了一股无法抑制的羞耻感。以往巧言善辩的嘴不知为什么发不出声来，早已准备好的话只是在肚子里打嘟噜，就是说不出来。章梦生平第一次感觉到自己输了，而且输给了一个根本就不会抗争的人。章梦的表情让柴晓睿感到自己胜利了，但是这种胜利的快感很快就被内心的委屈替代了。

此后的每一天里，她开始潜心地背诵着《圣经》。她觉得自己的命运就迷惘得如同旋转飞舞着落在地上的树叶，不再有生机。简单的人生塑造给她的思想和哲理就是远离强暴，远离讥讽，远离那些零星的小灾难，每天守着信仰那个又温暖又安全的窝，对遥远的不相干的世界上的苦难，只消心平气和地采取静观的态度，宽恕所有的人。

屋内不时地传来丈夫与华斯思的争执声。他们的世界自己是无论如何都走不进去的。柴晓睿凝视着绿地上的七星瓢虫慢悠悠地爬着，怅然若失……几十年的共同生活，柴晓睿相信自己是一辈子注定要守在这个家庭中的，她从不会觉得家有多么空旷，而是坚信只要将爱撒到家中的每个角落，家就是圆满的，幸福的，惬意的。她要给丈夫以及家人打造一个温暖舒服的环境。可是一切都是徒劳的，她开始觉得在这个地方待得太久会窒息。她应该反抗，她也可以反抗的。虽然与章梦的对话中她胜出了，可是她内心的愤慨和委屈还是无法从身体中移走……丈夫在外面随意地放纵着自己的情感，丝毫没有节制。自己本可以任丈夫自由地挥洒身上的荷尔蒙，只要自己感觉他的灵魂还在自己身边就满足了。但是，她把自己整个交托给了上帝，绝对不容许有模棱两可的情形。一朝有了信仰，使命就如同烈火燃烧着她所有的血管。她试图鼓励自己扔掉回忆逃离这个家，扭转乾坤，可终究还是没有足够的气力收拾好离家的行囊。

　　她祈求上帝帮助自己拯救丈夫邪恶的灵魂。后来，她才明白，改变一个人的不是诚心，而是状况。如果丈夫自己不愿意从浑浊的泥潭中走出来，那谁也没有办法，包括上帝。

第二十六章　挽救人性

接到华斯思说有急事的电话后，司马智聪急匆匆地赶回家。一进门，华斯思就一把拉着他，一脸的焦虑。

"你要快想办法。大哥已经开始拉拢其他股东投票了。如果大哥成功了，那咱们什么也不会得到。"

司马智聪一听叫自己回来是为了这件事情，脸上的不悦变为愤慨。

"我正在开会，把我叫回来就是为这点破事吗？他找股东拉票关我们什么事，求你安分点好吗？"

"这还不算大事吗？为了这个家，我无论如何都要抗争。"

"你少打着为这个家的旗号，这个家给你的还少吗？知足吧！"

"我又没有要求你给我什么，只是想从你这里获得一些力量，难道不行吗？"

"我能有什么力量？"

"只需要说服爸爸把股份转给你，我们就有击败大哥的力量了。"

"我没兴趣参与这种龌龊的勾当。"

对于妻子这种贪婪、荒谬和僭越地位的做法，司马智聪打心里痛心疾首。奢侈的生活已经不能餍足欲望的蔓延，她要的是统治者的权力。

看着丈夫冰冷的态度，华斯思知道此时如果再继续下去，会让丈夫的思想离自己更加远了，所以，她即刻改变了自己的态度，变得乖巧起来。

"好了好了，不说了，我给爸爸熬了参汤，我们一起送过去好吗？"

医院门口，司马智聪和华斯思碰到了同样去看爸爸的司马智杰和柴晓睿。看着司马智杰身边脸色惨白、无精打采的柴晓睿，华斯思嘴角露出了不易觉察的笑容。前段时间她把柴晓睿的手机号给了跟踪司马智杰的人，让他把偷拍的照片不间断地发过去。从柴晓睿的精神状态来看是有效果的，只要自己再加点劲，柴晓睿一定会和司马智杰提出离婚，那司马智杰的股东圈里就多了一个缺口，到那时自己就有力量戴上万人瞩目的帝国的王冠。

"哎哟，大嫂最近几天没见，怎么精神看着不好?"华斯思的语气中流露着殷勤。

司马智杰看了一眼故作兴奋的华斯思，也故意露出惊讶的眼神。

"哎呀，斯思你怎么有白发了? 智聪是怎么照顾斯思的，年龄不大怎么那么多的白头发呀。牙齿也开始发黄。还有皮肤怎么也开始下垂了? 这可是提前衰老的征兆啊! 从外表看起来你好像比智聪大了十几岁啊!"

"你……你……"华斯思被司马智杰的一番羞辱气得半天说不出话来。

司马智杰的话让柴晓睿信以为真，她走到华斯思面前仔细地看了一眼，嘴里嘀咕着:

"哪有白头发? 净瞎说。斯思别听他的，你的发质非常好。"

"大嫂，没关系，即便就是有了白头发我也会突破生物机能障碍，探索人的本源，揭开个别人的面纱，我将这些时刻视为最值得骄傲的成就。"只片刻时间，华斯思就又恢复了往日的霸气。

"到底是学心理学的，每句话都显示着一个女强人独霸天下的野心。智聪你是否也有这个感觉?"司马智杰寻求弟弟的支持。

"我们家智聪是个慎独之人，你少用无耻的意图拉他下水。"

"我属于无意象思维的人。大嫂，让他们在彼此的恶言恶语中载沉载浮吧，我们看爸爸去。"司马智聪说完拉起还在犹豫的柴晓睿向病房走去。其余两人见状也紧忙追随着来到了病房。

躺在病床上的司马尧看到孩子来看他，高兴地坐了起来。华斯思赶

240

忙走到床前。

"爸，这是我为您炖的参汤，我喂您喝。爸，自从您病了，公司的事情智聪可是操了不少的心，几乎天天都加班回来得很晚。"

司马尧心疼地看了眼二儿子，拍了拍床边，示意儿子坐在自己的身边，然后拉着他的手，一脸慈祥。

"别太累了，要注意身体。"

"爸，没有斯思说的那么严重，只是我的能力弱，所以同样的工作要比别人干的时间长。"儿子的话让司马尧从内心感到很温馨，他赞许地拍了拍儿子的手背。

"爸，智聪这点继承了您的基因。总是那么谦和与低估自己的价值。"华斯思大力地赞美着丈夫。

"爸，您最近住院，公司许多事情都无法及时处理，需要一个代理人帮您处理一些棘手事务。"司马智杰看着华斯思不断地粉饰自己的丈夫，心里非常不快，就极力装出若无其事的样子打断了华斯思的话。

司马尧没有理会大儿子的话，若有所思地盯着二儿子司马智聪的脸。

"智聪，你看谁可以代替爸爸管好企业？"

看到爸爸在问自己，司马智聪沉思着，脸上的表情随之也凝重了许多。

"我认为，最合适的人选就是……"说到这里，司马智聪回头看了一眼华斯思。华斯思看丈夫在看自己，误认为是要推荐自己，赶忙抢着说了一句："智聪是个非常有头脑，而且极为理智的人，他推荐的人一定没有问题。"

司马尧没有理睬二儿媳妇的话，两只眼睛一直凝重地看着智聪的脸。

"其实根本不需要找什么代理人，您不在企业期间，都是方茗总监在处理公司的业务，而且处理得非常好。没有谁比她更了解企业。"司马智聪流露出坚定的目光。

司马智聪话音刚一落地，华斯思秀美的脸一下黯淡下去，笑容随着惊诧的神态僵滞在脸上，内心的失望变成了愤怒。

"你疯了，爸爸怎么会把公司交给一个外人来管理?"

"智聪你在瞎说什么? 她又不是我们司马家的人，为什么要交给一个跟我们毫不相干的人来管理?"司马智杰怒目圆睁地吼道。

"那你说谁是合适人选?"司马尧转过头平静地问司马智杰。这种平静使司马智杰的胆子大了许多。

"爸，您放心，作为司马家的长子，我会承担起这个重任的，这也是我责无旁贷的使命。"

"我们可不放心把这个使命交给你。不过爸，您有两个儿子，为什么还要把公司交给外人来管理? 我也觉得不合适。"司马尧侧过脸看着二儿媳妇，眼神中流露出反感的、讥讽的、冷酷的神态。公公的眼神让华斯思睁着惘然失神的眼睛，抿着嘴巴再不敢说话了。

"小的时候，我爸爸没文化，但是他经常给我讲一个故事: 有一条狗叼着肉渡过一条河。它看见水中自己的倒影，还以为是另一条狗叼着一块更大的肉。想到这里，它决定要去抢那块更大的肉。于是，它扑到水中抢那块更大的。结果，它两块肉都没得到，水中那块本来就不存在，原有那块又被河水冲走了。人不能太贪呀! 都回去吧，我需要休息了。"司马尧摆了摆手，缓慢躺下，半合着眼睛不再理会侧立在床边的孩子们。

丈夫的态度让华斯思回到家里像疯了一样，抓起桌子上的东西就是一通乱砸，嘴里还不停地喊:"傻瓜，庸才，笨蛋，自私无用的家伙! 方茗这个女人太不简单了，不但给你爸教会了经营管理学，还用意念控制学掌控了老爷子的思维。"对于妻子的撒泼，司马智聪早已习以为常。一般在这种情况下，他绝对不会发起正面的冲突，都是静默不吭气或者起身走到院子里。特别是今天，自己在父亲面前完全打破了她的野心和梦想。虽然愤怒随着心脏的搏动在胸中怦怦乱跳，血液也在不断沸腾，但是拥有强大的控制力和柔性十足的他，还是会把怒火抑制在萌芽状态中。

本以为把企业分别交给孩子们管理，能让孩子们在市场的大浪中长出一对坚强的翅膀，没想却把本性善良的孩子变成了互相残杀的恶魔。孩子们的堕落让司马尧深深地陷入痛苦之中。他用一生苦苦的奋斗充实了孩子们的钱包，却忽视了对他们心灵的教育。"亲情"和"友爱"等字眼已经从孩子们的词汇里勾掉了。权力的欲望已经深深地渗入了他们的灵魂，亲情在贪欲的不断膨胀下，消失得无影无踪。

司马尧哭了，这是他第一次发出哭泣的声音。方茗满脸泪花地搂抱着司马尧，婉言劝阻着：

"还是顺了孩子们的意愿吧。应该相信他们会保护好你创造的基业。"

"如果满足这种贪婪的欲望，就会把他们变成魔鬼。他们来医院不是来安慰我，而是要胁迫我满足他们膨胀的野心。所以，答应我一件事，把孩子们的良知找回来。我好畏惧孩子们在丧失亲情的情况下互相残杀。"

司马尧的话让方茗清晰地感觉到自己心脏的钝痛，她身上的担子变得沉重起来。

司马尧的悲伤震撼着方茗，她第一次看到父爱的深沉和对子女圆满的渴望，竟然会淋漓尽致地表现在一个霸气十足、坚强了一生的男人身上。没想到孩子们品性的改变竟然会让他如此痛彻心扉。

悲痛之后，司马尧有了一个计划。他需要暂时抛开一个做父亲的慈悲和宽容来拯救孩子，通过这个计划把方茗和家人重新连接起来。到那时，他就可以没有遗憾地离开，在另一个世界里做他们无形的依傍，和他们共同织造出一幅美妙、幸福、快乐的图景。

医院里，方茗推着司马尧到了一块空旷的草地旁边。方茗一边给司马尧轻揉着手指，一边看着他显得心事重重的脸。

"有什么心事吗？"方茗轻轻地问道。

"小茗，我知道时间已经不多了，现在唯一能够告慰我的，就是最后为你和孩子做一点事情，希望你不要再拒绝我的请求。这个计划我已经考虑了许久，我要把你创造的公司原封不动地交给你。只有你才可以通过公司来拯救孩子，而且这也是保护好你自己，不被他们欺负的唯一办法。通过这个计划我要让他们所有人回到一无所有的原点。我们的忍耐和宽容只能让他们更加猖獗地发起进攻，让你的不幸更加恶化和深入。"司马尧坚强的语气中更多的是伤感和痛心。

"不要想得太悲观了。孩子们虽然提出一些看似狂妄的要求，但是细想还是有一定道理的。这说明他们是有理想和对公司有感情的，也是想在你面前证明自己的能力。咱们就给他们一次机会好吗？"方茗委婉地劝阻着司马尧。

司马尧摇了摇头，脸色变得更加坚定和凝重。

"我原来对智杰抱着极大的希望，想要他成为和自己一样对社会有抱负的人。没想到他竟然会出卖自己的良心，我的雄心被他毫不在乎地给毁了。你安排张秘书把智杰挪用公款的事情抖搂出来，让他到监狱待一段时间，反省反省！"

"他是你儿子呀，非得要做得这么彻底吗？要替晓睿想想，她已经非常不容易了。"

"就因为考虑到晓睿，我一直以来才无法下定决心。现在更让我痛心的是智敏也和我对着干，竟然和她哥哥联手要把你赶出集团。"

方茗苦笑了一下，她没有告诉司马尧，司马智敏的改变是由于李明威的缘故。她不想让司马尧再有更多的担心。

"智敏是个好孩子，善良的本性决定她不会走太远。"方茗安慰着司马尧。

"就是你的宽容，才纵容了他们不断地欺负和算计你。还有斯思，本以为可以成为智聪背后一个贤惠的女人，没想到她的权力欲望这么大。我在他们还不敢动你，我走了谁来保护你？"说话间，司马尧憔悴的脸被内心的痛苦扭作一团，流露出了悲恸欲绝的神态。

"就不要为我担心了，我会保护好自己的。别担心，孩子的事情就交给我办吧。"

"你一定要按照我的意思去办，千万不要手软，这样我才可以放心地离开。还有，要答应我，尽快派人收购智杰和斯思持股多的几个子公司其他股东手中所持的股份，加上我和智聪手里持有的股份，应该可以达到30%，要让你的持股比例至少达到40%，剩余的再通过投资继续进行稀释。”

“用这种方法达到40%还是有一定的困难的。”

“没关系，先给他们一些企业，然后要求他们同意将新股优先认购权交给你，这样你就可以获得控股权。也只有这样才能保证他们不敢动你，彻底颠覆他们的野心，改变他们的命运，才能唤回他们的良知。”

“要动智聪的股份是不是有点残忍了？”

“不会的，只是这样做对你太残忍了，会更加加大他们对你的误解和仇视。”

“不要想太多了，我明白你的意思。放心地把孩子交给我吧。我一定会让他们和你一样的优秀。”方茗心痛地弯下腰，轻轻将头依偎在司马尧的胸口，两行热泪滴在了司马尧的心口窝上。

客厅里，司马智杰埋在柔软的沙发里抱膝而坐，右边的膝盖耸得跟下巴一样高，两只眼珠子随着柴晓睿拖地的拖把来回转动。

“儿子什么时候回国？”

“我打电话让他待在国外。”

“为什么？”司马智杰猛地将膝盖从沙发上放了下来，睁大眼睛瞪着妻子，满脸的问号。

“我不想让他知道，他的妈妈和爸爸在他的爷爷走后会离婚，更不想让他知道他的爸爸在他爷爷病重的时候，伙同一些人夺取爷爷的位子。我怕他如出一辙地失去人性和善良。”

“谁说要和你离婚？”司马智杰眼睛里流露着疑惑不解。

“是我要和你离婚！”

“和我离婚？呵呵，你脑子抽筋了吧，怎么突然想离婚呀？……噢，是想和你那个当医生的同学私奔？”

柴晓睿把手机打开递给司马智杰，说：“看看这些吧，你就明白为什么了。”

“你派人跟踪我？”

“对于你这种喜欢阅读人间春色的人，我能跟踪得过来吗？再说我也没有那个闲心！我只是好奇，你从什么时候开始和自己的财务总监也不干不净！"

从柴晓睿嘴里听到了章梦，让司马智杰愣了一下，他不知道柴晓睿怎么会突然提起这件事，他只知道妻子对自己在外面寻花问柳的事情是知道的，但从不过问。妻子这种漠然的态度让自己很轻松，也感到了毫无节制身心自由的快感，内心还微微感谢过柴晓睿对自己的放纵，有时候他甚至认为自己放荡的责任应该归咎于妻子的放任。

"你为什么不说话了？难道此刻有了愧疚感？"

司马智杰转过脸看了看柴晓睿，直视着她的脸，似乎在掂量着妻子疑心的来源和承受能力。

"你真想知道？就不怕受到自己所承受不起的打击吗？"司马智杰口气中充满了挑战。

"你……你……真无耻！"丈夫的无耻让柴晓睿一时不知所措，只能转身痛苦地闭上眼睛，一行泪水从眼睛里静静流了出来。丈夫说得对，自己承受得太多，已经没有更多的力量再去承受新的打击。她张开嘴长长吐了一口气，睁开眼睛，长长的眼睫毛依然挂着泪珠。此时，她已无法压抑住内心的失望和痛苦，思想与斗志也随之从身体中脱壳出窍。

"难道你的爱情和性，连起码的忠诚和节制都没有吗？"柴晓睿从身体中第一次爆发出了吼叫声。

"忠诚……节制……这种强制性的、像桎梏一样禁锢囚犯的东西你以为我会在乎？再说，我之所以这样泛滥自己的情感，你应该也是有责任的吧？你只爱你的上帝，从来没有把我放到心上，否则一个女人怎么会对丈夫出轨的行为无动于衷！"

"忠诚来自于道德和情感自觉的灵魂深处，你的这种德行和对忠诚的背叛，上帝都不会宽恕的！"

"还是让上帝开掘下你的大脑，看看怎么拯救财富即将被外人掠夺走的司马家族吧！"

"你好可悲！"

"我就不明白了，你就不能在安闲的日子里与上帝一起做着虔诚而快乐的梦吗？真没觉察到，像你这种人也开始有思想了。采取行动之前最好不要伤着自己！"

"我的精神是受伤了，但是生命还在我的手里。"

"那好，按照游戏规则，你提出的离婚，我就可以提条件。"

"你提吧，什么条件我都可以答应。"

"人可以走，当初给你和你爸的股份应该留下来。"

"那本来就不属于我们，所以，我们也根本没打算继续留着，会还给公司的，但是不会还给你。"

"什么？还给老爷子，我们可是夫妻！"

"请注意你的措辞，退回股权是在我们办理离婚手续之后，那时我们已经没有什么关系了。"

"你这个头脑既狭窄又无知的女人！取消游戏，做你的离婚梦去吧！"司马智杰说完摔门出去。

屋内一下子变得寂静下来，一缕金黄的斜阳照在柴晓睿苍白、痛苦的脸上，窗外的微风在司马智杰开门的间隙中迎面吹进来，轻拂起了柴晓睿鬓边松散的几丝长发，她的脸陷入一片伤感。

第二十七章　彻底释放

公司电梯口，方茗侧过头看了一眼也在等电梯的司马智杰。

"医院说你爸爸病情又在恶化。最近多去看看他吧。"

"你什么时候开始计划要吞掉司马集团？坚持为个老头终生不嫁，是不是就知道这个老头会在你之前离开人世？"

"好绝情，你所有的心思都放在自己的野心上，就一点不关心你爸爸的病情吗？"

"作为儿子我不关心他的病情，只关心葬礼什么时候举行。"

"你爸爸很希望你们可以陪着他走完人生的最后路程。"方茗不想也没有力气再与司马智杰发生语言上的冲突。

"他怎么会愿意我们陪着他？他的爱全被蛊惑到你身上了。再说有你陪着，我们去不就显得多余了吗？难道你连这几天都等不及了吗？"

如果在以前，面对司马智杰这种荒谬的言论和挑衅，方茗会毫不犹豫地进行反击，但是此刻，脑海中全是司马尧悲苦的眼神和交给自己的责任，她的嘴唇只是动了动，没再说话，向旁边的阶梯走去。

方茗来到医院，把一个精巧的微型录音机递给司马尧。

"这是按照你的意思做好的计划书，你听听，如果可以我就马上安排人去办。"

"小茗，我想让智聪配合你，我不能再让你一个人承受这一切，让你旧伤未愈又添新伤。"

"没关系的，我会保护好自己的。"方茗一边说着，一边用细长苍白

248

的手轻抚着司马尧被疾病折磨得衰弱的脸。他原来坚毅帅气的脸上，被疾病、痛苦、沧桑刻画了几道明显的皱痕，两腮因为过度消瘦而深深地陷了下去。只是那双清明如水的深邃的眼睛，在看着方茗的时候，依然是那么安静，那么坦白，那么慈祥和怜爱，仿佛可以从中看进他的心里。

司马智聪接到方茗的电话，很快就来到了医院。看到司马智聪推门走了进来，方茗微笑着点了下头，轻轻关上门走了出去。

"智聪，为了保住公司，我准备再一次对企业进行股改，对集团采取增资的办法，稀释现在司马家族各自的股权。你听听这是全部计划。"司马尧把录音机递给儿子，然后半合着眼睛不再说话。

"那如果他们也都增资，怎么办？"司马智聪听完后问道。

"要想办法逼着他们把优先购股权交给方茗。"

"太好了，我同意，您知道华斯思的野心是要拿走集团。这样会彻底灭了她的野心。"

"你这孩子，从小就胸襟宽大，对于金钱和权力极为淡薄，这一点也是爸爸最欣赏的。所以爸爸才让你配合方茗完成爸爸的最后一个心愿，而且也只有这个办法，才能防止家族成员的内部争斗。只是我这么做可能会给方茗带来更多的灾难。"

"您放心。我一定会配合方茗。可是如果要说服一个永远都安分守己，把一切荣誉和金钱当作过眼云烟的人也是一件不容易的事情。她会同意吗？"

"这个计划是我们两个做的，她已经接受我的委托了。咳，不想伤害她，可是走之前还是在做对不起她的事情。我已经欠她太多了。把你妈妈的股权转给李明威的时候，就让她受了不少委屈，再让她整理公司，是否太残忍了？"司马尧说这句话的时候，眼睛里闪着泪花。

司马智聪的嘴唇轻微动了一下，又紧紧闭在一起，停留了片刻，似乎在内心下了一个很大的决心，又将嘴张开，发出了两声轻微的干咳声。他一边低头给爸爸擦洗着身体，一边像是自言自语：

"李明威真的是您和方茗的孩子吗？"

司马智聪的话让司马尧大吃一惊，那双黯淡的眼睛突然发出惊诧的光彩。然后一脸茫然地瞪着儿子：

"智聪！你怎么会有这么奇怪的想法？"

可能说话力气太大，他又不停地咳嗽起来。司马智聪连忙把父亲扶着躺下，惊慌失措和愧疚使他的脸变得通红。

"爸爸您别生气，都是我不好，瞎想了。"

"你们怎么看我都可以，但是你们怎么会把一个心甘情愿为司马家付出一生的人，看得这么低微？"

司马尧那张凄惨的脸仰倒在枕上，好像被一股残暴的力量紧紧掐着脖子，几根明显的青筋从太阳穴处凸显出来。

司马尧静静地没有再说话，只是两眼紧紧盯着床前由于紧张而变得拘束不安的儿子。当他的脸色慢慢地恢复到原来的颜色后，把眼神转移到了屋顶，然后嘴里喃喃地说着：

"我和方茗从来都没有跨越家庭伦理和道德的界限。所以，怎么会有孩子呢？"

看着爸爸的情绪已经恢复过来，司马智聪又用聊天的口吻问道：

"那爸爸为什么会把妈妈的股权给一个跟自己没有血缘关系的人？而且出巨资给他做投资？"

"他是你们的弟弟。"

"弟弟？不是说您跟方茗？"

司马尧没有回答儿子的问题，而是沉思了片刻。他决定向儿子讲述二十多年来难以启齿的往事。

"那是一个天色灰暗的下午，我去酒店见客户，突然看到你妈妈一个人进了酒店，我当时很好奇就尾随着上了客房部，看到她敲了1405房间的门。这个数字直到现在都是我憎恨和厌恶的。当时我完全被搞糊涂了，就在我不知所措思维处于混沌的时候，房间出来一个男子和你妈妈亲吻着相拥走进了屋子。"

"后来我派人去调查，这个男子比你妈妈小八岁，没有职业，他们两个是在舞会上认识的。"

"你当时应该去制止这种行为的发生啊。"

"我是想过去把那个男的痛打一顿，但是那又能怎么样？离婚？离家出走？你们的人生不能毁在我们的身上。"

"那李明威又是怎么回事？"

"直到你妈妈出车祸成为植物人的时候，有一天，一个阿姨领着不到四岁的李明威来找我，我才知道你妈妈背叛得如此彻底和荒谬。"

"那孩子现在？"

"那个孩子就是李明威。你们一母同胞的弟弟。"

"那……他为什么又成了方茗的儿子？"

"你妈妈出车祸成为植物人后，那个男人就丢下孩子跑了，后来保姆领着孩子找到了我。我原本打算把他送到孤儿院的，我没有义务为你妈妈的背叛付出更多。我恨她，甚至想过把孩子送到山里人家，算是对你妈妈不忠的惩罚。可是这件事被方茗知道了，她看着啼哭的孩子就坚持要把孩子留下来。说起来也怪，那孩子一看到方茗就不哭了，而且竟然依偎在她的怀里睡着了。方茗说这是他们的前世缘分，就把这个和自己毫不相干的孩子留在了身边。她说有一天你妈妈醒来，就把孩子完整地还给她。就这样，为了不让外界舆论给我添麻烦，也为了让李明威受到良好的教育和不受到伤害，她把他送到美国的同时，也把自己的母亲送到了美国去照顾这个孩子。母女两个为了一个没有血缘的孩子耗尽了一生，方茗的母亲最终客死他乡，没能够回到自己的国土。"

"怪不得方茗经常去美国出差。"

"她只要有时间就赶过去，她说，这个孩子很可怜，没有爸爸，她要给这个孩子不输于其他孩子的母爱。所以，这个孩子虽然失去了生母和生父，但是，他还是在两个伟大的、与他毫无关系的女性关怀下，成长得如此优秀。"

"爸爸你太残忍了，没有拆穿妈妈，但是你却选择了冷暴力！"说完，司马智聪已是泪流满面。

"你认为我在那个时候有什么更好的选择吗？"

"你可以和妈妈离婚呀！也可以选择和自己相爱的人结婚呀！"

"你以为我不想吗？可是就在我和你妈妈要离婚的节骨眼上，她出了车祸变成植物人，你让我怎么离婚？我也曾经几次下决心要离开，是方茗坚持要让我守着，是她……咳咳……是她用自己的青春让我死守着一份道德和……咳咳……咳咳咳……让我坚守了家庭的责任。"

司马尧紧皱着眉头，一手捂着鼻子，一手捂着胸口，伴着剧烈的咳嗽声，他的身体不停地颤抖着，脸涨得通红，眼睛里泛着泪花。

"爸爸您就别再说了。"

司马尧侧着身子对着床脚下的痰盂吐了口痰，在司马智聪的扶持下将身子转了过去，仰卧着看着屋顶，继续喃喃自语：

"我恨你妈妈，她在我心口上插了一把刀，变成了植物人后依然用她那极强的生命力控制着我的自由和幸福。我根本摆脱不了她的控制。她的去世好不容易让我看到了幸福的曙光，命运却又再一次把我变成了了死囚，成为她的陪葬品。"

"爸爸您这样做值吗？伤害了两个爱您的女人。一个女人明智地找到了新爱。而另一个女人傻到一辈子为您孤身守节。"

"我本想处理完你妈妈的事情后，给她办一个所有女人都向往的婚礼，和她长相厮守。我绝不会再让她流一滴眼泪，更不会让她有一丝的痛苦和烦恼。没想到我们的梦想刚刚开始，就走到了终结，命定的劫数让我注定是要受到上天惩罚的。这样的结局我是接受的，但是突如其来的生离死别，又一次将方茗伤得措手不及。我刚见到她的时候，她是那样的青春和阳光，现在你看她的身体和精神如此虚弱。不知道我走后，她能否很快彻底忘了这份情感。"

"别太责怪自己，您已经尽力了。"

"我走后你要好好地对待明威，他是方茗的全部和希望。"

"那李明威知道自己的身世吗？"

"方茗不让告诉任何人，她说家庭的不健全，已经使这个孩子的身心受到了很大的打击，如果再让他知道自己不堪的出身，会彻底被击垮的。她不能让他受到一点点的伤害。她希望这是一个谁都不知道的密秘。所以你妈妈去世的时候，我们商量没有让在国外出差的明威赶回来参加追悼会。"

"这个女人的一生，是多么无私。"

"她不但聪敏而且为人温和有礼，做事从不高调，永远把事情看得那么清楚。这么多年她受了那么多的委屈，可是从来都默不出声。她的这种压抑让我很痛苦，但我更痛苦的是自己的胆怯。为了胆怯，我有时竟不得不违背自己的意愿随波逐流。"

　　屋子里的寂静似乎让空气也凝结在一起了。司马智聪不再说话了，同是男人，他不知道如何安慰这个充满自责、坚强了一辈子现在却痛不欲生的男人。此刻，他认为只有保持沉默才是对爸爸最好的抚慰。

　　"我憎恨自己无法保护她，眼看着她遍体鳞伤却什么也不能做。我无数次怀疑自己的动机、言语、行为，我经常站在旁观者的立场攻击自己，直到心不停地挣扎到快要窒息为止……我是无神论者，从不相信有上帝，但是遇见她后，冥冥之中，我感到她是上天恩赐给我的最好礼物，她让我得以重生。她身上放射出来的光芒、智慧和无私的精神，就像黎明的微光把病人的眼睛与心灵都照得清明了一样。我鄙视自己一开始就放纵了自己情感的骚乱。"

　　"爸爸，这不能怪你，她实在是太优秀了。"

　　"但是一开始，我没有能够隐忍和控制自己的意识出轨。我不止一次把这个使自己感到耻辱的秘密藏在心里。我一方面极力地守住她的清白，一方面虚假地劝她寻找她的幸福，但我又是多么害怕她离我而去。我谴责自己是一个伪君子，让她清清白白地守护了我一生而一无所获。"

　　司马智聪拿起毛巾轻轻地为父亲擦着脸上的泪水，不知不觉中自己也已是泪流满面。

　　"她的美就在于当把整个身心奉献给大家的时候，她才会感觉到生命是丰满和快乐的。她的灵魂，永远需要爱别人，而不是被别人爱。不管遇到什么样的委屈，她都会在扰攘不息的心头保持着一片和气。这种智慧使我大为惊异。她胸襟宽阔，无所不包，无所不容，对什么都不恨，抱着博大的同情心和善良的品德对待所有的人。可是我却卑贱地坚守着自己的尊严，让她始终在隐藏着恐惧和绝望的期盼与幻想中度过每一个夜晚。我在她的面前感到羞耻，我是偷窥了她的智慧，利用了她的情商，剥夺了她的幸福。我如同寄生虫一样，一边吸着她的血汗一边享受着丰衣足食的快感。而她从来没有怨言，永永远远地用一种爱慕而纯洁的态度帮助我，一个人在微笑的酣畅中独饮着痛苦。她不执着于自己的生命，可是一直用全部精力执着于我的生命，把不愿意在自己身上消耗的精力全部灌注到爱情和智慧中去，就像牵牛花轻轻地倚傍我的身边。可现在就连这一点点的依傍也被夺走了……咳咳……咳咳咳……"连续的咳嗽让司马尧停顿了一会儿，又喘着粗气继续说着还没有彻底倾诉干净的内心：

"如果有来世，我会用自己的生命来赎罪和好好爱她。家具城就是为她而建的，但是她坚决不接受，为了孩子的将来，还是注册在你妈妈的名下，就这样我作为你妈妈的代持股人，让她拥有家具城100%股权。你妈妈去世后，我还是坚持将股权转给方茗，可是她再一次坚持将股权给李明威。她一直就是这样永远在为别人牺牲着。可是命运还是如此的残酷，连一点机会都不给方茗，就让我离她而去。从二十多岁就在等待着与我相伴的人生，现在却什么都没有得到。我甚至连一个亲吻都没有给过她。我一生做人的宗旨，就是不亏欠任何人，但是到最后还是亏欠了她……咳咳……咳……"一阵咳嗽声停止之后，司马尧又继续说着似乎永远都释放不完的内心感受：

"小时候，看着满天的星斗，当流星飞过的时候，却总是来不及许愿，长大了，遇见了自己真正喜欢的人，可以为自己做主的时候，却还是来不及。"

司马智聪看着鬓发已经斑白的父亲，眼泪却如大山中的泉眼，源源不断地流了出来。内心的悲痛压得他有点喘不过来气，咽喉被一股气堵住隐隐作痛。他想说：由于爸爸对方茗的依赖使她无法自拔。爸爸残忍地扼杀了她一生的幸福，剥夺了她作为女人的一切权利。但是看着爸爸由于痛苦极度扭曲的脸，他只是嘴唇嚅动了几下，终于什么也没有说出来。

疾病往往是有益的。它折磨了肉体，可是把心灵解放了，净化了。司马尧长长地吐了口气，终于把生命中纠结、悲伤和痛苦从内心深处剔净了。他感觉到那个富有神秘力量的世界又回到了体内，听到了心中被生活的喧扰掩盖住的新的呼唤声。几十年生活、感情、工作的景象，连最微末的回忆此时都一点一点浮现在眼前。他置身在了美好、温暖、柔和、深沉、爱情的回忆中。被阳光环绕的身体也有了轻的、柔的可以飘起来的感觉，不再觉得自己是孤独的，神明的手牵引着他，把他带到一个奇妙的地方。而他也像小孩子一样地依赖着它，心中的忧伤化开来了，好像日食之后又出了太阳，岁月悠悠，慢慢地流到了生命的尽头；可是心却依然充满了活力。

　　房间里，华斯思正在打电话，司马智聪推门进来。华斯思一看丈夫回来，马上凑到跟前。

　　"爸找你干什么？是否想让你成为继承人？"

　　司马智聪用毫无表情的眼神凝视着面前这打扮得无比妖艳的女人。心里在想：这个出生在名流家庭的人，为什么连一个来自农村的女佣都不如？自己的婚姻是否也是一个错误？

　　华斯思看着丈夫用异常的眼神看着自己，这才看到丈夫眼睛有些红肿。

　　"你哭了，怎么……难道爸爸走了吗？"

　　华斯思看见丈夫没有说话，而是仍然用无神的眼睛默然地看着自己。她没有心情去研究丈夫的表情，父子之间谈话的内容才最重要，这内容也许会成就自己的梦想，也或许会让她永世无法翻身。

　　"说话呀，老爷子怎么样了？"

　　"让你失望了，还活着！他要亲眼看到你们是如何互相残杀和瓜分公司的。我告诉你，趁早停止那些小勾当。爸爸的增资计划会让你们所有的做法付诸东流。"

　　"什么？爸爸要增发新股吗？"华斯思神态中充满了惊奇。

　　司马智聪没理她，拿起外套走出了家门。

　　丈夫走后，华斯思赶忙拿起电话拨通了哥哥的电话。

　　"哥，听说要增发新股，赶快把我们平时以C公司名义买的股份全部出让，换成现金作为增资的股金，想办法获得优先股，那我们就会成为集团的主人了。"

医院里司马尧召集孩子们开会。由于不知道爸爸召集会议的用意，每个人的态度都极为谨慎。

"爸爸，我打听了一个老中医，有祖传秘方，可以治疗您的病。"华斯思首先打破了屋内的沉默。

"不用了，生命的终止是上天的安排，我不想再无谓地争取不可能的机会。今天，把你们召集到一起，就是想走得干干净净。斯思，好好做你的画院，虽然画院不是营利机构，但它是一个让人心得以纯净的地方。"司马尧嘴角挂着一丝严肃的笑，从床上直起身来，看了看大家，笑容有些难测，然后又转过头看着二儿媳妇，"斯思，听说你最近一直很忙？"

公公简单的问话，让华斯思有些紧张：难道自己和哥哥为优先股做的事情被老爷子知道了？过分的紧张让她一时不知道该如何回答，思忖了一会儿，摇了摇头：

"不忙！"

"那就好，女人心是需要养的，失去了那一份宁静，就会……咳咳，别为公司的事情太劳累了……如果需要让你也操心公司的事，我当初就不会让智聪娶你的。你如果有志向，那就自己去闯条路，而不是看着其他人碗里的食物。"司马尧直接的话语让华斯思的脸不知道是羞愧还是气愤的缘故，一下变得通红。

"智敏，我计划把学校转给你，这两天去办理手续。"司马尧开门见山地安排工作，让其他人拘束不安。

"爸爸，我学的是国际金融，我想做集团财务CFO。"司马智敏说话的时候，毫不隐瞒轻视方茗的心理，还故意将这种敌意摆在脸上。

"这个职位需要具备极高的品德、修养以及定力，一个心智不成熟的人无法胜任这个职位！"司马尧冷冷地看了眼身边的女儿，似乎看穿了她报复方茗的明显意图。

"百货公司交给晓睿。晓睿对不起了，我没教育好的儿子让你受委屈了。你在百货公司的股份比智杰大，这样他就不敢再小瞧你了。你进入司马家这么多年，一直在替大家照顾卧病在床的婆婆和一家老小，委屈你。我听说你要和智杰离婚，看在我的面子上，就不要走了好吗？

我想你也不希望看着智杰这么胡闹和堕落下去吧？以后还要拜托你替我好好管教智杰！"司马尧说话的时候，脸上明显地流露出伤痛的表情，目光中流露出一丝柔情，但马上又黯淡下来。

"爸爸，您怎么可以这样对待您的亲骨肉？这不公平，您明知道晓睿什么也做不了，而且对公司也不感兴趣，把公司交给她岂不是过于盲目了吗？为什么就不能直接交给我来管理？"

司马尧抬头看着大儿子，目光中有些晦涩，似乎在洞察儿子的内心。屋内再一次寂静下来。没人说话，司马智杰有些茫然，不知所措地舔了舔干燥的嘴唇，眼神也游移向了其他地方。他从小就害怕爸爸的眼神，这种眼神永远是他跨不过去的坎。

"智杰，你的一言一行都让我担忧和悔恨。听说你欠下了许多情债，而且财务问题也很大？"

"您听说的都是谣言！"司马智杰说完瞪了柴晓睿一眼，似乎爸爸说的都是柴晓睿通风报信。

"你瞪晓睿干什么？这跟她没关系。为什么你的眼睛里总让我看到对权力的贪婪？你最好赶紧把乱七八糟的事情处理好，否则就引咎辞职或者引颈受戮。"

"智聪你报的项目计划我已经批了，好好地做！集团会给予你支持的。"司马尧对二儿子说话的语气显然柔和了许多。

"集团将有偿增资，大家原有的股份依然保留，只要把新股认购权交给方茗就可以了。"

"我同意爸爸的意见。"柴晓睿和司马智聪同时表达了自己的态度。

"爸爸，我们在集团的股份已经被稀释得没有多少了，如果再把集团增资两到三倍，大股东就会实施有偿增值优先权。方茗不就成集团的掌权人了吗？"司马智杰似乎忘了刚才被训斥。

"为什么？"司马智敏也大惑不解地看着爸爸。

"只要还记得公司是怎么发展起来的，你们就不会问为什么。因为，只有她有资格坐这个位子。"

"爸爸，她只是一个外人，我们可是你的亲人呀。"司马智杰语气中流露着悲愤的意味。

"咱们在资金上多给她补偿就可以了，为什么要将整个集团交给她？"华斯思紧皱着眉头，双手紧紧地绞在一起来回搓动，看得出她在极力地压制住所有不满和怀疑。

"爸爸，以后如果她嫁人了，那集团还姓司马吗？"司马智敏一脸盛怒的表情。

"我不是在征求你们的意见。如果想保留手中的东西，就在协议上签字吧。"司马尧语气坚决，但是眼神里却充满了失望和痛心。

"爸爸，如果你坚持那样做，我就把我手里的股份全部转给大哥，只有他有资格管理企业。"司马智敏态度异常坚决。

"晓睿、智聪、斯思，把你们的认购权交给我。这样哥哥就可以保住司马家的权力。"司马智杰说这句话的时候，眼睛看着别处不敢看爸爸的眼神。但即使眼神在别处，他还是感受到了爸爸气愤而惊异的目光。

大儿子的话让司马尧感到痛心疾首，儿子放肆的态度让他感到如此的陌生。

"智杰，你是真的要和爸爸作对吗？"

"爸，什么时候把我当成您儿子了？如果您有一点父子情，都不会像现在这样，把公司交给一个外人。您不是从小就教育我们胜者为王吗？"

"你成王了，意味着公司又多了一个敌人。我决不允许任何人阻挡公司向前发展！晓睿和智聪已经签字了，剩下的人如果还不愿意放弃认购权，那我就会让你们一无所有地滚出公司！"司马尧挥舞在空中的手瑟瑟颤抖，看得出他在尽量压抑某种情绪。微弱的语气虽然不再透着威风气派，但是言辞坚定，不容置疑。

第二十八章　寄托希望

医院的草坪旁，方茗坐在椅子上，半眯着眼睛，目不转睛地看着不远处的一对情侣互相给对方喂着手中的食物，嘴角带着一丝丝甜蜜的微笑。

"爱情是同龄人玩的游戏。当你被某个人吸引时，那只是意味着你俩在潜意识里相互吸引。因此，所谓命运，只不过是两个疯子认为他们自己是天生一对、地造一双。"不知道什么时候，司马智杰站在了椅子旁边。

"愚蠢的推理，无耻的心态。"方茗回头看了一眼站在自己身边的司马智杰。

"是啊，有一句话说得好：聪明人都是未婚，结婚的人很难再聪明起来。你这个未婚的人用什么高招让司马家的人都按照你的方向盘在转？"

"只能说明他们的方向感比你强！"

"那告诉我，你此刻脸带微笑得意地在想什么？是在预谋如何从我们手里夺走司马集团吗？"

"我要是没记错，集团好像从来就不曾在你的手里过。"

"马上就会的。几年前，如果没有你这个女人，老爷子的打算就是要我掌管公司。现在他的脑子退化，连家人都分辨不出来了。"

"是啊，当时要不是你挪用公司的资金在外面偷着注册企业，把公司的业务转移出去，你爸是有这个打算。怎么？刚才在老爷子那里野心没有实现？"

"不断地给你那个不清不白的儿子投资，真正的阴谋是什么？"方茗轻蔑的神态让司马智杰感到不爽。

"你这个无耻的小人，如果你敢动明威一下，我就会让你的后半生在后悔中度过！"

"你如果没有不可告人的秘密，为什么会偷偷地让爸爸对你的儿子这么关照？"

"请你注意措辞，这一切都是在阳光下进行的。"

"那怎么不敢把你儿子的父亲也放在太阳底下晒晒？"司马智杰说这句话的时候不断地放纵着自己夸张的表情。

"有些秘密你还是不知道为好！"

"如果坐上了集团主人的位子，我一定会解开这个秘密的。"

"这种可能是根本不会存在的。想要生存的话，尽量低调点，别告诉别人你是谁，也别跟别人说你会干什么。在你灵魂出窍之前，最好把握住你的嘴！"

"这么害怕我把你的谜底拆穿？"

"如果一意孤行，我不但会冻结你管理公司的资金账户，还会将你掌管的所有公司中的资金撤回来，并且稀释掉你其他公司的所有股权。"

"晚了，我早已将这些公司的股份转移走了。"

"是吗？你真的不应该小看你爸的智商。"

"我爸爸凭着对你的信任和不伦的爱，成全了你的业绩。我们的牺牲也正在成全你的野心。司马家被你整得这么惨，我绝对不会善罢甘休，我不会容忍你采取这种方法对我们进行威胁的！现在有45%的股东会推荐我，只剩下亲兄妹。你认为他们会支持谁？在这种情况下你的胜算还有多少？"

"是吗？那就试试。"方茗嘴角上翘了一下，流露出冷笑的意味。

回到家中，司马智杰就迫不及待地嚷嚷着：

"咱们不能再犹豫了。你们刚才也看到，爸爸是一心要把公司送给那个女人，我们现在只有齐心合力，集中在一起，才有可能保住公司。"

"你不是说商议爸爸的治疗吗？怎么又在预谋夺取公司？"司马智聪由于被骗的缘故，脸被气得通红。

"这也是在研究给爸爸治疗呀，只不过治疗的是他有病的大脑。"

"智杰，怎么可以这样说爸爸呀！你现在真的是需要考虑为自己治疗了，否则你的心会坏死的。"柴晓睿第一次在大家面前与丈夫针锋相对的表现，让在座的人都吃了一惊。柴晓睿态度的变化只有华斯思明白其中含义。

"大嫂说得对，你真的是需要积善修德了。"司马智聪随着柴晓睿的话说了一句。

"现在是商量公司的事情，少扯我的事情。爸爸的病你们谁能告诉我回天之术是什么？既然我们没有办法，那就交给医院好了，现在的问题是保住公司，就是对爸爸尽了最大的孝心。"

"你好像不是为大家吧，典型的亏人自肥。"华斯思挖苦着司马智杰。

"智敏谈谈你的意见。"司马智敏正在想着爸爸是否和方茗有苟且之事，听到哥哥问自己，毫不犹豫地表达了自己的意见：

"只要你能把方茗开掉，我听你的！"

司马智敏的话让司马智聪大吃一惊。他看着以前善良、开朗的小妹突然变了，不解地问："方茗怎么招惹你的，让你恨之入骨呀？"

司马智敏犹豫了一下，终于把内心的猜疑大声喊了出来："我恨她，希望你们也恨她。"

大家莫名其妙互相看了一下，齐声问道："为什么？"

"因为李明威是爸爸和方茗的儿子，他们用假象蒙蔽了我们大家。"

司马智聪赶忙说："小妹住嘴。你怎么这么残忍地羞辱自己的父亲？"

柴晓睿也赶忙说："小妹，你千万不要听外面的人胡说呀。"

司马智杰也说："是呀，这可不敢胡说，它关系到爸爸一生的名誉。我们排挤方茗是因为她会侵害我们大家的利益。"

"小妹一直是个理性的人，如果这么说，就一定有证据。"华斯思用着她一贯的煽动事端的手法，提示司马智敏拿出证据。

"我真的没有骗大家，我认识她儿子，甚至爱上了他，而且我问方茗她也没有否认啊。"

"我就觉得一个女人为爸爸终身不嫁不太可能，原来如此。那我们不但要提防爸爸把股权转给方茗，还要想办法把转给他们私生子的股份夺回来。"司马智杰似乎恍然大悟。

"简直是异端邪说。"

司马智聪猝然站了起来，走出了家门。

司马智聪开车来到医院，走到爸爸病房门口，看到方茗给爸爸在喂饭。他们的眼神与肢体流露出默契与真情。司马智聪没有进去，悄悄地走到了花园，凝视着远方。他想起了贝多芬的话："命运就是这样来敲门的。"

方茗出来看到了坐在椅子上的司马智聪，走过来坐在他的身边。"智聪不要难过，你爸爸一生都是一个坚强的人。我刚才听医生说他的情况不太好。你最近让大家多到医院来陪陪他吧。别怪你爸爸，把家具城股权交给李明威一定有他的道理。我会让明威回到美国去。"

司马智聪看着突然憔悴的方茗，表情激动语怒吼着：

"你把孔子的'知命'孟子的'知性'，宋儒的'物来顺应'作为你的护身符，不觉得委屈自己吗？就不能彻底地为自己做一次打算吗？你为爸爸守了一生，又要为一个跟自己毫不相干的人苦度一生吗？"

司马智聪的态度和话让方茗愣了一下。她不明白司马智聪为什么那么伤感和愤怒。

"智聪你这是怎么了？"

"你到底欠了司马家什么了，让你为司马家两代人一次又一次地受伤、痊愈，再受伤、再痊愈？每一次的痊愈都好像是为了迎接下一次的受伤。你就不能彻底地放弃？"

"怎么……智聪？连你也认为我是一个贪婪无耻的小人吗？"方茗说话的时候，眼睛里饱含着委屈的泪花。

"我说的是你的感情债。爸爸已经全部告诉我了。"

"既然你已经知道了，就应该明白我原来是无法放下，今后依然更无法割舍。看到你爸爸第一眼的时候觉得错过他再也不会遇到更好的人了，会后悔、会绝望。我也知道一旦失去你爸，还能遇到好人，只是不知道是否还有寻找的力气。我在人生中遇到了你爸，又有一个极其优秀的儿子，理应心满意足了。"

"或许爸爸走了后，你应该彻彻底底地绝望一次，重新再活一次！"

"智聪，不用劝我，你爸劝了我一辈子。爱是可以生根的，既然与你爸无法厮守在一起，那就守着前世结过的缘法也足矣啦。"

"你怎么就这么傻？这么多年你的情感全部寄托在我爸这棵树上，

这棵树能供你休养和依靠固然是好，但如果有一天这棵树倒了，你一定不要倒下，要学会扎根，长出自己的枝叶，真正像一棵树那样坚韧顽强地生长，这是爸爸希望看到的。"

"智杰说我太聪明，你又说我太傻。你们哥儿俩真的很有意思。"

"你还继续要接受他们对你的羞辱吗？把真相告诉他们吧！"

"不行，我要等到明威有了足够的力量！"

"那你打算怎么办？他们会向你进攻的。"

"我会把他们都变成好人的，这是我对你爸爸最后一次的承诺。"

司马智杰办公室，秘书快步走了进来。

"增资月底就开始。"

"让白律师和财务戴经理来我办公室。"

"白律师，事情进展得怎么样？"

"现在只有司马智敏同意出让。"

"白律师，我母亲其他公司的股权，我是否能直接走法律程序继承？"

"不可以，你爸爸已经把代持的股权全部转给方茗了。"

"让你动员其他零散股东将股权转给我们的事情怎么样了？"

"难度太大啦，这些人只听总裁的话。"

"那我安排财务用公司资产抵押贷款作为增资股金是否可行？"

"用贷款做投资银行方面会有问题的。"

"以项目申请贷款，然后把项目款撤出来作为投资的股金。"

"那一旦有问题，就破产了，再说，用公司资产抵押贷出来的款还是不够的。"

"没关系，我有办法。"

司马智杰拿起电话："贝贝，最近在忙什么？"

"跟你司马大少爷不能比，我就在忙海外上市。"

"见个面，怎么样？"

"怎么，想旧情复发？"

"哈哈，情不在了，心还在。"

餐厅，司马智杰与钱贝贝面对面坐着。

"想请你做担保贷款。"

"那你对我的担保是什么呀？"

"你想要什么？"

"我要什么你是知道的。"

"我都结婚了，你又不是不知道。"

"那就清理干净再来找我吧。"钱贝贝站了起来，做出了要走的姿势。司马智杰一把拉住她的手腕，低着头说了一句："我答应你，等老爷子去世后就离婚。"

"在说一件高兴的事情，怎么帅气的脸蛋变成了这个样？真让人心痛。但是我不会相信呀，要不，写个字据也可以呀。给你三天的考虑时间！"

"告诉我，明知道我根本不爱你，你为什么还处心积虑地要一个虚无的婚姻？"

"哈哈，你真是太幼稚了。你以为我是为爱才结婚吗？我喜欢蹂躏一个曾经践踏过我情分的人，再说这是在偿还你父亲没有了结的债务。"

"什么债务，我们两家会有什么债务？"

"难道你爸爸没有告诉你吗？哼，到死了都还不愿意承认。我哥哥辛苦打拼经营了十几年的企业，竟然让你爸派人用小人手段夺走了。你知道吗？那个企业是我哥哥用鲜血一点一点搭建起来的。那是他的生命，他忍着你们的羞辱无奈地接受了你们的条件。他没什么所求，就一个简单的愿望，就是只要和他的企业在一起，什么样的条件他都可以接受。所以，他工作起来还是那么不顾家，就连我嫂子癌症走的时候，他还在工程现场赶不回来。就这样，最后竟然还被你们用稀释股权的手段把他仅有的一点希望夺走了。"

"你哥哥是谁？"司马智杰一头雾水地看着钱贝贝。

"你连这个都不知道，还敢和我来谈什么合作？等想明白了再来找我。"

钱贝贝的嚣张让司马智杰有点担心。

"张秘书，你打听下钱贝贝的哥哥是谁。"

会议室正在召开高管会议，司马尧不听劝阻坚持从医院回来参加会议。屋内洒满了阳光，司马尧坐在正中间，沐浴在阳光中的面孔有了一丝丝的红润，眼睛里也投射出了神采。

"为了保证集团整体发展，我打算进行重组，根据财务数据将没有收益的公司全部清理注销，重组后进行有偿增资(稀释股权方式，没有资金的股东自然减少股权)。今后集团将按照持有股份确定未来接班人。"

司马智杰约华斯思在酒吧见面。

"现在小妹和我站在一边，还有其他的股东也会和我携手。我们也最好联盟，否则你没有胜算。"司马智杰表达着自己的意图，毫不掩饰地流露出阴冷和威胁的语气。

华斯思也毫不示弱地说："我有没有胜算，这就要看我是否会把章梦车祸前一天晚上的汽车视频交给警方，那个视频可是有司马家大公子凌晨3点多的身影哟。再说，如果柴晓睿和你离婚了，你说，到那时谁会有胜算的可能?"

"你太无耻了，原来是你给柴晓睿发的照片？你真的很无耻。章梦的事情与我一点关系都没有，我已经让舅舅陪着我去公安局做了说明。如果我把你和华国豪的所作所为抖搂出来，进监狱的应该不是我吧……哈哈……我俩都是很无耻的人，不要再彼此故作君子了！"

"知道么？我们虽然都很无耻，但是有一点你不如我，你不但愚蠢还幼稚。你千万别忘了，我做的事情中也留下了你的痕迹。"

司马智杰本以为自己提出的条件和威胁会让华斯思俯首，没想到她似乎更加放肆了。

"你简直是一条披着羊皮的狼。智聪简直是引狼入室！"

"准确地说，是你爸爸引狼入室。法国有个哲学家说过一句话：人生幼年时期是神学家，趋于迷信，青年时期是玄学家，喜欢幻想宇宙的大问题，中年时期是科学家，渐趋于平实。你看我属于哪种?"

"学心理学的人都像你一样狠毒吗？为了达到目的不择手段。那个叫什么鲁建的小会计不就栽在你手里，被集团开除了？你为此没有一点点的愧疚吗?"

"他与我的交易是公平的等价交换。心理学本来就是一门研究人类心理现象、精神功能和行为的科学。你不会到今天都不明白你爸爸为什么把画院交给我，而没有交给美术学院高才生柴晓睿吧？那是因为心理学研究涉及知觉、认知、情绪、人格、行为、人际关系、社会关系等许多领域，也与日常生活的许多领域——家庭、教育、健康、社会等发生关联。心理学一方面尝试用大脑运作来解释个体基本的行为与心理机能，同时，也尝试解释个体心理机能在社会行为与社会动力中的角色。它也与神经科学、医学、生物学等科学有关，因为这些科学所探讨的生理作用会影响个体的心智。画院是什么？画院就是一个进行权力交易的大卖场，而管理这样的大卖场是需要我这样的心理专家的。你以为政府许多项目交给公司是因为司马家的实力？做梦吧！看过心理学符号吗？符号的含义在希腊语里是灵魂的意思，英语psyche。如果我把画院存在的真正目的和交易向有关部门举报，你脸上还会流露出狰狞的笑容吗？"华斯思流露出狰狞的神态。

华斯思的一番话让司马智杰快要窒息了。弟媳的真面目让他开始有了胆战心惊的感觉。他片刻间失去了进攻的勇气，只是大口地喘着粗气，震惊地瞪着华斯思。看着半天没再说话的司马智杰，华斯思继续用嘲弄的语言打击着这个平日里不可一世的稻草人。

"你掌权还想着给我公司，可智聪或者我掌权了，就会让你在监狱度过余生！"华斯思说完大笑着走出了餐厅。

"毒妇，你从什么时候就开始进行预谋了？"司马智杰面对着向外走的华斯思的背影大声吼道。

"从你还不懂事就开始了！"华斯思没转身回答道。

手机在司马智杰的衣兜里响了起来。

"钱贝贝的哥哥叫钱绪。"张秘书的消息让司马智杰更加坐立不安，看来想让钱贝贝帮助自己的可能性是零。他突然感到浑身发冷，空调吹出的冷气让他牙齿打战。

司马尧的最后几天里，基本处于半昏迷状态中。生命的钟摆很沉重地摆动，他整个的感官都湮没在这个缓慢的节奏中间。他在做梦，但只是不成形的思维碎片：盲目飞舞的一片灰尘似的原子，令人发笑令人作恶的目眩的旋风，还有喧闹的声响，骚动的阴影，丑态百出的形状，痛苦，恐怖，欢笑，梦，梦……一切都只是梦。这些变化，让方茗既害怕又不舍。她不停地哀求医生寻找延长生命的良方，医生也毫无办法，司马尧的病势太凶险，他的身体和心脏已被多年的劳累和痛苦磨坏了。

　　每一次，司马尧醒来都会非常镇静地感谢上天安排他活到今天，使他能够完成夙愿和使命，唯一的遗憾就是对深爱女人的情债没有时间偿还。他挣扎着用微弱的声音，对她不停地说着来世。

　　已是泪人的方茗，轻轻地把自己一只胳膊放在他的脖颈下，另一只手不停地抚摸着司马尧苍老消瘦的脸。她要让自己心爱的人在自己的拥抱下离开。他不时地使劲睁开眼睛与方茗四目相对，他们默默地、长久地看着对方，生怕在眼睛一闪的时候阴阳两隔。

　　她摘下手腕上的佛珠戴在他的手腕上，似乎这样，自己的生命就会托生在爱人的身上，寄生在他的生命里相随而去。此时，司马尧好像忘了肉体的苦楚不再呻吟，眼睛突然发出光辉，他在最后一次清醒的时间，扯动着嘴唇，念念有词。

　　方茗将头俯在他身上。他还认得她，有气无力地露出温柔的笑容，嘴唇不断地哆嗦，眼眶里含着热泪。谁也听不见他在说什么，可是方茗似乎听到了一生中都想听到的三个字："我爱你!"这是她期盼和渴望了一生的心声，也是他几十年都想对她说的一句话，今天，终于说出来了。说完，他深深地吐了口气，面色越来越黯淡，最后长吐了一口气面带微笑地合上了双眼。紧握的拳头中方茗的几根头发深深地黏在手纹里……

　　看着司马尧被推进火化炉，方茗泪流满面，已经伤悲得没了力气，几乎要瘫倒。司马智聪悄悄递给她一块手绢，轻轻地搀扶着她。华斯思看到自己的丈夫对方茗的温情，气得脸在抽搐。

　　父亲走后，家里空了许多。司马智聪站在书房看着爸爸的遗物若有所思。今天是爸爸的头七，全家人都会去上坟。他突然拿起电话请求方茗来帮助整理爸爸的书房。他知道这里一定会留下爸爸对方茗的许多情感，只有方茗会好好地珍惜珍藏好这里的一切。

方茗明白这是司马智聪为自己尽心安排的。屋内一片萧条，尽管东西一切依旧，但随着司马尧的离去，屋内的物件似乎少了灵魂和往日的活力。方茗满是泪水地瘫坐在似乎还留着司马尧温度的皮椅子上，半侧着身体将头靠在椅背上，用手一遍一遍抚摸着椅背……她仿佛倒在司马尧的怀里，感觉到他心脏的跳跃，也闻到了他身体的气息，她忧伤、悲切的情绪平静下来，仿佛听到了他的声音："小茗，别睡着了，会着凉的，快回去吧。"刚毅中充满了柔情的声音就在耳边，他们又在一起相互倾诉着彼此的思念……这不是梦，他回来了，他的气息正在一点一点地融入到自己的体内，两个人的生命又紧紧地连在一起了。

　　一阵凉风把窗上的轻纱掀起，屋里的空气在死寂中开始游动。半晌，她挣扎着勉强站起身子，想把东西归还到抽屉里去，但又立刻无力地坐了下来，手里的东西掉在地下。

　　"噢！尧，我真的不行，不行，我简直没有力气把你带回去了！更无法把这里带有你灵魂的东西带回去。我要继续与你的灵魂和气息相守在一起……没有什么会把我们分开的……好孤单！我把自己丢在了这里，而他们也把我丢了，丢了……"她意识混乱，用苍白无力的手指着屋内的东西，不知说的是屋内的物品，还是远在国外出差的儿子，还是死了的人，"尧，这是你在机场的珠宝店里为我买的一枚非常俗气的红宝石戒指，但是我喜欢，因为我知道这里凝固着你和我的血。我还记得当时你说过要用这枚俗气沉重的东西管制着我，要我每天都戴着它，一直要等到我们结婚。尧，我一直戴着，可是你怎么没有守约，把我一个人孤零零地留在了这里？……为什么啊！"她两眼木呆呆地看着手指上的戒指，悲痛的哭泣中带着一丝丝凄凉的埋怨。

　　晚上，方茗细心地翻看着带回来的司马尧的遗物。每个物件里似乎都存储着司马尧的灵魂，她要细细地呭摸。拿起一个盒子时，她感觉盒子底部很厚。她把盒子翻过来，发现底部有个不易觉察的拉手，拉开一看，里面全是折好的纸鹤。她想起了，司马尧曾经让自己教他叠纸鹤，当时自己还嘲笑他。她连忙打开纸鹤，看到纸中写着"小茗我爱你"。她打开所有的纸鹤，面前全是"小茗我爱你"。每一只纸鹤身上都承载着他们之间的缕缕往事。千纸鹤留下了司马尧的希望、寄托，和沉甸甸的相思之苦。方茗扑倒在满是千纸鹤的地上。千纸鹤与她一起流出了断肠的泪珠。

"我们两个就是一对大傻瓜，为什么要傻到防守一个虚无的道德底线？为了虚伪的面子和道德我们互相残杀着自己的情感。我们好傻，早知会有这样的结局，就应该早早地逃离。我们应该有冲动的，可是竟然会为了毫无价值的道德控制欲望，最终毁了幸福。我们有太多太多幸福和愿望没有实现，就轻而易举地在生活和道德面前俯首就擒，屈从了命运和不相干人的摆布。本以为可以牺牲我的幸福成全你家人的幸福，没想到最终还是没有得到圆满的结局。虽然我们没有身体上的结合，但是你的温情和灵魂已经完全融入到我身体的每一个细胞中，每时每刻都如同泉水涓涓不绝地流淌在我的体内……本以为你会永远守候在我的身旁……上天啊，你为什么这么残忍，要剥夺两个坚守道德底线人的爱情，让我们阴阳两分离？为什么这么残忍啊！"方茗一边大哭着，一边从毫无血色的嘴唇里发出微弱的语无伦次的声音。她的精神被剧烈地打击着，身体痛苦地在地上翻滚着。

接下来的日子，她一页一页地翻看着司马尧留下的图书和笔记，寻找和探索着这个轻易不会表露情感、她爱了一生的人的内心世界。他是一个喜欢记录内心生活的人。笔记的字里行间记载着他一生中每一阶段大大小小的事，而所有这些事情里都有着方茗的名字。她没想到他会是那么的细心，连她自己都忘记了的事情，都被记录得清清楚楚，一点一滴地储藏在本子里。忽然，她看到本子中间有一段用红字标注的话，非常醒目：

"亲爱的小茗，我的邪恶让我从一开始就爱上了你，这种爱我无法倾诉，因为我极力想在你的面前表现得完美，不想让你看到我丑陋和伪装的真面目。"看到这段她等了一辈子的表白，她再次悲伤地发出了撕心裂肺的号啕大哭，痛苦、埋怨、思念……她紧紧抱住司马尧的照片，拼命地吻着他刚毅的嘴唇。苦苦相伴了二十多年她才知道，藏在他心里的爱早已蜕变得如此坚固和深刻……渐渐地她在高声倾吐的痴迷和泪水的相伴中昏睡过去……

春季的傍晚，燕雀狂躁着穿过暮霭，在天空回绕的蛤蟆的叫声好比浮到池塘面上的气泡。她感觉自己的身体轻盈地飘浮起来，看到盛开的蔷薇花中，司马尧穿着一件浅蓝色的衬衫，肩上飘落着粉白色的花瓣，微笑着向她伸出双手，拥抱和亲吻着她的泪水。她找到了一颗灵魂，让她纵然还在苦恼中但却有所依傍，有了安全和坚强的托身之地，从此后，她在惊魂未定之时有了喘息的时间，不再孤独，也不必再昼夜思念和惊恐，整个的生命交托给保护自己、疼爱自己的值得信赖的人。他们倾心相许，相知相爱。他们老了，累了，却能够在彼此身上获得朝气，用爱去体验万象更新的世界，用感官去抓住瞬息即逝的美景，用心灵去领略人生的壮美……即便是受苦也和他一块儿受苦！啊！只要能生死与共，即便是痛苦也成为欢乐了！

窗外雨点打着玻璃，她睁开泪水浸泡过的眼睛，已是凌晨3点，身边没了司马尧。风从打开的窗口吹进来，打在身上是寒冷的。她勉强地从冰冷的地上爬了起来，跌跌撞撞地打开桌面的台灯，墙上显现出了一个孤独的身影。房间里寂静空旷，只有她怀抱着被泪水洗刷了的司马尧的遗像，嘴中时不时发出几声撕心裂肺的哭声。

地上七零八落的遗物，都是从司马尧家里搬出来的。她已没有气力收拾，每样东西都使她想起一些往事，让她痛苦地在麻痹状态中发呆。

太阳升起又落下，方茗抱着司马尧的遗像面向临海的窗，一动不动地看着外面。她期盼司马尧在黑夜里忽然像闪电似的站在她的面前。大海静静地扭动着自己的身躯，试图洗刷她心灵的悲哀。田野也随着太阳的滑落慢慢黑了下来，平日里看不够的美景，此时在她眼睛里是那么的遥远。

第二十九章　精神勃发

　　刚吃完晚饭，司马智聪不顾华斯思的絮叨从家里走了出来。傍晚的风吹动着树叶簌簌摇曳着，他想起了父亲临终对他说的话："方茗与其说是朋友，还不如说是家人，是我生命中最重要的部分。有时隔得那么远，但是永久停留在我的心头和生命中。我在精神上占有了她二十多年，就连一句爱的承诺都无法表达，'爱'只是把我们两人的灵魂交融为一了。我走后你要替我好好照顾她。为了让她坚强地生活下去，我把公司和你们托付给了她，这样她就会在每件事中找到我的影子，就有了依赖和希望，才可以好好地活下去。"

　　不知不觉中，司马智聪开车来到了方茗家的门口，他不知道她是否能挺得过父亲走后的深夜。楼上灯光昏暗，紧闭的窗帘里不时传出了几声哭号，许久，又毫无声息了。

　　司马智聪在屋外的院子里轻轻地走来走去。当屋内一片寂静的时候，他的心就会紧张，害怕方茗在悲痛中失去意识。他不放心地走到了窗前，从没有关严的窗帘的缝隙中，看到方茗背朝着他，坐在一把软椅上，屋内地面堆满了五彩夺目的纸鹤和日记、图书、照片，还有那盆爸爸生前似乎在用生命精心种植的兰花。地上的千纸鹤让他想起了好几次进书房都看到爸爸在细心地折叠着纸鹤，对他的好奇爸爸的回答是防止老年痴呆。原来爸爸精心折叠的纸鹤是让他的生命继续延续并融入在深爱的人的生命中，给她活下去的力量。司马智聪痛苦得不忍心再继续看下去，转过身来靠在墙壁上缓慢地从衣兜里拿出一支烟，缓缓地吸着。

前所未有的，在司马智聪的劝阻下方茗休息了几天。之前过度紧张伤悲的精神使她筋疲力尽，灵魂已随着相爱的人游离到了身体之外，她需要时间把它找回来。为了深爱的人的嘱托，自己绝不能软弱。天性中那柔弱的生命力往后退了一步。她必须把精神上的萎靡和行为方面的妥协都清理干净，再也不怕什么，再不想痛心的事。她放弃痛苦尽快修正精神，按照与司马尧制订的计划对集团业务进行全面调整。她要尽自己最大的力量完成爱人交给自己的最后一项工作，将司马家族由于财富而扭曲的人性从苦难中解脱出来。她相信司马尧的后代心中始终储存着一些美好和善良的东西，只是一时没有发掘而已，她不能任由这些美好和善良慢慢死去，使他们成为行尸走肉。她要为这个目标毫无怨言地奋斗下去。想到这些，感伤多日的她，也不禁有了希望。晚上，靠着窗，听着黑夜里神秘的声音，附近的屋子里似乎有人在唱着歌，远听更显得动人。自己深爱的人现在不知道在干什么，是否也和自己一样静静地放飞着思念之情？悲伤后，她的生命重新燃起希望之火。

方茗召开股东大会，王律师宣布了司马尧临终前的命令。根据方茗的持股比例，任命方茗为集团总裁，主持集团全部工作。司马智杰一听爸爸把管理大权交给方茗，当场就坚决反对。

"现在方总是集团最大的股东。"

"她怎么可能会是大股东？"司马智杰跳了起来，满脸的猜疑。

"美国博斯达公司通过增资获得集团股权8%。"

"王律师你刚才说的美国博斯达公司跟方茗有什么关系？"

"方茗是美国博斯达公司100%持股人。"王律师说着将手中博斯达公司的资料递给了华斯思。

"那也不可能获得那么多股权啊？"司马智敏一脸疑问。

"没错，仅靠博斯达公司是不可能有那么多的股份，但是加上总裁司马尧、司马智聪、柴晓睿和李明威转让给方总的股权，她就持有了集团40%的股权。按照总裁遗嘱，持有集团股权最多的人就自然获得集团总裁的资格。"律师解释道。

华斯思一听自己的丈夫也把股权转给方茗，大吃一惊，她冲着丈夫大声怒吼。丈夫的做法彻底伤害了她的自尊心，打破和颠覆了她人生的梦想，所以她此刻只能将不满和愤怒采用狂叫和号啕大哭的方式发泄出来。

毛毛细雨悄悄无声地飘落着，像是五龄幼虫开始吐丝结茧。细长闪着荧光的身躯，随风荡漾在半空飞旋后，又轻轻地洒向大地。油黑的路面经过细小雨点的洗刷变得透明，地面上雨水被空气浇打出无数个的气泡，如同一个个含苞待放的花朵。五十多岁的方茗开车行驶在路上。超负荷的工作，使这个A集团女总裁刚毅的眼睛周边留下了细小的鱼尾纹印记。昨天会议上司马家族猖狂示威的场景还历历在目。他们轮番用最难听的语言打过来的重拳，让她的心脏如同脸色一样苍白，她的灵魂也似乎游离了身体，失去了自由呼吸和行动的空间。

突然，一辆大货车迎面而来，雪亮的远光灯打在方茗的脸上，如针一样刺进了她的双眼。方茗手中的方向盘和刹车不听指挥地带着她冲向路旁的丛林，身心疲惫、忘了系安全带的她重重地摔了出去。倒在血泊中的方茗试图移动一下自己的身躯，但是无论怎么努力，身体似乎支离破碎得无法凝聚在一起让她站起来。蒙眬中，看到一个穿着黑色皮靴的人走到她的跟前停留片刻，便向不远处大货车走去。方茗想大声呼救，但是嘴唇似乎黏在一起，无法发出任何声音。伴随着身体中流出的滚烫的热血，她慢慢地闭上了眼睛……她看到蓝色的天幕上，白云不知道上哪儿去了，大气层中散落的空气清新宜人，她身体轻盈地随着空气和雨珠飘浮起来。她看到一片盛开的蔷薇花中，司马尧穿着云朵般的衬衫和军绿长裤，身材挺拔刚毅，肩上布满了粉白色的花瓣。他光洁白皙的脸庞上依然透着棱角分明的冷峻，但是乌黑深邃的眼眸深处却充满了无比的柔情。他满脸微笑地伸出双手，轻轻地接住了她在下滑的身体，紧紧地拥抱在自己宽厚、炙热的怀中。她也用足了力气，十指交叉紧紧地扣住了他长而挺拔的脖子，似乎不用这样的力气将他锁在自己的怀中，他就会再一次离开自己。相拥中，他们的双唇贴在了一起，久久不再分开，期盼的爱和离别的相思在这一刹那变成了眼泪。幸福的、痛苦的、孤独的、相思的、悔恨的泪珠打湿了他们的衣裳，她在他冷傲孤清的亲吻中得到了满足，灵魂终于有了依靠。

办公室，司马智聪的秘书推门进来，告诉他车祸肇事汽车已查到。

"是我大哥干的吧，这次绝对饶不了他！"司马智聪说完站起来就往门外冲去。

秘书说："不是你大哥干的。"

"那是谁？"司马智聪一听不是自己哥哥所为，愤慨的心刚放松下来，神情就又急切起来。

"那是谁干的？"

秘书犹豫，欲言又止。

"到底是谁干的？"

"是夫人哥哥找人干的。"

"什么……什么……你说是谁？是华国豪派人干的？跟他有什么关系？难道说这件事也牵扯到了华斯思吗？"

司马智聪怒火冲天地回到家，刚进门一把揪住正在化妆的华斯思就是一记耳光。华斯思恼羞成怒。

"你疯了，为什么打我？"

"我一直认为你只是一个有野心的人，没想到竟然会为利益做出没有人性的事情。告诉我为什么要这样做？"

"我做什么了？"

"简直是一个毒妇，真没想到你为了权力竟然会不择手段到了杀人的地步！"

"你以为我愿意这样吗？自从嫁给你这个既懦弱又无私的丈夫后，我从来就没有过安全感，你让我随时都有沿街乞讨的恐惧。有时连我自己也讨厌现在的我，可是没办法，你可以不为我们打算，但我必须要为孩子做好一切准备。既然跳不出这个社会，那就要想方设法享受这种带有贵族气息的生活模式。我的价值观、世界观虽然没有你的那么高尚和纯粹，但也不是一个低级趣味连自知之明都没有的俗人。自从进入司马家大门的那一刻起，我就是个弱者。嫁给你我从来没有后悔过，因为我爱你。我知道你善良，有包容心，虽然对父亲言听计从，但我还是相信你是在乎我和孩子以及这个家的。没想到你竟然会为了方茗背叛了自己的家庭。"华斯思委屈地哭诉着。

"那也不应该把自己的本性背叛得那么彻底吧。"也可能是华斯思的话打动了司马智聪本来就柔弱的心，他说话的语调低了许多。

"你什么时候心平气和地与我谈过？我们一天连三句话都说不上。你什么时候关心过我，给我一些忠告，甚至给我一些勇气？我苦闷的时候，不知道怎么办的时候，也只有自己对自己说：烦恼有什么用？这个或那个，有什么相干？不管是谁，不管是什么！只要有你和孩子在，一切都无所谓。我知道那是一种可怕的境界。我不愿意掉进去。可你在我灰暗苦闷的时候帮助过我吗？现在来指责我，不觉得太残忍了吗？"

"那也不应该如此自私和毫无廉耻到了杀人的地步！"

"谁杀人了？谁会想到她的车技是那么烂。"

"你们这种做法就是杀人未遂。追求幸福要有限度，这样才可以心安理得。"

"你难道没有感觉到，你这种无私是建立在我和孩子身上的。为了孩子，我苦求你把股权转给我，你坚持不给，反而给老头子的地下情人，我知道你一直暗恋着那个女人……说我无耻，无耻的是你和你爸共同享受这一个女人的情感。"看着丈夫的语气不再激越，华斯思的态度反而又猖狂起来了。

华斯思带有挑衅的话不但没有再次激怒丈夫，反而让司马智聪一下子变得冷静了下来。

"我陪你先自首，然后离婚！"

"我为什么要自首，她不是活得好好的吗？就是为了不让她参加董事会，吓唬一下而已。怎么，老爷子刚死，就想着霸占他的情人？"

司马智聪挥起拳头要打向华斯思，但是犹豫了一下，又将手放了下来。

"我给你两天的时间，最好不要逼我去举报！"

医院的病床上，方茗感觉浑身无力和疼痛，睁开眼睛，蒙眬中看到了儿子和司马智聪焦虑的表情。

　　"怎么回事，为什么会在平地翻车？"床边，刚从国外赶回来的李明威焦急地看着妈妈。

　　"都是我不好，爸爸走之前一再叮嘱我要照顾好你，最终还是让你受到伤害了，我一定会让肇事者承担法律责任。"司马智聪满脸的痛苦和纠结。

　　"智聪我刚看到你爸爸了。"方茗答非所问用幸福的眼神看着司马智聪，就像忽然看到了心爱的人，而这个人的来临如同阳光一样把她的心给照亮了，温暖了。

　　司马智聪看着方茗毫无血色的脸上此时泛着动人的光彩，徐徐展开了幸福的笑容。这种表情只停留了片刻，一会儿，她的脸就黯淡下来，笑容僵滞，嘴角抽搐着，仿佛内心极度疼痛。

　　"妈妈您到底怎么了？我出差才几个月，您为什么一下子憔悴了许多？出什么事了让您变成这样？"李明威喉咙抽搐着，话里带着浓浓的哭腔。

　　许久，方茗回过神看了下站在床边的儿子，嘴角有了丝丝的微笑。

　　"儿子，没事的。智聪答应我，不要去追查车祸，就是我自己没有系好安全带和睡着了的缘故。你爸爸走了，他希望你们兄妹能够相亲相爱。不要再互相伤害了。答应我，记住，这次车祸就是一次意外。"

　　"别人都把刀架在你的脖子上了，你还在这里袒护他们！"

　　"别说得那么恐怖，就是一场意外！"

　　清晨，躺在病床上的方茗，静静地对着窗外的一根树枝出神。新种的小树的树枝在春风的吹拂下慢慢地生长，滋润的嫩芽摇撼着正在发育的身躯。方茗不再觉得呼吸艰难，不再感到垂死的伤痛。窗外一缕柔和的光笼罩着她的整个身体，好似代替司马尧甜蜜的亲吻。她感觉到自己的血还没枯竭，完成爱人的嘱托是自己最大的快乐。在精神的作用下，身体开始渐渐康复并一天天地强壮起来。

公安局来医院了解车祸原因。方茗不断赘述着车祸是自己精神不佳忘了系安全带所致。李明威一言不发,一直盯着妈妈的脸,他不明白妈妈为什么要掩盖车祸的真相。他犹豫不决,不知道是否该了解一下事情的起因,然后用自己的力量为妈妈伸张正义。但是,当看到妈妈望着调查事故的人走出门后长长地舒了一口气,他决定不再追究。

方茗看着儿子用毛巾轻轻地给自己擦着双手,脸上流露出满足和幸福的笑容,心里感觉到了巨大的充实和快乐:儿子终于长大了,懂得照顾人了。虽然心爱的人已经离开了,但是有儿子在的日子里,自己也会是幸福的。

"明威,国外公司的事情办妥了吗?"

"好好休息,我们今天不谈工作好吗?"

正说着,司马智聪推门进来,李明威主动迎上前与司马智聪握了握手。

"方总你的儿子好帅啊!"看得出来司马智聪在努力地消除李明威见到自己的拘束感。

"智聪,今后在工作上还要多多帮助明威。明威,你有事多请教这个大哥哥啊。"

司马智聪对方茗的话心照不宣:

"没问题,明威是你的儿子又是智敏的朋友,我一定会无私奉献全部的时间。"

"智聪,你和明威出去聊聊,我先休息一会儿。"司马智聪知道方茗是想让自己和李明威尽快建立起兄弟之情。

走出病房,司马智聪看着眼前帅气、身上流淌着和自己一样的血的男孩子。不知道是血缘的关系还是什么原因,他立刻喜欢上了李明威。

"听说你的公司做得非常不错,没想到外表这么帅气的小伙子,也可以做出一番惊天动地的事业来。"司马智聪的话里显然流露出了哥哥的情感。

"再有几天就是智敏的生日,不知道她最近好不好。"李明威显然没注意到司马智聪的话,满脑子都在想着怎么打听到智敏的消息。

"噢,她很好,最近忙着接手一些公司的事情。如果智敏知道你这个朋友、小弟弟还记得她的生日，一定会非常高兴的。"司马智聪已经从方茗那里知道了妹妹和李明威的事情，所以有意识地说出了"朋友、小弟弟"。

"我非常喜欢智敏，她是我见过的最优秀的女孩，不知道为什么，回国见到她的时候，我就感觉到我们是有缘分的。"李明威以为司马智聪不知道自己热恋着智敏，所以毫不遮掩地诉说着他们的奇缘。

"人们说在不同的地方见到同一个人，那是五百年前修的缘分，智敏比你大，还真说不准你们几百年前是姐弟关系。"司马智聪重申着他与智敏之间的姐弟关系。

"妈妈也是这么说的，实际年龄真的不是问题，你们为什么会为我们之间的年龄而纠结？只要喜欢一个人，其他的一切都不重要。"

看到李明威还是没有听明白自己的意思，司马智聪突然感到一阵酸楚。他想不顾一切地把真相告诉给还在忧伤中的一母同胞的弟弟。但是，想起了爸爸一再嘱咐的方茗不允许李明威知道身世的真相，只好欲言又止。

"智聪，晚上大哥叫咱们回家吃饭。"华斯思似乎忘了那一记耳光，在电话里语气非常温柔。

"如果你们是搞阴谋，就最好不要叫我，因为我绝对不会和你们同流合污。还有，你计划什么时候和你哥哥去自首？"

"随便你好了，如果不想了解他如何向方茗发起进攻，可以不要回来!"

放下电话，司马智聪想了想，觉得华斯思的说法也有道理，只有了解了大哥的计划才可以保护方茗和完成爸爸的遗愿。司马智聪拍了一下李明威的肩膀，说道："我有点事，先回去了。你在这里守着，不要让司马家的人靠近她。"

司马智聪走后，李明威陷入了深思，司马家的人到底和自己的母亲是什么关系？为什么母亲从不告诉自己父亲是谁？为什么司马智聪担心司马家族的人会伤害妈妈？妈妈为什么会要求将智敏妈妈的家具城交给自己管理？为什么一再让自己和智敏以姐弟相处？一连串的疑问让李明威百思不得其解。看着躺在病床上非常憔悴的妈妈，他实在是无法从妈妈那里获得答案。

第三十章　大势所趋

2014年7月20日早上，天气多云转阴。

> 本台最新消息，A集团宣布将于8月16日召开股东大会，A集团新的掌门人方茗总裁将在会上做出公司人事调整的重大决定。具体详细内容，本台将会继续跟踪报道，为大家带来最新的消息资讯。

客厅正中间，一个宽大的德国KOINOR限量珍藏版沙发的主人已经不是高高在上的司马尧，此时鲍剑坐在了上面。司马智杰把舅舅搬来，就是希望舅舅说服大家站在他这一边。司马智杰脸上春风满面，意气风发，与平日判若两人，没有了昔日的焦躁和狂妄，脸上的表情显得柔和了许多。

"大家看到今天早上的新闻了吧？董事会上方茗要做出重大的人事调整。听说通过这次人事变动要加大集团对各子公司的投资。如果这样，你们手中的股权都会被稀释掉，那么司马家将彻底失去对公司的控制。我不懂公司的事情，但是今天来的目的，就是希望你们兄妹一定要联手，只有这样才可以巩固你们的力量，才不至于被赶出公司。"

"可是我们即便把手中被稀释过的股权全部集中起来，也还是无济于事。爸爸在方茗的蛊惑下早就做好了所有准备。"司马智敏说这句话的时候，语气里依然充满了对方茗的恨意。

"那至少有东山再起的机会。"司马智杰拧着眉头，似乎胸有成竹。

"那也要看谁会有让大家东山再起的力量！总不能指望一个自己都快要灭亡的人来拯救大家。"

"我就不明白，你们为什么总对一个用全部心血甚至生命保护司马家的人耿耿于怀？难道对自己所犯下的罪孽不感到胆怯和羞愧吗？最可悲的是，你们各个就像掉入了沼泽地，在徒劳地挣扎，难道还没感觉到，这种毫无意义的挣扎只会加速彻底灭亡？"

"智聪，都什么时候了，还讲什么原则？"鲍剑语气中带有谴责之意。

"舅舅，您是长辈，怎么也任由他们瞎胡闹？您应该让他们明白之所以会有今天这样的结果，都是他们贪婪和邪恶所造成的。权力和金钱真是太邪恶了！"

"智聪，现在已经没有了退路，只有联手渡过这个难关后再说道德的标准吧！"一直没有说话的司马智杰焦虑的情绪开始有了膨胀的苗头。

"好了，别再扯一些无关的，我的意见是在董事会上大家都推选智杰进入理事会。大家表态吧！"鲍剑口气中带有命令的口吻。

"你们就继续作茧自缚吧，我不会参与这种肮脏的交易！"

"我需要再考虑考虑。"华斯思看到丈夫态度如此坚决，也取巧地说了一句没有态度的话。自从丈夫告诉她方茗把车祸原因全部自己担下来之后，她的内心也有了一丝丝的感激。当然，态度转变的最大原因是她看到了大势所趋的结局。她不想成为陪葬人，丈夫说得对，此时最好不要轻举妄动，否则自己努力的一切将会成为泡沫被空气吸干。

"晓睿你应该没有什么意见吧！"鲍剑看了看一直沉默的柴晓睿。

"我不认为推荐一个毫无责任感的人进入理事会是什么好主意。"

"你这个蠢货！"司马智杰近似疯狂地吼道。

鲍剑看着柴晓睿一脸的执拗，知道再说什么也没有用处了，所以站了起来侧窗而立。沉默了一会儿，他转过身说道：

"智杰你们兄妹之间先好好商量商量吧！我这个长辈在大家的眼里也不过就是一个你请来的说客！"说完后，鲍剑转身向门外走去。

2014年8月17日早上，天气阴转晴。

本台最新消息，A集团昨天通过重组，正式收购了下属六个子公司。这是A集团成立以来实施的最大的一次重组计划。令人费解的是，此次通过重组和撤销的五个下属子公司均为司马家族掌控的企业。A集团掌门人方茗总裁还宣布将回购的下属五个子公司股权再增加20%，作为预留股权，用于对集团有贡献的管理层实行绩效股权激励。A集团的股权制度象征该集团在强化内部刚性绩效文化的同时，建立了"以责定权""以责定利"的经营机制，这种股权激励的办法将更加增强管理层人员效忠于A集团。

　　多年来，A集团以母公司强大的资金、人才和整体的经济实力，在企业集团中发挥着投资决策中心、资产经营中心、利润形成中心和人力资源中心的作用。他们凭借自身的地位和实力，按照规模经济要求，不断加速和推行集团发展战略，通过控股、参股多种好办法有效调动和发挥集团核心资产作用。通过对子公司的固定资产投资、扩大再生产和技术改造等资产增量的管理，以资产为纽带，不断调整子公司产业结构，优化资源配置，努力实现集团经济飞速增长。财务出身的掌门人方茗，充分整合和有效利用公司资金、技术、产品市场等优势，不断提高集团的资本收益率和资产收益率，使A集团发展一直处于遥遥领先的地位。下属的每个子公司都设置为独立的利润中心，集团形成集中利润中心，子公司的利润来自产品的生产和经营，集团的利润来自集团的资产与资本运营管理和对子公司的监督、控制及考核产生的效益。据说，A集团下一步将会拨付巨额资金，用于社会公益和教育事业。对此，本台记者将会继续跟踪报道，为大家带来最新的消息资讯。

　　一间宽大的房间被奇形怪状的石头包围着，房屋正中间一个巨大的办公桌前，鲍剑坐在一把皮质的转椅里，目不转睛地看着对面墙壁上42英寸彩电的荧光屏，嘴里喃喃地念叨着："最终还是被全部赶出来了，看来今后只有好好地工作，还有希望恢复原位。嗨，真是商场如战场!"沉默了一会儿,他缓缓地从口袋里掏出手机,熟练地在键盘上按下了一组数字。

"智杰,我早就跟你说过,不要逞能斗勇。事情已经如此,千万不要再闹了,好好地配合方茗工作。这次调整虽然收回了你们的股权,但是,她设置的预留股权我是希望你们依靠自己的努力赎回来,而且她把集团新成立的慈善基金交给你和晓睿管理,把学校交给智聪和斯思管理,也让智敏进入集团财务资金控制中心,这样的安排,谁都看得出来她的用心良苦。"

"舅舅您放心,现在已是这样的结局,我想翻身也没有足够的力量。方茗在我们每个人的心口上插了一把尖刀,谁也动不了。"

"什么尖刀不尖刀的,仅是你做假账、骗取出口退税的事情也足够坐牢的了。我听智聪说都是方茗主动承担下来及时纠正,你今天才还能坐在这里。"

"但愿她能够按照承诺办事,如果把预留股给了她的儿子,那我绝对不会放过她。"

"听说你最近还在派人调查她儿子的身世?既然你爸和方茗都极力隐瞒这件事,就一定有不让大家知道的理由,也许是怕你们受到伤害。孩子,听我一句劝,知道得越多痛苦越多。"

"那怎么行!我就是要解开这个秘密,然后才能够打倒方茗,重振司马家的神威!"

"即便知道了,你也无法将方茗赶出去。无论是权力还是大脑你们都不是对手!还是好好地干,争取拿到预留股才是上策!"

"舅舅您就别管了,即便为了预留股,我也会努力的。以前不懂,傻傻地和爸爸他们抗衡,现如今,只有奋斗!"

自从公司重组以后,华斯思就看到丈夫的脸上明白无误地流露着喜悦的表情,尤其是在说话的时候,让人真切地感受到他的内心如同早上的太阳一样冉冉升起的豪情,说到高兴的时候,他的脸上会由于激动变得通红,甚至连嗓音都变得开阔激昂。似乎丧失了操纵公司的权力是放飞了他的自由。她不明白丈夫为什么对金钱和权力那么漠然。

华斯思一边盛着汤，一边侧过脸看了丈夫一眼。

"老公我想辞去学校校长的职务，到国外去陪陪儿子。"华斯思妩媚的脸庞失去了昔日的光彩，一脸沮丧的表情。

"儿子在国外好好的，你干吗又想去陪他？是不是没有股权的刺激，连工作状态和激情都没了？"

"都这样了，还是不忘挖苦我。我即便再不甘心，也无法撼动方茗那棵根深蒂固的大树啊！何况她还有你这个司马家二公子撑腰。不知道那些预留股权是否会奖给你！"

"惦记得越多，就失去得越多。这样的安排就是让我们承担起公司的使命，靠奋斗和努力去获取属于自己的那一份，而不是靠野心索取。我听说你前几天还预谋在媒体上诋毁方茗？"

丈夫的话让华斯思听了心里一慌，羹匙掉在汤盆里，汤水溅在了身上和桌面上，她赶忙擦着身上和桌子上的汤汁掩饰自己的惊慌。

"没有的事，我哪还敢拿鸡蛋碰石头。"

"没有就好。从现在开始好好改变自己的世界观，通过育人的过程反思下自己，要学会感恩。"司马智聪看着妻子，心里叹了口气。

"司马家整体塌方，遭受方茗的迫害，就是你和大嫂参与其中，才使方茗阴谋得逞的。"华斯思嘲讽地看着丈夫，要从丈夫的脸上寻找出愧疚感。

"别那么敏感，野心和贪婪实际上是来自于不自信，让你总是高高在上看周边的事物。"

"那你可说错了，我从来也没有对自己失去信心。"

"穿名贵衣服和买珍藏版的饰品香包，用这些东西做包装，不过就是在做给自己看，说服自己是多么与众不同，多么尊贵，用这些华而不实的东西遮掩自己的不自信，总觉得自己就是统领者，专横跋扈，目中无人，却忽略了一个基本常识：人与人之间没有贵贱之分，只有道德之分。为了这种思想不择手段，到头来两手空空，这就是因果！"

司马智聪一连串地说个不停，华斯思茫然地注视着丈夫由于亢奋而发红的脸。司马智聪在她的眼里一直都是沉默寡言、对一切都是淡泊的，他们之间除了生活中简单的交流以外，基本很少有这么长时间的交谈，所以她从来都无法进入丈夫思想深处，真正地了解他。

"你想过没有，你联手大嫂与方茗合谋把自己放到了风口浪尖上，今后怎么面对家人？"

"我们与方茗根本没有什么阴谋，这样做，是按照爸爸的遗愿拯救每个失控了的灵魂，给你们内心注入爱的力量。一个人只有懂得了爱社会、爱别人，才会爱生活，才是真正意义上的爱自己。"

"谁说我没有爱？对你和这个家我是问心无愧的！"

"那不叫爱，是索取。你的爱是有附加条件的，是建立在金钱和权力之上的。"

"方茗确实不简单，那么精通谋略，早就应该去从政，而不是在这里祸害我们和抢夺司马家的财产！"华斯思不想和丈夫继续讨论自己的德行，随即转移了话题。

"偏见，我就想不明白，你们为什么就没有看到，A集团有今天的辉煌，让大家过上了豪华奢侈的生活，恰恰不就是方茗牺牲了自己的人生、智慧和能力，用顽强的使命感创造了一个令人仰慕的帝国吗？"

叮咚，叮咚。

"噢，忘了和你说，我让大哥和智敏他们来家里吃饭，赶快开门去。"

"二嫂，你们在说什么？门外就听到二哥激昂的声音了。"

"还能说什么，你二哥正在发挥史无前例的演讲才华，告诉我怎么用一生去感谢掠夺司马家财富的暴君方茗！"

"二嫂，你别看我二哥平日沉默寡言，好像没什么话，其实心里一直燃烧着强大反叛的力量和独立的思想，只是不善表露而已。但是，他对于方茗的态度却令人不可思议，竟然会为这样的人背离亲情！"

"智敏你说什么？亏你还是一个博士后，分析问题的能力如此之差。"司马智聪瞪了妹妹一眼。

"那你给我分析分析李明威到底是方茗和谁的孩子！"

"干吗老揪着李明威是谁的孩子不放？他是谁的孩子和你有什么关系！"

"看来智敏还爱着李明威？即便为了智敏的幸福，也应该搞清楚李明威的出身。"华斯思的无事生非令司马智聪非常不满。

"华斯思消停点吧，不是人家方茗劝我，你还有机会以一个救世主的虚假面孔坐在这里吗？"

"说什么呢？这么热闹。"司马智杰与柴晓睿走进了客厅。

"大哥你来了正好，赶快给二哥洗洗脑子，二哥现在已经不姓司马改姓方了！"

"智敏别瞎说。"柴晓睿亲昵地用手指点了一下司马智敏的脑门，走进厨房帮助华斯思准备饭菜。

"二哥，你拍拍脑门想清楚了再说，方茗劝你不要和二嫂离婚的做法就是一个假象。她不是也一直劝爸爸不要离婚吗？其目的不就是要把妈妈家具城的股份给她儿子吗？她牺牲了什么？让爸爸像花一样捧着，最后还不是在爸爸离世后，掠夺了我们的全部财产吗？她就是一个自私和卑鄙的小人！"

"小妹现在说话怎么变得这么刻薄？你们做了那么多违法和丧失道德的事情，平日里为了各自的贪欲，失去了亲情和友爱相互争斗，换成任何一个人都会因为这些错误贬黜你们，而方茗却一直包容，任由你们对她藐视和羞辱，让她成为你们和别人闲谈中耻笑的对象，这样做还不够宽容吗？我再提醒一次，如果你们再不检点自己的行为和改变道德观念，下场会比现在更惨。"

"智聪，你不觉得这次的失败就是由于我们内部不团结，才让方茗钻了空子！"

"大哥，你到现在还执迷不悟！击败你们的是正义。你和斯思做那些事，如果没有方茗的及时发现补救和手下留情，估计现在应该在铁窗里面了。不是我们背叛了你，而是你们一直在背叛自己的良心和本性中的善良。"

"二哥，我们的做法与良心和善良是没关系的，只是为了维护自己领土所采取的正当防卫。"

"小妹不要亵渎正当防卫这个词汇了！你们在不断地嘲弄和攻击方茗的同时，就是在背叛着自己的道德底线，这种行为更加的可耻和令人憎恨。"

"智聪，不管你内心有多么正义，我一定要查清楚方茗那个不明不白的儿子李明威的身世，如果与司马家没有一点关系，他吃了妈妈的股权就必须吐出来。"

"大哥，你怎么对方茗我不管，但是绝对不允许伤着李明威！即便李明威把股权退让回来，也到不了你的手里！"司马智聪截住了哥哥的话，态度变得强硬起来。

"智聪，没有你说的那么绝对，只要查出来李明威与我们没有血缘关系，智敏就可以和他结婚，家具城和爸爸投资的那个企业就回来了！"

"智聪，大哥说的有道理啊！这是一个很不错的计划，利益联姻对司马家来讲可是轻车熟路。智敏，大家就要靠你把我们从不幸中解救出来喽。"华斯思端着菜从厨房走了出来。

自从方茗对集团做了大的调整以后，司马智杰和华斯思奇迹般地第一次如此不再相互为敌。

"真可耻，为了自己竟然牺牲自己妹妹，我告诉你们，这种可能性等于零。"

"怎么……智聪，听你的话好像知道李明威的身世了？"

一屋子人的眼神齐刷刷射向了司马智聪，似乎从他的脸上可以破解一直以来困惑他们的秘密。

看着大家怔怔看着自己，司马智聪赶忙调整了一下神情。

"我是说解救自己的办法只有一个，那就是拿得起放得下，学会分享和担当，这样才可以使自己的命运重新滑向幸运的轨道。"

"智聪，你说我们都这样了，还怎么滑向希望的轨道！"

"大哥，预留股就是激励所有奋发向上的人的奖励，咱们可以靠着自己的能力和其他人进行公平竞争，靠自己的努力获得股权，才可以活得心安理得，才不辜负爸爸的苦心。"

"大哥，智聪的意思是让我们和方茗同流合污，说是预留股，不都还是由方茗代持吗？"

"不是同流合污，而是放下架子积极配合她的工作，既然公司承诺了，方茗就一定会兑现的。"

"二哥，你让我们怎么配合？"

"集团用这么大的资金办慈善基金和学校，交给咱们管理，大家不觉得方茗是在用这种办法修复我们不健全的心智吗？"

第三十一章　本性回归

三年之后。

花园盛开着郁郁葱葱的花朵，纤细翠绿的小草吐露着生命的气息，整个院落充满了活力。柴晓睿拿着一把精致的剪刀，在精心地修整着花中垂落的枝叶。司马智杰坐在园中的藤椅上，神情凝重地看着柴晓睿。自从知道了李明威的身世以后，司马智杰几乎天天生活在愧疚中，他发奋地努力工作，潜心地修复着与柴晓睿的感情。

"你干吗这么看着我？在想什么？"柴晓睿的话让司马智杰回过神来。

"我在想你原来说我是混蛋似乎是对的！"

柴晓睿抿了抿嘴，嘴角上挂着一丝笑容，走到丈夫身边坐下来。

"我们现在都应该感谢方茗，如果不是她用心良苦地投资建立了慈善基金，让我们用三年的时间从中学会了许多做人做事的哲理，也懂得了人生最大的快乐，就是要全心全意地相信幸福，拿出自己所有的热情和博大的爱去追求幸福和帮助别人，就不会有我们现在的和谐和快乐。"

"晓睿，这么多年我做了那么多的错事，让你受委屈了，对不起。"司马智杰说这句话的时候，眼眶中明显有了泪水，看得出在他内心深处，迸射出歉意和真诚。

柴晓睿是个一句好话都会感动许久的人，对于丈夫结婚以来第一次这么真诚的表白，柴晓睿眼睛里也满是泪珠。她噘着嘴向丈夫觑着笑了笑："好啦，好啦，我们呀都应该对方茗去说声对不起。"

司马智杰侧过脸呆呆地看着柴晓睿的脸，静默了一会儿，突然立起身来拉着妻子的手。

"走，我们约智聪和智敏过来，商量下怎么求得方茗对我们的原谅。"

只一会儿的工夫，大家就全都聚集在了司马智杰家宽大的客厅里。

"大哥大嫂今天请我们来做什么好吃的了？"华斯思刚一进门就嚷嚷起来。

"今天大哥请客，一会儿我们出去吃。三年来，我想大家内心应该都有一个结没有打开，就是对方茗的愧疚感。现在是否应该想办法弥补由于我们的过错造成的对她和明威的伤害？"

"是到了为自己的过错付出代价的时候了。"司马智敏一脸愧疚的神态。

"但她是不是还在恨我们？再说这么做，她会不会怀疑我们有什么目的啊？"华斯思有点犹疑不决。

"学心理学的人内心怎么这么不堪啊？一个人心里充满了爱，哪有装恨的地方？方茗的品德就在于她有博大的胸怀，而我们都没有！"司马智聪语气中充满了感慨。

"智聪你要早点这么训诫我们就好了，我们就不致因贪欲使道德在生活中失去平衡，到现在都不好意思正眼看人家方茗。"华斯思脸上露出满满的愧疚感。

"咳，都是我这个当大哥的没有起到什么好作用。方茗一直在提示我，说她从我的眼光深处看到我的左眼充满了欺枉、自私、痛苦，右眼残留着纯洁、明亮、真诚。她其实是在提醒我的善良已经被贪婪侵蚀了一半。可我始终居高临下希望看到她倒台的那一天。当时怎么就那么混蛋！"

"她是上帝派来感化我们的使者，有这么好的一个朋友，可是我们都没有珍惜。"柴晓睿的语言充满了虔诚的意味。

"大嫂说得对，方茗是上天派来挽救我们的天使。上次做财务清查时，我看到了大哥公司和二嫂公司涉及到的好多资金、税收等问题，都是方茗安排人及时纠正了，否则今天大家想凑齐都不容易。就连给二嫂泄露公司情报的鲁建，虽然按照制度被公司开除了，可人家方茗还是想办法让他去了自己朋友的公司，现在是财务总监。还有一个爸爸公司最早的会计，叫什么李玉华的人，也是方茗自己掏钱介绍到朋友开办的培训机构学习，后来业务非常棒，现在开了一家会计师事务所，听说做得非常不错。方茗在这两个人心中简直就是一个神。"

"智敏说得没错，方茗对我们司马家付出得最多，可以说呕心沥血、殚精竭虑，让我们靠着自己的努力获得预留股权的同时，也有了实现自己价值的成就感。可是我们竟然会把这样一个无私的人当作垃圾在想！"华斯思一脸的歉意。

"还有你和华国豪准备收购连锁企业的股份，当时按照爸爸的意思，在你们把钱投进去之后，集团即刻放弃收购计划，让你和华国豪血本无归，受到惨痛的教训。最后还是方茗安排人向这些企业放出收购的风，股东们才不愿意把股权交给他们，让你们免了一大灾难。"司马智聪谴责着已是满脸愧疚的妻子。

"尤其是她忍受着委屈领养了弟弟明威，可大家竟然怀疑她与爸爸之间的关系。由于我们思想的龌龊致使明威也受到了伤害。智敏，我还想问一个事情，钱贝贝哥哥钱绪是为什么离开公司的？"司马智杰脸上流露出难以形容的沉思。

"钱绪的事情实际上是他咎由自取。企业被咱们公司收购了，他却身在曹营心在汉，利用公司的资源偷偷找了一个股权代持人成立了一个隐形公司，而且竟然还把公司的建筑材料通过偷工减料的方式转移到自己的隐形公司。后来在工程检测过程中发现他负责的工程钢筋绑扎过稀、跳绑、漏绑，特别是梁底筋也漏绑，而且框架柱与梁交接处的加密箍都会少放一到两个，有的只有外箍没有内箍，还有的钢筋不安装加强筋、附加筋。按照建筑法本应该把他送到法庭上，但是为了减少他的法律责任，工程进行一半的时候，又都重新进行了补救，为此公司遭受了很大损失。所以，只能怪他想东山再起的心情太迫切，选择了一条铤而走险的路。就这样在他离开公司的时候，爸爸和方茗商量还是以高于股权实际价格的金额给他支付了费用。确切地说是爸爸和方茗在他灭亡之前给他布施了一道爱的光芒。听说他妹妹接管的公司经营得还不错，那不就是由于爸爸和方茗博大的胸怀吗？我们原来认为方茗怂恿爸爸股改就是为了稀释我们的股权，把我们赶出去，她掌权，现在才明白股改的真正含义。"

"我们确实错怪了爸爸和方茗，就是这种股份调整的方式，才吸引了许多外部优秀人才进入公司，现在集团效益每年都在递增。"司马智敏一脸感慨的表情。

"特别是通过股权将财富重新分配，让奋斗者分享胜利果实，让怠惰者感受到末位淘汰的压力。智敏你可一定要做一个像方茗这样才智双全、充满正义感的财务管理者，公司可就全靠你们来掌舵啊！"华斯思一脸感慨地说道。

"想想大哥当初你做得够绝的了，爸爸临终前一再嘱托不要把他的骨灰与妈妈合葬，方茗也一再哀求你。可是你还是把两个不相爱的人强行放在一起，而让另一个今生今世都失去了与相爱的人在一起的机会。而明威知道自己的出身后，也下落不明，让方茗一下子失去了两个最爱的人。"司马智聪说话间动情的泪珠顺着脸颊流了下来，其他人的泪珠也在眼眶中转动。弟弟的话让司马智杰不好意思地用手搔了搔鼻子。

"所以，我提议咱们尽快把明威找回来，共同给方茗和明威一个温暖的家。"华斯思完全被自己的提议感动了，脸上泛起了红光。

"好，就这么定了，我们要让他们母子的后半生在大家的呵护下获得最大的幸福。"

叮咚，叮咚，一阵门铃声，快递员送来了一个录音带。

"是方茗寄来的。"司马智聪一脸的疑惑。

"那还愣着干什么？快打开听听。"

录音机里传出方茗已经不再清脆的声音：

大家好！

　　我不知道以什么身份给你们写这封信，以领导？姐姐？妈妈？能成为你们的妈妈，是我一生的梦想。你们的父亲是我深爱了一生的男人。为此，你们可能会嘲笑和鄙视我的感情，但是人世间太多的事情是无法理解的。只有真真切切相爱的人才能体会到，相爱的人厮守在一起的时候连空气都是美的。这种拥有以及被拥有的甜蜜，身上每寸肌肤都会在清风朗月下不经意地舒展开。当我在茫茫人海中与你们的爸爸不期然地相遇的时候，我们就知道这是来自前世的缘分。可是考虑到你们的妈妈，我们各自为自己的身体套上了厚厚的盔甲和道德的枷锁，只是让思想游离到对方的心中，开始了我们漫步在红尘烟火中的人生。命运编排了我们的来处与归所，这是早在前世就注定好了的结果。这个结果虽然是残忍的，但是我从来没有后悔过。在你们妈妈住院期间，我们本可以选择迁徙到无人知道的地方，但是，责任与道德让我们一次又一次地放弃了幸福结合的机会。凡尘来往，你们的爸爸残忍地留下了我一个人独自去了。想想这一切亦早有定数。你们可能会笑我们傻，但是一个人的内心只有装满了爱，才知道什么是珍惜。如果我们脱掉了道德、责任的盔甲自私地离去，那我们心中又会增加一个沉重的十字架，这会毁了我们看得比生命还重要的爱和亲情，我们彼此是多么害怕失去对方啊。所以这种情感，总是会在彼此的一些微小行为中受到感动。

生死离别，让我感受到了人生是如此的短暂。人的一生要不断地经历突如其来的离别，将人伤得措手不及。人生的感悟就如同佛教中让人放下，让人懂得悲悯，学会宽容。如果美德可以选择，我希望你们每个人都拥有一份无私和宽容。这是你们爸爸的品德，也是我终生感悟的幸福。当一个人拥有了无私和宽容，就会感觉到原来快乐是那么的简单。在无私和宽容中不但可以愉悦别人，也能抚慰自己，它会让我们不自觉地把爱放在首位，人只有心里充满了爱，才可以变得随和，没有贪欲，把金钱看得很轻，把亲情看得最重。当我们的心灵被爱洗刷得干干净净的时候，每个清晨都会在希望中醒来，这时便将一生收获笑容和快乐。

我要感谢你们，在短短的三年里变得这么出色，让我可以自豪地给你们爸爸讲述每个人的努力和动人的故事。现在我可以完全放心地把公司原封不动地交给你们了。相信你们都会继承你们爸爸优秀的品德，拥有博大宽容充满了爱的胸怀。

　　智杰性格容易冲动，但你有个贤淑善良的妻子，好好地爱她，这是你一辈子都享受不完的福分。不善言谈的智聪，外表懦弱并没有掩盖住你的无私、宽容和善良。斯思是一个不错的女孩子，她所有的错误是由于这个家庭太强大，让她失去了安全感，智聪，既然你选择了她，她又那么的深爱着你，你就要像男人一样保护好她，让她感受到被呵护的快乐。智敏，对不起，明威的事情让你受到伤害了。作为女人我理解你的伤有多深。但是我也感谢你，是你让一个心智受到伤害的孩子，从阴影中走了出来，把他变成一个阳光、充满青春气息的人。他是你们的弟弟，去找回来并好好地照顾他。最后，请允许我以妈妈的身份留下落款吧。

　　岁月慢慢地消逝。昼夜更替，好似大海中的潮汐。三年过去了，周而复始。光明与黑暗的均衡节奏，有了爱的生命的节奏，显出了无穷无尽的魅力。公司的发展和司马兄妹之间的友爱和亲情的融合，让方茗第一次感受到释怀后的轻松。过去的回忆又从灵魂深处浮起，异乎寻常的清晰。脑海中一大串首尾相连的往事，喜悦、忧郁、悲伤会间断地消失，但是与相爱的人的种种往事却能超越年月而相接，而且是那么的密不可分……

　　4月16日是司马尧的忌日。阳光斜照在万花丛中的墓地上，一排排整齐的墓碑在一簇簇的白色花朵和绿色的树木中显得分外安详，空气柔和而温暖。方茗怀抱一束白色玫瑰来到司马尧的墓碑前。她静静地坐在墓碑旁边，将身体轻轻地依靠在碑上，抚摸着石碑上的照片。

　　"尧，我来看你了，今天是我们分别第1016天了。一切都好吗？我今天来是向你告别的。公司和孩子们已经按照你的嘱托都恢复了原样。孩子们来扫墓时你应该也在他们的眼神中看到了友善。智杰和晓睿管理的几个慈善机构受到了社会和政府嘉奖，他们现在是爱心形象大使。斯思和智聪管理的老年公寓和贫困地区学校也做得非常好，而且他们商议用自己的钱再办几所中学和大学，让贫困的孩子与城里的孩子进入一个学堂，互相勉励和学习。按照这样的计划，今后这些孩子大学毕业了回到自己的家乡，就可以带动更多的力量投入到扶贫中去。公司通过几次股改，也顺利地由司马家族企业转变为大众帝国企业了。智敏是聪明而有智慧的孩子，尤其是在资本运作方面具有独特的见解和超人的思维。最近在她全权负责下，公司也已经顺利地上市了，代替我了却了你的心愿。现在孩子和员工们的积极性非常高，他们找到了家。我也终于可以卸下担子，带着对你的思念，离开这里了。你走之前留下的几根头发我时刻都贴在胸前，上天可以无情地让我们阴阳两分离，但是我们黏在一起的心是任何人都无法分开的。"方茗脸上闪着幸福的光彩，从领口里拽出挂在脖子上精致的桃心盒，盒子里有两缕紧紧缠在一起的头发，一缕是白色的，一缕是黑色的。

"你在天国里要好好地等我，来世如果我们做不了夫妻，我就还做你的财务总监，做你的红颜知己，做你心灵的依靠。我累了你背着我、你累了我抚慰着你，相互倾诉，不给我们爱情的其他部分留下狂野生长的养分。尧，我走了，留下孩子们陪伴你，无论我走多远，我们的心是无法分开的。你不要总在梦里劝我寻找新的幸福，一开始我就感觉到错过你再也不会遇到更好的人了，我会后悔、会绝望。现在我心里已经没有能装下其他人的地方了。能遇到你，我这一辈子都是心满意足的了。所以，不管世界怎么变，不管我走多远，只要有你的陪伴，我就是幸福的。别离开我，让我们一如既往地在梦里相见……"

方茗抬头看着蓝天上自由飞翔的大雁，热泪一滴一滴滑过了已经不再白皙、布满了细小皱纹的脸颊。今天，终于可以放下几十年来司马尧交给她的担子，明天，她将像天空中的大雁，带着对深爱的人的思念，自由地飞向远方。

图书在版编目（CIP）数据

财务帝国 / 徐箐 著. -- 北京：作家出版社，2017.10
ISBN 978-7-5063-9755-1

Ⅰ. ①财… Ⅱ. ①徐… Ⅲ. ①长篇小说 – 中国 – 当代
Ⅳ. ①I247.5

中国版本图书馆 CIP 数据核字（2017）第 260646 号

财务帝国

作　　者：徐　箐
责任编辑：王　烨
装帧设计：意匠文化·丁奔亮
封面题字：丁建财
出版发行：作家出版社
社　　址：北京农展馆南里10号　　　　邮　　编：100125
电话传真：86-10-65930756（出版发行部）
　　　　　86-10-65004079（总编室）
　　　　　86-10-65015116（邮购部）
E-mail:zuojia@zuojia.net.cn
http://www.haozuojia.com（作家在线）
印　　刷：中煤（北京）印务有限公司
成品尺寸：152×230
字　　数：280千
印　　张：18.75
版　　次：2018年1月第1版
印　　次：2018年1月第1次印刷
ISBN 978-7-5063-9755-1
定　　价：39.00元